鋼鐵德魯伊

VOL. 6〔獵殺〕

HUNTED

THE IRON DRUID CHRONICLES

凱文・赫恩——著 戚建邦——譯

KEVIN HEARNE

鋼鐵德魯伊

■書評推薦

「赫恩自稱漫畫宅，將自己對那些帥呆傢伙們痛扁邪惡壞蛋的熱愛，轉變為一流的都會奇幻出道作。」

——《出版人週刊》（*Publishers Weekly*）重點書評

「赫恩是個幽默機智的出色說書人……本書可說是尼爾．蓋曼的《美國眾神》加上吉姆．布契的《巫師神探》。」

——*SFF World* 書評

「強大的現代英雄，擁有古老祕密、累積了二十一個世紀的求生智慧……以活潑的敘事口吻……一部旁徵博引的都會奇幻冒險。」

——《學校圖書館期刊》（*Library Journal*）

「融合了現代背景與神話，令人愛不釋手、歡笑不斷的喜劇。」

——阿利．馬麥爾（Ari Marmell），奇幻作家

「這個風趣幽默的新奇幻系列在故事中融入凱爾特神話還有一個思想前衛的遠古德魯伊。」

——凱莉・梅丁（Kelly Meding），奇幻作家

「凱文・赫恩爲古老神話注入新意，創造出一個異常熟悉又高度原創的世界。」

——妮可・琵勒（Nicole Peeler），奇幻作家

「赫恩用合理的解釋把神話巧妙織進故事之中，這是部超級都會奇幻。」

——哈莉葉・克勞斯納（Harriet Klausner），著名書評與專欄作家

「這是我近年讀過最棒的都會／超自然奇幻。節奏緊湊、詼諧又機智、神話使用得當，這是爲厭煩了狼人與吸血鬼的奇幻讀者而生的作品。喜愛吉姆・布契、哈利・康諾利……或尼爾・蓋曼《美國眾神》的讀者們一定會很享受這本書。極度推薦！」

——*Grasping for the Wind* 網站書評

「如果你喜愛幽默有趣的都會奇幻，那《鋼鐵德魯伊》是你的菜。如果你喜歡豐富精彩的都會奇幻，更該拿起《鋼鐵德魯伊》，以及凱文・赫恩未來出版的任何東西。」

——*SciFi Mafia* 網站書評

鋼鐵德魯伊

■書評推薦

「在這部有趣而高度不敬的作品裡，赫恩創造了一連串節奏飛快的動作戲與唇槍舌戰。」

——《出版人週刊》（*Publishers Weekly*）

「赫恩的文筆充滿速度感又精準……《魔咒》浸滿了魔法，而且棒呆了。實在很難找到更棒的小說！」

——*My Bookish Ways* 網站書評

「《魔咒》裡笑料不斷……讀這本書臉上很難不掛著微笑。」

——*Blood of the Muse* 網站書評

「我愛、愛、愛死這系列了，而《神鎚》鐵定是目前最棒的一本……到最後大戰之前，你會忍不住用曲速翻頁，但仍然翻得不夠快！」

——*My Bookish Ways* 網站書評

「在第三集讓人腎上腺素飆升的鋼鐵德魯伊冒險裡……赫恩給了我們活潑情節與酷斃的動作場面，書迷鐵定會很興奮！」

——《出版人週刊》（*Publishers Weekly*）重點書評

「《圈套》結合了前幾集有趣的觀點，也給了這個英雄傳奇一個讓人激動的黑暗轉折……絕妙的新章序幕，讓人加倍期待下一集。」

——*Fantasy Book Critic* 網站書評

「帶來超棒的情節、超幽默的敘述，超有趣的動作派小說。」

——*The Founding Fields* 網站書評

「《獵殺》綜合了讀者對《鋼鐵德魯伊》系列所有的期待，還多了很多。」

——*Ragoo Depot*網站書評

「《獵殺》裡有所有讓我愛上這系列的元素。妙趣橫生，動作戲不斷，建立了傑出的書中世界，而且這些角色絕對是你會想要一起喝杯飲料的可愛傢伙。」

——*Mad Hatter Readst*網站書評

「結局讓我心癢難耐，忍不住想伸手探向系列的下一本。」

——*Vampire Book Club*網站書評

鋼鐵德魯伊 VOL.6

◆目次◆

獻辭
DEDICATION

獻給宅男同盟：

AK、巴魯西卡、亞倫、土斯，

以及領航員約翰。

作者的譯文筆記

故事裡有個阿提克斯背誦但丁《煉獄篇》義大利原文句子的段落，但他沒有提供英文翻譯。我把那段韻文拷貝過來，根據亨利・沃茲沃斯・朗費羅（Henry Wadsworth Longfellow）的版本逐行翻譯。

引用自第五章：

Là 've 'l vocabol suo diventa vano,
arriva' io forato ne la gola,
fuggendo a piede e sanguinando il piano.
我抵達姓名失去意義之地，
咽喉一再、一再遭受刺穿，
徒步逃生，沿途灑血。

Quivi perdei la vista e la parola;
nel nome di Maria fini', e quivi
caddi, e rimase la mia carne sola.
我失去視覺，失去聲音，
靜止於瑪利亞聖名之前，在那裡
我墜落，不再保有我的肉身。

第一章

平安無事時，你往往想不起來一直想做的事情，但奇怪的是，當你開始逃命之後，突然間一整份想做而還沒做的事情清單就會浮現而出了。

我一直想找個大鬍子男人把他灌醉，送他回家，再多喝幾杯，對他的肝臟造成嚴重傷害，然後趁他失去意識時剃掉他一半鬍子。接著我會在離開前安裝監視設備，以便好好欣賞他醒來時的反應（和宿醉狀況）。我當然會待在他家附近一輛無窗黑色廂型車裡監視他。還有一個愛說俏皮話的麻省理工學院電腦科學研究生和我一起待在車上。這傢伙之前有次差點上到一個害羞的物理系女學生，不過因爲他沒有幫忙加速她的粒子而甩了他。

我不記得自己是什麼時候想到要做這種事，還把它添加到我的清單上去的。可能是看完《魔鬼大帝：眞實謊言》之後的事。基於明顯的理由，這件事的優先順序向來不高，不過當我在羅馬尼亞展開亡命生涯時，它又再度化爲色彩鮮明的回憶重返腦海。我們的心靈一向是個謎。

我身後一段距離外，莫利根正在對抗兩個狩獵女神。阿緹蜜絲和黛安娜認定我非死不可，而莫利根曾保證不會讓我面對這種淒慘下場。歐伯隆跑在我左側，關妮兒在右邊；四面八方的樹林全都在法烏努斯的大混亂影響下無聲震動，干擾通往提爾・納・諾格的德魯伊傳送點。我無法轉移到安全地點，唯一能做的就是一邊逃命，一邊咒罵那些希臘羅馬古神。

和愛爾蘭與北歐諸神，還有許多其他文化中的神不同，希臘人和羅馬人想像中的諸神並不是擁有永恆青春卻可能被砍死的那種。喔，他們的瓊漿和仙饌讓肌膚遠離皺紋，肉體保持全盛體態，將血液變成靈液，這和其他萬神殿的魔法食物和飲料很像，不過不只如此——他們可以完全重生，這點讓他們擁有眞正的永生，因爲就算你把他們當作墨西哥肉乾一樣切碎，然後配鱷梨沙拉醬和熱玉米餅吃掉，他們還是會在奧林帕斯取得全新肉體，然後繼續追殺你——這就是爲什麼普羅米修斯每天都被一隻從來不想換換口味的禿鷹吃掉肝臟還能不死。

那並不表示沒人可以擊敗他們。除了其他永生神靈可以殺死他們，奧林帕斯眾神和大家一樣都必須存在於時間之中。我把巴庫斯丟到提爾・納・諾格的緩慢時光島上，而奧林帕斯眾神將此視爲私人恩怨——私人到他們寧願不救巴庫斯也要把我幹掉。

我完全不奢望能用同樣的手法對付這兩個狩獵女神。首先，她們比巴庫斯擅長戰鬥，而且她們會一邊互相掩護，一邊施展渾身解數朝我發箭。

「我們要去哪裡？」關妮兒問。

「暫時先往北走。見機行事。」

「剛剛看到箭射過來的時候，我可能在那邊留下了點體液。」歐伯隆說。莫利根用盾牌擋下那兩支箭，叫我們快跑。

「我差點也是，歐伯隆。」關妮兒說。正式成爲德魯伊後，她也能聽見他的聲音了。「我應該要矮身閃躲，或撲倒阿提克斯，或做出任何其他反應，但結果我只能盡力忍住不要尿出來。」

「我們得要晚點才能停下來方便，」我說：「當務之急是拉開距離。」

「看來隱藏行蹤不是當務之急？我們這樣在樹林裡跑會留下很明顯的足跡。」

「拉開距離之後再來想辦法。」

莫利根刺耳的聲音傳入我腦中。我並不喜歡她這麼做，但在這種情況下還滿方便的。她的語調很歡樂。

「眞是一場值得回憶的戰鬥呀！我希望有人見證此戰，還要有個像艾弗琴【註】那樣的吟遊詩人寫歌傳頌。」

「莫利根——」

「聽著，敘亞漢。我能繼續阻擋她們一陣子。但要不了多久她們就會再度展開獵殺。」

「是唷？那妳呢？」

「我比她們強。卻非永生不朽。我的結局將至；我已經預見到了。但那會是場轟轟烈烈的結局！」

我放慢腳步，回頭看去。關妮兒和歐伯隆也跟著停步。「妳會死？」

「不要停止奔跑，你這笨蛋！邊跑邊聽，不要睡覺。你知道怎麼擊退睡意，是吧？」

「知道。防止腺甘在腦中累積，然後——」

註：艾弗琴（Amergin）是愛爾蘭神話裡的米爾斯吟遊詩人與領袖，很多神話中的詩歌被視爲他的作品。

「我受夠那些現代用語了。你知道。現在你要找出一條通往提爾・納・諾格的古老之道——沒人看守的通道——或是想辦法前往獵人赫恩的森林。」

「赫恩的森林？妳是指溫莎森林？我得橫跨歐洲才能跑到那裡。」

「不想跑也可以死呀。」莫利根指出這一點。

「不，謝了。但是溫莎森林已經不算野外。現在它比較像是精心修飾過的公園，有人會在那裡喝茶，甚至會玩槌球。那裡不是森林。」

「那樣已經夠了。赫恩在那裡。他會守護它。他會帶朋友一起來。另外，敘亞漢，記住蓋亞愛我們甚於奧林帕斯眾神。他們存在的漫長歲月裡從未提供她任何祭品。即便此時此刻，他們也在用大混亂的力量傷害她。我在解除她們戰車的羈絆；在她們的鐵匠神造出新戰車以前，她們得要徒步一段時間。利用這項優勢，盡量拉開距離。」

「聽起來不大對勁。莫利根，如果妳有預見此事，爲什麼不警告我？」

「你和你的女人在一起。」

「我的女人？如果我這樣叫關妮兒，我當場就會少幾顆牙齒。她不是我的。人不能擁有任何人。」

「我早就學到這個教訓了。」

「很好，那和這場與奧林帕斯神之間的荒謬戰鬥有什麼關係？我們本來可以避免此事的。」

「不。此事必然會發生。拖延沒有意義。」

「妳在開玩笑嗎？那就是生存的目的。拖延死亡。我該給妳弄點百憂解。」

「閉嘴。我給你準備了一樣現代人稱之爲可愛臨別贈禮的東西。」

我難以想像莫利根所謂的「可愛」是什麼意思，於是我只問：「臨別贈禮？」

「提爾．納．諾格上這個地址有座時光島。」我腦中浮現一座刻有歐甘文的矮石碑。「你看到了嗎？」

「看到了，但——」

「好好記下來。沿著該島繞圈。仔細打量上游那一面的樹線，會看到個或許你會想要帶走的人。如果你打算帶走對方，去找孤紐幫忙。」

「莫利根，爲什麼？」

「因爲我受困了，這是唯一的出路。也因爲你做過選擇，而你沒有選錯。我不能怪她。」

我思索著她話中的深意，當場落後一、兩步。關妮兒擔憂地看了我一眼，我搖搖頭，表示不必擔心。「但是……莫利根，妳從來沒有表示過。」

「有差別嗎？你會選我嗎？」

「我不知道。但妳沒給我機會選擇。」

「每天都是機會，敘亞漢。兩千多年了。如果你對我有興趣，你有很多機會可以表示。我了解。你怕我。所有人都怕我，不管我有多想擺脱，仍無法擺脱這個事實。」

「這個……是呀，妳可以一邊對抗兩個奧林帕斯神，一邊和我説這些。這樣眞的很可怕。」

「她們有備而來。她們身穿合成衣料。我無法羈絆她們。而且她們戰技卓絕，攻擊右側干擾我的法術。」

「莫利根，離開那裡。妳救了我，我們已經拉開距離了。」

「不。這是我的選擇。我一直到最近才開始眞心嘗試改變——我是說從你殺了安格斯·歐格以後——結果發現改變對我而言已經遙不可及。我沒辦法交朋友。除非在極端特殊的情況下，不然我無法親切待人。我的天性不允許我這麼做。我能做的就只有恐嚇、色誘，以及挑選亡者。這樣不是很奇怪嗎？很久以前，我和你一樣只是個德魯伊，可以爲所欲爲。但是一旦成爲神後，期待就開始隨著神力而來。那些比較像是枷鎖。我一直到試圖擺脫枷鎖後才察覺這一點。如今我已經失去自我，不再能夠隨心所欲。我只能做我的子民想要我做的事情。」

「很抱歉。我不知道。」

「我告訴你這些，是希望你不要重蹈覆轍。這是神格的隱藏法則，發現它的神註定面對悲哀。我一直想要否認這個現實，但是它太常浮出水面，不可能不是事實。至少現在我找到了一點慰藉。」

「慰藉？」

「這就是我的勝利，敘亞漢：我有權戰鬥，而我不用理由；儘管我通常都有理由，而我可以自行挑選理由。今天我不是爲了榮耀、名聲、嗜血或復仇而戰。我是爲了……其他理由而戰。」

「我了解。但還是說出來。爲了妳的勝利。」

「愛。」

「莫利根，我——」

我覺得腦中有樣東西輕輕地「啪」了一聲，彷彿緊繃的繩索，或是羈絆法術斷裂時釋放的張力。我突然感到一陣空虛，然後是難以抵擋的暈眩，導致我絆到一條樹根，當場摔個狗吃屎。

莫利根？我腦中的寂靜指向唯一結論。我們的精神羈絆就像廚房電器或電腦的嗡嗡聲一樣，直到斷電你才會察覺它們。她在重建我被惡魔咬掉的耳朵那場痛苦儀式中偷偷加入能和我遠端交流的羈絆，那個羈絆消失了。

「阿提克斯，怎麼了？」關妮兒扶我起身，在看到我的表情時倒抽一口涼氣。「你受傷了嗎？你爲什麼在哭？」

她放開我的手臂，隨即在我頭暈目眩、站立不穩時又出手扶我。「莫利根死了。」我說。

第二章

「妳覺得妳可以在馬形下用嘴叼住木杖嗎？」我問，拖延回答問題的時間。我用手掌擦拭淚水。關妮兒了解我的意思，儘管語氣聽起來震驚到有點空洞，但沒有追問下去。

「我想可以。」

「很好。把衣服留在這裡。」我開始脫衣服，然後深呼吸幾口氣，試圖讓腦子清醒一點。「我們眞的得加快速度。我們以有蹄形態趕路，透過大地補充能量。」

關妮兒脫下上衣。「莫利根說古老之道都已崩壞或是有人看守。」她說，回想我們開始逃命前，女神對我們說的話。「我們要打倒看守者，從那種地方傳送離開嗎？」

「我想我們要一路跑去英格蘭。或至少跑到法國，然後游過英吉利海峽。」

「我們眞的要從羅馬尼亞跑到那裡去？」

「沒錯。」

「我們不能搭火車或坐車還是什麼的嗎？」

「不。妳聽到莫利根說的了，她唯一預見我們存活下來的途徑就是一路跑過去。」

「那很沒道理。」

「性命交關的時候，我不打算和莫利根的預知影像作對。她通常——我是說，之前對於性命交關的預言通常都很準。」

「我不是要爭論她的說法準不準。我只是想要了解為什麼會準。」我聳肩。「我還不知道答案。我們遲早會知道的。我猜我們必須在逃命的過程裡弄清楚一切。」脫光所有衣服，把武器放在身前的地上後，我們就變形為有蹄動物——公鹿和栗色母馬——然後用嘴叼起我們的武器。

「嘿！你們最好希望我們不會跑到樹木茂密的地方。」歐伯隆說。

我想不出什麼來回嘴，不過關妮兒肯定有，因為歐伯隆突然氣沖沖地說：「什麼？真的？我一定要那樣嗎？」她顯然說他一定要，因為他又繼續說道：「我們得幫你們弄些鞍袋之類的東西。」他叼起關妮兒一副大腿刀套，上面插了三把葉狀飛刀。「你們知道我們看起來有多滑稽，是吧？我認識一個馬語者，我一定要打電話告訴他你們的事。」

我們開始奔跑，而我很慶幸有這段單方對話可聽。我一直認定為永生不朽的女神突然就這麼死了，我整個世界都在動搖。我想不出任何戲謔的言語去和歐伯隆反唇相譏。我有太多事要處理，特別是我們要如何繼續生存下去。

離開阿普塞尼山脈的丘陵地後，我們終於開始加速，沿著小高原的邊緣穿越平坦的耕地前進。我們轉向西北，避免遇上更多山丘而得減速的情況。我們專挑葡萄園、苜蓿田、麥田之類的地方走，遠離村鎮。我們游過兩條河，在日落時從奧拉迪亞南方進入匈牙利。透過歐伯隆，我把莫利根說的話轉達給關妮兒——至少是要趕去赫恩森林的那一部分。

她提問：「我們要走哪條路過去？」

除非我們有辦法找到沒人監視的提爾・納・諾格的古老之道，然後直接傳送到其他世界，不然我們最大的優勢在速度。羅馬人很久以前曾經藉由吸血鬼和羅馬女神密涅瓦的幫助對古代德魯伊做出同樣的事。第一步是燒光歐洲大陸上所有聖林，當時那些就是通往提爾・納・諾格唯一的傳送點；第二步是看守所有古老之道；第三步則是利用密涅瓦的能力看穿我們的偽裝。我逃到羅馬帝國疆域以北，遠離他們的魔爪。我絕不懷疑現在密瓦涅有在指導潘恩、法烏努斯，以及兩個狩獵女神獵殺我們的技巧。

但我從來不曾用跑的橫跨歐洲大陸。我曾健行過一次，留宿青年旅館、在揹袋上縫些補丁，因爲我覺得這種僞裝很有趣；不過那次我花了很多時間，而且十分享受翻山越嶺的經驗。現在這種情況，爬山只會拖慢我們的速度，再說，我不打算洩露我們的目的地。想要直達多佛海峽，我們只要一直往西北走就可以了。但是那條路上除了幾座高山外，還有很多鋪滿現代道路的城市，像是布達佩斯和維也納。我們要誤導追兵，還要能隨時接觸大地。這就是我在匈牙利邊境轉而向北的原因：一旦穿越喀爾巴阡山，我們在到達法國前就能一直待在平地，最糟也只會碰到一些小山丘而已。透過朝西北方穿越波蘭和德國，能讓人以爲我們要取道丹麥前往瑞典。然而，要規劃最完美的路徑、避開主要城鎮，並且盡可能別在森林裡遇上等待末日降臨的生存主義份子，我就得沿路諮詢各地元素。我聯絡喀爾巴阡元素，他的領地橫跨好幾個對蓋亞而言毫無意義的人類政治疆域。

／／德魯伊跑路／需要嚮導／盡可能避開人類和城市／／

在和喀爾巴阡來回交流之後，我們規劃出一條往北穿越匈牙利和斯洛伐克鄉村，直通喀爾巴阡山的路徑。

擬定好計畫，追兵還落後我們一個小時，我終於有時間感受情緒，而那些情緒則透過我的眼神流露而出。我一輩子幾乎都在崇拜莫利根，最近幾年我則不光只是崇拜她。她是屬於我的黑暗，一個異常美貌的末日與痛苦使者，迫使我不斷掙扎、督促我強化實力。她是平衡布莉德勢力的必要力量，並不只是令人畏懼的實體，而是值得珍惜的女神。正如布莉德為我們的生命帶來光明、工藝和詩歌，莫利根藉由分享她的存在為我帶來敏銳、實際的警覺意識。

透過後見之明，我終於看出莫利根對我的寵幸遠遠超過其他凡人。特別是六年前，當她帶我離開關妮兒身邊，修復我手背上的刺青時，她對我好得非比尋常，但是我絲毫沒有放在心上，因為我們身處透過羈絆法術強化心靈和諧的房間裡。現在我明白我們當時的交流一直困擾著她。離開那個房間後，她立刻在完全沒有必要的情況下恢復成殘暴的自我。那就是導致她崩潰的時刻——並非因為她愛上某個小夥子，而是因為她缺乏愛人的自由，或是與她期待的不同。

我試著當她朋友，但那可能把情況越弄越糟。為了一起消磨時間，我們一起去看了幾場棒球賽，而她一直忍不住批評球員恐懼輸球的心態，或他們對於表現不佳所產生的罪惡與沮喪，只有在我大聲歡呼時才會注意到他們勝利的喜悅。每當我歡呼時，她就會微微皺眉、責備自己。她似乎認為她應該要搶先察覺，或至少和我同時察覺，但她心裡有層濾鏡在隔離所有正面情緒。每次去棒球場，她一開始都很樂觀，認定自己這次可以透過非常膚淺的層次享受兩隊比賽和我的陪伴，忽略所有她身為死亡、戰爭和淫慾女神理應感應到的情緒。通常到了第三局，那種樂觀就已經蕩然無存，而她就會安安靜靜地坐著，惟恐自己一開口就會說出負面評論。我試圖用歡呼來逗她開心，卻只是更突顯她缺乏那個層面的社交能力而已。

我們有次跑去聖路易斯看球賽，而在迅速逛完球隊商店後，我很驚訝地發現她穿著那套紅雀隊球衣和球帽有多不同。她看起來超可愛的——不是火辣、不是騷包、不是性感，而是那種純真、健康的美，能夠提升士氣，讓你覺得活著看到如此美麗的事物感覺眞好。但是當我對莫利根說她看起來很可愛時，她不了解我口中的可愛和她認知中的可愛差別在哪。我解釋給她聽時，她也還是聽不懂。她以爲我想跟她做愛，結果發現我不是那個意思，然後我們兩個都覺得很沮喪也很尷尬。儘管經歷許多挫敗，我還是認爲有所進展，我們能在聯手對抗安格斯．歐格兩千多年之後成爲朋友。我想莫利根覺得這樣的進展不夠，或不是她想要的。

或許一直無法獲得鐵元素幫忙將寒鐵護身符羈絆到她的靈氣裡也讓她十分沮喪。不管多努力，她無法擺脫她神性中的特質、散發親切的氣息。

我想如今她自由了——主要是從身而爲神的限制中獲得自由，而其次則是從一個蠢到始終沒有發現她眞實感受的德魯伊面前獲得自由。我曾透過魔法光譜打量她，或許我有看到那些情感羈絆，就像關妮兒取得魔法視覺後在我們之間看到的那種。但我從來不敢用那種眼光看待莫利根。她會察覺到，並將其視爲侵犯隱私，而她絕對不會輕饒侵犯她隱私的人。

我想如今我也自由了——但，和莫利根不同，我並不想要這種自由。儘管荒謬絕倫，我還是想要再看看她雙眼綻放紅光、預言我的死亡。我想再和她一起去看棒球，指導她既神聖又噁心的嚼葵花子藝術。

而且，老實說，我希望再度感受到身受保護。她是唯一有在看顧我的神。少了莫利根庇祐，我又有可能面對慘死的命運了。當然，我漫長的人生中大部分時間都有慘死的可能，但我知道我會懷念過去十二年相對而言較安全的日子。打從我決定不再繼續逃避安格斯·歐格追殺之後，遇上刺殺的次數就開始大幅提升，而有個女神照顧讓我安心不少。她偶爾才會伸出援手，而且每次都伴隨著痛苦，但要不是她，我早就死了。現在她死了，又有兩個女神在追殺我，或許我的生命之沙也終於要漏光。

我們很快就發現三人一起匿蹤奔跑很不實際。我們會失去彼此的蹤跡，或不小心跑得太散，甚至會撞成一團。我待在顯眼處，因爲原野上一頭狂奔的公鹿並不是什麼奇怪的景象，肯定不會引人注目。不過可能會有人想要圍捕關妮兒變成的馬，歐伯隆則會被回報爲流浪狗。比較輕鬆的做法是讓關妮兒完全隱形、歐伯隆保持僞裝，於是他們就這樣跟著我跑。

即使缺乏幫助，我們都算是跑得很快的動物；我們都能達到時速三十英哩，並且跑上一到三英哩才需要休息。不過在蓋亞的幫助下，我們可以增加時速到四十至四十五英哩，而且不用休息就能消除肌肉痠痛、避免缺氧。

斯洛伐克東半部大多是田野，我們跑得十分輕鬆，特別是在所有人都回家吃晚飯的時候。我們偶爾會放慢速度，穿越馬路或跳過矮欄，不過正常都保持在一定的距離內，一言不發地奔跑，希望能夠拉開一段讓那兩個女神無法追蹤的距離。我們在一座叫作維卡多瑪莎的湖泊北方遇上第一個麻煩。

多瑪莎是座南北向的湖泊，因昂達瓦河上的水壩而形成的。此湖長約八英哩，反射銀色月光的湖面在我們沿東岸樹林山丘奔跑時飛掠而過。那是座能爲人類提供安全感的成熟樹林，因爲腳下的雜草不是被除掉，就是短到讓吃人的獵食性動物無法藏身。人們會來這裡健行，然後採集野蘑菇。

經過東北湖岸的一座小鎮後，我們順著山丘往下走。我後來得知那座小鎮人口約五百，叫作突倫尼奈昂達沃。就在那個時候，歐伯隆的鼻子聞到了某樣東西，我也是。

「嘿，阿提克斯，附近可能有屍體，也可能有個吸血鬼。」

「我也聞到了。」我回道。

「聰明女孩說她有聞到。」

「好，我們先在這裡停一會兒，叫她不要變形。如果她變回人類，吸血鬼會感應到她。」

「他現在沒有感應到我們嗎？」

「我們現在只是人畜無害的動物，他在找的八成是人類。」

我們前面有條通往邊境的馬路——即是穿越喀爾巴阡山的途徑。我們的計畫是順著這條路的東側走。這條路往北的方向空無一人，但是往南、通向鎮上的方向看，可以看見四條身影——道路兩側各兩個。他們全都看向南邊，顯然是在等待什麼。他們身穿牛仔褲和連帽衫，頭戴兜帽，手都插在口袋裡。

我啓動魔法視覺，發現其中之一透露出吸血鬼的灰色靈氣。在我眼中，另外三個比他危險多了。「黑暗精靈。」我說。

「關妮兒說她想放火燒了他們。」

我在心裡吐槽。黑暗精靈維持實體的時間不會久到讓你能夠放火燒。「我或許該來句俗話，復仇這盤菜最好涼了再上桌。」

「你有空得向我解釋一下這句俗話。因爲你說得那好像是什麼壞事，不過在我聽來就是指冰淇淋，因爲冰淇淋也是最好涼了再上桌。或許義式冰淇淋和冰凍優格也不錯，但是不要裡面有水果顆粒的那種——」

「歐伯隆。」

「幹嘛？」

「認眞問問關妮兒，看她想要幹掉他們，還是繼續跑。」

一段時間過後，歐伯隆回話：「她說幹掉他們。她不希望他們和那兩個女神聯手對付我們。但是如果要動手，我們要快。」

她說得沒錯。兩個女神很快就會趕到，我們不能拖拖拉拉。我在想，或許這些黑暗精靈唯一的功用就是拖延時間。

我們上次遇上黑暗精靈是在薩洛尼基，當時我們勉強逃了出來。不過眼前的黑暗精靈人數較少，而關妮兒已經正式成爲德魯伊，擁有他們可能意想不到的力量。

那個吸血鬼知道我們能夠怎樣對付他嗎？他或許年紀太輕，不清楚德魯伊的能力。不過我知道他在這組人馬裡扮演什麼角色：他負責感應。我們沒辦法神不知鬼不覺地偷襲他們。他可以從很遠的距離外聞到我們的氣味，或聽見我們的聲音。

「我會先解除吸血鬼的羈絆，然後從這裡正面攻擊。關妮兒保持隱形，由側面圍攻。只要施展魔法視覺，她應該就能在黑暗中看見他們化身煙霧。」

關妮兒變回人形，不過保持隱形，接著顯然在向歐伯隆拿回飛刀時抱怨了幾句，因爲我聽見我的獵狼犬說：「口水是我提供的多項免費服務之一。」

「歐伯隆，請待在這裡。前面沒有東西給你咬。」

「好呀，我無所謂。我老早就想要保養一下底盤了，如果你懂我的意思，但是我每次一蹲下去，你們就要大驚小怪。」

「告訴關妮兒可以準備了。我現在就要解除吸血鬼的羈絆。」

我變回人形，凝視吸血鬼，唸誦能把他分解成碳、水和微跡元素的咒語。少了他後，黑暗精靈就得仰賴他們較爲遜色的感應能力。我在關妮兒跑下斜坡時聽見她逐漸遠去的腳步聲；她會從北邊展開襲擊，我則從東北方正面攻擊。

吸血鬼不知道是聞到還是聽到我，總之他轉身朝我指來，不過我一啓動羈絆法術，他立刻在衣服裡縮成一團，牛仔褲在褲管底下洩出爛泥般液體的同時落地。我取消僞裝羈絆，拔出富拉蓋拉，就像我們凱爾特人在從前那些好日子裡幹的那樣，赤身裸體、大吼大叫地展開衝刺。

至於黑暗精靈，他們拋下了所有假扮人類的僞裝。就在吸血鬼瓦解的同時，他們施展了意指

「煙霧之勝利」的武術西格艾雷克中的第一招，化為虛幻形體，避免刀、槍或其他形式的攻擊。對於無法透過魔法光譜看見他們的人而言，這是非常厲害的戰術；他們就像是融入黑夜一樣，完全無影無蹤。但是在我眼中，他們是一團團雲霧般的白色能量，更有甚者，我還知道他們只能維持霧態五秒。他們只要一秒就能再度化身煙霧，但在那一秒之中他們無法抵禦攻擊，而如果我沒猜錯，他們受傷之後，直到傷勢痊癒為止，都不能再度化身煙霧。

每個黑暗精靈身上都羈絆了一把能夠隨著身體轉化虛實的黑匕首，不過是魔法武器，無法刺穿我的靈氣。然而這種匕首能對關妮兒和歐伯隆造成傷害，所以我要黑暗精靈在關妮兒突襲他們時持續攻擊我。

我衝下斜坡，順著道路奔向他們；我注意到他們沒有跑往道路對面的樹林，或是聯合起來對付我。他們待在原地，恢復實體片刻，然後又化身煙霧，等著我拉近距離。

這倒奇怪。我腦中響起警鐘，不再吼叫，開始思考究竟是怎麼回事。我沒看出任何魔法陷阱的跡象，不過或許他們決定採用比較世俗的做法。他們可以在附近埋設地雷，然後我就會炸死自己。

「歐伯隆，叫關妮兒走道路過去。地上可能有地雷。」

我聯絡喀爾巴阡。／／提問：我面前的路徑上有淺埋金屬物體嗎？／／

／／有／／

我停下腳步。／／顯示給我看／／

我腦中浮現地雷的影像。道路兩旁的黑暗精靈外圍都埋了半圈M16A2反人員地雷，不過距離他們起碼有兩百呎遠。那是美國製的地雷，在中東和亞洲都很常見。踏上一枚，移開腳掌，地雷就會彈離地面約三呎，然後引爆，朝方圓百呎的範圍內激射碎片。如果要避免露餡，他們就該選擇盡量不採用金屬材質的現代爆破地雷，不過他們大概認定我很愚蠢。我仍待在安全距離外，而且我有辦法遠程引爆地雷。我並不擅長移動大地，不過需要時，我還是可以移動一些表土。

「歐伯隆，叫關妮兒別再前進，尋求掩護。」

我瞄準附近一塊土地，與第一枚地雷的頂部羈絆在一起。那塊草皮騰空飛掠，落地時壓下感應器，然後滾開。爆炸聲劃破黑夜，在我們之間灑下許多鐵碎片。我重複這個動作，引爆所有地雷。蠢黑暗精靈，大地是德魯伊的地盤。

但他們還是不肯移步。凝聚形體時，他們朝我看來，不過依然待在路旁。這表示他們還有其他保護措施，希望我上前攻擊。我是不會那麼幹的，因爲幹任何敵人想要你幹的事，都和用廚房電器洗澡沒什麼兩樣。搞不好他們還在身前埋了一圈塑膠地雷。喀爾巴阡很難感應到那種東西，或許以爲它們只是移位的土壤。

「警告關妮兒要小心其他陷阱。他們太鎮定了。盡可能從最遠的距離解決他們。」

「好。」歐伯隆說。

我打手勢要求精靈上前，不過他們一看到我的手勢——這表示他們擁有絕佳的夜視能力——就保持實體，然後對我比出同樣的手勢，臉上露出燦爛的笑容。我回應他們的笑容，看著離我最遠的黑暗精靈脖子插上一把飛刀。他很好心地待在原地不動，爲關妮兒提供目標。他的夥伴立刻化身煙霧，但在我這一側的黑暗精靈因爲面對著我，沒有察覺異狀。我繼續笑著朝他比手勢，兩秒之後，他也倒下了。最後那個黑暗精靈在五秒後恢復實體，不過他採取聰明的做法，成形時縮成一團，藉以縮小目標。關妮兒早就料到，所以還是射中了他。那一刀並不致命，插在他的肩膀上，不過證實了我的理論：他們皮開肉綻後就沒辦法瓦解形體。他握住飛刀，罵了一句古北歐語髒話，繼續蹲在地上。

「叫關妮兒回你那裡去，不要去拔飛刀。我們會再幫她補充飛刀。對方已經失去戰力了，我不想要踏入看不見的陷阱。」

片刻過後，歐伯隆回應：「她說最後一個跑到獵狼犬旁邊的人是超老的老頭。」

我微微一笑，衝回山丘，留下最後的黑暗精靈眼睜睜地看著自己的夥伴融化成黑色焦油。長年飲用不朽茶或許能讓我的身體不受歲月侵蝕，但是關妮兒卻讓我再度找回青春。

第三章

黑暗精靈和吸血鬼會在特定地點埋地雷守株待兔的唯一可能，就是有人知道我們會走這條路。那代表了兩件事：要嘛就是奧林帕斯眾神預先告訴他們——我覺得不太可能，因爲如果讓其他人殺死我們，他們就毫無榮耀可言——不然就是有人在監視莫利根的一舉一動，可以合理推測我們的逃亡路線。這個人很可能是妖精。很少有其他人可以不被發現地自由來去愛爾蘭神域。

只要假設我們在往北走，就不難推測我們的路線；穿越喀爾巴阡山的路不多，而要擺脫追兵最簡單的做法就是順著河流走——渡河，然後再渡河，也可以假裝渡河，實際上只是踩著淺水前進，然後從同一側的上游處上岸。挑選一條通往入山口附近的河流來堵我們是很合理的猜測。

我對關妮兒說：「我們或許有條妖精尾巴。」

「好耶！這就是小孩子在樹林裡走失，然後惹上麻煩的那種童話故事【註】。這些小孩通常會死翹翹，因爲他們沒帶獵狼犬——或父母同行。你有在童話故事裡見過搞得清楚狀況的小孩嗎？」

「不是，歐伯隆，我說我們或許有條妖精尾巴，意思是有個妖精追著我們的尾巴跑。」

我的獵狼犬哀鳴：「英文有時候很蠢。」

註：童話故事（Fairy Tale）和妖精尾巴（a faery tail）發音相似。

「偶爾抬頭看看。顯然不光只有那兩個女神在獵殺我們。我們還要擔心吸血鬼和黑暗精靈，而我認爲提爾・納・諾格有妖精在幫他們。」

「有任何人喜歡我們嗎？」關妮兒問，語氣微帶苦澀。「因爲我覺得我們如果能倖存下來，或許該去找他們出來聚聚。」

「是呀。辦得到的話，我們或許該離開歐洲一段時間。」

關妮兒迅速吐了口氣，驅逐一廂情願的想法，回到實際的話題。「但是事情得要一件一件來，是不是？我們得先擺脫這個情況。設置陷阱應付追兵會不會不切實際？」

「不，我不認爲。事實上，我覺得就策略上而言，有必要這麼做。」

「同意。就算是沒有生效的陷阱也能拖慢他們的速度，讓對方小心提防更多陷阱。我們應該挖個大洞，在洞底插些木樁。你去挖洞，我去弄木樁。」

我向她微笑：「冷靜提出破壞性建議？這樣很性感。」

關妮兒丟下木杖，踏步上前，雙手平貼我胸口上。她湊上前來，作勢欲吻，不過在最後關頭退開，讓我沉浸在她濕熱的口氣和草莓唇蜜味裡。我認爲她沒塗唇蜜——化妝品很難在變形之後保留下來——但現在不管在任何情況下，我都能夠聞到那種唇蜜味；那股香味的記憶已經和她的嘴唇緊密結合在一起。她用力推開我，然後變形爲馬。她用嘴叼起木杖，朝北全速狂奔，把迷迷糊糊又有點慾火中燒的我給留在原地。數秒之後，我腦中傳來歐伯隆的哼聲。

「她說如果你想要她的話，就得比她先橫越喀爾巴阡山。」

我笑著將富拉蓋拉的劍鞘丟在地上，然後變形為鹿。「駕！」我對他道，然後叼起劍。

「我有和你分享過我對於人類交配習性的看法嗎？」

後來我終於發現這場比賽是認眞的。我有一半時間都像個妄自尊大的大老二一樣，認定她會放慢步伐讓我贏。接著我試著拉近距離，卻發現她根本沒有全速前進；她還有六檔和七檔沒用。

「解釋幾句俗語給我聽，阿提克斯？」歐伯隆問。

「當然。」

「這就是你們人類所謂的『草草了事』嗎？」

我前方那匹馬嘶聲大笑——關妮兒當然也聽得見歐伯隆的話——但我沒有拉近與她的距離，所以我不覺得這很有趣。我們沿著E371公路東側的樹林與邊緣地帶前進，避免吸引穿越斯洛伐克和波蘭邊境的司機注意。這裡是杜克拉山口，第二次世界大戰東線最血腥的戰場之一。農舍和死者紀念碑如同棋子般聳立在以木樁劃分成塊的牧地上。

渡過國界，安然抵達山口另外一側後，關妮兒停在一片苜蓿田旁得意洋洋地看著我。「看來你得要把所有性衝動都拿去設置對付不朽之神的陷阱了。」她說。

「呃，你們就好好在黑暗中設置不可能的陷阱。我要去打個盹兒。」

我覺得打盹這個點子不錯，但我們沒有時間。如果現在睡著的話，可能永遠不會醒來，於是我們專注在眼前的工作上。

通常挖陷阱洞要好幾個小時，還得有合適的工具，像是鏟子或鋤耕機——至少也要鐵鍬——用來移動土壤。但是當大地願意幫你做事時，你就能在短時間內不用任何工具達到目的。重點在於當有兩個專業狩獵女神在追你時，你就得想辦法儘快行事。

「你不能在這附近砍樹枝來削尖。」我說：「如果她們擁有夜視能力，或是等天亮才路過此地，就很可能會看到斷枝、提高警覺。我們以有蹄形態穿越牧地，留下清楚的足跡。等我們抵達對面後，我們就來『卑鄙的兔子【註二】』那一招，鑽地洞回來，妳懂嗎？」

「我當然懂。」她變形爲馬，叼起木杖，然後跑走。

「喔，我想這表示我不能打盹了。」

「總之不能在這裡。穿越歡樂田野。好了。把富拉蓋拉一起帶走。叫關妮兒開始動工，我隨後就過去。我得去邊境哨站弄些手電筒。」歐伯隆張大嘴，叼起我的劍和關妮兒的飛刀。

「情況越來越荒謬了。我要一套豪華狗狗晨浴套餐來撫慰我受創的心靈。」他說。

「抱怨夠了。」

「我可不是抱怨。我是在遊說。這兩個詞完全不同。」

我施展僞裝羈絆折返，不在乎狩獵女神會不會看見腳印。讓她們跟蹤我到邊境哨站，隨她們去猜我究竟在那裡幹些什麼。

我向哨站窗戶丟了兩塊石頭。兩名守衛立刻拿手電筒四處照，一手放在槍柄上，對著黑暗出聲警告。我搶走他們的手電筒關掉，然後施展僞裝羈絆。在守衛眼中，手電筒是自己跳出掌握消失的。他們拔槍，但在黑暗中找不到目標。我已經開始跑回苜蓿田，身後傳來在都卜勒效應中聽起來有點像是《永遠不會放棄你》這首歌的波蘭髒話；我不敢相信我竟然被自己瑞克搖擺【註二】了。

抵達苜蓿田後，我繼續以人類的雙腳穿越田地。我沒必要爲了保持一致而變化形體；那些女神只要跟著我穿越田地就好了。我們在對面樹林掩護下與喀爾巴阡取得聯繫。關妮兒請他幫忙，並且取得他的允許砍下幾根活樹枝，我則解釋我們需要地道，並在牧地中央弄個表面上看不出來的大陷阱洞。阿緹蜜特和黛安娜必須看見被踩扁的苜蓿草才會追蹤而來。

儘管有喀爾巴阡幫忙，我們還是花了一個小時製作陷阱。移動地面下的土地和岩石對元素而言並不難——只要幾分鐘就好了——不過我們爲了在洞底插滿尖樹枝而來回地道好多趟。因爲我們還得拿手電筒，一次就只能拿幾根樹枝。我們的夜視能力足以應付外面的工作，不過沒辦法在地底下純粹的黑暗中視物。而我們耗費最多時間在做的則是把樹枝穩穩地插在洞底。

大洞本身深達二十呎，歐伯隆覺得這很厲害。對他而言，這就算是史詩等級的大工程了。

「這個洞和斯巴達那個把波斯大使踢進去的洞深度比起來怎樣【註三】？」

「差得遠了。」我回答。

註一：卑鄙的兔子（Wascally Wabbit），是美國卡通*Looney Tunes*裡面總是在追著Bugs Bunny的獵人Elmer Fudd的招牌台詞之一。他都叫Bugs Bunny作「Wabbit」，自稱Wabiit Hunter。

註二：「瑞克搖擺」是個網路爆紅事件衍伸出的詞彙；在某些網站中，會用吸引人的關鍵字讓使用者點選下方連結，但這些連結都導向瑞克．艾斯特利（Rick Astley）的熱門單曲《永遠不會放棄你》（*Never Gonna Give You Up*, 1987），也讓這首歌又大紅了一次。上當者通常會留言說自己「被瑞克搖擺」（rickrolled）了。

註三：電影《斯巴達三百壯士》（*300*）裡的場景

「如果你是渴望贖罪的邪惡生化人，想用指尖閃電把皇帝丟到那底下呢？他會咻一聲落地【註】嗎？」

「他會發出聲音，不過大概不會咻一聲。」我擔心女神能避開木樁。畢竟，幫她們拉車的公鹿會先掉下來，接著她們會毫髮無傷地掉在鹿上。如果她們沒被刺中，我要她們難以跳回洞外，而就連我也沒辦法垂直跳高二十呎。但萬一她們的戰車上有加持飄浮法術呢？在女神攻擊我們前的匆匆一瞥間，我隱約看見戰車微微飄在地面上。我想不起來拉車的公鹿是不是也用飄的。如果是這樣的話，我們可能就白白浪費了一個小時。但如果不是的話，公鹿就會掉進陷阱，鞍具則會連帶戰車一併拖下去。或許。我期望無論是哪種情況，掉入陷阱都能至少拖延女神一小時，並且導致她們之後追蹤時放慢速度。莫利根解除她們戰車的羈絆幫我們爭取了幾個小時，因爲她們得等幾個小時讓赫菲斯托斯和瓦肯打造新馬車。我們正在消耗那些時間。幸運的話，這座陷阱會幫我們再爭取到半天。

陷阱頂蓋是一層由苜蓿草根編織而成的草毯，中央以羈絆法術強化，避免凹陷。喀爾巴阡在我們離開後封閉了地道。

我們化身有蹄形態，朝西北方而去，開始下坡，打算繞過西南方的波蘭城市亞斯沃。依照這個大略方向前進——盡可能待在田野區域，不過三不五時也能溜入城鎮去取得補給——我們可以避開波蘭和德國境內所有山區。進入荷蘭後，我們就能轉道向西南，穿越比利時，一路抵達法國的加來。

把途經地點全放進一個句子時，旅行聽起來非常輕鬆。但是要直接跑去英國可沒有那麼容易。

註：電影《星際大戰VI絕地大反攻》（*Star Wars Episode VI: Return of the Jedi*）裡，達斯．維達最後的一幕。

第四章

我認爲現今大眾並不完全了解九〇年代最紅的科幻影集《X檔案》有多了不起。那套影集有辦法影響人心。至少，我後來才發現它透過意想不到的方式影響我的想法。比方說，現在穿西裝抽菸的男人會給我一股存在主義恐懼感。每當看見有人把數百種毒素吸入自己肺部，不管當時在做什麼，我都會覺得那個抽菸的男人在引誘我抽菸。然後我就得逃離現場，找點其他事做，好讓自己覺得我不是他那個大計畫中的小棋子。至於蜜蜂，我們就別提了，好嗎？【註】

我從那套影集學到最重要的一課就是，要小心在開放空間裡由奇怪光線照出的黑影。那就是當我看到十三條黑影等在亞斯沃西邊的洋蔥田裡時會毛骨悚然的原因。或許他們抓走了穆德的妹妹，或許我們得要一刀砍入他們頭顱下方才殺得了他們，或許他們是黑暗精靈。

逐漸接近之後，我發現照出黑影的光線並非發自他們身後，而是以各式各樣紫色調圍繞在他們身邊。看起來像黑影是因爲他們身穿黑衣，但是在他們身邊圍繞的光線看起來很眼熟，也照亮了幾張我認得的面孔。我見過這種魔法防護罩；那些人是曙光三女神女巫團的成員，由瑪李娜・索可瓦

註：吸菸男（the Smoking Man），又稱作「癌人」（Cancer man）是《X檔案》（*The X-Files*）中的神祕人物，也是主角穆德的主要敵人之一。而提及蜜蜂，則是因爲《X檔案》中有透過蜜蜂傳播病毒的劇情。

斯基率領的波蘭女巫團。我多年前曾和她們簽訂過互不侵犯協議。

瑪李娜站在最前面，她的防護罩顏色最鮮艷，肯定也最強大，而她的金色長髮依然美得令人窒息。這十二年她的外表一點也沒變，我也是；但狀況肯定變了。女巫團裡其他我認得的成員——羅克莎娜、克勞蒂雅、卡西米拉和波塔——都站在瑪李娜身邊。

她的女巫團裡有八名沒有簽訂互不侵犯協議的新成員，而我這邊也有沒簽的關妮兒。如果瑪李娜想要對付我，技術上而言可行，只要透過代理人動手就行了。關妮兒和我不同，沒有能力防禦女巫法術，不過她的實力也不容小覷。

我透過歐伯隆聯絡關妮兒，告訴她我們應該變回人形，放慢速度。她和我同時變形，我們手持武器，小跑步前進。「她們動手時會用銀匕首，」我在進入招呼範圍前對她低聲說道：「動作比正常人快。」

「收到。」

「不要專注在她們身上任何誘人的地方。她們利用魅惑法術控制他人。」

「太美妙了。」

「聽起來很複雜。她們只要用蒜味燻腸就能控制我。」

瑪李娜開口時語氣有點驚訝，不過有可能是刻意假裝的。「歐蘇利文先生？你在這裡做什麼？」她沒有提到「在洋蔥田裡赤身裸體」，不過她的表情透露了她的想法。

「索可瓦斯基女士。我也想問妳同樣的問題。」

「在波蘭要唸索可瓦斯卡。我在美國時懶得用某些人名收尾的屬格。」

「啊。謝謝妳。我眞的得要學學波蘭語。看來我應該要恭喜妳，妳的女巫團再度壯大了。」

「對，確實。而看起來世界上又多了一個德魯伊。」

「是呀。瑪李娜，這位是關妮兒。」

她們兩個說了些客套話，接著瑪李娜就和往常一樣直接切入主題，完全不在乎我們沒穿衣服。

「我們預知即將發生災難。你有聽到什麼風聲嗎？」

「這嘛，有啊。諸神黃昏。」

她以爲我在開玩笑。「我很認眞，歐蘇利文先生。」

「我也是。我們在坦佩市的四峰酒館見面時，我正要去搞砸所有人的未來。我很肯定成功了，現在我正很努力想要拖延末日降臨，或是如果沒辦法阻止此事的話，就降低傷害的程度。我認爲距離事情爆發還有一年左右。」

「爲什麼是一年？」

「這個嘛，洛基已經逃離漫長的囚禁生涯，赫爾要調度大軍對付九大國度。妳知道，他們其實已經可以開打了，之所以沒有開打完全是因爲我們擾亂了計畫，傷害了他們的自尊。而且我對一則預言有信心，該預言說還有一年。」

瑪李娜輕哼一聲。「誰的預言？」

「誘惑奧德修斯的女海妖。」

瑪李娜與隨時都像剛做完愛的苗條女巫克勞蒂雅對看一眼。她穿衣服的樣子能讓人覺得她一分鐘前肯定沒穿衣服。「女海妖告訴奧德修斯，諸神黃昏會在明年展開？」

我聳肩。「不是這樣說的，不過證據確實支持這樣解讀。她們說世界會陷入火海。洛基很喜歡縱火，而且我毫不懷疑史爾特爾離開穆斯貝爾海姆後會有很多地方燒起來。但是說實在話，我不知道這則預言眞正的涵義。或許她們是指某個特別炎熱的夏天引發了許多森林大火。」

「我懷疑。女海妖不會與舉足輕重的英雄說這種小事。」

「啊，所以妳們知道過女海妖的預言有多精準？」

「知道。有什麼我們幫得上忙的嗎？因爲我們的預言顯示這裡會失火。」

「有這種事？」

「是呀。你知道我不會開這種玩笑的。」

「這個，沒錯。不過我不知道爲什麼會失——幹嘛？」關妮兒拍我肩膀，吸引我的注意。在獲得我的注意後，她指向天空。「喔，」我說：「這下就合理多了。火球來襲！」

一顆大火球劃過西方天際，朝我們直飛而來。我們向旁讓開，於火球落地時感受到一陣很有感覺的衝擊波。一個十二呎高的瘋子站在場中鼓掌大笑。

「嗨！」洛基一副興高采烈的模樣地說：「找找找到你了！」

第五章

我拔出富拉蓋拉，朝洛基衝去；沒時間講話了。他只要一揮手就能讓所有人燒起來，所以我寧願他專心對付我，也不要眼睜睜看他把關妮兒和歐伯隆燒成灰燼。

我在被幾個黑暗精靈放火燒過之後就有點怕火，不過洛基的是魔法火，而我知道寒鐵護身符能夠抵擋那種火。他的右手手掌在笑聲中消失，手腕如同火焰發射器般噴出烈燄。高溫當頭罩來，我一躍而起揮出魔劍。他反應奇快，向後退開，不過我在他右腳大腿上劃開一條長長的傷口。

洛基放聲吼叫，熄滅火焰。他腦袋抽搐，瞪大雙眼看我。我應該被烤焦了，但卻顯然沒有。

「你燒不了我們，洛基・縱火者。」我說：「我們都有魔法保護。」

「你沒有魔法保護。」我以飛快的思緒對歐伯隆說：「帶關妮兒離開現場。」

「好。」

洛基對我搖搖手指，瞇眼說道：「你不不是什麼可魁傀儡，」他結結巴巴地道：「矮輪輪輪人失失失說他們不論論認識你。偏偏偏騙子！」

「誰管矮人認識誰不認識誰？」我以自認很令人不安的表情笑道。他本來精神狀態就不穩定，搞不好比較容易受恐嚇影響。「你唯一要知道的就是：我是會殺了你的人。」

洛基瞪大雙眼，在我前進時後退兩步。但接著他的右手消失在身後，挺了挺腰，然後右手再度出現，拿出一把超長的劍，劍衛與劍尖之間在我眼前冒出烈燄。

我皺眉。「好了，你到底把那玩意兒藏在哪裡？」他的女兒赫爾也施展過差不多的把戲；她把她的七首——饑荒刃插在左側肋骨中。她這套把身體當作刀鞘的把戲八成是從親愛的老爸那裡學來的。他們變形者就是有辦法這麼做。

「這一手有點重新定義『狠角色』的意義，是不是？」

「歐伯隆，請關妮兒去和女巫談。如果可以，她們必須魅惑洛基。」

「好吧。但是你不得不懷疑他在機場掃瞄器裡看起來會是什麼模樣。」

洛基目光一暗，揚起長劍。「快點，歐伯隆！」火焰劍砍落，不過我已經不在原先的位置。我再度跳向他，因為面對攻擊範圍廣大的敵人時，最好的做法就是盡量逼近。我沒有出劍砍或刺，而是一腳踢向他的腰間，正中對方重心。他彎下腰去，在搖搖晃晃的同時放開長劍，然後重重落地。我聽見身後傳來波蘭語，不過目光始終保持在洛基身上。他身體縮小、變形，然後跳起身來——這一回變成有著藍皮膚、四條手臂，每隻手都從身上拔出一支劍的吠陀惡魔。他露出尖銳異常的牙齒微笑，對我揮動長劍，而我一直到很久以後才有時間去想他究竟是怎麼會變成這種形態的。

我必須強迫自己的雙腳不要後退。我已經好久沒有同時應付超過兩把劍了。在我年輕時——大家都會隨身攜帶長劍的年代裡，比較可能會遇上這種情況。現在遇上很多支槍，比遇上很多把劍的機會要大多了。

洛基那雙新的黑眼從我的臉轉向我的右肩。他用力眨眼，然後更用力眨眼，搖了搖頭，然後不再揮劍。他試圖將注意力放回我身上，不過他的眼睛再度移開，這一次，他向後退開，還放掉兩把武器。他揮拳捶打自己的眼眶，然後用掌心去揉。

「不！不！住住住手！」

他怕我偷襲，於是放低雙掌，從手指上方看著確認我沒有衝過去。瑪李娜就趁這個機會站到我前面，對他揚起頭髮。魅惑魔法生效了。他放下雙手，垂下下巴，還握著劍的那兩隻手也跟著放下。

「他被迷住了。」瑪李娜側頭說道，目光仍在洛基身上。「你可以殺了他，了結此事。」

「不，我們不殺他。」我說。

「爲什麼？」

「因爲如果殺了他，赫爾會發現，然後發兵進攻。諸神黃昏會立刻展開。妳知道，赫爾比較想和洛基一起展開諸神黃昏。她有戀父情結，不想在沒有得到他認同和參與的情況下打贏，所以只要一直迷住他，我們就不會有事。」

「你怎麼知道？」

「洛基已經找我找了將近四個月。好吧，這段時間他大多都在睡覺，不過四個月就是四個月。這段時間裡赫爾除了保護他，沒有採取任何行動。」

把一大團鬈髮綁成馬尾的女巫羅克莎娜以恰當的措辭說道：「你希望我們長時間持續魅惑他？」

「對。」我對她笑道。

瑪李娜嗤之以鼻。「這傢伙精神狀態極端不穩，要讓他保持穩定需要花費很多精力。你也看到了，我們此刻聯合了好幾個人的法力才鎮壓住他。這樣做對我們有什麼好處，歐蘇利文先生？」

「這個嘛，首先，妳們可以得到一個沒有諸神黃昏的世界。我還可以幫各位買幾雙妳們偏愛的亮面黑靴。」

「完全無法接受。我還不如直接放他走。」

「妳打算幫他帶來世界末日？」

「他看起來只想先解決掉你，歐蘇利文先生。告訴我，我們爲什麼不該放他走？」

「我可以幫妳弄些女童軍餅乾。波蘭沒有薄荷薄片餅乾，是吧？」

「嚴肅點。」

「還是山莫亞斯餅乾【註】？」

瑪李娜只是冷冷瞪我。

「好吧，」我說。「妳想怎樣？」

「根據你的說法，我們不光只是救了你的命，還救了整個世界。我們不能只收餅乾。」

「我就知道。給女巫餅乾，她們還會多要一杯牛奶。」

「我懂，瑪李娜。但是要什麼？我不知道妳認爲我能提供什麼。」

「我要波蘭沒有吸血鬼。」

現場陷入一片死寂，最後關妮兒開口問道：「她在開玩笑嗎？」

「什麼時候?維持多久?」我問。

「等諸神黃昏結束之後,或是一年內:如果我們活下來,你活下來,吸血鬼也活下來,你就要不惜任何手段讓波蘭沒有吸血鬼。」

「眞多『如果』。不過,好吧,成交:囚禁洛基一個月可以換得波蘭一年沒有吸血鬼。」

「可以接受。」我們握手成交。

「順便一提,」我說:「赫爾有條叫作加爾姆的獵狼犬可以追蹤任何東西,即使跨越世界也能追上。她會派牠來找洛基。當牠找到洛基時,赫爾會帶一批死亡大軍來保護她父親。祝妳們好運。喔,阿緹蜜絲和黛安娜在追殺我,所以她們很快就會經過這裡找人出氣。再見。得走了。」我向她揮揮手,然後朝西方跑去。關妮兒和歐伯隆緊跟而上。

「什麼?」瑪李娜顯然很火大。「歐蘇利文先生!回來!」

我笑容滿面,繼續奔跑。我可不是每次和瑪李娜打交道都能占上風。日後我肯定會爲此付出代價,不過看到巨浪來襲時,人總得趁機好好衝一衝浪,而這可是個超級巨浪。

註:山莫亞斯餅乾(Samoas)是一種外層裹著焦糖的香草餅乾,上面撒了烤過的堅果,最後裝飾上巧克力醬。和前面提到的薄荷薄片餅乾都是美國女童軍餅乾的固定口味之一。

第六章

我不能把興奮之情寫在臉上，阿提克斯會爲此責罵我。他會皺起眉頭，試圖透過表情顯示他有多古老睿智，而身爲一個相對而言相當年輕的人——甚至有點妄自尊大——我實在無法理解在這種情況下心生興奮之情有多不恰當。但儘管在逃避追殺，我還是忍不住有這種感覺。因爲我們在黑夜中發足狂奔，力量源源不絕湧現，獸蹄和獸爪以飛快的節奏拍擊地面、濺起的泥土向我們吻別、雜草輕撫我們的腳踝，如同心知子女必須離家但就是捨不得的母親輕柔的指尖；她們會放手，不過盡可能保持接觸，伸長手掌、手臂、直到子女終於遠去，她們就會感到既悲傷又驕傲，活在希望之中，期待有一天子女會回到身邊，說聲：「媽，我回來了。」那就是我興奮的源頭：我每踏出一步都會感受到母親的愛意。如今不管我前往何處，都有種回家的感覺，被擁抱、愛護、支持的感覺。我是蓋亞的德魯伊，大地深愛的子女，那種驚奇感依然深深震撼我的心。

當我還是個未受羈絆的孩子——在我過去的生活中——我母親和繼父常會帶我去有山有樹的地方度假，因爲我們住在全國最平坦的區域，對自然的接觸僅限於天空和小麥田的黃頂。在森林中漫步，觸摸山楊樹的白樹幹時，我懷疑那些樹有隱藏什麼祕密，但它們卻故意逗我，透過樹葉間的微風低聲述說神祕的故事，然後沙沙消逝，爲我這個來自平原、充滿活力的女孩發出愉快笑聲。我認爲那片山楊樹林肯定知道什麼重要的祕密——很酷的祕密，因爲當它們聳立在我頭上竊竊私語時，它們會興奮到微微顫抖。但現在世界在我面前褪下面紗，赤裸、美艷、等待著我慢慢探索；只要我花時間詢問，所有祕密都會湧入耳中。

我知道我們深陷危機。那種阿提克斯一直在警告我的危機——他曾多次試圖恐嚇我，要我放棄成爲德魯伊。確實，打從他開始羈絆程序之後，我們就不斷面臨危險。儘管如此，雖然我們在逃命，我還是得竭盡所能才能不像惠特曼那樣大吼大叫。

好，他是個清楚該如何歡慶生命，並告訴我們該怎麼做的男人。阿提克斯偏好英國詩人，還背下了莎士比亞所有作品，不過儘管成就卓絕，大吟遊詩人還是太著重在描寫人性黑暗面，難以讓我毫不保留地支持他。受訓期間，我得背下一大堆單字，這是學習運用不同思考模式的第一步，所以我選擇了華特・惠特曼。惠特曼眼中的世界充滿無窮奇觀，他稱呼小草爲「上帝的手帕」。

眞希望我能回到過去，告訴他這種說法有多貼近事實，不過該說是蓋亞的手帕。惠特曼先生，你其他地方都說對了。渺小的嫩芽顯示世界上沒有眞正的死亡，／就算有死亡，也只是在迎向生命……／一切都在向前邁進，沒有東西瓦解殆盡，／死亡與任何人想像大不相同，也比任何人想像得要幸運許多。

倒不是說我想早死，也不是說莫利根之死算是幸運。但我認爲她此刻必定好端端地待在愛爾蘭某個神域裡，寧靜祥和地享受綠地陪伴。我會等到她死亡所帶來的痛苦消退之後，再問阿提克斯。這是就連神也並非永生不朽的實際案例。

如果可以，我期待能有個漫長的人生。一來，除了惠特曼，我還想要背下T・S・艾略特的作品——我要持續增加思考模式；而世上還有很多語言可學，有很多愛可做，還要盡我所能守護蓋亞。

從阿提克斯的情況來看，這股熱情遲早會慢慢消失。我不肯定像他活那麼久、看那麼多的人後還有能力感受到驚奇——好吧，除了與我有關的事情之外。不知道爲什麼，我這個來自堪薩斯州的雀斑女孩對他而言十分新奇，而我得承認，沒有異議地讓他這樣想能夠滿足我的虛榮心。他是個獨一無二的男人，而我愛他；我也毫不懷疑他愛我。我與他彼此羈絆；這是我親眼所見。

儘管如此，他在我眼中依然是團謎。如果他和我一樣能夠感應到蓋亞的愛，而我知道他可以，那他怎麼能夠對世界上的污染和物種滅絕等問題抱持那種放任態度？他只有在地球面臨魔法危機時才會動怒，但我認爲大多數世俗的威脅也很可怕。如果我們有辦法逃過奧林帕斯眾神和其他敵人的追殺，我就會著手對付那些傷害大地的人——採取激烈手段。就從我繼父的石油公司開始。

阿提克斯認爲我對這種事的反應太激烈了。或許我是個極端份子，又或許他跟大多數人一樣變得對世事無感，讓長年遭受追殺的生活弄得擔心受怕，褻瀆大地的事情已無法激起他的義憤。

他說得也有道理。現在有太多事要擔心了。但同時也有太多事情可以珍惜，像是草皮的氣味和掠過鬃毛的疾風——我有鬃毛！——以及輕輕鬆鬆躍過欄杆的能力。這段旅程乃是癒療巴庫斯和赫爾所造成的傷痕之膏藥；阿提克斯和我在墨西哥享受過一段假期，不過那是爲了讓我們休息，而不是讓我親近蓋亞。現在，每一步都踏在全新的土地上，感受到等在那裡的生命能量，我終於開始了解自己的能力有多強，隨之而來的責任又有多大。

在波蘭匿蹤所遇到的困難，以及要改變方向的次數遠遠超過匈牙利和斯洛伐克。假想中，我們的路線和該國南部的主要幹道E40公路平行。這條路附近的居民當然比之前沿路還多，拖慢了我們的行進速度，也降低了平均時速。我們不知道兩個狩獵女神的速度有多快，甚至不清楚她們是否還在追殺我們。我一直害怕她們會從天而降，在我們的胸口插上一箭，所有努力通通白費。但是在缺乏資訊的情況下，我們只能依照莫利根模糊的指示逃命。

我們大概在天亮前一小時偷偷溜入卡托維治，一座數百萬人的大都會。阿提克斯擔心我們在穿越這座城市的過程中都無法接觸大地，我完全同意，不過還是裝作不當回事的模樣。內心深處，我覺得很噁心。我不喜歡柏油路那種死氣沉沉的感覺。老實說，我不知道他怎麼能在沒必要的情況下一直穿涼鞋。如果可以，我絕對要一直打赤腳。

但保持低調是必要的。我需要多弄幾把飛刀，因爲我們已經證明過飛刀的用處有多大；雖然飛刀的射程也沒多遠，但我們沒有其他遠程武器。我們搶走一個滿臉沮喪的夜貓子的手機，透過網路搜尋找到運動器材店。上述夜貓子身穿灰色西裝，表情淒涼。我想天應該快亮了，大概五點半左右，早起的人開始煮咖啡、煎培根，不過太陽還沒有要探出頭來的跡象。那個夜貓子還沒有找到可以讓他展開一場傳奇宿醉的床鋪；他在人行道上搖晃行走，輕聲哼著一首自艾自憐的歌。他一定搞砸了找人上床的任務，因爲他拿著半空的祖布魯夫卡酒瓶，孤身一人、東倒西歪地穿街走巷——祖布魯夫卡是在波蘭很受歡迎的酒，阿提克斯宣稱那是一種很美味的伏特加。

於是我把這種波蘭酒添加到我的人生清單裡，然後學到他人的電子產品就是逃亡時的好朋友。路上依然幾乎沒有車輛，幾乎就只看到清晨運送貨物的貨車。趁著街上沒人，我在他面前暫時撤去隱形法術，伸出一根手指挑逗地抵著下唇，在街燈下擺出誘人表情，讓阿提克斯把手機放回對方口袋。他的下巴和那瓶祖布魯夫卡同時掉落。酒瓶粉碎，他低頭去看，我則趁他分心時再度消失。

「那樣很壞。」歐伯隆看著那男人左顧右盼找我，然後伸手揉眼睛，好像想讓視線變清楚。

「壞什麼？」我問：「我又沒傷害他。」

「不，妳有。妳這輩子都會在他腦中，揮之不去。這是我的親身經驗。」

「有人在街上對你笑，而你一直難忘她的倩影？」

「不是。是在狗狗公園。阿提克斯和我剛到的時候她正要離開。」

「喔，又來了。」

「她身材很好、一身鬈毛，尾巴末端蓬蓬的，像顆網球一樣。我只看見她大概五秒，然後她就跳上一輛本田汽車，讓她的人開車載走。如今我只要看到本田就會想到她。」

「但那是好事，不是嗎？有點浪漫？一種可以永遠珍惜的完美影像，不會遭受現實蹂躪。」

「這個，我不知道。如果在現實裡，只要她有心情，我就想要蹂躪她。」

「聽著，歐伯隆，那個人很寂寞。他太瘦了、太會流汗了，我敢和你賭五隻牛，賭他很不擅長社交，不然他也不會在這個時間點醉醺醺地在街上晃。但是這下他一輩子都會記得街上有個裸女飢渴地看著他的模樣。當有人用好像他帶菌的態度對待他時，他就能用那段回憶來安慰自己。」

「也可能從此迷戀一個幻影。萬一他爲了找妳而每天晚上上街閒晃怎麼辦？」

「那他就誤解了自然的美麗。美麗的事物不會長久，只能長留在我們心底。」

「喔！我想我懂了。妳說得沒錯，聰明女孩！香腸不會長存，因爲我吃掉了，不過香腸在我心裡永遠美麗。」

我們丟下那個男的，快步前往運動器材店，店名叫作懷優夫尼卡，而那家店距離我們才幾條街口而已。我考慮要不要多拿一些武器，不過這種做法在當前不切實際。我們無法攜帶那些武器，而在我身上綁鞍袋絕對不是好主意，因爲我會變成其他形態。我們最好輕裝便行、迅速移動。

我不喜歡偷東西，不過我們別無選擇。沒人會發旅行支票給在跑路的德魯伊。我過一陣子會叫阿提克斯送筆意外之財給這家運動器材店——如果還有過一陣子的話。

又要叼飛刀讓歐伯隆發了一會兒牢騷——他這樣抱怨毫無意義，因爲蓋亞的力量讓我們的下頜不會痠痛或抽筋——不過除此之外，他心情一直很好。我認爲他這種始終活在當下的能力讓阿提克斯遠離焦慮。

「我從來沒跑這麼遠過，」他跑著跑著說道：「也沒有以這麼快的速度跑這麼久。這比探頭到車窗外爽多了，這點我可以保證。」

我認爲歐伯隆可能是道家大師。他總是能看見我們忽略的事物。風兒、小草，還有天上某顆在我們奔跑時照亮我們背部的天體，不管是太陽還是月亮：這些都是遭人忽略的美禮，就像人們耶誕節早晨丟掉的襪子，因爲我們司空見慣，於是不再把它們當作禮物。但是新襪子總是比舊襪子好。而我認爲風兒、小草和天空，在全新的雙眼中看來也比從前美麗。我希望我的眼睛永遠不會變老。

第七章

我眞希望城堡還沒過時。我毫不眷戀封建制度和夜壺，但是一直很喜歡城堡本身。入侵城堡和內部策反超好玩的，而且多數城堡都有祕密通道、地下墓穴和高塔，不管是不是象牙塔，高塔上總是住著鮮少下塔的重要人士。有時候城堡圖書館裡還收藏著用難以辨識的拉丁文撰寫的古老典籍，記載煉金術配方或神祕魔法知識，外加幾道特殊法術。看到歐洲城堡年代的建築會掀起我的懷舊之情，而波蘭隨處可見那種建築物。或許是因爲懷舊之情，加上肚子餓得轟隆轟隆叫，鼓勵我離開原野，進入一座小鎭覓食。好吧，我的獵狼犬也堅持要吃東西。除了跑去卡托維治幫關妮兒弄幾把飛刀外，我們已經跑了一整夜，而瑪李娜的女巫團——應該還與洛基在一起——已經在我們身後兩百哩外了。上午十點左右，我的獵狼犬逼我們離開逃命路線。

「再不餵我吃點東西，我就把這些飛刀給吃了。」歐伯隆說。

罪惡感立刻來襲。在有蓋亞補充精力、心裡又有這麼多事要煩的情況下，我根本沒想到要吃東西。我們不能按照三餐時段吃飯。我們變成機會主義份子，沿路摘些甜瓜之類的東西吃，雖然從來沒吃飽過，不過每次吃完東西，我們就會認定再過一會兒可以遇上其他食物。但常常沒遇上。

「好吧，你表現得眞的很有耐心。肋排聽起來如何？」

「啊！呃，抱歉，聰明女孩，我口水流滿妳的飛刀。這要怪阿提克斯。他提到了肋排。我早餐最想吃的就是肋排了，只要裡面沒放辣根【註】就行。」片刻過後他又補了幾句，顯然是在和關妮兒說話：「妳喜歡辣根？好吧，我猜妳理由充足，因爲妳是馬，但那又不能解釋別人喜歡辣根的理由。」

「請注意，我不保證有肋排吃。我只想知道聽起來如何。」

「什麼？你是說你在耍我？」

「這個，也不算。我們會找找看有沒有肋排，但是不確定能不能找到賣肋排的地方。我只是說你或許得要做點讓步。」

「希望不要，不過我餓得不介意讓步。」

我們位於弗羅特史沃夫西南約十五哩處，經過更多農地後，我們穿越了一條標示爲E67的公路。順著這條路往南，看見了幾棟房子；那是散布在鄉野間的眾多小鎮之一。

「我們去那個鎮上看看有沒有賣吃的。」我說。幾分鐘後，我們抵達叫作普斯特可夫・威爾其可夫斯基的小鎮，找到一間很有趣的田園旅館，旁邊附設了名叫高西尼克・帕・弗拉的餐廳。那是棟白色建築，外加斜紋黑木板，呈現都鐸風格，這點讓我感到意外。招牌是用馬車車輪架起來的，所以我猜店名與馬車有關。屋簷下掛著種有紅色和粉紅色花朵的花盆，四周都是茂密的樹籬和細心照顧的花園。我們繞到旅館後方，路過垃圾場和柴房，從廚房門偷看。廚房門開著，爲了要散熱，只剩下阻擋昆蟲的紗門。透過紗門，我們聽見熱油的滋滋聲響和等著翻牛排的廚師手中夾子的碰撞聲。早餐烤肉架看來像是硬塞到廚房裡的，顯然是事後想到，最近才添加進去。既然這裡是鎮上唯一的餐廳，八成是顧客對早餐的需求讓老闆決定要加烤肉架的。

有服務生大聲告知顧客點的餐點，但是我聽不懂：還是得學學波蘭語。關妮兒和我恢復人形，把武器靠在後牆上，留下歐伯隆看守。我們施展僞裝羈絆，由於尚未製作護身符，關妮兒吸收我的熊符咒法力來供給法術能量。

有趣的事實：赤身裸體溜進廚房眞的很好玩。我差點撞上一個一臉嚴肅的女服務生，萬一被她看見的話，我的下體肯定要挨上一腳。她的臉很臭，或許在用餐區服務或是和朋友一起時會以笑容加以修飾，不過在顧客看不到的地方——可能是決定不給太多小費的顧客——她的表情就會變得冷酷無情。店裡還有另一個服務生，顯然是那個因爲害怕女服務生所以讓路給她的年輕男子，加上一個性格開朗的胖廚師，身穿圍裙，頭戴防汗帶，忙著照顧兩個烤肉架：一個用木柴烤牛排和豬排，另一個則是用來煎蛋和培根的平底金屬架。我立刻爲了他工作時那種愉快的神情而喜歡上他。或許他只是剛好想到個有趣笑話，或他愛人臉上的笑容，不過我直覺認爲那是因爲他熱愛自己的工作。

花了幾分鐘觀察發現，除非要出餐或是看菜單，不然他絕不轉身去看出餐區。兩個服務生待在用餐區的時間遠比廚房要多。

最後廚師端出四盤餐點，兩份是豬排蛋、兩份是鬆餅加培根。這兩種餐點都能讓歐伯隆吃得很開心。不過這種地方的午餐可能會有肋排三明治。如果是這樣，他們一大早就會把要慢烤的肋排放到烤箱裡。那表示如果喜歡超生牛肉的話，也可以當早餐吃，而歐伯隆喜歡超生牛肉。

註：辣根（Horseradish）是組合「馬」（horse）和「蘿蔔」(radish) 而來，同時音近「給馬吃的菜餚」。

烤箱位於出餐區後，不過也在木柴烤肉架的石牆後，這讓我可以偷偷溜過去，不被發現地打開烤箱。看著烤箱裡的大塊牛肉，我忍不住面露微笑，因為我知道歐伯隆會多開心。我拿出肋排，放到烤箱旁的準備區。我找了兩把切肉刀和一個盤子，幫我朋友切了一大塊血淋淋的牛肉。關妮兒趁服務生離開廚房時拿起豬肉餐盤，還偷走了鬆餅餐盤裡的培根，廚師完全沒有發現。她留下鬆餅不讓對方起疑。

我對事情爆發之後的爭執感到有點抱歉——尤其是讓那個女服務生有理由對廚師大吼大叫——但是我們又餓又趕時間，而且除了我們，其他人都沒有生命危險。

「盡量吃慢點，好好享受。」我把餐盤放在歐伯隆面前說道。

「喔，偉大的大熊呀，阿提克斯！」他說著開始大快朵頤。「這是史上最棒的肋排！」他發出享受的聲響。「偷來的，鮮美多汁，像是在我飢餓難耐的時候遇上禁果。這應該叫作『波蘭牛肉大劫案』。日後所有牛肉都該以這塊牛肉為標準。這肉比『上次的亞特蘭大多汁大烤肉』還棒，記得嗎？還有『心愛的蘇格蘭野豬香腸』。你還記得『令人髮指的二〇一三全世界培根缺貨』事件嗎？這塊牛肉完全彌補了那次的遺憾呀！」

「很高興你喜歡，老兄。這裡培根沒有缺貨。事實上，你可以連我的也拿去吃。」

「你要給我肋排配**培根**？我愛你，阿提克斯。如果我有生小狗的話，我會跟他們講這一餐的故事。這是一段傳奇故事。」

紗門內傳來激烈爭吵的波蘭話，我的豬排彷彿淋了罪惡感醬一樣。反正我們本來就得狼吞虎嘸。現在這種情況下，每一餐都可能是最後一餐。女服務生和廚師終於吵完了，接著她離開廚房，肯定是去告訴顧客他們的餐點還得再等一會兒。

快要吃完前，兩隻大渡鴉在宛如直升機般的振翅聲中從天而降。兩隻渡鴉各有一眼綻放出一點熟悉的白光。牠們落在木柴堆上，對我嘎嘎叫。

「胡金和暮寧。」我說：「什麼風吹得兩位大駕光臨？」其中一隻渡鴉，我分不出牠們誰是誰——叫了一聲，鳥喙朝我指了指，然後又叫一聲，指向另外一隻渡鴉。

「你要我和那隻說話？嗨，你好。喔！我懂了。」牠要我和另一隻渡鴉產生心靈羈絆。我啓動魔法視覺的符咒，隨即讓兩隻渡鴉身上綻放的強烈白光閃得眨了眨眼。但是等我集中精神之後，我找出要羈絆的那隻渡鴉的意識，然後進行連結。影像竄入我腦中，阿緹蜜絲和黛安娜迅速通過杜克拉附近的波蘭邊境的空照畫面，兩個女神都駕駛全新的華麗戰車，拉車的是四頭金角公鹿。她們並肩而行，跟隨我們的足跡越過一塊熟悉的苜蓿田，接著地面突然塌陷，墜入我們的陷阱。她們試圖跳出戰車，不過沒來得及回到實實在在的土地上；她們移動得太快，公鹿把那兩輛飄浮戰車都拖了下去。緊接著就是一陣低級暴力片裡的血腥場景和尖叫聲。雖然我爲那些公鹿感到遺憾，不過看到兩個女神插在陷阱底部的木樁上卻沒有讓我心生不安。她們得從那種傷勢中復元，爬出陷阱，然後再等一組新的雙輪戰車和公鹿來載她們。這樣會拖慢她們的速度，但是由於事情已經演變成私人恩怨，所以她們絕對不會放棄追殺。這下我需要一個長期的解決方案，但是我想不出來。

畫面一轉；阿緹蜜絲和黛安娜位於黎明時分的灰色天空下——肯定是我們幾小時前經歷的黎

明——看起來一點也不像是受過對任何人而言都算致命傷的模樣，開始打起精神，爬出陷阱。她們分別各有一組新的雙輪戰車、公鹿，還有七頭獵狼犬在上面等著。我想起神話故事中提過那些獵狼犬；牠們是潘恩和法烏努斯的禮物。兩名女神各自吹響號角，獵狼犬立刻起身，開始追蹤我們。她們等待片刻，然後駕車跟上。如果我們再挖其他陷阱，獵狼犬就會先掉下去，女神則能即時煞車。

但是陷阱起作用了。我們從陷阱抵達此地花了約八小時，而現在太陽出來已經三小時了，如果狩獵女神們從黎明開始趕路，這表示她們落後我們大概五到六個小時。

連結中斷，與我羈絆的渡鴉——顯然是暮寧，因爲我看到的是記憶——指向另一隻，胡金。胡金的靈氣更強烈一點——奧丁當前的思緒當然會比記憶活躍一些。我不認爲胡金代表奧丁所有思緒，但肯定包含了他的大部分意識，不然當年我在阿斯加德以神矛射殺前任胡金時，奧丁也不致於昏迷不醒好幾年了。我不清楚奧丁是怎麼看待胡金的，但是就德魯伊的觀點來看，胡金就是奧丁內心的一種思考模式——有翅膀的思考模式。而就相似的觀點來看，暮寧也是一種思考模式。兩隻渡鴉都必須定期回到奧丁身邊，一方面補充魔力，一方面重組他分散的意識；但那並不表示牠們出門之後，他就會像個服裝模特兒般坐著不動。雖然他們代表奧丁的心靈，但是並沒有代表全部。

我與渡鴉明亮的意識靈絲進行連結，灰袍漫遊者如同陳年威士忌般的聲音操著古北歐語在我腦中響起。

「繼續跑。你絕不能停留太久。我們在竭盡全力阻止斯瓦塔爾夫進一步干涉。」

「眞是太好心了。你怎麼知道我身陷危機？」

「莫利根告訴我的。」

「莫利根死了。」

「一點也沒錯。在奧斯陸會面後九個月，她曾回來給我一顆和她羈絆在一起的紅寶石。寶石綻放魔光。『有一天，』她告訴我：『這顆寶石將會不再發光，而你就會知道我已經死了。到時候，你如果希望那兩個德魯伊在諸神黃昏中與你並肩作戰，你就得阻止黑暗精靈追殺他們。』當時那些話毫無道理可言——她說『兩個德魯伊』，但當時只有你而已。而我不了解斯瓦塔爾夫爲什麼會這麼重要。但是現在一切都很明朗了。你除了斯瓦塔爾夫外還有很多更麻煩的敵人。」

「她五、六年前就預知此事了？」

「她比我們想像中都還要深藏不露。」

我沒有多加評論這句頌詞。「奧丁，你怎麼找到我的？我能防止預知能力。」

「你的女人不能。」

「她不是我的女人。她是自己的主人。」

「我不在乎。立刻啓程。我要你參與諸神黃昏。不然我就要親眼看著你被狩獵女神活活剝皮。我覺得自己非常矛盾。」

「你一直在監視？」

「當然。何里德斯克亞爾夫這邊視野不錯。」他說的是能夠觀察九大國度每個角落的銀王座。

「我可不是唯一關心此事發展的神。或許我該知會你：奧林帕斯眾神召告天下要取你的性命。但是有些其他萬神殿的神爲了其他目的而想讓你活下來——我就是其中之一。」

「其他哪些神?」

奧丁當我沒問般繼續說下去。「莫利根死後,這些神通知奧林帕斯,如果你非死不可,得要透過戰技獵殺,而不能以人海戰術取勝。他們允許她們獵殺你,換句話說,如果她們成功了,那就認了,但是奧林帕斯眾神不能全體出動圍毆。」

「誰能要求奧林帕斯眾神這麼做?」

「人類創造出了更強大的神。奧林帕斯不希望和他們做對,我也不想。宙斯和朱比特有看到你們設置陷阱,你知道。而我們有看到他們看到。他們本來打算警告狩獵女神,破壞驚喜。但是我們阻止了他們。那樣會不公平,也會奪走不少樂趣。」

我想起十二年前在旗杆市那場栩栩如生的夢境,於是問道:「迦尼薩是其中之一嗎?」

奧丁又當沒聽見。「規則是相對的,所以我警告你不要搭乘現代交通工具。奧林帕斯眾神堅持你要利用自己的力量逃命。如果你搭乘飛機或汽車,奧林帕斯神就可以出面阻止。」

「所以我們是眾神的消遣娛樂?我們是比賽給你看的?」

「你要了解這種情況有多罕見。我們無法預知或猜測你的行動。正因爲沒人知道結果,所以才會這麼刺激。而且除了奧林帕斯外,還有其他勢力想要看到你死,這又讓情況變得更刺激了。」

「又是誰呀?」

「你已經見過他們了。吸血鬼、黑暗精靈。說到後者,魯約沙爾夫【註】會前往米德加德阻止斯瓦塔爾夫對付你，渴望能在中立區與他們的黑暗兄弟作戰，而他們難得大概知道該上哪兒去找他們——任何你要去的地方。」

「所以我們不光是消遣娛樂，還是別人趁機報仇的途徑？」

「你以前就扮演過這種角色。如果你還記得的話，有人曾透過你來找阿薩神族報仇。和索爾有關的那件小事。」

我記得。那不是什麼值得說嘴的事情。

「那我想你不會幫我們了。」

「正好相反。我說過了，我們會盡力處理黑暗精靈的問題。而且我也有叫你逃命，這可是非常有用的建議。」

連結中斷，渡鴉振翅高飛，像兩顆肥大的摩托車引擎般竄入天空。

我終於知道莫利根爲什麼要叫我們從頭到尾都用跑的了。諸神決定把歐洲當作競技場，而我們就是鬥劍士。

「德魯伊沒得休息，」我說：「來吧，我們走。」

註：魯約沙爾夫（Ljósálfar）是古北歐語，意思是「光之精靈」，在《鋼鐵德魯伊》系列中即是艾爾夫（Álfar，古北歐語中的「精靈」）。本書中黑暗精靈斯瓦塔爾夫（Svartálfar）是一支居住黑暗之地的艾爾夫後裔。

第八章

結果我那個妖精尾巴理論不攻自破。一直有神在用預知神力監視我們，而關妮兒就是接收天線。奧丁做得到的事，其他神也做得到，所以我完全能夠接受奧丁那個還有其他勢力在監視我們的說法。吸血鬼和黑暗精靈在斯洛伐克邊境埋伏的原因，就是提爾・納・諾格上有妖精在預知關妮兒的位置，而且很正確地假設我會在附近，然後派遣各式各樣邪惡爪牙來追殺我們。我們在希臘幫關妮兒與大地羈絆時，他們就已經幹過幾次了；我們在法國庇里牛斯山甩掉了他們，或許是因爲我們晚上都待在山腹中，預知者無法找出我們，但他們最後還是慢慢查出我們所在。如果歐伯隆的鼻子值得信任，我們就是在一群吸血鬼找上門來前離開那裡的，而歐伯隆的鼻子通常都很值得信任。

我們入侵赫爾，殺死芬利斯後，關妮兒和我在墨西哥度過兩週無憂無慮的日子——爲什麼？我敢說諸神還是可以輕易探測她的位置，而那段時間裡我肯定一直待在她身邊。原因一定在於那個操偶師，不管到底是誰，沒辦法派遣爪牙去墨西哥對付我們。如果是這樣，我就了解了一些事情。

我很久以前就把墨西哥和提爾・納・諾格羈絆在一起，當時馬雅人還在四下奔走，建造未來的觀光景點。妖精想要的話隨時可以轉移世界，找出我們。而且墨西哥也有很多吸血鬼；如果他們要找我們根本花不了兩天，更別說是兩個禮拜了。這表示這個神祕人物並不是指使當地吸血鬼，也不會用傳送術轉移爪牙。她或他是和特定的一群吸血鬼——或許也有特定一群妖精和黑暗精靈——合作，利用歐洲的古老之道轉移他們。那表示墨西哥是安全地帶，整個新世界都是安全地帶。儘管知道了這一點，法烏努斯還是已經確保我沒辦法前往安全地帶。

這同時也表示我不清楚古老之道某個重要的祕密。

「嘿，歐伯隆。」

「嘿，阿提克斯。」

「問問關妮兒願不願意調查德國境內某個古老之道，看看我們能不能利用它來逃走。」

「逃走是好事。」片刻過後，歐伯隆說：「聰明女孩要我提醒你，莫利根說過所有古老之道都已經坍塌或是有人把守。」

「那很可能是事實。我想弄清楚是誰在把守它們。這比較像是偵查任務，而不是真的逃亡計畫。」

「我一直想要告訴你，我咬東西的時候比較像是偵查任務，而不是真的想要摧毀你的東西。」

「告訴她，拜託？」

「好，她說動手吧。」

「跟我來。」

東德有條通往提爾・納・諾格的古老之道——事實上有好幾條，隱藏在分隔薩克遜和波西米亞的厄爾山河谷間。最接近我們的古老之道位於霍耶斯偉德市西南方的都布林傑沼澤，是片外圍長滿樺樹、松樹、赤楊樹的濕地。和大多數古老之道不同，這個傳送點不在山洞裡。少數古老之道，例如這個，位於沒有牆壁的開放式迷宮裡。以特定方式穿越樺樹林，會找到一棵特定的赤楊樹，沿著赤楊樹繞三圈，你就會抵達提爾·納·諾格。這種古老之道不是用地震就能坍塌掉的。你可以砍掉那些樹，或是放火燒林——搞不好我們會看到類似景象，不過比較可能看到有人在看守它。

也可能沒有。你要怎麼看守一塊開放空間——還是公共場所——而不會吸引他人注意？如果是山洞，守衛還可以躲在裡面。

我們得轉向正南，前往都布林傑沼澤，除了要繞過考斯切附近一座大褐煤礦坑外，直到抵達沼澤為止，整趟旅程都在欣賞混雜著長青林和落葉林，以及小村莊的景色。樹木圍著沼澤邊緣的潮濕地而生，不過正中央是片泥濘的沼澤。我在一棵節瘤形似三曲枝圖的樺樹前停步。在環顧四周、確定附近沒人後，我恢復人形，自劍鞘中拔出富拉蓋拉。

「準備好了嗎？」我問。

關妮兒也變回人類，提起史卡維德傑。「好了，走吧。」

透過魔法光譜，我可以清楚看見古老之道，但是歐伯隆完全看不見它，我可不希望他不小心踏出路徑範圍。「我們慢慢來。隨時注意守衛。別忘了樹上。另外，歐伯隆，如果聞到異味，提醒我們。」

「好。」

「跟緊我們，直線隊形。不要去追松鼠或其他東西。」

「噢！」

我們前進十步，來到另一棵位於之前那棵正南的樺樹前。「逆時鐘方向繞一圈。」我說著示範。「然後向西走。」他們跟著我走到隔壁的樹，然後又轉南。

歐伯隆問：「我可以去聞聞那邊的樹叢嗎？」

「不，你不行，老兄。我很抱歉。這條路本身就是通往提爾・納・諾格的傳送通道。可以雙向通行。如果有樹死了，通道會稍作調整，不過基本上還是一樣。打從我知道這條古老之道以來，盡頭的赤楊樹就一直是通道中的第二十棵樹；一開頭的樺樹也一樣。但是一旦脫離路徑，就要從頭來過。」

我們慢慢走過樺樹，順著蜿蜒的路徑行走，三不五時停下來聆聽動靜、注意形勢。除了隨著每一步踏出而來的偏執妄想外，我們沒有遇上任何危險。我們一直等著妖精或是希臘羅馬神話裡的怪物撲出來攻擊我們，但是沼澤地的這一區裡只有我們。抵達赤楊樹時，我情緒緊繃到極點，偷偷看向林頂。

「這裡一定有埋伏。」我說：「不可能這麼容易。」

「什麼容易？」

「這裡就是傳送點了。只要繞那棵樹走三圈，我們就會抵達提爾・納・諾格。碰！逃走。我們轉移到新世界，然後寄明信片給這群惱人的混蛋，上面寫：『認輸吧，你們永遠不可能在困住我們了。』但是這樣毫無道理可言。」

「或許他們錯過這個古老之道了？」關妮兒上前道。

「或許。又或許他們只是埋伏得很隱密。或許有人隱形了？」

「用魔法光譜檢查看看。」

「已經檢查過了，不過妳還是再試一次，搞不好妳能看見什麼我錯過的東西。」

關妮兒掃描那棵樹，發現樹的外圍隱約綻放一股代表傳送門的魔光，但是沒有其他值得注意的。林頂沒有任何魔光。地面上也沒有。

「歐伯隆，你聞到什麼了嗎？」關妮兒問。

他鼻子抽動幾下，然後透過心靈聳肩。「就你們兩個。沼澤樺樹的植物味。沒有可以吃的。」

「好吧，那我們就慢慢走。」我緩緩前進，領頭走向赤楊樹。我們要順時鐘繞這顆樹走。我抬頭看向樹枝，沒有任何危機。繞第一圈時完全沒異狀，我心裡開始燃起希望。但是第二圈帶我們來到兩個世界之間的地帶，而我們終於發現繼續走下去的話會面臨什麼處境：第二個半透明的世界覆蓋在我們身處的世界上。而繞完最後一圈後，等在提爾・納・諾格上的就是我們期待許久的守衛。

我得說，儘管我們早就知道會遇上守衛——還是沒想到會遇上這個守衛。

「噫！」關妮兒驚叫一聲。歐伯隆朝對方吼叫。我則舉起富拉蓋拉，小心翼翼地看著他；他張開三排尖銳的牙齒對我們笑，不過沒有展開行動，只有揚起尾巴。尾巴末端一片漆黑，豎起一根看起來像是超大仙人掌刺的東西。除了這條尾巴和帶著詭異笑容的人臉外，他的身體是紅獅子。那張臉四周長滿壯觀的鬃毛，加上脖子上那團濃密毛髮，不禁讓我聯想到十九世紀美國浪漫主義詩人。

「如果那是我心裡想的那種生物，他就不屬於希臘羅馬神話，」關妮兒說：「也不是妖精。」

「不，這傢伙源自波斯。」我說：「但我不知道他爲什麼牽扯了進來。」

「那是什麼玩意兒，阿提克斯？我不喜歡那些牙齒。」

「人面獅身龍尾獸。」我說：「他不該出現在提爾・納・諾格。」

歐伯隆的低沉吼聲在喉嚨裡隆隆作響，那是持續警戒的聲音。「我不認為他該出現在任何地方。那傢伙看起來不對勁。而且很飢餓。」

「他可以攻擊我們嗎？」關妮兒問。

我放低魔劍。「從他現在的位置不行。」

「他就在我們前面。」

「不，他在提爾・納・諾格，而我們還沒抵達。我們要再繞一圈赤楊樹，然後他才能攻擊我們。」

「不然他也可以逆向繞樹。」

「不，那樣做不能抵達這裡。他要走正式管道才能離開提爾・納・諾格——複雜程度就像要從這裡過去一樣。我們得依循許多步驟才能抵達這裡，他想要來追我們也得遵循同樣繁複的步驟。而我敢打賭他不知道那些步驟，沒辦法像我們一樣透過魔法光譜看見這條路。有人要他守在那裡，而他得等我們送上門去。」

「但他在提爾・納・諾格，對吧？只要能夠闖過他那關，我們就安全了，對吧？」

「這個，沒錯。但是要闖過人面獅身龍尾獸，幾乎是不可能的任務。他們的毒液，不管是從尾巴還是牙齒來的，都絕對致命。如果報告精確的話，就連爪子都有劇毒。」

「報告還是神話？」

「神話，妳說得對；我很抱歉。沒有任何遭受人面獅身龍尾獸攻擊還倖存下來的報告，因爲人們必須活下來才能回報。」

「我們不能利用解除羈絆來解毒嗎？我是說，我們算得上是百毒不侵，不是嗎？」

「我想就某方面而言沒錯。但是要解毒需要專注，而當妳在和毒素對抗時，他就會把妳的內臟扯到草地上，或是咬下妳的腦袋。而且我們隊伍中的第三個成員並沒有百毒不侵。」

歐伯隆停止低吼。「等等。如果這是派對【註】，點心盤在哪裡？」

人面獅身龍尾獸原本臉上帶著想讓我們痛苦死亡的邪惡表情，突然間轉變成一臉眞誠。他揚起一爪，招呼我們過去，提示我們應該要穿越古老之道。

「好了，那可眞詭異。」關妮兒說。

「對呀。有點像是『踏進我的客廳吧』的樣子，是不是？好吧，我們不打算和他玩這種人面獅身龍尾獸小遊戲。我們得到答案了。莫利根說得對——所有通道都有守衛看守。但有點誇張就是了。」

「你是說對方這麼大張旗鼓只是要殺了我們？」

「對。本來沒必要這麼複雜的，但幕後主使者想要確保事後不會被追究。」

註：隊伍（party）也有派對的意思。

「不知道這傢伙去看牙醫會怎麼樣。」

「嗯。阿提克斯，提爾．納．諾格的所有古老之道都有人看守，難道布莉德會不知道嗎？」

我思索片刻。「可能要一陣子，但我想短時間內她應該不會發現。」

「嗯，我不懂。她怎麼可能不知情？」

「總得要有人告訴她，就像是總統和首相一樣。除非有人告訴她，不然她不會知道出問題了。」

「好吧，這表示她有可能就是幕後主使者，也可能知情且合謀，不然就是完全不知情。」

「別忘了還有知情，但卻無能爲力的可能；但我懷疑有可能是她主使的。」

「好吧，我還想繼續這個話題，但是先遠離那些牙齒。」

「你知道，他沒有拇指，不能用牙線。想想看他嘴巴會有多臭。」

「是呀，有道理。我們得走了。」這趟小插曲無疑地讓阿緹蜜絲和黛安娜拉近了一點距離，我們絕不能讓她們持續逼近。

當我們開始後退時，人面獅身龍尾獸的表情轉爲沮喪，接著他放下所有僞裝，張牙舞爪地朝我們直直撲來。整個過程安靜無聲，如夢似幻：由時身處的世界不同，他直接穿透我的身體。

「哈！你沒德魯伊吃！」歐伯隆嘲弄道。

人面獅身龍尾獸在我們離開傳送路徑後立刻消失。我們同意繼續逃命，朝西北方穿越德國，直到安然渡過哈茲山脈，然後根據薩克遜元素的規畫，向西朝荷蘭前進。當時已經將近正午了，我們沒辦法在天黑前離開德國。

「我們可以變成人形跑一陣子，讓歐伯隆暫時不用幫我們傳話？」關妮兒問。

我聳肩。那樣會比較慢，但是我們領先一段距離，而且有談談的必要。「當然。」我們放慢速度，讓薩克遜元素引領我們盡可能繞過已開發區域。幸運的話，不會有人發現有一男一女在裸奔。萬一眞的有人發現的話，他們或許會做出是因爲有條大狗在追我們的合理結論。

「所以提爾．納．諾格那邊是誰在負責古老之道？」關妮兒問：「出問題時，誰會通知布莉德？」

「啊！守林者。我懂妳的意思了。如果不是布莉德幕後主使，但又沒人告訴她古老之道出問題了，那肯定就是有人收買了守林者。」

「一點也沒錯。記得我們第一次一起前往提爾．納．諾格時，有個妖精領主告訴我們說巡邏的守林者回報全歐洲的傳送樹通通失靈了。」

「對！矯揉做作、目中無人的傢伙。我叫他『大肛毛領主』。」

「對，所以他不是你的好朋友。而他指揮那些守林者，不然他就不會在妖精宮廷上提出報告。」

「地下諸神呀。」我喘息說道，發現她說得沒錯。

「是呀。大肛毛領主有能力做這種事情嗎？」

我爲了讓她聽見而說出想法：「利用守林者阻礙全歐洲所有古老之道？有。他有能力做到這一點。但是像圖阿哈．戴．丹恩，以及其他諸神一樣準確預測妳的位置？那就不太可能了。考慮到過去幾個月裡跑來獵殺我們的傢伙：黑暗精靈、妖精刺客、吸血鬼，加上現在的奧林帕斯神。要掌握超多資源，還要有強大的權力才能不洩露身分地辦到這些事情。大肛毛領主不可能那麼厲害。」

「等等。你認爲這傢伙和奧林帕斯眾神合作？」

「現在這樣討論一下，我認爲他們非合作不可。想想事情是怎麼走到這個地步的？我在帶妳遊覽古老之道，我們抵達羅馬尼亞一個特定的地點，結果有人安排陷阱；奧林帕斯眾神——還有莫利根，已經等在那裡了。好吧，奧林帕斯眾神有自己的方法預知未來，他們可以預測妳的位置，另外當然是潘恩和法烏努斯在散布大混亂，阻止我們利用傳送樹離開，但絕不可能讓人面獅身龍尾獸待在提爾．納．諾格那側看守德國的古老之道。他們得和妖精宮廷的人合謀，但我不認爲是大肛毛領主。別誤會我的意思，我認爲他有涉案，不過比較可能是接受高層命令行事的。」

「好吧，這點我沒有意見。但是人面獅身龍尾獸還透露了另一件事。」

「什麼？」

「獵殺我們的傢伙已經人力不足了。只有在無計可施之下才會雇用人面獅身龍尾獸來當守衛，對不對？」

「有道理，」我說：「我認爲我們應該儘快和大肛毛領主談談這件事及其他問題。查出他是受誰的指使。」

「同意。誰知道接下來會有什麼發現。」

「嘿，阿提克斯？聰明女孩？我剛發現了一件事情。」

「什麼事？」我問。

「我知道人類爲什麼要穿衣服了！就是因爲你們裸奔的時候看起來很蠢。你們兩個身上都有東西在甩來甩去——」

「好了，知道了。」

「勝利是屬於我的！獵狼犬一分，德魯伊〇分。」

「歐伯隆，現在不能玩那個。」

「好啦，不然還能幹什麼？我和其他獵狼犬一樣都很喜歡狂奔，但是我們已經跑很久了。我又不能停下來聞東西，或追松貂，或討論我最喜歡的電影，因爲你們兩個都緊繃到比約克夏犬的屁眼還緊。跑步的時候就不能放輕鬆點嗎？」

「你想怎樣？聽故事？」

「當然好！來個好聽的愛爾蘭故事。」

「好吧，有個故事或許和我們當前的處境有關。我剛想到一個可能有資源、動機和機會安排這一切的圖阿哈．戴．丹恩。」

「好吧，在我聽來不太像故事。聽來像是你很執著在追殺你的人身上。」

「執著？我說那是盡責的自保本能。好啦，歐伯隆。這個故事裡有做壞事的鳥、三角關係，甚至還有已故又不太偉大的安格斯．歐格出來串場。」

「你幾個月前幹掉的那個神？」

「那已經是十二年前的事了，歐伯隆，不過，沒錯，就是那個神。」

「幾個月，幾年，隨便啦。他和人家談三角戀愛？」

「不，不是安格斯，是他同父異母的弟弟梅爾。他們都是達格達之子。而此事的幕後主使人很可能就是梅爾。」

「我沒見過他，是吧？」關妮兒問。

「沒，介紹妳給諸神認識那天，他在妖精宮廷。我記得他和布莉德右側的圖阿哈・戴・丹恩坐在一起，不過沒有出聲打招呼。」

「或許他不爽你把安格斯・歐格送入地獄。」

「正是我的想法。」

「好吧，說給我聽。」

「好。我想我不用把整個故事都告訴你——要花太多時間了。那基本上是首史詩，叫作《托奇馬克艾汀》，或《追求艾汀》。這件事發生在我一百歲之前。當時我已經拜迪安・凱之女艾兒蜜特所賜，發現了永生茶的祕密，但尚未取得富拉蓋拉。想聽聽我從當年的人口中聽說的簡短版本，而非基督教僧侶記載下來的版本嗎？」

「想！說！」

「好。梅爾想要一個不是他老婆的女人——名叫艾汀的美女。在安格斯・歐格的幫助下，他得到了她，和她同居了一年又一天——根據當時的法律，這樣就可以讓他與髮妻弗安娜離婚。你猜得沒錯，弗安娜反對他們倆在一起，而由於她本身也很擅長施法，便把艾汀變成一隻紫色大蝴蝶，被風吹得四下流浪了整整七年，最後落在安格斯・歐格肩膀上。」

「安格斯・歐格發現蝴蝶就是艾汀，又知道梅爾非常擅長幫自己及其他人變形，於是他用狂野魔法守護艾汀，試圖護送她回梅爾身邊，希望這樣能夠救她。但是弗安娜再度召喚狂風吹跑艾汀。這次蝴蝶落在一個大酒壺裡，讓正打算生兒育女的戰士之妻喝進肚子。安格斯・歐格的防護魔法透過奇特的方式延續了艾汀的性命：她從消化系統跳進女人的子宮，從蝴蝶變成卵，最後從女人身體裡重生，依然保有美貌，但卻不記得之前的一切。」

「哇，阿提克斯，等等。艾汀是隻大蝴蝶，而這個女人竟然沒發現酒裡浮了隻大蝴蝶？翅膀跟小昆蟲腳通過喉嚨的時候都沒弄癢她嗎？」

「這個嘛，那是個超大的木酒壺，歐伯隆，不是白蘭地玻璃酒杯。用酒壺喝酒不會細細品嚐。你一喝就是一大口，任由嘴角流出大量蜜酒。如果她有感覺喝到東西，八成以爲是有什麼東西搞錯通道了。」

「好吧，但是拜託。人怎麼可能從胃裡跳到子宮去？還從昆蟲變成成熟的人卵？」

「那就是安格斯・歐格狂野魔法的威力了。那種魔法能保護你，但是在面臨威脅時會產生難以控制的效果。我所製造出來的防護罩都是排斥護罩，用來防止某種生物通過——就像鹽圈可以阻擋靈體通過，但是對其他東西毫無作用。狂野魔法幾乎無所不能。」

「所以你剛剛說的都是眞的？」

「據我所知，都是真的。這些細節都是事後莫利根和艾兒蜜特告訴我的。莫利根是從安格斯・歐格那裡聽來的，艾兒蜜特則是她父親迪安・凱告訴她的。為了長話短說，我就不提他在這個故事裡扮演的角色了。」

「好吧，那她重生之後怎麼樣了？」

「許多年後，愛爾蘭高王歐黑爾倫在挑選全愛爾蘭最美麗的女人為妻時選上了艾汀。圖阿哈・戴・丹恩總是會注意高王娶妻的事情，而梅爾終於發現他的老情人重返人間。梅爾依然愛她，但她當然完全不記得他。於是他決定以史詩中的方式追求她。」

「這個故事接下來有很長的部分在描述艾汀和三個男人的三角關係：梅爾、歐黑王，還有歐黑的兄弟歐伊爾。歐伊爾基本上是整件事的傀儡，他的所作所為完全受到梅爾和安格斯・歐格的影響，但他至少只有受到幾個月的折磨後就逃離這件鳥事。高王就沒這麼幸運了。」

「梅爾幫高王和愛爾蘭執行了四件魔法任務，同時散掉了大筆財富，只為了贏得艾汀的芳心。而當他發現她根本在法律上就歸自己所有時，他立刻現身塔拉的宮廷裡，把自己和艾汀變成天鵝，然後在高王面前遠走高飛。」

「歐黑王尋找她許多年，把許多妖精丘翻過來，最後終於找對了地方——梅爾的席德，布利雷。他要求梅爾交出艾汀，梅爾最後同意了，說他會立刻把艾汀帶去塔拉。」

「他言而有信，帶著艾汀前往塔拉——不過他還帶了四十九個經由魔法加持變得和艾汀一模一樣的女人。他將五十個女人獻給歐黑王，說道：『來吧，老兄，挑出你的妻子。』」

「高王挑選了一個女人，他們生了個孩子，一時之間，你還以為：『噢，真好，皇族接班人，幸福快樂過一生！』但是一年又一天後，梅爾跑回來告訴他說：『那麼，歐黑王，你喜歡你的妻子嗎？』歐黑王回答說他非常開心。接著梅爾徹底摧毀了他。他說：『你知道多年前艾汀和我遠走高飛時已經懷孕了嗎？她生了一個女兒——你的女兒，但那個女兒從未得知真相。而你挑選了和母親十分相像的女兒作為你的皇后。如今你和自己女兒成婚，與她同床，還生了孩子。而你又把艾汀交給了我。這就是對圖阿哈‧戴‧丹恩不敬得付出的代價。』」

「噁！你沒說這個故事會這麼噁心！」歐伯隆說。

「沒錯，阿提克斯，這次我跟獵狼犬看法一致。」關妮兒說：「超噁的，好嗎？」

「你們怎麼會怪到我頭上？」我問：「這又不是我瞎掰的。梅爾就是這樣惡搞愛爾蘭高王。」

「好了，如果實情如此，那我對艾汀始終沒有機會自行選擇很有意見。梅爾和歐黑都該被踢老二，因為他們把艾汀當成可以任意買賣的財物。」

「如果有機會和梅爾見面的話，請妳務必踢他老二，然後解釋原因。」我說：「但是，話說回來，這不是我的故事。這是用來解釋梅爾的個性與能力的故事。妳學到了什麼？」

「他法力強到可以把你變成蠑螈！」

「這個嘛，不能變我們——那樣做等於是直接對生物施法，而且妳的寒鐵護身符可以阻擋那種法術。它無法防止別人預知妳的位置，但是可以應付針對妳的魔法攻擊。我希望妳能藉此理解梅爾的行事作風。」

「他很陰險。」關妮兒說：「而且有耐心。一旦確定自己的目標，就願意耐心等候，並且細心籌劃，確保最後能夠獲勝。他也不怕弄髒自己的手——但如果他是幕後主使人的話，他至今還沒有在我們面前露出馬腳。」

「這次情況不同。」我說：「他不能直接涉入。要記住，在近期事件中，莫利根和我站在同一陣線。他要十分小心才能確保不被莫利根發現他有參與。而且圖阿哈・戴・丹恩裡也有其他對我們友善的神，像是孤紐，還有馬拿朗・麥克・李爾，他們個個法力高強，而且極具影響力。」

「但是先等等，」關妮兒說：「如果他做這一切是為了幫哥哥報仇，幾年前布莉德和莫利根清理門戶時，不是就該宰了他嗎？她們在安格斯・歐格試圖奪權後就開始四下剷除異己，不是嗎？」

「非常有道理。他把政治傾向隱藏得很好。」

「也可能他根本沒有和安格斯・歐格聯手。既然他和安格斯・歐格是同父異母的兄弟，那就表示他和布莉德也是，對吧。」

「沒錯。」

「就是說——他可能一直都是布莉德的人。」

「有道理。但就算是這樣，他此刻依然是敵人，因為我們不是布莉德最寵幸的德魯伊。」

「那是你而已。」關妮兒說：「她對我很有好感。」

我微笑，認同她的說法。「無論如何，他都還活著，而且有能力和動機傷害我們。我們一有機會就得展開調查。」

「知道我是怎麼想的嗎？我認爲布莉德是在嫉妒阿提克斯，因爲我比她的獵狼犬聰明多了。而從牧羊人派指數來看，我也英俊多了。」

「什麼？歐伯隆，你根本在胡說八道。」

「我認爲很有道理。」

「你會不會是說數學符號『π』？」

「不，阿提克斯，我是說牧羊人派。我絕不會把那個和數學弄混的。牧羊人派超美味、超好吃，數學可不一樣。」

我想，除了在增加字彙這一方面外，我多年來花在教導歐伯隆時間和數學概念的心力完全是在浪費時間。他會吸收所有觀念，之後又以難以預料的順序把它們通通吐出來。比方說，他曾嘗試用「牛肉相關係數的商數」幫狗乾糧分級，還用「豬肉階梯矩陣」評比香腸。不過叫他數到二十以後他還是會搞混。

「喔，我想我懂了。」我說：「你把牧羊人派當作測量單位。」

「沒有錯。它是用來測量一樣東西有多讚的。」

「但那是數學。」

「不，那是食物。這對狗而言超有道理的，阿提克斯。你是人，所以你不懂。」

「你之前不是有拿肉醬來這樣用嗎？」

「牧羊人派裡有大量牛肉醬。所以派和肉醬是不同層次的，懂了嗎？」

「大概懂了。好比說，這表示涼掉的雞可以算是一種肉醬，而慢烤牛腰肉則是？」

「一大塊派。或是，用另一種角度來看，灰獵狼犬是肉醬。貴賓犬是派。」

「懂了。我想你說得對，老兄。」我說：「布莉德擺明是在嫉妒你。」

關妮兒和我轉為有蹄形態，再度加速趕路。

第九章

眞可惜我們無法欣賞周遭的美景。德國的混葉林是很值得欣賞（Savoring）的景色——不，欣賞（Savouring），要像英國人那樣在字裡面多加個u來增加點頹廢氣息，就像加了u的色彩（colours）在我聽來就比普通色彩（colors）生動多了。大野狼就是在德國森林裡吃掉老奶奶和小紅帽的。專門用薑餅屋誘拐小孩回去烤的女巫也在德國；而魯貝沙爾【註】依然帶著他的暴風豎琴在我們盡力避開的深山中遊盪，隨心所欲地撼動大地或是遮蔽天空。

我們成功朝西北穿越農地、橫渡河道，經過卑爾根在北、策勒在南的通道。當我們進入一片到處都有潮濕沼地的樹林時，太陽透過長青林的針葉樹枝灑下陽光，在前方下沉。

通常只有兩種情形會在樹林中看見人類的字跡：警告非法入侵者和獵人的標誌，還有想不出比傷害當地植物更浪漫方式頌揚戀情的戀人，在樹幹上刻下的心形和姓名縮寫。所以當我看到平整的白色信封被釘在樹上，以工整字體指明要給「莎士比亞學者」時，我立刻停止奔跑、變回人形。

「等等。」我對關妮兒和歐伯隆叫道：「我得看看這個。保持警覺。」

註：魯貝沙爾（Rübezahl）是波蘭、捷克與德國民謠中在克爾科諾謝山（今捷克北部、波蘭南部）出沒的山精靈。傳說中他能操縱山上的天氣，常穿如修道士的灰袍，手拿豎琴。也有人認爲他是個巨人或地精之王。

關妮兒也變成人形。「什麼東西？」她低聲問。

「一封信。」

信封以紅蠟彌封，上面印著北歐古文「*hefnd*」。復仇。信紙是上好的亞麻紙。信裡沒有日期、問候、或署名，只用墨水寫了兩行《威尼斯商人》裡的台詞，八成還是用傳統羽毛筆寫的。我大聲唸出來：「你平白無故罵我為狗；既然我是狗，當心我的尖牙。」

「尖牙？那叫犬齒。去！」

「那是莎士比亞的句子，歐伯隆。」

「喔，是他寫的就沒問題？當然沒問題。就算他把狼犬說成是小貓，你也會幫他找藉口。」

文末沒有附言，背面也沒寫東西，信封裡沒有其他物品。

「他可真是惜字如金。」

「什麼？」

「別管我。我只是在自言自語而已。不智之舉。」線索就在引言裡：前方有吸血鬼。上次在薩洛尼基遇上李夫．海加森時，他說如果希歐菲勒斯在附近，他就會透過莎士比亞警告我。希歐菲勒斯是當年慫恿羅馬人獵殺古代德魯伊的老吸血鬼，而不久前他還以為我們全死光了。知道我們還活著後，他打算做完當年沒有完成的事。但此時尚未天黑：那表示如果這封信是李夫留下的，肯定是在天亮前，也就是我們在波蘭境內奔走時留的。就算提爾．納．諾格上有神在預測我們的位置，這種精準度還是令我不安。儘管現在身處逆風處，我很肯定獵狼犬不可能聞得到，但我還是忍不住問他：

「歐伯隆，你有聞到死人嗎？吸血鬼？」

我的獵狼犬用力聞了幾下。「沒。你聞起來有點臭，不過沒死。」

「聞聞這個信封。上面有死人的餘味嗎？」

「嗯。或許有一點。聞起來比較像正常人。但是，等等——讓我看看那封信。是了。信紙上有死人味。」

所以信是李夫寫的，但是把信留在這裡的卻是人類，八成是奉令行事。歐伯隆在樹下聞了聞後確認了這一點。

「這裡之前有個聞起來像甘藍菜和牛奶的人。他從那個方向過來。」他說著用爪子指向南方，「又往同一個方向離開。」

「好吧，前面有壞蛋。」我對關妮兒說：「如果這封信值得信任的話。信上說是吸血鬼，不過他們還要再睡一會兒。」

「我們繞道。」

「往哪兒繞？我們不知道他們距離多遠，一切細節都不明。這封信有可能是要騙我們繞道。如果順著神祕信差的去向往南走，我們就會進入哈茲山脈，而那肯定不好玩。如果往北，我們可能還沒準備好就被逼入海中。我們知道兩件事：有兩個狩獵女神在追我們，我們討論越久，她們就越近，而正西是通過這個區域最快的途徑，因爲這個方向的阻礙最少。」

「我敢說吸血鬼很清楚這一點。」她說：「我們該繞道。」

「現在剛日落。」我指出，「他們不可能全部起床等我們。」

「不值得冒險。」她回應：「我們往北一哩，然後再往西走。我們可以避開前面的埋伏，也浪費不了幾分鐘。」

「好吧。但是保持人形，方便使用武器。歐伯隆和我施展僞裝，妳則完全隱形。歐伯隆，如果聞到其他人的味道，立刻通知我們。」

關妮兒自我眼前消失，她的聲音在空中響起：「你先請。」

我在我的獵狼犬身上施展僞裝羈絆，他像是剛洗好澡般抖動身體。「那個法術每次都讓我很癢。」

「你會咯咯笑嗎？我們可以弄個你的隱形絨毛娃娃來賣，就叫『搔我癢歐伯隆』。」

「誰會想買隱形絨毛娃娃？大家都想看到自己在抱的東西。再說，咯咯笑不符合我的形象。好了，如果你弄個『餵我歐伯隆』或『上我歐伯隆』，那肯定會造成瘋狂搶購。特別是有貴賓犬的人，貴賓犬絕對想要『上我歐伯隆』的。」

我笑著對自己施展僞裝羈絆。「走吧。」我大聲說，讓關妮兒也能聽見。我朝北前進，繼續這段愚蠢的對話，希望能讓自己輕鬆一點。

「貴賓犬從何得知『上我歐伯隆』？她們又不像你有學過說話。」

「愛是世界通用語言，阿提克斯。把『上我歐伯隆』放到容許寵物進入的寵物商店去，她們自己就會搞清楚了。」

「你是說把你的玩具和其他絨毛玩具一起放到貨架上去？」

「沒錯。只不過『上我歐伯隆』並不是玩具。喔，不，小狗不宜！那是成年貴賓犬專用的，你懂我的意思？」

「哈！喔，我的天呀，歐伯隆，那個畫面……」

跑了約三百碼後，我們來到林中一處湖畔。湖水看起來不太乾淨；如果要游泳過去，我們就得應付水底的植物和水面上的浮渣。如果想繼續朝北前進，我們得繞路。如果繞向東邊，我們等於是往狩獵女神前進，向西則是直奔李夫信中的無名威脅。

「可惡。不知不覺就受困了。」我說：「向西走可以嗎，關妮兒？」

她的聲音自我右邊響起。「我們不用游太遠。這座湖看起來不寬。我們可以游到對岸然後再轉向北。如果吸血鬼在等我們，我希望盡量趕在他們起床前擺脫他們。」

「好主意。」

游過小湖，轉而向北之後，我們來到一片奇形怪狀的田野，本來可能是天然生成，不過顯然曾經過人工栽培。田地處於休耕，稀稀疏疏長有雜草。這裡看起來像是會有鹿之類的動物出沒，不過沒看到任何白尾鹿四下逃竄，也沒有鳥鳴。儘管加持了偽裝羈絆，我還是覺得腹背受敵。以這種速度移動，我並不算完全隱形；偽裝羈絆跟不上持續變動的背景，我會在別人眼中形成殘影，特別是在太陽還沒完全下山的時候。

「歐伯隆，有聞到什麼味道嗎？」

「沒，但是我們是在逆風前進。我只能聞到我們已經路過的味道。」

「我不喜歡這片牧地。感覺有點不——」

第十章

當阿提克斯模糊的身影在我面前倒地時，一開始我還以爲他只是絆倒，所以差點笑出聲來，因爲摔得屁股開花打從石器時代以來就是很棒的笑點。接著我聽見南方傳來延遲的槍響，及歐伯隆受驚的叫聲：「阿提克斯！」

「待在他身邊，」我說，多年的訓練開始反應，我轉向槍聲處跑去。「我去應付威脅。」除了對付狙擊手外，我能幫阿提克斯做的事，他都可以自己處理。而所謂的對付，就是摧毀對方，我沒有時間去聽對方懺悔。當有人想殺我們時，我動手就不會有任何顧忌。

「阿提克斯？阿提克斯！聰明女孩，他不理我！」歐伯隆說。他聽起來眞的很慌，不禁讓我開始擔心。但我得先擔心狙擊手；特別是在我感覺到一顆子彈竄過耳邊，緊接著才聽到槍聲之後。

我依然隱形，但是那一槍對於隨便亂射而言實在太接近目標了——特別是他顯然是在阿提克斯加持僞裝羈絆時射中的。依照邏輯研判，狙擊手肯定能看見我們——可能有用紅外線瞄準鏡。我們的法術在可見光譜中創造奇蹟，但卻無法掩飾體溫。

儘管不願意這麼做，我還是放開法杖，和隱形能力道別。阿提克斯告訴過我占優勢的戰士，有時候會在對手突然改變策略時失敗。眼前的敵人顯然針對僞裝和隱形法術做好了準備，所以該是打亂對方策略的時候了。狙擊來福槍通常都架在槍架或槍座上，不容易擊中高速移動的目標。於是我變形為遊隼，以最快的速度飛行。我還是不太擅長飛行，不過有辦法安全抵達林頂。一旦抵達那片樹林上空，他要找我就比我找他難多了。

「地上好多血！妳能幫幫他嗎，關妮兒？拜託？」

「待在原地看好他，歐伯隆。我要確保我們不會再度遭受槍擊。我會儘快趕過去的。」

我希望阿提克斯傷得不會太重。地上有血聽起來很嚴重，但我還不能開始去想那代表什麼意義。如果任由自己分心，我就死定了。現在是作戰時刻，情緒留到晚點再說。

又是一下槍聲劃破夜空而來，不過沒有近到讓我能感覺到。我看見槍火，轉往對方的方向。

我化身遊隼時的視力比人類時的視力好太多了；我的黑眼能夠察覺的細節比綠眼多上三倍。我清楚看見狙擊手在兩百碼外丟下槍架和來福槍不管，在樹林裡發足狂奔。能夠從這個距離射中移動中的阿提克斯，表示他是個超強的狙擊手。

他從背心裡——防彈背心，不是普通背心——拔出一把手槍，然後在彈膛中塞入一顆子彈。他全身都是黑色的，沒有天然材質供我羈絆，如果用人眼追蹤他，即使加持夜視能力，我還是很難看見他。但我是透過一雙猛禽的眼睛看他：他的身影如同紙板上的墨水般清楚呈現在樹林地面前。

如果有機會開槍，那把槍可能會很棘手。他尚未施展任何超自然力量——至少沒有吸血鬼的力量——即使不是正規訓練，他顯然也至少受過一些軍事相關訓練。我不能以遊隼形態幹掉他，所以我一邊逼近一邊思考對策。如果我俯衝而下，變身為人，儘管訓練精良，或許還是會被他射中。得要速戰速決。變成海獅掉到他頭上顯然不是明智之舉，馬也不是以超強暗殺技巧聞名的。我還有美洲豹形態，不過這種形態有點麻煩。美洲豹具有絕佳的嗅覺，會讓我不停打噴嚏——至少第一次變形時有這種狀況。除了刺青完成後那次變形外，我不曾再變成美洲豹過。我深怕再次聞到那一大堆恐怖的味道。如果我變成美洲豹，張牙舞爪，但卻不咬死他，只是對著他打噴嚏呢？他肯定會開槍殺我，那種死法可蠢了。

但我研究過美洲豹狩獵。牠們有種一擊必殺的技巧，而我很肯定只要不想太多，我一定辦得到。對方抬頭看向身後，我看見他臉上戴了紅外線眼鏡。我以爲他會胡亂開槍，於是立刻開始俯衝。但他沒有；我不確定他有發現我。我穿越林頂，停止俯衝，維持一定高度迅速接近他。他在改變方向，三不五時做個假動作想要甩開我。沒有那麼容易。他或許是個訓練有素的士兵，但動作絕不可能快過我的遊隼——或是美洲豹，甚至連我經由大地魔力加持過的正常形態都比不過。

我瞄準他前方的位置，翅膀緊貼身旁，一聲不吭地持續加速。來到他頭頂上方時，我安安靜靜地張大鳥喙，然後在撲到他身上前一刻變形爲美洲豹。我把將他撞倒在地，下頷緊扣他的頭顱，然後以最強的力道狠狠咬下。他尖聲慘叫，開了一槍——不過只是因爲手指抽動，隨即在鮮血湧入我口中時當場死亡。他持續痙攣，加上我舌頭上沾著他的鮮血和腦子，令我十分難受。我變回人類，克制不住強烈的噁心感：我吐了幾口嘴裡的東西，感覺他的腦塊通過我的舌頭。這比打噴嚏糟多了。噁心感稍微減退後，我立刻爬離現場。

「威脅解除。」我告訴歐伯隆。

「很好，快點回來幫阿提克斯。我不知道該怎麼辦。」

「他還是沒動，也沒和你說話？」

「沒。我看不出來他要怎麼說話。他頭部中槍。」

腹部裡的東西再度翻滾，我突然覺得遍體生寒。我隱約聽見一陣哭聲，不不不，但是附近沒人會發出那種聲音，除了我以外。

「你剛剛沒告訴我！」我爬起身，朝剛剛那片牧地發足狂奔，把狙擊手的屍體留在原地腐爛。

「對不起！我慌了！妳可以治好他，對不對？他還沒有眞的死掉？」

「等等。他聞起來如何？」

歐伯隆低著頭，耳朵和尾巴都下垂著，憂慮地在一條毫無動靜的身影旁來回踱步，那說著「不不不」的哭音越來越大。

「他聞起來像是死了，但我的鼻子之前也弄錯過。我想。我希望。」

「喔，天呀，我也希望你弄錯。」

我慢慢了解事態有多嚴重。李夫的警告確實無誤——不過阿提克斯猜錯了，對方不是吸血鬼。幾秒鐘後，我來到歐伯隆旁，一看到阿提克斯，立刻感到喉嚨緊縮。他側身躺在地上，腦袋下積了一灘血。他雙眼睜開，沒有眨動。左邊腦側的入口傷是個小黑洞，不是紅腫或瘀青的顏色。一個小黑洞。我跪倒在他身邊，手指放到他鼻孔下，看看有沒有呼吸。似乎沒有，手指沒有感覺到氣息。我感覺他頸部的脈搏，沒有；我又去摸他的手腕。我把耳朵貼上他的胸口，希望能夠在「不不不」的聲音下聽見心跳。完全沒有動靜。儘管這一切都指向一個可怕的結論，但是最令我不安的，還是在於歐伯隆完全現形，阿提克斯也是。他們兩個本來都有加持僞裝羈絆，而施術者是阿提克斯。

「他死了嗎？」歐伯隆問。

一個小黑洞。沒有生命跡象。事情已經很明顯了，但眞正令我崩潰的卻是必須回應歐伯隆。

「對，」我叫道，聲音抖得厲害。「他死了。我什麼都做不了。」接著我們同聲大叫；用那種當人因爲能夠恰當表達情緒的形容詞根本不存在，而不再想要繼續說話的叫法大叫。只有刺耳、沙啞、不協調的噪音能夠抒發這股情緒。當然還伴隨著眼淚、鼻涕和喘息，喘息是因爲一口氣裡沒有足夠的空氣供人大叫。

我還有什麼能做的？CPR在死人面前派不上用場。當他的腦子根本不在的時候，我也不能讓他的心臟恢復跳動。德魯伊法術只有給我醫療的力量，不能復活。

他倒地前就已經死了。他腦側的那個小黑洞在我眼前越變越大，最後充滿整個視線範圍——因爲眼淚而扭曲變形。儘管已經幫他報了仇，我心裡卻一點滿足感都沒有。

我才和他在一起幾週而已。我以爲我們會永遠幸福快樂走下去。我想我有把這話對著他的屍體大聲說出口，不過我的聲音刺耳、不連貫，有點像在說話，但是根本難以聽懂。十二年朝夕相處，渴望能夠得到他——如果加上開始受訓之前在魯拉布拉信口調情的那一年，已經十三年了——爲了成爲更高強的德魯伊，我壓抑了十三年，和那些男友替代品在一起，結果卻只能與他正式相愛短短幾週，一切就結束在他腦側的一個小黑洞裡。沒機會道別，或再一次告訴他我有多感謝他讓我和大地羈絆在一起。沒機會讓他取笑我，然後我再反擊。沒機會用古愛爾蘭語罵他，因爲他說那樣會讓他覺得回到年輕時代，或是塗上草莓唇蜜，看著他神魂顛倒。不知道爲什麼，他特別喜歡我塗草莓唇蜜。

我不知道我們究竟爲阿提克斯哭了多久，但是月亮已經高掛天際，可能已經接近午夜，當我想起阿緹蜜絲和黛安娜還在追殺我們時，我已經哭到喉嚨紅腫了。我們可能把領先的路程都哭光了。

「歐伯隆，」我說：「我們得走了。」

「不。我不要丟下他。」

「我們非走不可。女神要來了。」

「我不在乎。」

「阿提克斯在乎，你知道的。他會希望我們繼續跑下去，不讓她們得逞。我們會埋葬他，和他道別，然後我們要藉由重挫奧林帕斯神來向他致敬。」

「我們要怎麼做？」

「前往英國。只要能活下去，就能讓她們大發雷霆，阿提克斯也會以我們爲傲。」

「但是我不想去英國。他們不是愛爾蘭人。再說他是我朋友。」

「我知道，歐伯隆，但他不會希望我們待在這裡給奧林帕斯神殺的。說起這個，我們也一樣。」

歐伯隆忽略我話中的智慧，問道：「他現在在哪裡？提爾・納・諾格？馬・梅爾？我們可以去看他嗎？」

我不知道他在哪裡。通常莫利根會護送亡靈前往最終安息地，但是她已經死了。或許馬拿朗・麥克・李爾會知道，也或許阿提克斯跟莫利根在一起。

「我不確定他在哪裡，歐伯隆，但我很肯定我們不能去看他。亡者和活人可以在夏日樂園中同處，但是不能交流。」

「不管他在哪裡，我都想一起去。」

「不，歐伯隆。我要你和我待在一起。拜託？我們好好送他一程。」

「但是我們沒有威士忌。沒有威士忌就不能守靈。」

「等我們找到酒鋪就有威士忌了。」

富拉蓋拉躺在附近，我撿起它，放在他面前的地上。我沒有幫他翻身或做類似舉動。我沒辦法承受他腦袋另一側的慘狀。這個小黑洞已經會跟著我一輩子了；我不想看更可怕的景象。

我閉起雙眼，擠出淚水，流過臉頰，然後以拉丁思考模式聯絡本地元素薩克遜。

//德魯伊需要幫助/埋葬這裡的屍體和劍/撫平表土//

//和諧//元素如此回應。阿提克斯和富拉蓋拉沉入地面，附近的草皮自動延展，覆蓋其上，然後調整位置，彷彿什麼也沒發生。沒有血，沒有任何史上最強德魯伊在這片無名土地上走到人生盡頭的跡象。

我暫時不適合大聲說話，所以我透過心靈和歐伯隆溝通。「敘亞漢・歐蘇魯文長眠於此，」我說：「我們稱他爲阿提克斯。他永遠改變我的人生——變得更好——我永遠無法償還我欠他的人情。唯一能做的就是透過保護大地來向他致敬。」我暫停片刻，因爲無法爲他面臨這種下場找出合理的解釋，於是簡單收尾：「不管此生有多長，我愛他，每天都會想念他。」

我哽咽一聲，然後盡可能低聲啜泣，讓歐伯隆知道輪到他道別了。他悲鳴，想了很久才終於決定該說什麼。

「阿提克斯是史上最棒的人類。」歐伯隆說：「我說這話不光只是因爲他給我香腸吃。首先，他教我說話，讓我可以在他工作時欣賞電影。他會在洗澡時說故事給我聽，還會帶我出門打獵，或在家附近慢跑。有時候，只要我纏他夠久，他會讓我和超火辣的貴賓犬享受一段快樂時光。還有妳知道嗎？他最會搔肚子了，因爲他知道被人搔肚子是什麼感覺。他也是頭獵狼犬。和阿提克斯在一起最棒的部分，就是他化身獵狼犬和我一起出門狂奔的時候。我們感受著鼻頭上的清風，一路跑到我們找到苜蓿草原爲止，然後我們就會躺在地上，磨蹭磨蹭，邊曬太陽邊睡午覺。他知道要怎麼當獵狼犬的好朋友。我愛他。我想我這輩子都不會再搖尾巴了。就這樣。」

我拍拍歐伯隆，雙腳顫抖地起身。我吸吸鼻涕，抬頭看向月亮。冰冷的月光無法提供任何慰藉，只讓我聯想到阿緹蜜絲和黛安娜。我將目光轉回地面，搖了搖頭。等著我們的不是吸血鬼，只有狙擊手，或許是受僱於他們，打定主意要剷除所有德魯伊。而就連那些吸血鬼也在接受來自提爾・納・諾格的指示。

「我眞的要開始跑了。我得離開這裡。」

「我也是。」

我變身爲馬，撿回史卡維德傑。接著我和歐伯隆一起奔向荷蘭，彷彿我們能夠補回落後的進度，彷彿內心的哀傷不會隨著奔跑距離而逐漸累積。

第十一章

身後傳來兩下號角聲，我感到毛骨悚然，深怕死亡即將降臨，而我萬分希望阿提克斯在我身邊。他會將號角聲視爲死亡與悲傷的前兆嗎？我已經沒辦法問他這個問題了。

在葬禮上，我總是會聽見《葬禮號》，而非《聖者進行曲》【註】，此刻我心裡浮現了許多最終道別所累積的悲傷，榮格的潛意識決堤淚光、丟到棺材上的玫瑰，以及戴著白手套的雙手將摺好的國旗交給死者遺孀的畫面。我聽見路克．天行者在冒煙廢墟裡發現叔叔、嬸嬸的屍體時的那段約翰．威廉斯電影配樂——如此哀傷的音樂，既充實又空洞，過量的空虛。衝鋒陷陣的號角聲從未令我振奮，只會讓我覺得即將有人死狀淒慘——如果是開始比賽的號角聲，那就表示只會有一個贏家。

我身後的號角聲帶有種壓抑、遙遠、沉悶的感覺，不過依然表示女神逐漸逼近，而且號角聲令我步伐沉重，不是出於疲憊，而是出於哀傷。根據神話，這就是吸引阿克泰翁跑去偷看黛安娜洗澡的號角和狩獵之音。他在森林中迷路，心想跟著號角聲走就能得救。但是黛安娜把他變成雄鹿，派獵狼犬去獵殺他。那陣號角吸引他邁向死亡。

註：《聖者進行曲》（*When the Saints Marching in*），又作《當聖徒進入天家》等，是著名福音歌曲，在紐奧良等地常用作葬禮樂曲。《葬禮號》（*Taps*）或《安息號》則是美軍在葬禮儀式上用軍號或小號演奏的的音樂。

這麼多世紀過後，她還是吹著同一支號角嗎？

而對獵物而言，還有比這陣號角音還要恐怖的聲音嗎？就連獵狼犬的叫聲都沒有這麼可怕；他們是動物，依照本能和訓練行動。但是藏於號角之後的惡意、冷冷籌劃我末日的怪物——是她們讓我覺得自己像是獵物，喉嚨裡有冰涼的翅膀揮舞。

要不是有歐伯隆，我現在可能已經放棄了。他可能也是同樣的想法。事實上，我們之所以逃跑純粹是因爲阿提克斯會希望我們繼續逃下去。我認爲我們恐懼的程度只比沮喪多一點點而已，而我們跑得沒有之前那麼快。急迫感消失了。既然阿提克斯和莫利根都死了，我看不出自己有什麼可能逃過一劫。德魯伊的力量很美妙，但是聯手起來對付我的勢力太多了，而且和我的力量等級完全不同。我不打算放棄，但我覺得自己像是球賽剩下十分鐘，卻處於三比零落後局面的足球球員。儘管理論上想要贏球並非沒有可能，不過我看不出任何能在孤立無援之下達成目標的可能，甚至有點期待結局儘快到來，進而免除我這種等待結局的恐懼感。

我們通過荷蘭邊界，元素指引我轉向西南，避開海邊的大城。反正想要抵達法國海岸，我們就得轉而向南。

國家邊界有時能夠改變大地景象，其實是有點奇怪的現象。德國的風景很清晰、乾淨、精確，到了荷蘭，即使在夜裡還是有種添加了薄紗濾鏡的感覺，彷彿林布蘭的鬼魂拿他的畫筆輕輕劃過整片國土一樣。在我夜視能力加持過的眼中所看見的色彩彷彿也帶有一種經由大師混色的細緻紋理，沒有在德國時那麼刺眼。也可能根本沒有任何差別，一切都是我的憂鬱在作祟。

歐伯隆注意到我改變方向，輕聲問道：「嘿，聰明女孩？」

「怎樣？」

他沉默片刻，我們就只聽見我的蹄聲和他的狗爪拍擊地面的聲音。蹄爪交織出一套循環的節奏，如果有心去想的話，就會覺得那像是在反覆響起「阿提克斯」的名字，而我們都有這個心。接著他說：「妳知道我們還要跑多久嗎？」

「不確定。幹嘛？」

「妳認為我們可以在被女神追上之前趕到嗎？」

號角聲再度響起。或許我的想像力讓它聽起來更加接近。

「我不知道，歐伯隆。希望可以。」

「我也希望。但我懷疑這種想法不切實際。我一直在想如果我非死不可的話，我希望能夠戰死，而不是在逃跑中死去。我想要面對『終極戰士』，我不想和阿諾一起『上直升機！』【註】妳記得他們嗎？好吧，他們不是真人。我是說，妳有看過那部電影嗎？」

「你是說《終極戰士》？有，我看過。」

「真的？難怪阿提克斯覺得妳很完美。」

註：《終極戰士》（*Predator*, 1987）是由阿諾．史瓦辛格主演的科幻電影，「上直升機」（get to the choppah!）是劇中要一起逃命的台詞。

「他覺得……？」我覺得自己應該已經淚水決堤，但是馬眼不像人眼那麼能哭。歐伯隆沒等我說完就繼續說下去。

「裡面有個角色決定丟下他的槍，用獵刀和終極戰士近身肉搏。我忘記他叫什麼名字了，但我永遠不會忘記他做了什麼事。所有人都嚇得屁滾尿流，只想逃回直升機上，只有他一副：『逃什麼逃，老兄，我才不要逃避問題。我要面對問題，就算死也在所不惜，不過首先我要在我胸口慢慢劃開一條血痕，裝出凶神惡煞的樣子。』接著終極戰士殺了他——而且一下子就幹掉了——但我一直都很佩服他那種不願退縮的精神。他彷彿在說：『去你的直升機，阿諾！』喔，妳願意原諒我說髒話嗎？」

「我原諒你了。」

「謝謝妳。那就是他的態度，雖然他整個過程中一句話都沒說。你就是看得出來他在想什麼。現在我的想法就和他差不多。那兩個女神第一次出場，對我們發射那兩箭時，我嚇得當場尿出來，現在我覺得很丟臉。」

「你不用覺得丟臉，歐伯隆。」

「我認爲我要。我認爲我已經比世界上所有獵狼犬活得更久、活得更好了，而我不該畏懼死亡。我說得沒錯吧，關妮兒？我時間觀念不好，但是就獵狼犬而言，我已經很老了，是不是？」

「世界上最長壽的獵狼犬。」我告訴他：「你是傳奇。」

「我一點也沒有傳奇的感覺。但我倒是有老的感覺。老到我或許根本不該待在世界上了。我已經享受過超額的香腸、培根和牛排。而且我也不想繼續跑下去。我想要就此停下腳步，去打那場阿提克斯沒有機會開打的仗。」

歐伯隆突然不再奔跑，我也被迫停下腳步。我們身處一大片大麥田中央。

「妳繼續跑吧，聰明女孩。上直升機去。」他轉身面對東北方嚎叫：「這次就來看看誰先嚇得尿出來。」

我的自保本能浮出水面。它告訴我說我可以活下來。我可以放下史卡維德傑、丟下歐伯隆，變成一隻游隼。我可以直接飛越海峽前往英國，找棵傳送樹，轉移到安全的所在。我認爲大混亂的影響力不可能擴及到那裡。我可以躲回新世界去，或許甚至回到亞歷桑納，像阿提克斯一樣羈絆我的護身符，到時候我和對手的力量就會比較平衡一點了。

但是我絕不可以活在內疚中。如果現在不起身作戰，我永遠都不會有勇氣作戰。

「歐伯隆，這裡不是最後決戰的地方。」

「妳沒辦法讓我打消念頭。我已經下定決心了。」

「我不是要你打消念頭。我百分百支持你放手一搏。去他的直升機，好嗎？」

「喔，那好吧。有什麼問題？」

「這裡不適合作戰。你要愼選戰場。現在狩獵女神帶了獵狼犬來，記得嗎？」

「所以呢？」

「所以你身處開放空間，牠們可以包圍你。」

「喔。」

「我們得找個背後有牆壁靠，也不會被夾擊的地點，迫使牠們正面攻擊。你還記得電影裡那個傢伙是怎麼慎選地點的嗎？」

「記得！那是座河谷還是什麼有獨木橋的地方。他停在橋上。」

「一點也沒錯。你了解他為什麼選那裡嗎？」

「終極戰士得正面攻擊他。想要過橋就必須解決他。」

「對。我們也要這麼做。我們得找個類似的地方，讓我們能盡量傷害牠們的地方。」

「哇喔，小母馬。我們？」

「小笨狗。你沒聽見我說的話嗎？我不會丟下你不管的。」

「太棒了！」我本來以為歐伯隆會搖尾巴的，但是沒有，他只是豎起耳朵。「妳知道附近有適合的地點嗎？」

「不知道。不過我敢說本地元素知道。我們先繼續跑，我研究一下。」

狗耳朵下垂。「嘿，等一等，聰明女孩。妳不會是要騙我繼續逃跑，是吧？」

我揚起右前蹄。「當我是揚起右手。我對所有神聖之物發誓——」

「妳是說香腸和母狗？」

「我對香腸和母狗發誓，我不是要騙你逃跑。我們會找個適合作戰的地點，然後奮戰到底。」

「好！我們走！」

我們繼續跑，我問元素哪裡有適合防禦的地方。我眼前冒出許多畫面，最後終於找到了一個看起來不錯的地點。

／／那裡／那個地點／提問：那在哪裡？／／那是一座小懸崖——高度只有十五呎左右——但如果可以背對那座懸崖，我們就能在沒人可以從後方偷襲的情況下，取得相對良好的視野。懸崖上有幾棵樹，不過樹前一小塊空地遮蔽了視野，而敵人得通過一道緩坡才能抵達該處，所以我們占有制高點。

／／維持現在的方向／／元素說：／／我會引導妳／／

／／提問：目的地距離多遠？／／

元素不太擅長判斷人類的距離單位，不過我認爲在避開城市、盡可能取道野外的情況下，應該要往西南方跑上八十哩左右。如果加緊腳步，可以在兩小時內抵達。

「跑兩小時。」我告訴歐伯隆：「還不算糟。我們還能領先兩小時。」

「當然，沒問題！阿提克斯有和我練習過。一小時是六十秒，對吧？」

「別管了。反正跟著我跑，會跑到的。」

第十二章

心靈是對抗恐懼空虛的唯一武器。大多數時間裡，我們都在想著其他事情——任何事——而這麼做，本身就是在對抗整個虛無飄渺的宇宙。但是心靈有時會崩潰、停止思考。它們會開始感覺：那是個反覆咬噬的怪物，吃光你的信心與目標，甚至使命感，直到我們枯竭厭倦，無法專注在能讓我們生存下去的枝微末節上。嘴裡都是白堊和塵土的味道，眼中一片灰濛濛景象，偶爾會讓心慌的強光貫穿。

沮喪是座你擁有鑰匙的監獄，偏偏你永遠不會想到要去找鑰匙。

我不知道我在灰色世界裡待了多久，恐懼著那片虛無，反覆檢視我那份超長的罪孽清單。我想不出有任何法官會赦免我的罪。我永遠無法擺脫某些羞愧。繼續生存下去又有什麼好處？我對世界——特別是最近這段日子，帶來的毀滅難道還不夠嗎？但是拯救我的正是那份深怕關妮兒和歐伯隆會死的心慌，我絕不能把他們的性命也加在我已經超重的靈魂天平上。

我睜開雙眼，眼前一片漆黑，不怎麼激勵人心，但至少比灰色虛無要好一點。我試圖弄清楚方向，腎上腺素大量湧出。右側的冰冷泥土突然移動，導致我頭痛到皺起眉頭。我伸出左手，用手指感覺這塊密閉空間的邊界，很快就發現我身處地底一座小石室，這裡顯然有很基本的空氣循環系統。待在劍鞘裡的富拉蓋拉躺在我面前。我完全不知道自己身在何處，只知道關妮兒和歐伯隆不在身邊。我們剛剛在逃命。我現在為什麼沒在逃了?為什麼會用這種自我厭惡的心態重審我的一生?

//提問:喀爾巴阡?//

//不。薩克遜//

薩克遜是德國元素。我為什麼會在德國境內?我們本來在波蘭,胡金和暮寧來找我們。然後我們逃跑,然後……對了,我們已經穿越德國邊境,跑去找了通往提爾・納・諾格的古老之道,然後在一棵樹上發現了一封信——喔。

//提問:我怎麼會在這裡?//

//激動的德魯伊把你放在這裡/以為你死了//

我眨了眨眼,想像元素為什麼會用激動來形容關妮兒。//提問:那我為什麼還有空間和空氣?//

//我提供的/德魯伊還沒有前往下一個世界//

不,我還沒。而元素顯然認為不用在我的稱謂前加上形容詞,我只是個普通的老德魯伊。

//提問:我出了什麼事?//

//投射武器擊中頭部//

有人開槍射我?怪不得我頭會痛。我手指順著頭摸上去,輕輕撫摸疼痛處,左腦側有個之前沒有的小凹痕,軟軟的。我敢說另一側的出口傷肯定慘不忍睹,但我不想抬起頭去摸。我還在自我醫療。

我手向下朝護身符摸去，握起左邊最後一個符咒，我一直沒機會測試的符咒。

「看來你畢竟還是有效的。」我說。

關妮兒曾問過那個符咒的作用。我告訴她那是我的靈魂捕捉器，當初是爲了因應拿破崙進攻俄國而製作它的。當時我是俄軍的醫療兵，見識到毛瑟槍的威力，知道那對一個可以防禦魔法攻擊，但卻無法對抗高速飛行小鉛塊的老德魯伊代表了什麼。當然，那之前我也見過槍，不過一直盡力避開它們。加入俄軍有點像是一場面對現實之旅，額外福利就是可以戴那種可笑的毛帽。

除了心臟直接受創以外，只要有時間療傷，我認爲自己幾乎可以在任何攻擊中活下來。我可以用護甲來守護心臟。不過頭部中彈就比較棘手了。腦死不會給人時間療傷，而腦部是靈魂的倉庫；在腦子上打個洞，你就會當場死亡。

不讓靈魂脫離肉體才是大問題。只要我的刺青可以接觸大地，身體就可以自動展開治療；我不用保有意識才能進行治療，而且技術上而言，心臟不跳也無所謂。但是頭上開個洞，還要讓靈魂待在身體裡——好了，那就比較困難，而且就目前看來，那也是身體自療的必要條件。

在將寒鐵護身符與靈氣羈絆的過程中，我了解到我眞的改變了靈魂的本質，而如果我可以對自己的靈魂這麼做，或許也能做點其他事。我花了很多年去修改其他護身符，最後在十九世紀決定嘗試製作靈魂捕捉符咒。（儘管我如此稱呼這個符咒，我還是不太想用靈魂這個字——這個字的包袱太重了，常被人濫用，一點也不尊重這個字眞正的意義。）就像我之前告訴關妮兒的，我根本不知道這個符咒有沒有效；想要測試它，我就得死。

而我想，我已經死過了。頭部中槍會致命，很少有例外。如果我的心臟還有在跳，關妮兒絕不會埋葬我。所以符咒的作用和我預期中一模一樣。

我所有符咒都是用心靈指令啓動的；少了這些符咒，我每次施法羈絆都要像關妮兒那樣大聲唸咒。但是當你的腦子被轟爛時，想要下達心靈指令就有難度。所以我早在十九世紀就已經啓動了這個符咒，然後希望一輩子都不用證實它有沒有作用。

符咒執行一系列羈絆法術，其中三個要視情況而定：第一個會把我的靈魂羈絆在肉體之中，即使心臟停止跳動也一樣，透過我把護身符羈絆在靈氣中時產生的架構，形成靈魂之籠；第二個每五分鐘就會製作一份我腦子的快照，包括每個神經突觸和神經元，而打從一八一二年啓動這個符咒以來這個動作就不停地執行；第三個是醫療指令，（只要我的靈魂還在）會自動從大地吸取能量，根據最後一張快照修復我的腦袋，每一個細胞都不放過；一旦這三個動作執行完畢，第四個羈絆就會把我的靈魂塞回原位——也就是腦子裡——然後讓一切恢復運作。理論上我的心臟會再度跳動、肺會開始呼吸、而我則會死而復生，嘴裡沒有冒出尖牙，也不會步伐不穩，個性和記憶通通完整無缺。

有太多環節可能出錯。被砍頭、在大橘火球中蒸發，或是大量失血到心臟無法再度跳動。也可能在屋頂中槍，無法接觸地面。見鬼了，就算倒在田地裡，如果剛好處於刺青沒有碰地的姿勢，那也會很悲劇。這道符咒眞的不是什麼完善的死亡保險。不過我耗費在上面的心力顯然沒有白費。

灰濛濛突然回到我眼中，地底的漆黑逐漸消失。獲得新生之後，我該怎麼做？找些新奇可怕的方法去結束所有人的性命？講話不經大腦、和女巫與巨人簽訂浮士德式的交易？現在解救關妮兒和歐伯隆的性命，卻在日後看著他們死在洛基的國度裡？那樣太殘酷了。把他們交給阿緹蜜絲和黛安娜還比較仁慈，因爲她們喜歡速戰速決。

在身旁有人時，我絕不會允許自己考慮這種事。但人在墳墓裡永遠都是最孤獨的。我能感受這一切情緒，不會有人偷聽或質疑。儘管我們偶爾會唾棄朋友，被氣到大發雷霆、爲了瑣碎的小事斤斤計較，但我認爲獨處時，我們會變成更邪惡的生物，發現內心的想法比鞭打或挨巴掌更恐怖。

至少這是在我想像中遭受自我意識詛咒的人應有的樣子。

兩件憾事將我從灰色的世界裡拉回現實。如果什麼都不做，我將永遠看不到關妮兒的雀斑，或那雙綠眼，或聞到草莓唇蜜的味道……好吧，不只兩件憾事——三件。三件憾事。另外如果歐伯隆不是隻應該和隻貴賓犬，或除了我以外其他朋友在一起的好狗就好了。好吧，四件憾事。照這樣想下去的話，或許還有更多。

一種高傲的情緒也開始慢慢浮出水面。我無法忍受希歐菲勒斯帶著得意笑容、舉起裝滿鮮血的酒杯，慶祝全世界所有德魯伊徹底死絕。他得爲一幹嘛的罪行付出代價，而我想當把那一卡車的因果報應倒到他那個不死屁股上的司機。

另外，看在地下諸神的份上，莫利根爲我付出這麼多，我難道不該爲她努力活下去嗎？

我緊握富拉蓋拉，讓薩克遜送我回地面。//提問：激動德魯伊和德魯伊之友在哪裡？//

//已經離開我的範圍//

他們肯定已經離開德國。如果關妮兒決定按照原訂計畫，他們現在應該身處荷蘭，甚至是比利時了。

／／提問：幫我安排直線追趕他們的路線？／和鄰居談談？／／

／／樂意／和諧／／

／／和諧／不要告訴激動德魯伊／／我不希望關妮兒和歐伯隆在狩獵女神緊追在後時，放慢速度或決定停下來等我。而既然還是可能有人在監視他們，我不想讓任何人發現我還活在世界上。

／／和諧／／薩克遜又說了一次。

回到地面上時，夜已經很深了。如果薩克遜能夠透過鄰近元素追查出關妮兒下落，現在可能還是我中槍的那天晚上。這個可能性很高。腦細胞不像肌肉細胞那麼重而密，而且我也不用修補整個腦袋——只有在彈道上的幾盎司腦子而已。我找到通往西北方的足跡——狗和鹿的。狩獵女神已經路過這裡了，她們的獵狼犬在追蹤關妮兒和歐伯隆的氣味。

薩克遜幫我指向西南方。我變形成公鹿，叼起富拉蓋拉開跑，心情比之前更加擔憂。有一次我被上帝之鎚的人用飛刀射中腎臟和肩膀，耶穌告訴我，當時的痛楚和我繼續順著這條挑選的道路走下去將會承受的痛楚相比，只能算是小巫見大巫；儘管我從未崇拜過他，我還是明白他不是個會說謊的神。在當時，我無法想像還有什麼情況會比那種痛楚更痛，因爲當時我魔力耗盡，而腎臟受創眞的很痛。但現在我想我懂耶穌的意思了。遠離灰色的沮喪地帶、思緒恢復清晰之後，失去關妮兒和歐伯隆變得……好吧，我眞的無法形容那種痛楚。或許前方也有屬於我自己的報應卡車在等著。我應得的，但是可能的話，我要盡量避開它；因爲我絕對不想承受那種痛楚。

第十三章

儘管荷蘭境內障礙物很多，但擁有明確的目標和使命後，歐伯隆和我跑得比之前快多了。我們得穿越很多馬路，繞過城鎮也不容易，不過幸好當時是深夜；數百萬名荷蘭人都在沉睡——或許摟著他愛人，發出寧靜的鼾聲——完全不知道魔法眞實存在，而今晚將有一派魔法在他們國境內滅絕。

當天際浮現日出將至的淡灰色彩時，我看見了歡迎我來到費呂韋邊境國家公園【註】的招牌，不過荷蘭人把國家拼成「Nationaal」——我喜歡這種拼法。多一個母音給人豐饒的感覺，彷彿他們國家裡充滿了美不勝收的自然美禮。這可不算是不合理的結論。費呂韋是由大片石楠樹叢和各式樹木所組成的寧靜景象，後者聚集在公園外圍，爲大量要不是歐伯隆心情如此低落，肯定會想要去騷擾的小動物提供容身之處。樹上滿是紅色、橘色和黃色的樹葉，宣告著那場慶祝它們即將失去活力的盛大宴會的到來。如果阿提克斯在這裡看見這種景象，就會面露微笑，開始討論慶祝薩溫節的事情。

失去生命中重要的人，就像是個能以思念重新打開的傷口。

我們的目的地在一片雜草和石楠樹叢原對面的緩坡上。抵達後，站在元素讓我看的那座崖頂有樹的小懸崖下，我變回人形，回頭觀察我們的足跡。我看到一片淺綠和淡紫的景色，樹木形成的輪廓

註：費呂韋邊境國家公園（Veluwezoom National Park）位於荷蘭的吉蘭德省內，也是荷蘭最古老的國家公園。

耐心地蜷伏在黎明前的的灰色天空下，等待第一道陽光以火焰與喜悅點燃它們的邊緣。歐伯隆和我一起轉身，仰起鼻頭品嚐氣味，耳朵在聽見小鳥起床的啁啾叫聲時輕輕抽動。牠們都在懸崖兩側遮蔽我們視線的幾棵小樹上，或許和我們一樣覺得石楠樹叢的景色美不勝收；那是一種羞怯、低調的美，等著接受欣賞、接受讚揚。

「就是這裡了嗎，關妮兒？」

「就是這裡了。就像我之前說的，背後靠牆。」

「而且沒有直升機。」

「沒錯，沒有直升機。」

大獵狼犬輕嘆一聲，在草地上伸展四肢，雙爪在前，看起來像人面獅身獸，專心注視著遠方的地平線。「以面對末日的地點而言，還有很多比這裡糟的地方。」

「糟多了。」我同意，不過這次是以心靈溝通。如果這是我最後一次看見日出，我不要自己的聲音破壞自然的音效。

我拍拍歐伯隆，他任由我拍，但我注意到他完全沒有搖尾巴。

「妳知道既然少了阿提克斯，現在有什麼和我們在一起的話就太棒了嗎？」歐伯隆在我們等待時問道。

「什麼？」

「戰豬。騎在上面的是由蜘蛛猴組成的特種部隊。沒人會料到那種對手。或是西班牙宗教裁判官。」

「你到底在說什麼？」

「妳知道我在說什麼！就是莎士比亞那齣戲裡的角色，我想阿提克斯會喜歡的。」

「莎士比亞的戲裡有騎戰豬的猴子騎兵？哪齣戲？」

「我不記得整齣戲，因爲實在太長了，但是阿提克斯有背給我聽過，其中有句話是這樣說的：『呼喊火腿，放出戰豬！』我知道妳或許不會認同，但對我而言，那是莎士比亞寫過最棒的台詞。」

「你是說《凱薩大帝》裡的『呼喊災難，放出戰狗』？」

「不，我不認爲是那句。那句話裡有火腿；我很肯定說話的人在講火腿。他們要對抗的是飢餓。」

「我想你聽那個故事的時候大概是餓了，歐伯隆。」

遠方傳來細微的噴氣聲，接著又是一聲，幾秒後聽出來那是獵犬的叫聲。一下號角，比之前清楚多了，乘著風緊隨犬吠而來。狩獵女神即將在獵犬的帶領下抵達公園外圍。我不太想面對那些獵狼犬，但是要攻擊阿緹蜜絲和黛安娜，我們就要面對牠們。而牠們絕不是那種會和人相依相偎的小狗。牠們是訓練有素的殺手。如果不把牠們當作訓練有素的殺手看待，就會變成牠們的晚餐。

可以選擇的話，我不介意有人幫忙——比歐伯隆理想中的幫手更現代、更實用一點，比方說美國陸戰隊。我會說：「抱歉，各位，不過這些敵軍，阿緹蜜絲和黛安娜，剛好是永生之神。她們不會死。」陸戰隊員會互看幾眼，然後他們的排長——來自南方的年輕紳士，彬彬有禮，還未達喝酒的法定年齡——就會說：「好吧，女士，我們非常懷疑她們的永生不朽，因爲她們還沒遇過我們這種程度的火力。永遠忠誠【註】。」

我嘆了口氣，把這些友善又致命的陸戰隊員趕出腦海。阿提克斯說過人不能光用想的就在戰場上活下來。人能活下來是因爲自己採取的行動、夥伴所採取的行動，或是他們敵人沒有採取的行動。沒別的了。

我對歐伯隆施展偽裝羈絆，然後隱形自己，在我們兩個身上施展同樣的速度和力量羈絆。歐伯隆打頭陣，我背對小懸崖、在後方備戰。他會打亂對方衝鋒的陣勢，如果有任何獵狼犬通過他，試圖從後面咬他，我就會用魔杖打爛牠們的腦袋。我手持一把飛刀，還有兩把插在大腿上的刀套裡；它們可以解決幾個敵人。

我不太熟悉狗的品種，反正阿緹蜜絲和黛安娜在遠古得到的獵狼犬多半和現代品種不太一樣。我不清楚這些是否就是當年那些獵狼犬，和歐伯隆一樣擁有永恆青春，或這些是原始獵狼犬的後代。當牠們出現時，我發現牠們並非有著軟軟大耳朵的尋血獵犬，而比較像是有著各式各樣毛色的長毛獵犬或尋回犬；雖然牠們體型都比歐伯隆小，但對方共有十四隻，而這邊就只有我和歐伯隆。

我得承認，對方看不見我們讓我們占盡優勢。牠們只能用聞的。第一隻奔向歐伯隆，結果就和衝向一面磚牆沒有什麼兩樣。歐伯隆一爪將牠打倒在地，緊接著就一口咬下。我拋出兩把飛刀，正中目標，接著狗群一擁而上，在一陣杖起杖落、咬來咬去過後，牠們全都躺平，而我們依然站著。

「你沒事吧，歐伯隆？」我問。

「有些皮肉傷，不過不嚴重。妳呢？」

「一樣。我們要移動位置，遠離這些屍體，保持低調等待時機。我敢說她們會在盛怒下朝這個方向射箭。」

「我們要各個擊破嗎？」

「我想應該要。挑一個跳到她背上，我會努力讓她爬不起來，就不知道奧林帕斯眾神會在地下待多久。你得小心點。她們也會用刀，而且動作超快。」

「我不在乎面對飛刀。這一戰就是爲了這個，嘿嘿。」

「天呀，歐伯隆。」這次淚水盈眶時，我的眼睛已經變回可以流淚的人眼，而我用力擦去臉頰上的淚水。「你得要想點策略，而不是老想著要自殺。如果讓阿提克斯看到我讓你以身犯險，他一定會把我殺了。」

歐伯隆輕聲悲鳴。「如果他在這裡，我根本不會這樣說。」

我想要說點正面的言語，但是一個字都想不出來。我很清楚他的意思。儘管有著許多美妙之處，一旦你身愛的人離開人世，這個世界就再也美妙不起來了；你唯一能夠看見的，就是孤獨和本來應該可以如何的淒涼影像。

「聽著，那兩個殺手處女將會存活下去，而我們不會。」我說：「但我要她們嚐嚐遭受埋伏的滋

註：永遠忠誠（Semper Fi）是美軍海軍陸戰隊的隊呼，取自拉丁文Semper fidelis。

味。一切結束後，我要她們渾身顫抖，心知如果她們沒有永生的話，早就死在我們手上了。」

「好吧，聰明女孩。聽起來不賴。我要點一份。」

我們沒等多久。兩輛公鹿拉的金色雙輪戰車在東方露出魚肚白時掠過石楠樹叢。看見獵狼犬的屍體後，狩獵女神疾馳而來，跳下戰車，一手持弓一手搭箭。

這是我第一次有機會仔細打量她們。在羅馬尼亞的時候，她們離得太遠，而莫利根在我打量她們之前就擋住了我的視線。

根據之前和荷米斯與墨丘利打交道的經驗來看，我很肯定阿緹蜜絲是那個皮膚比較蒼白的女神。她們兩個穿的都不是奇幻畫作中那種床單或飄逸暴露服飾——也不是頭戴兜帽的神祕精靈裝扮。阿緹蜜絲身材纖瘦，肌肉結實，結辮的黑髮以金環固定，身穿無袖淡綠色上衣，腰間以寬腰帶束起。她的黑褲管塞在長及小腿、看起來像鹿皮的軟靴裡——不過都不是皮革製品，全都是聚酯纖維和其他合成材質，而且頭髮上的金環也不是真金——是塑膠的。我知道這一點，是因為我試圖把它們和大地羈絆，成功的話就能把她的頭髮扯到地上，但是沒效。她的腰帶釦也一樣，弓和箭也都是人造合成物。我絕不懷疑綁在她大腿上的匕首也是合成材質。

阿緹蜜絲外型剽悍，下頷類似手斧刃，前臂肌肉看起來像鋼琴線。她沒有直奔那堆獵狼犬屍體，而是繞向右側，歐伯隆和我躲藏的位置。她壓低身形，緩緩接近，目光炯炯，搜尋我們的蹤跡。黛安娜以類似的姿勢從另一側搜尋。

羅馬女神比希臘女神豐滿一點，在穿著打扮方面也多花了些心思，比較符合羅馬古神的形象。

她身穿羅馬百夫長會穿的那種護裙，只不過是用黑塑膠假皮還是什麼紡織科技的邪惡產品所製；涼鞋上方還穿了某種黑色護脛。和墨丘利一樣，她的膚色古銅，隱隱發光，好像上了層蠟，然後送去店裡磨光一樣。她很火辣，辣到接近不公平的境界。

她們對舉世聞名的處女身分採取截然不同的做法：阿緹蜜絲毫不注重個人外表，表示她一點也不在乎男人的看法；黛安娜喜歡表現出一副性感撩人、偏偏不可褻玩的模樣。從前她們只是神話人物時，我還挺崇拜她們的；因爲她們是人類史上最早兩個「我們不用男人一樣可以活得很好、盡情享樂，謝謝」的女人典範。然而在被她們追殺的現在，要崇拜她們就很難了。

看來阿緹蜜絲遲早都會碰到我們，而在她拉弓搭箭的情況下可能會很危險；不過她改變方向，朝獵狼犬屍體走去。我發現再過幾秒後她就會背對我們。

「等她路過我們就輕輕起身，撲到她背上。」我對歐伯隆道。

「收到。看來輕而易舉。」

我應該在他露出輕敵態度時就阻止他。但是他和我一樣無聲無息地起身，拉開架式，然後在她路過不到兩碼時就撲到她背上。儘管我給歐伯隆加持了高速羈絆，阿緹蜜絲還是比他更快。她感應到偷襲，立刻放開弓箭，揚起左手，傾向右側扣住歐伯隆脖子。

「啊！她抓住我了！」

他試圖掙脫，但阿緹蜜絲扣得很緊，並且拔出匕首。她用匕首抵住他的喉嚨，口操英文道：「別動。我看不清楚你，所以你最好不要自己撞上匕首。」這話讓我打消出腳絆倒她的念頭。情勢轉變了。我開始往左側橫移，依然在她身後，不過遠離她的匕首。如果她想讓匕首離開他的喉嚨，朝我射來，她就得往身體另一側拋擲匕首。但她相信她的夥伴會牽制我，而我很清楚在當前情況，黛安娜比她還要可怕。黛安娜的弓箭還在手上，只要確定我的位置立刻可以把我射穿。

「照做，歐伯隆。不要掙扎。」

「她怎麼知道我們在哪？」

「我不知道。」我說，眞希望我知道。我不像提克斯那麼擅長謀略。這整個計畫打從一開始就很糟糕，我竟然以爲我可以智取兩個不朽女神，實在太蠢了。

三十碼外，黛安娜持續搜尋我的蹤跡。她的目光沒有精準地落在我身上，不過十分接近。我盡可能輕聲移動，又覺得一刻都不能停下來。如果被她鎖定位置，我絕沒有機會閃躲。

「妳的老師已經死了，年輕的德魯伊，但是妳沒必要追隨他的腳步。」黛安娜大聲說道。我突然開始懷疑她們究竟是怎麼知道阿提克斯已死。她們有找到埋葬他的地方，並把他挖出來嗎？有人告訴她們嗎？還是說她們就像德魯伊一樣，可以和她們的獵狼犬溝通，從而得知有個獵物已經消失了？我用自己接下來的想法回答自己的問題：如果不是奧林帕斯神告訴她們的，那八成就是森林女神說的，或是其他自然界靈體。我們逃亡途中肯定路過不少這種東西。「釋放巴庫斯，我們就饒妳不死。」

「獵狼犬呢？」我一邊移動一邊問道。

「既然妳殺光了我的獵狼犬，我想妳的獵狼犬非死不可。」阿緹蜜絲說：「但如果妳現在誠心交易的話，我或許可以網開一面。這傢伙對妳來說不光是一條狗，對吧？他是妳朋友。」

「對，他是朋友。如果妳殺了他——或是用任何手段傷害他——我就不會和妳交易。巴庫斯就永遠別想回去。」黛安娜想盡辦法要鎖定我的位置，她腦袋微側，目光準確落在我身上。

「我了解。」她說。「巴庫斯是我們的朋友。釋放我們的朋友，我們就釋放妳的朋友。大家都能活下去，毫髮無傷地回家。我們的目標並不是妳。」

「我聽她在唬爛！」

「但妳們還是追我追了很遠。」我說。

「只是爲了要找回巴庫斯。」黛安娜說。她逐步接近，蓄勢待發。「我們從沒想過要殺妳。」

「如果妳們想談判，我們就來談。」我說：「別再移動，放下妳的弓，黛安娜，否則我就會懷疑妳畢竟還是想要殺了我。」

黛安娜微微一笑，不再前進，不過沒有放下弓。「很好，凡人。既然妳願意講理，我們可以談談。」

「黛安娜，等等，」阿緹蜜絲說：「我覺得附近還有其他人——」

第十四章

阿緹蜜絲聽到我，但是來不及反應。由於專心去聽黛安娜和關妮兒談判，當她發現附近確實還有其他人時，一切已經太遲了。

來人是我，已死之人，左手拿著富拉蓋拉，從她右肩後方逼近，使盡吃奶的力氣砍向她的脖子。這一劍瞬間砍斷她的脊椎神經，讓她的腦袋沒有機會命令右手劃斷人質的喉嚨。我才不管什麼神不神的。她的腦袋飛向獵狼犬屍堆，而她的軀體癱倒在地。歐伯隆立刻獲釋，神情困惑。

「嘿！什麼？我聞到阿提克斯的味道！阿提克斯，是你嗎？」

我沒有回答。還有一個狩獵女神要解決。我不在乎發出聲音，衝向阿緹蜜絲的頭顱，抓住她的頭髮，直接拋向黛安娜。她舉弓搭箭，轉向準備射擊，矮身閃開阿緹蜜絲的頭，不過立刻挺直身子射箭，算準了我會跟著撲上來。正當她要放箭、我要著地翻滾時，某樣東西狠狠擊中她的後膝，她的箭朝天飛逝。當然是關妮兒幹的，我眞以她爲傲，懂得把握我所提供的機會。

我曾告訴過她，打鬥時可能會發生各式各樣讓你措手不及的情況。比方說，朋友受辱時會感到不爽再正常也不過；在別人毀了你的愛人照片或紀念品時大發雷霆，完全合情合理；如果有人死而復生，再度加入戰團，沒人會因爲你驚訝到屁滾尿流而看不起你；但是你永遠、永遠都要先處理眼前的威脅，把驚訝留到晚點再說，最好是等到手裡握著能夠麻痺情緒的好酒時。

黛安娜在身體著地後立刻滾開，關妮兒下一杖隨即在地面上激起一陣悶響。我沒辦法在狩獵女神起身前趕到關妮兒身邊；如果讓她起身，她就可以在轉眼之間搭弓射箭。眼角一道殘影顯示歐伯隆和我一樣希望她待在地上；關妮兒八成幫他弄清了輕重緩急。狩獵女神確實跳起身來，不過在伸手拔箭的同時再度被撲倒。

我聽見歐伯隆說：「我咬住她的左手，妳去解決右手！」

黛安娜試圖伸手過頭去打歐伯隆，結果遇上史卡維德傑的強力反抗；這次關妮兒沒有失手，一杖打斷了女神前臂的兩根骨頭。她的手臂被魔杖壓到地上，關妮兒一腳踩了下去。黛安娜放聲慘叫，奮力掙扎，但我猜關妮兒和歐伯隆都有大地能量為後盾，而她完全找不到施力點。

在黛安娜想到可以用腳踢開關妮兒前，我決定搶先引開她的注意力。我撤銷偽裝羈絆說道：「好了，哈囉，黛安娜。」說著走到她面前。她瞪大雙眼，不再出聲，闔不攏嘴。

「是阿提克斯！我就知道！」

「咬好她，老兄。別鬆嘴，好嗎？」

「我不會！她動不了！」

「謝謝。我們晚點再說。」

我笑嘻嘻地看向神情驚訝的黛安娜。通常我不會這麼沒禮貌，但是羅馬眾神就是讓我不爽。可能是因為他們當年幫助羅馬人剷除德魯伊的關係。「妳追了我們很久。」我說。我隨手轉動富拉蓋拉，然後突然停止，假裝自己突然靈光一現。「喔！等等。妳以為是妳在獵殺我們嗎？」

她瞇起雙眼，深吸口氣，準備說話，但我沒給她機會開口。我一劍砍下她的腦袋，踢離身軀，不讓她開始療傷。

「呼！」我大叫，做了個勝利的姿勢。「這會收錄到我臨死前的一生回顧裡。」

關妮兒解除隱形和歐伯隆的羈絆法術。史卡維德傑木杖的顏色突顯出她的指節蒼白的色調，我沒辦法從她的表情看出她究竟是想要親我，還是殺我。

「對。」我說：「妳可能有問題要問。」

第十五章

「你是誰，富拉蓋拉爲什麼會在你手裡？」關妮兒咬牙切齒地問。

我沒想到她會這麼問。「我是阿提克斯，這是我的劍。」

「他是阿提克斯！」歐伯隆在搖尾巴，顯然想要撲到我身上，但是因爲關妮兒的反應而克制自己。

「說得對。有點心吃！」

「阿提克斯死了。」

「我只死了一下下而已。」

「他剛幫我們殺了殺不死的女神。他和我們是一國的。」

關妮兒忽略歐伯隆的評論，自大腿刀套裡拔出一把飛刀——最後一把——舉到肩膀上方，準備拋擲。「告訴我你的眞實身分。你是洛基嗎？凱歐帝？」我開始了解元素爲什麼會叫她「激動德魯伊」了。

「這很容易分辨，關妮兒。透過魔法光譜看看就知道了。洛基是一團憤怒的白光，凱歐帝則是混合了所有色彩。而此刻因爲我完全沒有吸取大地的能量，妳會從我身上看到我靈氣中的鐵質。」

「不然妳也可以聞聞他。他是阿提克斯。我可以聽見他的想法，他說要給我香腸吃。」

「我說點心。」

「我要拿香腸當點心，非常謝謝你。」

歐伯隆的測試法證明不了什麼，關妮兒很清楚這一點。根據我的了解，凱歐帝有辦法和歐伯隆心靈溝通——或至少能聽見他的想法，而且也有辦法模仿我的形體一路模仿到氣味層面；這就是我們能在亞歷桑納讓加爾姆和赫爾以爲我死了的原因。

關妮兒長吐一口氣，然後唸誦魔法視覺咒語。我耐心等候她檢查我的魔法光譜。

「你的本名叫什麼？」她繼續測試我，而在從驚訝中恢復過來後，我認同她這種謹愼的態度。

「敘亞漢．歐蘇魯文。」

「我曾經讓另一個人附身過，對方叫什麼。」

「拉克莎．庫拉斯卡倫。」

「我們那次做了什麼？」

「我們不在獵狼犬面前談這種事。」

「嘿！」

關妮兒放下匕首。「眞的是你。」

我輕敲脖子上的靈魂捕捉符咒。「記得這玩意兒嗎？眞的有效。」

她把史卡維德傑也給丟到地上，一把將我撲倒在地。歐伯隆認爲我們在玩疊疊樂，於是也重重撲到我們身上。

「實在太棒了！我實在太開心了！阿提克斯回來了！」

關妮兒親我，我才享受了兩秒左右，歐伯隆的口水就滴了下來。

「噁！歐伯隆！」關妮兒說，我們一起伸手抹去臉上的口水。

「狗狗欣喜若狂的副作用可能包括臉部滋潤和上人腳。」

「你敢上我的腳就試試看！」關妮兒警告道：「請給我們一點獨處時間。」

「噢。」歐伯隆的尾巴還在瘋狂搖擺，不過還是好心地爬離我們身上。

「關妮兒，沒關係，反正我們也得走了。」

「還走？」

「喔，是呀。此事尚未了結。她們和我一樣沒死。我們得繼續逃亡，應該至少可以跑到法國。」

關妮兒從我身上翻開，站起身來，然後伸手拉我起來。「頭都斷了要怎麼復元？」

「其他奧林帕斯神會幫她們。我敢說荷米斯和墨丘利會把她們拼回去。」

「爲什麼不直接用新的身體重新開始？」

「因爲她們現在的身體狀況極佳，只是沒頭而已。我剛剛一邊追趕你們，一邊思索他們復活的規則——他們不可能可以隨心所欲復活，不能說要來具新身體就能來具新身體。他們必須承受十分嚴重的傷害才行。」

「砍頭還不嚴重？」

「對他們而言不算。記得奧菲斯的故事嗎？他的頭被沖入大海，漂來漂去，最後被在海邊洗衣服的女人撿起來？他們身體部位持續運作的能力是我難以望其項背的。或許和他們體內流的是靈液而非血液有關。我敢打賭她們依然保有意識，可以聽見我們說話。」

「實在太恐怖了。」

「我有個計畫。」我說著撿起富拉蓋拉。關妮兒取回她的飛刀和史卡維德傑。

「你當然有計畫。」

「嘿，阿提克斯，離開前先幫我個小忙？很容易。」

「當然。什麼忙？」

「拿一下關妮兒的魔杖。你知道，一邊像拐杖一樣抵地，另外一邊放在你右臉頰附近。」

關妮兒和我交換武器，我依照指示站好。

「非常好！現在學伊恩．麥克連爵士的語氣說：『我是白袍阿提克斯，在情勢逆轉時回到你們面前。』」

這實在太蠢了，雖然我嘗試了，但是辦不到。我擺不出那種莊嚴肅穆的形象；我話沒說完就開始哈哈大笑。

「很抱歉，歐伯隆。我們眞的該啓程了。」

「沒關係。你肯試我就很高興了。」

「所以你有什麼計畫？」關妮兒問。

「和之前一樣，只不過從現在起我們把頭當美式足球一樣抱在手裡跑。」

「我們裸體抱著人頭在大庭廣眾下奔跑？殺人裸奔？」

「嘿！不，要逃命的時候就施法僞裝，不過暫時我想先現身跑一陣子，這是計畫的一部分，從現在開始用古愛爾蘭語交談也是——以免兩個女神偷聽。要嘛就是說愛爾蘭語，不然就是透過歐伯隆心靈交談。」

「好吧，給我一點時間。」

她跑到可憐的獵狼犬屍體堆裡，可能是在找另外兩把飛刀。我趁她忙那個的時候找點事做。狩獵女神的雙輪戰車及拉車的公鹿都還等在兩百碼外。我面露微笑，解除戰車的羈絆，變成一堆廢鐵，然後解除挽具的羈絆，釋放公鹿，還透過心聲推牠們一把：「你們自由了。跑吧。」牠們跑了，而我懷疑赫菲斯托斯和瓦肯是會願意再次幫狩獵女神打造戰車。

關妮兒回來，說她準備好了。

「好，妳想抱哪個？」我問。

「我要阿緹蜜絲。」

「小心嘴。我很肯定她們一有機會就會咬人。現在起交談用古愛爾蘭語。」

她有點遲疑。「你確定這樣沒問題嗎？萬一她們會說呢？」

「除非妳把蘇格蘭凱爾特語算在內，不然古愛爾蘭語從未流傳到愛爾蘭以外。奥林帕斯眾神沒有理由去學古愛爾蘭語，特別是在圖阿哈．戴．丹恩花時間學了希臘語和英語之後。到希臘人和愛爾蘭人交流變多時，愛爾蘭語已經進化到中世紀愛爾蘭語了。」

「羅馬人呢？」

「他們從未征服過愛爾蘭。他們稱愛爾蘭為西伯尼亞，幾乎沒騷擾過我們。」

「了解了。」

我們花了點時間找出那兩顆頭，確認不朽女神都還活著。因為沒和肺部連在一起的關係，她們沒氣說話，於是她們盡可能惡狠狠地瞪我們。我們各自以左手抱起軟軟的女神頭，再度朝南方奔去，要不了多久我們就會轉向西方的加來。元素保證會盡量讓我們維持田野路線，避免遇上其他人。

首先我向歐伯隆道歉，因為他無法參與接下來的交談，解釋我要奚落狩獵女神，而不是刻意不讓他加入。

「沒問題，阿提克斯。只要你回來，我就很高興了。」

「我也是，老兄。」

我切換到古愛爾蘭語，對關妮兒說：「我知道事情還沒結束最主要的原因在於莫利根說過我們在抵達溫莎公園前都不算安全。我們離那裡還有一段距離。」

「你認為剩下的奧林帕斯眾神為什麼還沒出手干預？」

「我敢說肯定和面子脫不了關係。狩獵女神想要親手殺死我們，但是只要我們能夠轉移世界，她們就根本動不了我們。至於剩下的奧林帕斯眾神，奧丁說其他萬神殿的神——不過我不知道是哪些神，命令他們不得插手。所以我很肯定奧林帕斯眾神在監視整場狩獵行動，不過他們知道其他神也在看。可以肯定奧丁不是唯一關注此事的神。」

「喔。你是說他們在追蹤我。」

「對。現在妳不像之前那麼微不足道了。但我的重點在於如今此事已經成了跨神域的競技比賽。我們從棋盤中移除了巴庫斯，於是她們殺了莫利根，在『狠角色』的欄位上標上記號。不過如果沒辦法除掉我們的話，其他神就會開始認爲她們是僥倖殺死莫利根的——或是讓大家發現眞相，她是自殺的。」

「自殺？」

「對。死亡挑選者挑選了自己。」

「爲什麼？」

我還不打算和她討論此事。主要原因當然在於莫利根承受著永恆徒刑的重擔；由於信仰的限制，她永遠無法改變自身的本質。但是要說起她爲什麼想要改變，則會將話題導向我和她之間的奇特關係。得知莫利根愛我在我的後頸上丟了一大堆罪惡雪貂，而我還沒完全擺脫牠們。我不認爲這會是個不會尷尬的好話題。我們遲早都得談談此事，不過現在並非最佳時機。

「如果妳不介意的話，我們晚點再來談她。」我說。

「好吧，不要忘了就好。」

「不會的。」

「你剛剛說到奧林帕斯眾神？」

「只讓狩獵女神動手會令他們非常不安。耗費太多心力除掉我們，會影響殺死莫利根的榮耀，也會讓他們很沒面子。我是說，姑且不論他們不能直接干涉，如果他們必須竭盡全力才能除掉我們，將會動搖他們在其他萬神殿神祇眼裡的地位。這或許就是爲什麼她們無法看穿我們的僞裝羈絆；這次，密涅瓦必須袖手旁觀。」

「但是已經有好幾個奧林帕斯神參與此事了。涅普頓引發了羅馬尼亞那場地震，接著潘恩和法烏努斯又利用大混亂阻止我們轉移世界。還有鍛造神幫她們打造新戰車，對吧？」

「一點也沒錯。目前情況已經很糟了。但如果他們當眞全力對付我們的話，我們早就已經死了。假設阿瑞斯、馬爾斯、雅典娜、密涅瓦，外加兩個阿波羅現在從天而降。如果他們全副武裝的話，我們眞的有機會打贏嗎？」

「唉！不。我猜不可能。」

「妳猜對了。他們全都不能與全盛時期相提並論，但力量依然強大，如果缺乏突襲優勢，我們絕對不是對手。那表示我們的死亡還不是他們的首要目標；但我們怎麼死依然攸關緊要，這表示尚有政治因素運作。」

接著我們花了點時間，互訴在我中槍到我及時趕到、砍斷阿緹蜜絲腦袋之間發生的事。我想關妮兒有忽略一些在以爲我死亡時的想法和感受，不過沒有關係，我也沒把待在灰色沮喪地帶時的想法和感受全盤托出。

我們一路暢行無阻地朝西南方前進，直到荷米斯與墨丘利跑來拜訪我們爲止。他們在我們渡過比利時邊境前出現。他們靠著腳踝上的小翅膀從天而降，飄在空中，跟隨我們前進，直到我們停步為止。和之前一樣，墨丘利負責說話，荷米斯默默看著我們。

「釋放女神。」墨丘利以英語開門見山說道。

「喔，嗨，兩位！」我舉起富拉蓋拉朝他們招呼，微笑道：「你們是代表自己發言，還是來傳信的？」

「我們代表朱比特和宙斯。」

「很好，非常好。好了，你們或許注意到我對命令沒有什麼好感。你們這回願意多說一點兒，還是又來下達最後通牒，等我拒絕後就派更多奧林帕斯神來追殺我？」

墨丘利火冒三丈，不過還是克制自己道：「你有話說，凡人？那就說。」

「謝謝！你上次一副完全不想聽我說的樣子。事實上，我不禁懷疑你們究竟有多關心巴庫斯，因為殺了我們的話，你們就永遠救不回他。我之前沒有把話說清楚嗎？除了我們之外，沒人知道他在哪裡。問圖阿哈・戴・丹恩也沒用，他們毫不知情。」

「所以他是人質。」

「不，他不是人質，我又沒有要一大袋沒有標記的鈔票當作贖金。我很樂意讓他繼續待在他現在身處的地方。如果你們也無所謂，從你們一直忙著追殺我們這點來看，你們似乎眞的無所謂，那就表示我們根本是站在同一陣線──但這樣一來我就無法理解你們為什麼會抱持這麼大的敵意。你可以為我們澄清這一點嗎？你們想要救回巴庫斯，還是想要擺脫他？」

兩個使者神交換神色，接著墨丘利嘆氣道：「我們要救他。」

「太棒了。謝謝你承認這點。我願意主動對你坦承，我希望能夠擺脫你們。事實上，我們現在會在這裡，完全是因爲你們不肯放過我。爭端不是我挑起的，好嗎？是巴庫斯和法烏努斯。解決之道非常簡單，如果你們願意幫我帶話給朱比特和宙斯，我會很感激你們的。」

墨丘利點頭，荷米斯眨眼表示他們願意聽。

「我只有一個條件：不要惡搞德魯伊。這個條件最棒的地方在於，你們根本不費吹灰之力就能遵守這個條件。世界上最簡單的條件。只要你們保證不讓她們繼續追殺我們，也不會透過任何代理人或其他勢力這麼做，我們就會交出女神的頭。巴庫斯也一樣，只要你們保證不會允許他繼續追殺我們，我很樂意交還他。爲防萬一，所有奧林帕斯眾神都必須遵守這個條件。只要朱比特和宙斯承諾他們萬神殿中的成員不會繼續攻擊我們，我們就不用一直自衛，一直羞辱你們這些笨蛋。」我拿黛安娜的頭朝他一比，彷彿爲我的話畫下句點。「信息結束。」

墨丘利先是嗤之以鼻，接著在仔細打量黛安娜後變得有點遲疑。「我們會把信息帶到。」他和荷米斯沖天而起，消失在日光之中。

「那可算不上什麼外交手段。」關妮兒以古愛爾蘭語評論道。

我輕聲回應：「我知道，但是表現得太軟弱的話，絕對討不到好處。那兩個天神都還沒有認眞看待此事。他們派手下來對我們下達命令，我們得提高賭注才能吸引他們的注意。」

「我們要怎麼提高賭注？」

「到英國後再來研究。莫利根預知我們可以在那裡找出脫身之道，如果我知道是什麼脫身之道就好了。抵達英國前，我們唯一能做的就是爭取時間，而我剛剛爭取到了一點。繼續跑吧。」

「好，繼續。」關妮兒目光從我的臉下移到黛安娜頭上，接著倒抽一口涼氣。「阿提克斯，等等。黛安娜是否，你知道，還和我們在一起？」

「什麼？」我看向黛安娜，發現她下巴鬆弛。我從不覺得她是會用嘴巴呼吸的女神，就算她是，現狀下她也不可能呼吸。我轉過身去，背對關妮兒——也背對阿緹蜜絲——我鬆開左手臂，用兩手捧起黛安娜的頭。

黛安娜雙眼緊閉、嘴巴張開。我輕輕甩她一巴掌，確認她有沒有反應，就算是反射動作也好。沒有。我闔上她的嘴巴，它隨即再度張開。

我謹慎地繼續以古愛爾蘭語透過肩膀向後道：「妳的女神狀況如何？」

「她沒事。我是說，她看起來不光只是有點生氣而已，但活得好好的。你的呢？」

「這個，我們或許有麻煩了。」我啓動魔法視覺，發現黛安娜的白光消失了。她所有靈氣通通不見了。她看起來似乎眞的死了。「舉高妳的頭給我看？」我轉過頭去，發現阿緹蜜絲依然魔力充沛。「好了，謝謝。」

黛安娜已經沒有任何魔力了，我開始明白一定是我的寒鐵靈氣慢慢吸乾了讓她保命的魔力。過程不快，不像妖精一碰到我就立刻化為灰燼，而她是在長時間接觸下才終於被吸乾的。令我擔心的問題在於，她是永遠死了，還是可以回歸奧林帕斯重獲新生，以美德的化身再度凝聚肉體。我會不會在不知不覺間讓她變成凡人，還是說她只是差點死了？

我在這裡停留越久，就越可能有監視我的神發現出了什麼事——如果他們還沒發現的話。回想墨丘利飛走前的反應，或許他已經發現了。希望沒有。最好不要讓奧林帕斯眾神知道我有這種能力。

我裝作沒事發生般把她的頭塞回臂彎，說道：「走吧，但是妳跑在我前面。我不要讓阿緹蜜絲發現。」

關妮兒開始奔跑，不過回頭問道：「她死了嗎？」

「很難講。我想我們很快就會收到奧林帕斯的回應。如果他們要搶阿緹蜜絲，寧可把她打爛也不要交給他們。」

「呃。這樣感覺不太對。」

「妳是說因爲她無法抵抗？殺不死她就不算是謀殺，那比較像是重新分配她的意識。只有其他神才能殺死他們。」

「除非你剛剛殺了一個。」

「是呀，不過除了砍掉她的頭，我並不是眞的想要殺她。」

關妮兒大笑。「你知道我站在你這邊，但是在客觀的聽眾耳中，那話聽起來很沒說服力。」

「我知道。我們要靜觀其變。」

在我們進入比利時，採取迂迴路線穿越農場、小鎮，繞過城市，偶爾在鄉間小道上被看見我們的司機按按喇叭，同時烏雲開始在我們頭上凝聚，遮蔽了比利時的晨間天空。

「嗯。我想宙斯和朱比特收到我們的口信了。他們很快就會回應。」

「你覺得他們會怎麼說？」

「我想他們什麼都不會說。」

「那他們會如何回應？」

兩道閃電從天而降，擊中我們。閃電熔岩護身符讓我們不怕雷劈，但是對方的意圖十分明確。

「就是這種回應。」我說，這正是我預料中的反應，但是接下來的情況完全出乎意料之外。

「嘿！當心！」跑在後面的歐伯隆說，但仍來不及在荷米斯和墨丘利從後方俯衝而來、用使節杖打掉我們手裡的女神頭前警告我們……使節杖的複數是要加es？還是加i？有沒有人一次應付過兩把使節杖的？

兩顆頭都沒有乖乖跳起來讓使者神在空中接住。女神頭掉在我們腳下，順著衝勢往前滾，我們則放慢速度要去撿。我們不能讓荷米斯和墨丘利帶著完好的女神頭離開；首先，他們將能肯定黛安娜出了什麼事；其次，他們可以迅速治好阿緹蜜絲，然後她就只落後了我們一個小時的路程。我右手已經拿著富拉蓋拉，所以只要抖掉劍鞘，在墨丘利回轉過來前把黛安娜的頭砍成兩半就好了。但是關妮兒要解決阿緹蜜絲就沒那麼輕鬆了。荷米斯第一次俯衝時速度更快——若不是這樣，那顆頭應該會滾得更遠一點才對——關妮兒唯一能做的就是挺杖進攻，不讓他撿頭。她在我前方約三十碼外，如果我去幫忙，墨丘利也會加入纏鬥。我得看著他，不然他肯定會善用我背對他的機會，他罵的拉丁髒話顯然表示他就想這麼幹。

「歐伯隆，想玩接東西的遊戲嗎？」

「來吧。」他完全了解我的意思。趁關妮兒和我牽制兩個飛行男孩時，他衝上前去咬起阿緹蜜絲的馬尾，彷彿拉扯玩具般讓她的頭垂在嘴巴左側晃動。荷米斯一見，氣得哇哇大叫，我百忙之中轉頭看看怎麼回事。

「很好，」我說著目光轉回荷米斯身上。「把頭帶過來，丟在我腳下。」

荷米斯和墨丘利飛過我們頭頂，試圖攔截歐伯隆，不過我們連忙後退，歐伯隆也閃過他們的第一波攻擊。他把阿緹蜜絲丟在我腳下，我啪搭一聲砍爛腦袋。奧林帕斯神齊聲怒吼。

「喔，夠了。」我說：「你們都很清楚，今天結束前她們就會復元。如果宙斯和朱比特願意來跟我談，根本就不會發生這種事情。」

他們沒有回話，也沒有攻擊。跑來搶頭讓狩獵女神復活是一回事，但是直接攻擊我們，加入獵殺行動則會違反奧丁之前提到的協議。他們飄在我們上方，強忍著一股想讓我們見識空襲眞義的衝動，但我們只是提高警覺、靜觀其變，一言不發地看著烏雲翻騰。最後他們往南飛回奧林帕斯，我們緊繃的肌肉終於放鬆。

「他們對動物不太友善。」歐伯隆說：「他們怎麼能成爲送花使者的象徵？」

第十六章

我們在比利時境內沒有休息。我們只停下來一次，而且不是爲了吃東西，這倒阻止我去調查一件現代謎團：比利時人是怎麼稱呼比利時鬆餅的？或許就說是「我們的鬆餅」，還是國家早餐餅？我始終無法解開這個謎團。還有比利時巧克力和比利時啤酒。打從比利時開始以美食享譽國際之後，我就很少造訪比利時了。我想我得退而求其次，採用現代人的方式google一下。

我們停下來的理由是胡金和暮寧。牠們飛來提供全年無休的奧丁新聞台最新消息。暮寧指向胡金，叫我進行羈絆。奧丁的聲音和歐伯隆一樣進入我腦海，不過面對渡鴉而非他那張獨眼大臉還是有點奇怪。

「艾爾夫成功摧毀三十個沿路埋伏的斯瓦塔爾夫。他們請我向你轉達謝意。」

艾爾夫幹掉了三十個黑暗精靈？「喔。好吧，他們太客氣了。如果你願意好心代送的話，我會儘快送些上好愛爾蘭威士忌給他們的。」因爲如果有人幫你解決了一些足以威脅你性命的傢伙，你就該送酒給他們喝。這是放諸四海皆準的規矩。

「當然好。更重要的是奧林帕斯已經得知你要前往英吉利海峽。涅普頓和波塞頓在那裡興風作浪。這是我們自己的海神埃吉爾告訴我的。你該準備一些把戲——愛爾蘭語是怎麼說的？」

「惡作劇。」

「對，沒錯。」奧丁說：「惡作劇。」

我的水生形態是海獺，關妮兒可以變形爲海獅。我們可以如此渡過英吉利海峽，歐伯隆可以用狗爬式，但是如果奧林帕斯海神打算干涉，我們可沒辦法擊退海中生物。而我已經可以想像他們要如何合理化自己的行爲：如果我們被鯊魚吃了，好吧，那隨時可能會發生，算不上是直接參與狩獵。

儘管我認爲不該提出這個問題，不過爲了看看奧丁怎麼說，我還是問了：「我們不能搭乘歐洲之星列車從海底隧道過去嗎？」

「你可以試試看。如果你認爲你們可以不被他們派在火車站的守衛發現、願意和一群無辜群眾困在金屬容器裡，也不在乎違反防止他們直接飛下來攻擊你的交戰守則的話，當然可以，你就去搭火車吧。」

他很清楚我不會做這種事。「阿緹蜜絲和黛安娜呢？有她們的消息嗎？」

「她們回歸奧林帕斯，取得新的肉身，正在等新戰車。她們暫時還不會展開追殺。」

我暗自鬆了一口氣——不光只是爲了多爭取到一點時間。我很高興黛安娜沒有眞的死掉，萬一她死了，我們就不可能協商停戰了。

奧丁補充：「我覺得你們處理她們腦袋的手法很有趣。」

「是呀，好吧，我敢說她們覺得沒有那麼有趣。聽著，奧丁，可以的話，我希望請你幫個忙。把這一切告訴圖阿哈·戴·丹恩的馬拿朗·麥克·李爾——還有富麗迪許，我想。我們需要愛爾蘭神協助渡過英吉利海峽，因爲我們沒辦法應付波塞頓和涅普頓，而抵達英國後，我們八成會需要富麗迪許的幫助。」

渡鴉對我呀呀叫，奧丁的聲音說道：「我不是幫你跑腿的。」

「我知道，所以我說請你幫忙。」我覺得奧丁並不排斥幫助我，但我沒有先做點什麼滿足他的自尊。幸好之前有和奧丁與富麗格吃過一頓飯，所以我記得北歐英靈殿的菜色有限、變化不多，奧丁可能會接受美食誘惑。「爲了感謝你的幫助，我也會送幾瓶愛爾蘭威士忌給你，外加一些女童軍餅乾。」如果眞的想要，他當然有能力自己去弄這些東西，但是同樣的東西變成走私品後往往味道也會變香。

「喔，好吧，如果是互惠合作的話，那就另當別論了。我要十二打那種你在波蘭和那些女巫提到的山莫亞斯餅乾，還要一箱紅腹威士忌，我要十五年的。沒得商量。」

「成交。只要馬拿朗有出現，我們能活下來。」

「我會盡我所能確保他出現。我走前還有個問題：你知道吸血鬼的事嗎？」

「什麼吸血鬼的事？」

「羅馬陷入一片混亂。或許我該說世界其他地方一片混亂——羅馬本身則是一片死寂。二十七個吸血鬼，全都古老強大、屬於吸血鬼權力結構中的重要人物，昨天白天被殺了，頭都不見了。」

我皺眉。「只有吸血鬼？他們沒有人類守衛嗎？」

「奴僕，沒錯。也死了。他們的死不是引起混亂的原因。」

「有趣。」

「你對此事一無所知？」

我知道得一清二楚。上次前往提爾・納・諾格時，我請孤紐幫我安排了整件事情。我們針對吸血鬼的腦袋懸賞，從他們在羅馬的權力中心開始殺起，並且讓所有紫衫人傭兵得知這個消息。我本來沒想到計畫會如此順利，他們協調出擊、剷除羅馬城內所有吸血鬼，我只是希望這樣能夠對吸血鬼的指揮體系造成重大影響而已。奧丁的說法聽起來像是把他們的領袖通通斬首——眞的砍了他們的腦袋——而這就可以解釋我們離開波蘭邊界後就再也沒有遇上吸血鬼，還有李夫爲什麼緩不出手來親自送信的原因。不過奧丁不用知道這個。我無從得知他還有在和誰互通聲息，而我不想讓提爾・納・諾格上那個神祕操偶師得知此事，然後告訴吸血鬼是我在付錢買他們的腦袋。

「對，」我說：「就只有你告訴我的那些。不過我很高興聽說此事。」

「他們在找你，是不是。出這種事表示他們暫時得處理內部事務，而你剛好得利，不是嗎？」

「很棒的巧合。」我同意道。我認爲希歐菲勒斯是喜歡待在幕後主持大局，但不直接掌權的那種吸血鬼，不過我敢說他現在要嘛就是被迫出面直接統治，不然就是得要動用一切關係再拱一些傀儡出來，而李夫可能就是那些傀儡之一。我敢說就像其他吸血鬼一樣，李夫會想辦法善用這個機會。

「是呀。」奧丁說，胡金腦袋側向一邊，明白表示奧丁根本不相信這是巧合。「好了，我要去找你的海神了。你可以把餅乾和威士忌留在科羅拉多的取貨點。」

「非常感謝，奧丁。」

「我也要謝謝你帶來這麼多樂趣。英何嘉戰士下了重注在賭誰輸誰贏，你死而復生導致本來已經開出來的賭金又吐了回去。之前幾次交手讓人熱血沸騰。對了，你頭部中彈，怎麼還能復活？」

我一副那不算什麼的樣子聳了聳肩。他不用知道那個。「賠率如何？」

「現在比較看好你。」奧丁回答：「不過他們認為那個女人跟狗無法倖存。三賠一。」

我在脫口說出無可原諒的粗話前中斷連結。

第十七章

我們大概在下午一點時抵達法國加來。我們因爲時間安排和心靈疲倦而需要休息一下。我們得給奧丁一些時間去找馬拿朗・麥克・李爾，而且我們大幅領先狩獵女神，所以可以放鬆一下——或至少，不用一直跑——在晚上渡海前享受一頓大餐。我們溜進一家服飾店，拿了幾件衣服，打扮得就算稱不上夠時尚，至少像是文明人。我們還偷了六條皮帶，晚點派得上用場。我記下店名，確保日後可以寄錢過來付賬。我們擔心睡著會不容易醒來，於是決定保持清醒，在城裡逛上幾個小時。我提高警覺搜尋敵蹤，不過努力掩飾偏執妄想。我們刻意不提近期發生和未來即將發生的事；我想我們倆都渴望接觸一點正常生活。我三不五時教關妮兒幾個法文單字，還教歐伯隆他想吃的東西用法文說是「Saucisse」。我們又去找間餐館偷東西吃，但是在歐伯隆眼中，這一餐和波蘭那餐比起來平淡無奇。不過至少能在我們享受大餐前先塡飽肚子。

太陽下山後，我們走到接近海峽的區域，找了個視野良好、叫作大藍的餐廳吃晚飯。進去之前，我叫關妮兒和歐伯隆先等我做點安排。我在自己身上施展僞裝羈絆，從沒有察覺異狀的青少女皮包裡借用了一支手機，打電話給我在亞歷桑納的律師，霍爾・浩克。我走到青少女身後一段距離外講電話；因爲玩手機成癮，每隔幾分鐘就會情不自禁地檢視訊息或是什麼的，她比我預期中更早發現手機被偷。聽她用法文罵髒話十分有趣，但是霍爾接起電話後，我就無法享受那一連串行雲流水般的髒話了。

「不管你是誰，我這裡是凌晨四點。」他劈頭就說：「你最好有重要的事情。」

「嗨，霍爾！」我盡可能保持愉快的語調。「是我，阿提克斯。在法國跑路，沒有身分證明或錢。我急著用錢。在加來有熟人嗎？」

霍爾嘟噥一聲。「你又要讓我頭痛了，是不是？」他沉聲抱怨道。

「你們又不會頭痛。」我提醒他。我們故意語焉不詳，因爲讓通訊衛星裡出現「部族」和「狼人」等字眼並非明智之舉。

「那並不表示你本身不是頭痛。」他說：「至於你的問題，我相信那邊是有個熟人，沒錯。」

「你可以請這個熟人到一家大藍餐廳來找我們，在我手裡丟一疊歐元，然後你再從我某個戶頭裡匯款給他嗎？」

「當然可以。不過這回你又惹上什麼麻煩？」

「所有人都想殺我。目前爲止他們只成功過一次。」

「什麼？」

「好消息是關妮兒已經正式成爲德魯伊。」

「那太好了，誰在追殺你？」

我沒辦法在不引人注意的情況下向他解釋當前狀況，於是我隨口掰了個替代說詞。「好吧，有好幾個實況角色扮演團體在找我。」

他順著我的話頭問：「當然了。哪幾個？」

「妖精、斯瓦塔爾夫、所有吸血鬼，還有奧林帕斯眾神。外加赫爾與洛基。」

霍爾忽略其他人，專注在最後那傢伙身上。「洛基！洛基脫困了？我是說實況角色扮演。」

「這個，就某方面而言，沒錯。這個角色的背景設定是說他幾個月前脫離牢籠，不過之後大多數時間都在沉睡，試圖在幾個世紀的創傷和睡眠不足中恢復元氣。我一直在用不同的惡作劇手法不讓他去想諸神黃昏，現在他受制於波蘭瑪李娜女巫團。喔，趁我還沒忘，你記得我叫你在科羅拉多幫我買的那間小屋嗎？」

「記得。」

「很好。我需要你幫我買一箱十五年紅腹威士忌和十二打山莫亞斯餅乾，然後立刻運到那間小屋裡去。派葛雷塔或誰去辦。」

霍爾沉默了好幾秒鐘，我都開始以為電話斷線了。正當我打算檢查看看的時候，霍爾說道：「不好意思，這是什麼社會實驗嗎？你要我去弄一百四十四個薩摩亞人外帶一箱威士忌，然後塞到你的小屋裡去？」

「不，我是說山莫亞斯餅乾，巧克力和椰子口味的女童軍餅乾。你知道，它們在美國以外的地區算是奢侈品。我在馬來西亞黑市見過一盒要價五十美金，但是在美國境內只要四塊。問題在於現在不是這種餅乾的產季，所以會有點難度。」

「不是產季？」

「對呀，女童軍餅乾不是整年都在賣的，霍爾。通常都是一月到四月在賣，而現在是十月。我肯定你能找到，不過不容易。這是我給你的主要任務。」

「我的年紀已經不適合追著女童軍餅乾跑了。」

「好啦，我比你老，而我付錢要你當我的莉莉餅乾怪物。」

「這可不是我當初取得法律學位的理由。」

「不，但是法律學位是你每小時收我那麼多錢的理由。」

霍爾在電話裡大聲嘆氣，沮喪感清清楚楚穿越大西洋傳遞而來。「我們的談話怎麼會走到這個方向？我是說，一開始的話題不是所有人都想殺你嗎？讓我們先跳回你說他們已經殺過你一次的那個部分。」

「霍爾，我沒時間解釋。這支電話是借來的，我急著要還給人家。請叫你的朋友帶一大疊鈔票前來大藍餐廳，然後把那些東西弄到小屋去。拜託、拜託。」

「好啦，但是我會把我心理療程的帳單寄給你。」

「寄吧。喔，我們今天的行爲可能導致本地幾間商店可能需要一些補償。另外再請你朋友送幾百塊歐元到這些店去。」我給了他那家服飾店和我們偷午餐的餐廳地址，他則趁我還沒想到其他事交代前掛斷電話。

我把手機塞回青少女的皮包裡，然後解除僞裝羈絆。關妮兒和歐伯隆一起坐在半條街外，他吸引了很多目光。

「啊，法國人眞友善。」他在兩個女人停下來對他笑，還搔搔他耳朵後面時評論道：「美食、有趣的鬥犬，還有超辣的貴賓犬。這些都是舉世聞名的特色，是不是？而且他們還懂得欣賞愛爾蘭的偉大之處——我——那就是他們的手如此柔軟的原因。他們用柔軟的手向我表達敬意。」

「歐伯隆，你又開始用自大取代理性了。」

「抱歉？我沒聽見你在說什麼；我忙著接受崇拜。他們現在就是在說這個？他們在用法文說我是條好狗狗，對不對？法語眞好聽。感覺就像他們一邊在我耳朵裡灌糖，一邊用那些美妙的手指幫我按摩——」

「現在別給沖昏頭了。」

「我忍不住。他們的手保濕柔潤。你有聽說過乳液嗎，阿提克斯？」

我忽略他的嘲諷，說道：「我們要到室內去吃飯。你準備好要擠到桌子底下了嗎？」

「沒有。我可以趁你們用刀叉吃飯的時候睡個午覺，然後你們幫我打包外帶？」

「好啊，你想去哪裡打盹？」

歐伯隆繞到餐廳後面，靠著牆壁伸展四肢。「失去意識前倒數五分鐘！五！四！」

「你是說五秒鐘？」

「隨便啦。」

我在他身上施展羈絆法術，以免有人誤會他是流浪狗，接著牽起關妮兒的手，輕輕捏了捏。接下來一個小時，或許兩個小時，我們可以享受我們的生活，而不是逃離。她對我微笑，湊上前來輕輕一吻。不過我們決定吻久一點。

「喔，噁！人類的交配習性。如果是在看電影的話，我就直接跳到下一段。」

「你應該已經睡著了。」

「是呀，我本來應該睡著的，但是有人在我面前磨臉。」

我們決定饒了他，繞回餐廳正面去裡面找桌子，帶著僞裝起來的武器進去。淡木色的桌子，冷灰色的藤椅。我們沒有點酒——因爲待會兒要游泳——不過點了些滿挑戰消化系統的食物。我點了直翻就是「穿海藻衣的鮟鱇魚」的餐點，不過大家都知道鮟鱇魚不在乎穿不穿衣服。這個名稱意思是指用海草把鮟鱇魚包起來，不過我私下以爲「海藻衣」是很棒的樂團名。很有商品化的潛力。

關妮兒也想吃魚，不過不要鮟鱇魚，於是在向我請教一些發音上的技巧後，她點了「turbot Hollandaise au citron vert, écrasée de pommes de terre, crème de ciboulette.」

眼睫毛濃密的高個子服務生點頭說道：「Oui, mademoiselle.」

她在他離去時露出勝利的微笑。「那樣說話眞有趣，我喜歡今天學會的這些小句子。我想接下來我要學法文。」

「我同意。這就開始吧。跟著我說：J'ai l'air ridicule quand je ne sais pas ce que je dis.」

「等等，裡面有個同源字，和『荒謬』有關的。你想騙我說什麼很蠢的話，是不是？」

「啊！被抓到了。」

她微笑片刻，接著表情轉爲嚴肅。「你估計我們要多久才能渡過英吉利海峽？」

「游二十一英哩，要看歐伯隆狗爬式要爬多久。除非妳認爲自己壯到可以拖著他游來加快速度，不然可能會游很久？」

她不太確定地噘起嘴唇。「我甚至還沒那樣游泳過。我變成那種形態的時間不多；打從我和大地羈絆這幾個禮拜以來，我們一直沒有去過海邊。不過拖一條一百五十磅重的濕狗，聽起來並不容易。」

「至少他不是靜止不動。他會幫忙。希望我們有時間實驗看看。我們先用那些皮帶固定武器，如果能想出辦法用剩下的拖歐伯隆的話，很好。如果不行，那我們就圍著歐伯隆附近繞圈，確保沒有東西要攻擊我們。」

關妮兒噘嘴唇噘得像比利・艾鐸【註】一樣。「我們會遭受攻擊，是吧？」

我點頭。「根據奧丁的說法，負責阻止我們抵達英國的是波塞頓和涅普頓。我認爲光弄點海浪出來滿足不了他們。」

「那我們該怎麼辦？」

「就和波塞頓，還有涅普頓一樣。如果他們能夠影響海中生物，我們也能。妳透過魔法光譜觀察牠們，然後嘗試溝通，就像妳和歐伯隆產生連結一樣。想辦法讓牠們相信我們很難吃，或是黑海有很漂亮的東西在等待牠們之類的，只要別吃我們就好。」

註：比利・艾鐸（Billy Idol, 1955-），知名搖滾歌手與音樂人，噘著嘴並舉起一邊拳頭是他的招牌動作。

「我們游泳的時候沒辦法使用魔法。」

「不行。熊符咒裡儲存的魔力必須維持整段旅程。我們得在淺灘上就啓動魔法視覺，然後一直維持住。」

「我們要多做大概十個熊符咒。」

「是呀，我很難和妳爭辯這一點。但是把妳的護身符與靈氣羈絆或許才是當務之急。現在所有想找我的人都可以透過妳找出我。我們還能稍微領先的唯一理由，就是我們有在持續移動。但這種情況不可能永遠維持下去的。」

「這個我很清楚。」

「好了，」一個彬彬有禮的聲音說道：「我是用傳統方法把你找出來的。竊聽器。」

我們立刻轉頭，同時伸手去拔武器。李夫・海加森，亦敵亦友的絕佳例子，雙手交扣、肢體僵硬地站在隔壁桌後。他位於我們的攻擊範圍外，不過只要願意，他隨時可以闖入攻擊範圍。

「不過我承認，有人事先告訴我說你會出現在哪座城市裡。你有注意到嗎？霍爾不像剛納那麼著重安全措施；他應該要用干擾器的。」

我注意到的是李夫已經不再想辦法融入人群了——倒不是說他以前有多擅長這種事情。他身穿佩絲里渦紋黑背心、白襯衫，加上一條糖蘋果紅領巾配珍珠。下半身則是黑色緊身長褲搭配亮面尖頭黑皮鞋，在我看來是輕微心理變態的徵兆。

「你從什麼時候開始監聽電話了？」

「和希歐菲勒斯合作讓我接觸到以前不會接觸的科技產品與方法。我在監聽霍爾家和公司附近基地台的所有電話，所以感謝你打電話給他。」

「你沒有眞的接線，所以算不上是竊聽。」我說，有點耍賴地試圖重新掌握局面。知道李夫不能透過我們分享的血液來掌握我的行蹤，著實讓我鬆了口氣——他以前會要我用血當作服務的報酬，而我想我在旗杆市可能有攝取一點他的血，所以打從他在薩洛尼基突然出現之後，我一直就很擔心這個問題。透過預知關妮兒的位置和監聽電話來追蹤我是很討厭，不過至少我們可以想辦法反制；但我沒辦法收回我的血。「現在出去。我們想要來段浪漫的小插曲，你的領帶會破壞氣氛。」

「在我聽來，你們談話的內容枯燥無味，而且主題都在求生，而不是爲了繁衍後代。」

「誰說要繁衍後代了？我的重點——你顯然沒抓到的重點，是在於我們不歡迎你。」

「這回黑暗精靈在哪裡？」關妮兒邊問邊打量他身後。「廚房嗎？」

「沒有黑暗精靈。」李夫回答：「不過或許有幾個吸血鬼片刻過後就會趕到。」

「請叫醒歐伯隆，帶他進來。」我對關妮兒說，目光始終保持在李夫身上。「在我們交談的時候注意敵蹤。」李夫說明來意之前絕對不會離開，於是我咬牙切齒地說：「開門見山吧。」

「好啦，來了。」我聽見歐伯隆回應關妮兒的心靈呼喚。

李夫指向我旁邊的空位。「我可以坐下來嗎？」

「不行，坐那裡。」我眼睛看向對面一張空桌。

「很好。」他一坐下，我們的服務生立刻走過來問他要不要喝飲料。李夫擄獲對方目光，魅惑他，然後說：「忘了我。不要管我。」服務生轉身搖頭，不知道自己在幹什麼，然後走回廚房，試圖在那裡尋找答案。

大多數人都看不見的歐伯隆跑進餐廳，擠到關妮兒的椅子後面。

「哇，是李夫。」他說：「我們不喜歡這傢伙，對吧？要來翻舊帳嗎？」

我決定讓關妮兒去回答他，對我從前的律師說：「你來幹嘛？」

「我接到一個任務，不過我不想執行。這個任務違背我的意願，雖然希歐菲勒斯以爲完成這個任務可以滿足我的私怨。」

「到底是什麼任務？殺了我們？」

「差不多。」李夫承認道：「我要防止你們游泳渡過英吉利海峽，或至少拖延你們渡海的時間。所以我希望你們儘快渡海。」

「我沒問題。」我說著做出要起身的動作，李夫安撫地揚起蒼白的手掌。

「不用這樣。先享受你們的晚餐。情況沒有急到那個地步，我們還有其他事要討論。」

「像是你在德國留給我的那封信？」

「很高興你收到了。我聽說你殺了其中一個狙擊手。」

「不只一個？」

「共有五個，你殺死的那個算是最外圍的。如果你們從發現那封信的位置繼續走下去，就會陷入交叉火網裡。」

我沒有費心糾正他是誰幹掉狙擊手的。「那是誰的主意，他們又是怎麼知道要在那裡等我們？」

「後面這個問題，你可能比我清楚。提爾・納・諾格上有人在預測你徒弟的位置。」他朝關妮兒比出一根手指。

「你知道是誰嗎？」

「不。希歐菲勒斯對此口風很緊。我只知道他持續接收到關於你未來或當前位置的情報。太陽下山時，我們得知你們今晚會抵達加來，他立刻派我攔截。我應該要與本地吸血鬼，以及另一個傢伙合作防止你們逃脫。當然了，你是這次任務的不確定因素，你的護身符防止他們預測你的行動，所以他們永遠無法得知能否成功。」

服務生帶著我們的餐點過來，在我們面前的桌面上細心擺飾。我們道謝，他離開，完全沒有看李夫。

「希歐菲勒斯現在在哪裡？」

李夫微微聳肩。「現在他和我一樣隨時都在移動，不過我相信他在義大利某地。」

「很好。」

李夫揚起一邊眉毛。「這樣很好？」

「對。」我說。或許紫衫人能找出他，幫德魯伊報仇。我在想李夫有沒有聽說羅馬的事情，不過我不想提起這個話題。「派狙擊手是他的主意嗎？」

「不是，不過他有允許那次行動。那個主意是他一個令我不安的盟友提出來的——一個名叫威納・卓斯切的奧地利人。你可能很快就會見到他。傭兵都是他雇的，而他有足夠資金繼續這些行動。他認爲現代軍事火力是最適合用來對付你的手段。」

他想得沒錯。我發現關妮兒聽到這個消息時臉色很火大，我爲這個卓斯切先生感到遺憾。這下他永遠不能從她的狗屎清單上除名了。「有趣。」我說。「你爲什麼認爲我很快就會見到他？」

「希歐菲勒斯基於同樣的基本情報——你今晚會出現在加來而派他過來。此刻他很可能在搜尋你，就像如果我的受雇者沒告訴我你打電話給霍爾的話，我理論上在做的事情一樣。」

「你的受雇者？」關妮兒問：「有人這麼說話的嗎？」

「簽約雇員。」李夫更正，雖然這樣講也沒有好到哪裡去。

「我爲什麼要擔心這傢伙？他是吸血鬼嗎？」

李夫輕輕搖頭。「不，他是人類，至少曾經是。你沒辦法直接解除他的羈絆。把他當作沒有正常弱點的吸血鬼。他沒死；可以在陽光下行動；木頭對他造成的威脅和其他物質一樣。不過他卻享有許多我們的優勢——強大的力量、長壽、絕佳的恢復能力，以及掩飾他偏好的食物，不讓其他人發現的能力。」

「那他究竟是什麼玩意兒？」

「我不確定。或許是從瘋狂中誕生的怪物。我是最近才認識他的，而我對他的調查尚未開花結果。不過如果問他的話，他會說他是魔法生命吸食者。」

「魔法生命吸食者?」

李夫皺眉。「他很喜歡戲劇效果,還有領巾。」

「喔。」我下巴朝他喉嚨一揚。「所以你脖子上那玩意兒不是你的主意?」

「我是想要讓他以爲他能夠影響我的穿衣品味。我並不認爲領巾很迷人。」

「很高興聽你這麼說。所以卓斯切先生是幹什麼的,黏在受害者身上吸乾他們的生命?」

「他不用肢體接觸,就可以從遠方動手。所以他才會用『魔法』這個字。」

我皺眉。「多遠?」

「我不清楚確實距離,不過肯定是在他的視線範圍內。他不能躲在斯里蘭卡去吸塞席爾群島的受害者,不過可以站在這家餐廳門口,好比說,吸光你體內所有細胞的生命力。吸點你的、吸點關妮兒的、吸點其他人的。」他揮手指向餐廳裡所有人。「而除了有點疲倦,你完全不會有感覺。他是最完美的寄生蟲。現在他單憑吸收其他人的能量維生,根本不用消化食物——只要喝水就行了。」

「所以他只能一點一滴地吸?」

「喔,不,他可以一次把人吸乾。不過他克制自己不這麼做,因爲沒有必要。想想看,阿提克斯:他可以大搖大擺地白天出沒,光天化日下淺嚐所有人的生命能源。他不管待在哪裡都能常保青春。」

「只對人有效?」

「不。植物和動物都行。如果願意,他可以活到世界末日,只對周遭環境造成微乎其微的影響。但如果他需要超自然的力量，也只是舉手之勞。他可以透過吸收身邊萬物的生命力來變強。」

「地下諸神呀，眞是可怕的怪物。」只要有足夠的時間，他可以吸到元素的力量。

「沒錯。但除了一些奇怪的整形決定外，他看起來一點也不像怪物，反而比較像是花花公子。」

我嗤之以鼻。「現在沒人會叫別人花花公子了，李夫。我們叫他們混蛋。」

「當眞？」

「一點也不假。不用懷疑，你現在打扮得就像花花公子。」

「哎呀！我認爲那不是我的錯。」

我非常認同。我永遠不能原諒他背叛我，但又不知不覺間和他像從前那樣有說有笑。我低頭看向我的餐盤，發現我完全沒碰餐點，關妮兒也還沒開動。她和我同時發現這一點。

李夫察覺我們的目光，說道：「請吃。」

穿海藻衣的鮟鱇魚看起來很美味，但我已經不餓了。「我沒胃口了。」

「我也是。」關妮兒說。

歐伯隆開口：「太遺憾了！幸好我有胃口。」關妮兒拿起叉子，叉起一塊鰈魚，拿到右邊看來空無一物的地方。兩下輕舔聲過後，鰈魚從叉子上消失了。

「世界上怎麼可能會有生命吸收者這種怪物？」關妮兒問。

李夫皺眉。「我也不確定。我唯一的情報來源就是他本人，所以未必可靠。不過根據他的說法，他是煉金術的意外產物——十六世紀時找尋點金石的副產品。當然，他代表了某種形式的成功，但是才剛取得這種能力幾分鐘，他就把創造他的煉金術士給吸乾了。他獨一無二，而我認為這算是好事，因為世界上不會再有像他這種人。我們比較要擔心的是，他和希歐菲勒斯是一夥的。」

我注意到雖然實際上他是他們的一員，但李夫不動聲色地把情況講成是「我們對抗他們」。就算這樣講並不完全正確，他肯定也不是我們的一員。

「哼。那是怎麼回事？」

「我不知道。他們兩個都還不信任我。我也不能肯定卓斯切先生獵殺你們的動機。他不可能是因為討厭德魯伊，因為他出生的時候，除了你之外的德魯伊已經自地球上消失了——他一直到最近才聽說你的存在。不過也可能單純只是因為對希歐菲勒斯忠心而已。我弄不清楚他和希歐菲勒斯的關係。」

「好吧，有沒做過最明顯的假設？」關妮兒問：「他們是戀人嗎？」

李夫眨眼。「喔。這嘛。我沒想過這一點。有可能。」

「啊哈！」關妮兒臉上閃耀著勝利的光芒，指著他道：「這表示吸血鬼確實有睪丸！打從上次在薩洛尼基遇上你之後，我就一直在好奇這個！」

李夫畏縮了一下，彷彿給關妮兒甩了一巴掌般。「有這種事？」

我微笑，因為我知道她在幹嘛。李夫向來對吸血鬼的生理構造十分敏感，拒絕討論相關話題。如果她能讓他感到尷尬，他或許會決定離開。

「是呀，沒錯。」她說，繼續逼問：「我是說，你們基本上只是會動的壞死細胞，對吧；如果身軀只剩下獵食和將血液轉換成能量等功用，身爲人類時期的其他生理系統爲什麼還會有作用呢？我的意思是，我敢說你們還有殘留的生殖器官在股間搖晃，不過沒理由假設你們的睪丸還會像正常男人一樣製造精子和睪酮素，因爲那對吸血一點幫助都沒有。但如果希歐菲勒斯有和威納分享他的死屍之愛，那我應該就是完全想錯了，呃？你懂我剛剛想通了什麼嗎？嘿！你要去哪裡？」

「容我告退。」李夫突然間急著離開餐廳，頭也不回地說道。他已經快要走到門口了。

我大笑。「我叫他走，他不理我，但是一提起他的睪丸，他就立刻奪門而出。這招厲害。」我和她碰拳慶祝。

「謝謝。希望我沒有太早趕人。」

「喔。我們沒有得到答案，不是嗎？」我懷疑我永遠不會得知吸血鬼的眞相。

「沒有，不過我們得到了個離開此地的動機。我可不想一出門就遇上埋伏，而我也不急著想遇上叫作生命吸收者的傢伙。」

「我也不想，但是我們還不能走。我們沒錢支付這頓豐盛的晚餐。」

「如果你們讓我直接舔盤子，我可以幫你們吃光。」

關妮兒說：「我們餵你，歐伯隆，只不過是以人類一口的量慢慢餵。」

服務生走過來確保我們滿意餐廳的服務，因爲我的鮟鱇魚一口都沒動。

「Très délicieux.」我告訴他。他離開我們視線範圍，接著又走過來一個頭戴黑扁帽、留著一嘴落腮鬍的大個子。他那嘴鬍子乃是帝國擴張主義者的落腮鬍，隨時都可以飛離他的臉上，跳到我臉上，以某個神與君王的榮耀之名展開殖民。

「歐蘇利文先生？」他低聲吼道。

「是。」

他伸手到口袋裡，拿出一大捆歐元。他把錢丟到桌上，在落腮鬍開始跳傘到我下巴上建立灘頭堡前離開。顯然本地部族成員就是這麼好客。

「嗯，」我說：「沉默寡言。」

「冷漠無情。」關妮兒說。

「也可能是餓了。」

「他走得很急，那本身就是很明白的暗示。我們走。」

「對，走。」

「但是……食物！」

關妮兒不管之前說要小口餵歐伯隆，直接把盤子擺在旁邊的椅子上讓他吃；我則趁歐伯隆大快朵頤時拿出幾張鈔票，放在桌子上。

我們拿起隱形武器和皮帶，離開餐廳，歐伯隆對於浪費我的鮟鱇魚感到十分可惜。「愛荷華州有些挨餓的小狗會很感激那些食物的。」他說：「不過我也可以代表他們感激那些食物。」私底下，我和他一樣哀傷；晚餐沒有依照我的計畫進行。我想要當個健談的男人，對關妮兒傾訴愛意，以行動表示我至少已經進化到不是只會碎碎唸的程度，但是當前情況奪走了我的機會。希望我能儘快得到其他機會。

多佛海峽【註】——用法文講就是pas-de-Calais——在黑暗中跟我們招手。莫利根說過只要抵達對岸的赫恩森林就能逃過一劫。渡過海峽會讓我們陷入最脆弱的處境，而我非常懷疑歐伯隆有能力獨自游過二十一哩。

我們踏入冰冷的海面，涉水前進一段距離，接著關妮兒把史卡維德傑交給我，脫光衣服，把衣服捐給海浪。短短一下親吻過後——這次眞的很短——她變身爲海獅。

我施展夜視能力。「好了，來看看我們能怎麼做。不管我們怎麼做，都會增加妳的負擔。但是如果我們綁太長的話，就會影響妳游泳的動作。我想我們最好用綁彈帶的方式來綁。」

我請歐伯隆先在海灘上幫我們看武器，我則把皮帶套到關妮兒身上。如果皮帶在游泳時鬆脫就不妙了。

我將兩條皮帶交叉甩上去，越過一邊的鰭肢，從下方穿過另外一邊，形成X形。我把皮帶在她背上扣好，請她翻過身來。她照做，露出肚子。我先從歐伯隆那裡拿來史卡維德傑，橫塞過X形皮帶的頂端，鰭肢的上方——理論上她的鰭肢不必像脖子或尾巴那樣扭轉擺動。我在木杖跟皮帶接觸的兩個點上進行羈絆，這樣木杖就不可能脫落。我再度欣賞葛雷恩亞的手藝和富麗迪許的智慧：史卡維德傑上的羈絆法術都刻在內部，而且是「固態」的，不受我的寒鐵靈氣影響。我不知道富拉蓋拉是否也是這樣，但我一直以來都會避免接觸劍刃，深怕會就此毀掉令它強大的加持魔法。「試試看。」我問：「妳這樣好游嗎？」

由於胸口綁著根木杖，她有點笨拙地向前挺身，接著一頭栽入海水之中。她消失了整整一分鐘，然後突然在我面前破水而出，濺得我滿身都是鹹水。

「很好笑。」我說。關妮兒大笑，不過海獅的笑聲有點像驢叫，聽得我也忍不住笑了出來，稍微紓緩緊張的情緒。

「好了，加上富拉蓋拉，看看情況如何。」我沒有幫劍做任何下海游泳的準備工作，如果我們還有機會上岸的話，我一定會好好保養劍刃，請孤紐給它灌注滿滿的愛。最起碼我會請鐵元素費力斯看看劍上有沒有什麼出問題的地方，然後做點防鏽處理。

正當我從歐伯隆那裡接過富拉蓋拉時，他突然豎起耳朵，望向南方。「有人來了，阿提克斯。你最好先別把劍拿去綁。」

我順著他的目光，看見一條纖瘦的身影朝我們走來。我啓動魔法視覺，發現對方身上散發出一種翻騰不休的奇特綠橘色靈氣。他具有某種魔力，不過靈氣中的白色還沒多到足以稱神的地步。

「待在這裡。」我說：「準備出發。」

「關妮兒說我們應該直接出發，不管對方是誰，看他會不會游泳。」

我仔細檢視他的衣服，發現那是天然材質製成——大多是棉花和絲。「不用，交給我就行了。」我說。

註：多佛海峽（The Strait of Dover）英吉利海峽中最狹窄的地點，又叫加來海峽。

我邊走邊在他的外套背面和沙灘之間製作羈絆，不過沒有灌注魔力。我讓羈絆法術蓄勢待發，等我執行最後一個步驟。

我撤銷魔法視覺，仔細打量對方。月光加上加來周遭燈光提供不錯的照明，剩下的就交給夜視魔法解決。他穿著和李夫很像的那種鞋尖超長的亮面短靴。那算不上是海灘打扮。他的西裝是灰色的，外加灰色的佩絲里花紋背心，脖子上纏著一條很刺眼的橘子汽水色領巾，彷彿它很清楚自己有多醜陋一樣。

這傢伙肯定就是威納・卓斯切。我必須承認李夫說得沒錯——他打扮得就像個花花公子。但我認爲那條領巾的功用在於不讓人多看他的臉。他的臉頰上刺滿了化學符號，會讓人聯想到占星術的那種，不過是奠基在元素魔法上。那些符號沒有刺到鼻子或嘴上，不過有延伸到額頭和剃光的頭皮上。我沒時間仔細研究，但我敢說它們絕對不是隨機組合的；那些都是方程式。是配方。它們代表了與生命元素間的羈絆，就像我的刺青和大地羈絆在一起一樣。李夫稱之爲「奇怪的整形決定」，不過那要嘛就是保守的說法，不然就是不了解它們所代表的意義。可能是後者。吸血鬼不用了解煉金術。

我沒有浪費唇舌自我介紹。他很清楚我是誰。「你找我做什麼？」我在距離他二十碼外時大聲問道。

他以德文回應。「Manche Leute muss man einfach umbringen,」他說，接著伸手西裝裡，從肩掛式槍套裡拔出一把葛拉克二〇手槍。我啓動之前製作的羈絆，看著他攤開雙臂，徒勞無功地試圖維持平衡，整個人讓背心扯得向後摔倒，然後固定在沙灘上。他沒有放開槍，但由於四肢攤開，他無法舉槍瞄準我。

我有點被他冷酷無情的態度給嚇到了；他就這麼宣稱他要殺我，然後拔槍。如果李夫的說法可信，那這傢伙就是安排狙擊手殺死我的元凶。不管那是不是眞的，他剛剛都試圖親手幹掉我。而且他還在嘗試，不過是透過另外一種形式。他自沙灘上抬起光頭，露出牙齒，試圖吸乾我的生命。我感受到他的魔力擊中寒鐵護身符；護身符遠離我的胸口，好像有人在拉扯它。

我的耐心耗盡了。儘管我很想和卓斯切先生談談，藉以多了解希歐菲勒斯一點，但是截至目前爲止，他已經三度讓我們陷入殺人或被殺的處境。我拔劍出鞘，直衝而上，意圖砍斷他的腦袋，接著一個想法令我改變心意。最後我對準他的手腕和手肘中間狠狠砍落，斬斷手掌，鮮血染紅沙灘。

「Manchen Leuten muss man einfach ihre Hände abhacken,」我對他說。他在我收劍入鞘、撿起斷手時大吼大叫。我刻意讓他看見我掰開斷手中的葛拉克二〇手槍，丟入大海。我欣賞著手槍落海的單純景象，接著聳了聳肩，把他的手掌也丟入海中。

看見這一幕時，威納的吼叫聲轉爲低於人耳聽覺範圍的音頻，我隨即透過刺青感應到他自大地吸取能量——不過和我吸收魔力的方式不同。所有沙灘底下的微生物、還有附近的昆蟲和小動物——由於無法吸收我的能量，他開始吸收牠們的。我用富拉蓋拉指向他，說道：「停下來，不然我就砍斷你另一隻手掌。」他停止吸收能量，透過緊咬的牙齒深吸口氣，不過我注意到他的手臂不再噴血，而且他眼中冒出了一絲橘光。

「既然你被繳械了，」我以德文說道：「我很好奇。你想要殺我，但是看起來一點也不了解我的能力。我不禁懷疑你的情報來源。既然你的情報來源顯然略過了與我能力有關的關鍵細節，或許他或她在其他方面也沒有對你吐實。現在，我主動告訴你，不到三十分鐘前才有人對我透露你的存在。這條情報來自一個名叫李夫・海加森的吸血鬼。」

威納・卓斯切罵出一堆很有創意的髒話，我忍不住微笑。

「啊，沒錯。我們兩個都被耍了，你和我。李夫以爲，我會在發現是他派你來殺我之前就除掉你。我假設除掉你能夠讓他更加接近希歐菲勒斯，這沒錯吧？」

生命吸收者想了一想，然後點頭。

「他警告你會來找我，藉以爭取我的信任。但是我早就學到教訓，十分清楚海加森先生做任何事都是以自我利益爲出發點。他所提供的任何看起來像在幫助你的情報，其實都是在幫助他自己。他所提供的服務也一樣。現在你也透過非常痛苦的方式學到同樣的教訓。」我說著朝他手臂斷口處彈了彈手指。「或許你和我可以在不用喪命，或進一步受傷的情況下分道揚鑣。或許我們還能找回你的手掌。如果我找回手，你可以重新接回去復元嗎？」

卓斯切點頭。「我以前做過。」

「那麼，既然我們都是其他人陰謀算計下的受害者，我提出一項紳士協定。首先，我們原諒彼此的攻擊行爲。其次，我會提供你被砍斷的手掌，好讓你恢復原狀。第三，此後我們都不再招惹對方，也不和其他人合謀招惹對方。大家和平相處。同意？」

威納・卓斯切需要一點時間衡量局勢。

「同意。」他說：「不過我只能代表我自己說話，不能代表希歐菲勒斯。」

「我了解。」我說：「我很欣賞你的忠誠，不過我必須指出此時此刻，對希歐菲勒斯而言，最大的威脅是李夫・海加森，而不是我。我必須補充，他對你的威脅更加嚴重。不過你可以自行決定要不要根據這項情報採取行動。那不關我的事。你和我之間的事很容易解決，我很高興我們可以同意彼此的條件。」

「阿提克斯，一切都還好嗎？」

「還好。一場誤會。我要看看能不能幫這傢伙找回他的手。」

我用羈絆相似物的方式——皮膚對皮膚——在卓斯切的左手，以及漂在附近海面上的右手之間建立羈絆。羈絆法術在海面上找到目標，右手帶著一隻夾住肌肉組織的螃蟹飛離海面。卓斯切和自己擊掌之後，我取消羈絆法術，趕走那隻螃蟹。

「好了，先生。」我說：「我言出必行。給我點時間拉開一段距離，然後我就會放你離開沙灘。希望日後如果還有機會見面，我們可以好好坐下來喝杯飲料。願你心靈和諧。」

威納・卓斯切一言不發地看著我走開；他就這麼冷冷地看著我走。抵達歐伯隆等待的地點後，我立刻撤銷威納外套上的羈絆。他坐起身來，撐著斷口，將斷手舉在旁邊。我切換到魔法光譜，看見生命吸收者身上滿是偷來的能量，手臂充斥著魔法白光。他不到一分鐘就完成了接掌手術。我看到他舉起手掌，扭動手指，好像那個並沒有在不久前淪爲螃蟹的晚餐一樣。

那種情況可不光只是有點可怕而已。他的自療速度比我快多了——也比吸血鬼和狼人快。而且完全只有附近的生物要付出代價。不論站在哪個角度來看，我都該直接幹掉這個邪惡怪物。不過那是一條深入林間，而且不斷繞圈的道德之路，會一路殺到全世界只剩下我這一頭邪惡怪物為止。或許威納・卓斯切日後會給我其他殺他的理由——不是由李夫・海加森送上門來的理由。再度和他交手絕不可能像第一次這麼輕鬆。但是那個可以等時候到了再說：暫時而言，拒絕淪為李夫權力遊戲中的棋子就能讓我很開心了。

魔法生命吸食者站起身來，拍拍身上的沙，朝我點了點頭，轉身迎向加來的燈火。我想他會給李夫帶來一些麻煩，或至少在希歐菲勒斯耳邊說他壞話，那樣也是很令人滿意的結果。

城內突然冒出幾條身影，衝向卓斯切先生，我從他們的灰色靈氣，以及頭部和心臟中的紅光認出他們是吸血鬼。威納・卓斯切的立場絕不中立；他是一個被我放走的敵人。三名吸血鬼待在卓斯切身旁，另外兩個越過他朝我奔來——這又是一個他社交圈內的人對我毫無所知的證據。

我在兩名吸血鬼來到我身邊之前解除了他們的羈絆。他們支離破碎，與沙灘融為一體。我的立場也不中立。

「我們可以走了嗎？因為我真的很想開始問你：『我們到了沒？』」

「可以了，老兄。」我涉水走向關妮兒，將富拉蓋拉羈絆在史卡維德傑上，然後又把飛刀套綁在富拉蓋拉上。「如果我們真的打算淹沒我們的哀傷，那就趕快搞一搞吧。」

第十八章

開頭的一百碼左右，歐伯隆都在努力表達海水有多冷。

「我的生殖器官已經搬到我的肚子裡，可能永遠不會回去了。或許它們會寄明信片給我。」

他在海裡游得很慢，而我也快不到哪裡去；水獺通常會只會追逐海膽，而海膽的速度大概和蝸牛的最高時速差不多，所以速度並非我的優勢。但是關妮兒的魔杖，自羈絆處水平凸起於兩側，起了非常大的作用：歐伯隆可以將前腳搭在魔杖上，讓頭保持在水面上，然後不停以後腳踢水。我在另外一側採取同樣做法，如此攜手合作之下，我們一小時可以游十英哩。我認爲如果沒人打擾我們的話，兩個小時游過海峽不算太糟，但是那想法太樂觀了。

光是避開船隻就已經是項挑戰了；多佛海峽乃是世界上最繁忙的海域之一，爲了避開那些航道，我們得多繞一點路。

除了一陣陣試圖拍打我們的小鬍鬚的海浪以外，我們剛開始幾英哩什麼都沒看到。多佛的白懸崖終於進入我們的夜視範圍；它們在魔法光譜下散發出些微的白色魔光。有人在懸崖上施加防禦力場，不過從這種距離下沒辦法辨識類型。當我們安然無恙地游過半途後，我容許心裡掀起渺小的希望。接著，我們正前方的海面上出現動靜。

有東西在我們下方移動。海峽的深度在二十到三十噚之間，下面有東西造成大量海水移動——某種龐然大物。逐漸浮升。

我想像著一條恐怖的觸角冒出黑暗海面把我拉下去當晚餐。雖然不知道為什麼，但對我而言，大海怪【註一】比鯊魚要可怕多了。每年死於鯊魚口中的人數遠比大海怪來得多，但是如果看到鯊魚我還會比較心安。就某方面而言，鯊魚只是在獵食的獵食者而已，大海怪則是會讓睡在床鋪上的水手（和德魯伊）放聲慘叫的邪惡怪物。

我很清楚我對大海怪的恐懼和厭惡並不理性——畢竟，牠們對我懷抱的惡意，就和我對午餐懷抱的惡意一樣多。但是恐懼和理性向來不是把酒言歡的好朋友——我很肯定其中之一根本不喝酒。待在乾燥的土地上時，我可以放下對大海怪的恐懼，還會因為沒人喜歡大海怪而有點同情牠們。在沒人愛的情況下遊走世間非常孤寂，儘管大多數人一輩子都不曾感受過完全缺乏關愛的感覺，我們還是可以體會且恐懼那種空虛，可以諒解J・阿爾弗瑞德・普魯弗洛克【註二】和所有與人性海岸脫節者的處境。但是當我和大海怪有可能在同一塊海域中游泳時，就沒辦法那麼設身處地幫牠著想了。

我發現夜視能力無法看穿海面下數十呎外的景象。如果有東西決定從下方以高速游上來，就算我有辦法閃開，也沒有時間這麼做。而且歐伯隆在海裡的移動速度就和蓮葉差不了多少。

魔法視覺要好上一點——不管離月光或日光有多遠，生物的靈氣都會呈現出本身的色彩。但是海裡充滿各式各樣的生物，當我凝望海水時，必須添加許多層濾鏡才有辦法隔離雜訊，確定距離感。如果連我都看不清楚，關妮兒肯定眼花撩亂。她有辦法正確解析魔法光譜的意義，但還是不太擅長隔離無關緊要的羈絆。

當我終於看出威脅時，對方已經接近到差點把我嚇得屁滾尿流的地步。那根本不是大海怪；而是交纏出擊的七條巨蛇——約夢剛德的後裔——體型巨大，從我們左方急速浮升。瓦納摩伊南告訴我過許多年前與其中一條巨蛇相識的過程；若非如此，我不可能認出他們。他們是智慧生物，生性害羞，愛吃藍鯨，若非有人教唆，絕不會來攻擊我們。他們喜歡待在深海，只有年幼時爲了滿足好奇心才會浮出海面。波塞頓和涅普頓迫使他們違逆天性——前往他們習慣性規避的海域，去吃平常不吃的食物。

我在兵荒馬亂之際一個一個找出他們的意識蹤跡，盡可能對他們灌輸「有毒」的想法。一條巨蛇轉向離開，接著是另一條。有條我沒有接觸到意識的巨蛇也轉向了，那表示關妮兒也在做類似的事。還有四條巨蛇張開血盆大口，意圖把我們當作金魚般吞噬。我又影響了一條，另外還有兩條也轉而衝出旁邊的海面。但是最後那條——一個長滿利齒的大黑洞——我們實在來不及影響他。在死亡直逼而來的那一刻裡，我腦中浮現《哈姆雷特》中的場景：舉世聞名的丹麥王子在墳場中無比佩服「專擅跋扈的凱薩，即使死後化身爲泥，都能拿去填牆防風」，而我很懷疑在存活這麼多年、經歷這麼多戰亂之後，我怎麼會落到最後變成蛇大便的下場。

某樣龐然大物撞到巨蛇腦袋下方的脖子——此物來自北方，因爲一直在看下面，所以我完全沒注

註一：大海怪（Kraken），指的是北歐傳說中的海怪，常出沒於挪威近海或冰島附近，外形類似章魚或花枝。

註二：T．S．艾略特的詩作《J．阿爾弗瑞德．普魯弗洛克的情歌》（*The Love Song of J. Alfred Prufrock*）主角。

意到。撞擊的力道剛好足以令巨蛇改道，沒咬到我們尾巴。他還是和其他六條蛇一樣破水而出，引發一陣讓我們人仰馬翻的波浪。這對關妮兒和我不成問題，但是對完全不知道有巨蛇來襲的歐伯隆而言問題可就大了。

「阿提克斯！救命！天空不見了！出了什麼事？」

我沒辦法清楚回答他，因爲我也不知道是怎麼回事。翻騰不休的海浪持續將我推往不想去的方向，我只能徒勞無功地拚命掙扎。我甚至看不到他。我隱約看見關妮兒光滑的表皮朝我反方向扭去——至於那是上方還是下方，我無從分辨——旁邊還有如同鱗片高塔般的巨蛇身軀將我團團圍住。除此之外一片漆黑，我看不出來哪邊是上方。剛剛衝撞最後那條巨蛇的龐然大物閃過我的眼角——可能是條鯊魚，不過身上籠罩一層奇特的白色魔光。接著那些巨蛇再度摔入海面，情況變得更加混亂，但至少我知道海面在哪個方向了。

「無法呼吸！阿提克斯！水！」歐伯隆強烈的恐慌具有感染性，而我只能奮力調整方向。我不知道他在哪裡，就算知道也沒空思考該怎麼幫他。

「可以的話去找關妮兒。」我對他說。儘管機會渺茫，關妮兒還是他活命的關鍵。巨蛇可能還會回頭攻擊，波塞頓和涅普頓不會任由他們放棄。

「喔！等等——」

我不知道他要我等什麼。我開始對巨蛇灌輸「逃命！」的想法，試圖趕走他們，不過那只能暫時拖延我們淪爲開胃菜的時間而已。奧林帕斯神驅趕巨蛇來吃我們的速度，就和我誘導他們忘記那個念頭一樣快，每當我說服其中一條游往其他方向，他就會在我將注意力轉移到其他巨蛇後再繞回來。效果無法持續；而熊符咒裡的魔力以飛快的速度流失。要不了多久我就會失去與生物溝通的能力，然後一切就結束了。

我沒發現一條從上而下的巨蛇，不過關妮兒肯定有看到，因爲那條蛇和我擦身而過，鱗片刷過我的皮毛，水流的力道帶動我向下沉，隨著漩渦轉圈，再度失去方向感。我的肺部灼燒，提醒我呼吸並非可以選擇不做的事，但如今海面的位置已經變成謎團。

「阿提克斯，你在哪裡？」歐伯隆哀傷的語調令我心碎。

「我不知道，老兄。對不起。」我奮力擺脫那條蛇所帶來的亂流，在黑暗中尋找任何能夠指引方位的物體。

兩道發光的白色身影吸引了我的注意——明亮柔和的神光。波塞頓和涅普頓，冷靜地漂浮在屬於他們的元素裡，指揮著這個混亂的局面。他們的頭告訴我上方位於何處，我立刻拚命游向海面。

我一直到身後遭受撞擊才知道有東西從後方衝來。對方在迅速衝向海面的過程中，撞開了我的雙腳。我體內突然充滿能量，隨即明白出了什麼事。那條殺人鯨是馬拿朗・麥克・李爾的水中形態——有辦法直接從水中吸收蓋亞魔力，強化自己的力量和速度的殺人鯨。就像我過去多次對關妮兒和歐伯隆所做的一樣，此刻他正透過身體接觸，跳過我的靈氣分享力量給我，同時還幫我迅速返回海面。

一開始衝撞第七條巨蛇的就是他，或許還幫忙分散眾巨蛇的注意力。送給奧丁的山莫亞斯餅乾和威士忌眞是値得。

當我們破水而出、黑暗遠離雙眼時，我覺得天上的星星從來沒有如此明亮過。我吸了一大口又甜又鹹的空氣，跟著又在馬拿朗遁入水中時再度閉氣——速度快到我當場從他背上滑下來。

「他找到你了！」歐伯隆說，聽到他那種勝利的語氣，我終於放下了心中一塊大石。

「對，但是我想他又棄我不顧了。」

「他是要游回來接我，關妮兒也在這裡。往北游，他會等你跟上。他要你和我一起爬到他背上，不用擔心。他和聰明女孩在牽制那些蛇。」

他們確實是在牽制巨蛇。我迅速打量周遭形勢，發現約夢剛德的後裔在海裡扭來扭去，好像中風一樣掀起波浪。奧林帕斯神逼迫他們採取暴力舉動，德魯伊則要求他們保持寧靜，而他們的天性傾向於與我們站在一起。莫利根的話語回到我腦中：蓋亞愛我們甚於奧林帕斯眾神。他們或許有能力在一定程度上壓迫她的生物、奪取她的力量，但是說到底他們的力量還是源自於信徒，而我們的力量則來自大地本身。

終於有機會好好打量他們後，我發現約夢剛德的子嗣美麗的程度就和可怕的程度不相上下。正如瓦納摩伊南所述，藍綠色鱗片覆蓋頭頂下方五根骨脊外所有表皮，鱗片灑下片片水花，在月光下閃閃發光。我沒看見巨大的尖牙；我覺得他們嘴裡所有牙齒都很大，或許位於邊緣的牙齒有特別大一點點。而在水裡把他們的嘴巴看成大黑洞並非出於幻想——他們的嘴巴眞的就是大黑洞。嘴裡的頰肉和舌頭都不是粉紅或紅色，而是類似長滿鱗片的瀝青，彷彿血管中除了血液之外還有其他東西。

油坑般的超大眼睛幫助他們在黑暗的深海視物，下頷下方的鰓開開闔闔，如同水平的陰影橫跨鱗片之上。

馬拿朗的背部和背鰭浮在離剛剛拋下我的位置游泳約一分鐘外的海面上。一條渾身濕透的獵狼犬縮在背鰭前方，雙爪緊抱背鰭兩邊，腦袋則貼著背鰭左側，面對魚尾。我從旁邊游過去，跳到他背上，用我的海獺爪子抓緊。

「好了，我們走！」我說：「我是說，如果關妮兒準備好了的話。」

歐伯隆以學得很爛的海盜語調說道：「啊，她好了，夥伴！她在右舷一哼以下的海裡游泳！或左舷！天知道哪個方向是什麼舷！無關緊要，因爲我是條鹹水狗！啊！」

我沒搭腔，因爲我怕一搭腔他就沒完沒了。

馬拿朗掉頭離開宛如沸騰湯鍋般的海域，留下那些巨蛇被夾在奧林帕斯神和德魯伊的衝突指令下。接下來約十五秒內，我滿心以爲可以就此脫身。然後天上飛來兩支箭，插入馬拿朗背上，就在背鰭後方。他劇烈抽動，本能地想要遁入海中，隨即想起他必須讓歐伯隆待在海面上。

我瞇起雙眼，凝神細看，透過巨蛇蜷曲的身體，看見兩條綻放白光的身影，站在海豚拉的大蚌殼上直追而來。那是波塞頓和涅普頓的戰車，不過目前駕車的是阿緹蜜絲和黛安娜，顯然她們已經取得全新的身體，再度展開狩獵。但是這裡並不是她們的地盤。海蛇扭動的海域浪濤洶湧，她們難以精確瞄準，但依然危險異常，我不想讓她們有機會繼續射箭。幸運的是，由於急著要追上來，她們忘了幫交通工具做好防護措施。

蚌殼是自然產物。如果水獺形態有辦法咧嘴而笑的話，我一定會笑得非常開心。我利用馬拿朗・麥克・李爾提供的能量，將蚌殼與海峽的海床羈絆在一起。這樣做導致女神當場落海，無法繼續朝我們射箭。我幾乎立刻就解除羈絆，因為我不想傷害到在拖蚌殼的海豚。不過那些可憐的海蛇在如此劇烈運動過後應該胃口不錯。我透過歐伯隆傳達一個想法給關妮兒和馬拿朗：在古老的故事中，怪物都喜歡處女。

那一刻裡發生了兩件事：波塞頓和涅普頓察覺女神遇上麻煩，於是停止強迫海蛇來吃我們，而我們則要海蛇去吃女神。

喔，那眞是美麗的畫面。七條海蛇同時轉身，在一陣鱗片與皮肉的漩渦中衝向女神，消失在海浪下。嗯！女神塔塔醬！雙倍分量！

我們不知道是同一條蛇吃掉兩個女神，還是她們進入不同的消化系統。那其實沒有差別。我們叫所有海蛇快逃，他們也就照做，奔向廣大的大西洋和海底深處。波塞頓和涅普頓當然會救出阿緹蜜絲和黛安娜，兩個女神遲早也會再度展開狩獵，但他們已經沒辦法阻止我們抵達英國了。我天眞地以爲我們已經獲勝。

第十九章

抵達白懸崖間的狹窄海灘後，我們開始幫馬拿朗療傷。插在他背上的箭不是天然材質，除了直接把它們扯出來外別無他法。他會痊癒的，不過我懷疑從今以後他對奧林帕斯神都不會再有什麼好感。他透過歐伯隆告訴我們說他要先行離開，不過會待在海峽中關注進一步的發展。儘管我想問他莫利根的事情——他有沒有引領她回歸提爾．納．諾格，是否已經安息，還有很多其他問題——但是透過我的獵狼犬討論這種事情既不實際也不恰當，於是我們向他道謝，然後道別。他游泳離開，背上的傷口已經開始癒合。我先變回人形，解除武器上的羈絆，然後解開關妮兒身上的皮帶。關妮兒變回人形，和歐伯隆一起涉水上岸；他甩動身體，沾滿獵狼犬體味的海水濺得我們滿身都是。

「好了，讓我們離開這個世界，去找奧林帕斯眾神晦氣。」我說：「這附近應該有片可以傳送到提爾．納．諾格的樹林。」

我們偽裝繞過城市，穿越軍事路，然後是佛克史東路，通往榆木林。那是一片數百年來都被當作農場界線的樹林。我們伸手（和爪子）放在榆樹樹幹上，尋找通往妖精世界的連結。一無所獲。

「不，不要連這裡也一樣！」關妮兒神色挫敗地拍打樹幹。「他們怎麼能比我們先到這裡？」

「他們早就知道我們的目的地。」我說，然後補了一句：「可惡。」

「所以他們連這裡的森林都腐化了？」

「對。」

「我們要怎麼辦？去弄點臘腸和馬鈴薯泥？」

「我們去肯特。那裡有條可能沒人看守的古老之道。如果有人看守，我們就再深入一點，然後趁白天盡量睡一下，之後再前往溫莎。我們很難在天亮前抵達，而我認爲辦得到的話應該要趁夜抵達。」

依照之前橫渡歐洲的法門，我變成公鹿，公然奔跑，關妮兒和歐伯隆則隱身在後跟隨。在英國奔馳勾起我一絲懷舊之情，因爲我生命中許多不同階段都曾在英國度過一段時間，但現在鄉間已經比之前繁榮多了。從前古老之道更多，有不少都毀在文明發展的過程裡，遭受現代社會吞噬；而直到最近爲止，利用樹木傳送都十分可靠，也沒有製作更多新傳送點的需求。

儘管如此，即使在黑夜，我還是經過了些壯麗非凡的英國鄉村景色。歐伯隆發現有群綿羊在一片牧草地上睡覺，於是哀求我讓他去騷擾牠們。

「拜託，阿提克斯。如果能從牠們身上嚇掉足夠的羊毛，你就可以幫我編一件背上有個大O的毛衣。我會穿去狗狗公園之類的地方。」

「我們不想吵醒大家，歐伯隆，那包括了綿羊。而且你眞的不會想當隻卑鄙的咬羊犬。晚點你會羞愧難當的。」

「但是牠們超毛的！」發現我沒繼續搭理他後，他又去找關妮兒。「聰明女孩，幫我跟他說啦！我們就過去叫幾聲，他們就會發出好聽的英國腔羊叫，然後我們就走。要不了兩年的啦！」片刻過後，我聽見他說：「兩分鐘，兩年，妳知道我的意思！」

「歐伯隆，很抱歉過去幾天我們都沒享受到任何樂子，但是我保證我們會好好補償你的。」察覺到我的歉疚之意後，我的獵狼犬立刻進入談判模式。

「我要隻名叫肉荳蔻的瘋狂淺褐色貴賓犬。要眞的很瘋。會對消防栓大叫、對郵差撒尿的那種。」

「我不敢保證能找到完全符合這些條件的狗，不過我們絕對會好好補償你的。」

肯特的保育樹林比英國其他地方都多，一片片有命名的樹林分隔農場和牧羊地。七橡鎭西邊有一片名叫磨坊堤的樹林，前往溫莎的路上唯一的古老之道就在那裡。一塊覆滿腐葉的大石頭下隱藏著一條通往提爾．納．諾格上的盧．勞瓦度紀念碑的通道。我們小心翼翼地走過去，滿心以爲會有妖精、怪物，或是人類傭兵看守。結果都沒有；抵達目的地時，我們發現那塊大石頭被打成碎片，周遭的土地讓人挖開，通往提爾．納．諾格的通道徹底遭到破壞。我已經沒有力氣咒罵運氣了；反正此事也和運氣無關，只是進一步證明了有多方人馬聯手對付我們。

我們繼續前進，不過我沒有告訴關妮兒或歐伯隆我們的目的地和去那裡的原因，希望能藉此擾亂對方的預知能力。正西，約、兩到三英哩，位於法蘭西街墓園後方的長木林有個隱蔽處，能讓我們睡一覺，而我已經累到沒力氣拿長木兩個字來說低級笑話了。由於最近下過雨，那裡有點潮濕，瀰漫著一股腐味，不過暫時還算安全。

我變成人形，說道：「我們今晚就在這裡睡覺。」離天亮只剩下一個小時。

關妮兒變身，問道：「我們有時間睡覺嗎？」

我聳肩：「我想應該有一點。狩獵女神可能需要新的身體和戰車，而且她們得先沿著多佛海岸找出我們的足跡。決戰的時刻快要到了，我們不能身心俱疲地面對氣完神足的對手。妳和歐伯隆先睡。我站哨一會兒，待會叫妳起來輪班。」

關妮兒湊上前來，在我嘴上輕輕一吻。「不和你爭。我累斃了。」關妮兒側臥而眠，歐伯隆趴在她旁邊。他們兩個都一下子就睡著了，我則開始思考接下來要怎麼逃出生天。

如果我們想要解除和奧林帕斯眾神間的緊張關係，當務之急就是要找出提爾・納・諾格上的那個神祕人物。在預知關妮兒所在的傢伙，就是派遣黑暗精靈與吸血鬼追殺我們的人。

有趣的是，對我們而言最安全的地方就是提爾・納・諾格。那裡不會容忍吸血鬼或黑暗精靈。要不動聲色地透過古老之道偷偷運送他們並不困難——特別是對掌握守林者的大肛毛領主那種妖精而言——但是在派遣他們來追殺我時，讓他們一直待在提爾・納・諾格上則會引來各式各樣的關注與質疑，幕後主使者肯定想要避免這種情況。至於剩下的威脅——妖精——我則占有很大的優勢。

如果可以找個安全的地方安置關妮兒和歐伯隆，我就可以單槍匹馬、出其不意地突襲梅爾或大肛毛領主。如果事情是他們在幕後主使，他們就會假設我和關妮兒在一起，沒辦法利用預知能力發現我會去找他們。

我讓關妮兒睡到十點左右，然後叫她起床站哨。

「我真需要好好睡一覺。」她說著慵懶地伸個懶腰，或許有點挑逗意味。「謝謝。」

她站起身來，但是歐伯隆動都沒動一下。可憐的獵狼犬。

「不客氣。下午三點左右叫我。我們去弄些衣服。」我在歐伯隆身邊攤平，不再對抗倦意。

第二十章

一股奇特的震動感自我的右腿傳來，搖晃我的肋骨，讓我身上所有刺青都在顫抖。我立刻驚醒，關妮兒則嚇得跳了起來。

「嘎！怎麼回事？」她看著手臂上的刺青問道，彷彿它們可以提供答案。她皺起眉頭，轉過來看到我醒了。「你也有感覺到嗎？」

歐伯隆起身打呵欠道：「感覺到什麼？」

「有，我感覺到了。」

「怎麼回事？我們要被一群英國足球迷踩扁了嗎？」

「到底怎麼回事？」關妮兒問。

「上次有這種感覺是在佩倫神域毀滅的時候。」

「喔，不。」

「對。某個與地球連結在一起的神域毀滅了。」

「那表示洛基獲釋了？」

「可能。除非還有其他人在摧毀神域。」

震動感持續，我延展思緒，接觸英國元素，阿爾比昂。

／／察覺擾動／提問：來源？／／

答案證實了我的恐懼。／／芬蘭古神域／燃燒／／

「阿爾比昂說是芬蘭的神域。」

「芬蘭有幾個神域？我希望沒有愛爾蘭那麼多？」

「沒，我想不出幾個。除非是圖昂內拉，他們的亡者國度。」

「洛基爲什麼會在乎那種地方？」

「不知道。但如果他再度獲釋，瑪李娜怎麼了？是她放他走的，還是說她已經化爲焦屍？又或許是赫爾找到並威脅她們，或賄賂她，或殺了她——誰知道？」搞不清楚狀況令我不安，於是我望向天際，假設奧丁正在何里德斯克亞爾夫觀察我們。「還有，嘿，奧丁！你有在聽嗎？既然洛基是這麼危險的人物，我以爲你應該在監視他。」

關妮兒評估形勢。「芬蘭人也有雷神，對吧，有點像佩倫？」

「對。我見過他一次。他叫屋克，翻譯過來基本上是古人的意思。天空與雷電之神。他是當年跑來亞歷桑納殺我，結果殺掉凱歐帝的那群神之一。不過他似乎不像其他雷神那麼激動。或許是因爲芬蘭人本來就比較冷靜。猜猜看他們認爲風暴來自何處？」

「喔，噁。從你那種笑容來看，我不是很想猜。」

「那些噪音和降雨都是屋克和他妻子艾卡，熱情做愛時發出來的。是不是很棒？」

關妮兒搖頭。「不，超噁。有時候你眞的很男人。」

「他不是一直都是男人嗎？」

「她不是說我有時候會變成女人。她的意思是我很膚淺。」

「喔，我知道了。那她爲什麼說你只是有時候膚淺？」

「嘿！」

關妮兒聽不見我說什麼，但是歐伯隆的評語，加上我臉上忿忿不平的表情，讓她哈哈大笑。

「燃燒吧！」

「好狗狗。」她邊說邊拍他。

「好吧，希望屋克平安無事。」我說著回到安全話題。「如果此事眞是洛基所爲，而他眞的是目標的話。」

「屋克要你的命，而你還爲他擔心？」

「這個，是呀，我猜。莫利根砍斷維德的時候他也有歡呼。我想他只是無聊，而不是眞的在氣我。他是爲了娛樂而來的。」

「如果他把群起圍毆、眼睜睜地看人死去當作娛樂的話，那我不認爲我喜歡他。」

「古神很少有友善的，孤紐是很罕見的例外。」

「別忘了芳德！她給我們吃培根和香腸。」

關妮兒展顏歡笑，認同我的獵狼犬。「是呀，我喜歡芳德，還有馬拿朗·麥克·李爾。他們會出面拯救我們，有什麼不好的？」

「把他們當作少數例外。」我說，然後瞇眼望向西方，快要下山的太陽。「妳讓我睡得久了點，是吧？」

「你需要睡眠。我正要叫醒你。」

兩隻大渡鴉從天而降，落在一棵白臘樹上。「啊，畢竟奧丁還是有在看著我們。」我指著胡金和暮寧說：「或許我們可以得到些答案。」

我依然無法在正常光譜下分辨牠們，但在魔法光譜中，我已經可以輕易分出誰是誰了，因為身為奧丁思緒的胡金身上加持了較多魔力。胡金朝暮寧比了比，指示我先把意識和牠羈絆起來。

羈絆完畢後，奧丁的記憶提供了一些近期發展。我看見洛基依然受制於曙光三女神女巫團的魅惑之下，特別是克勞蒂雅那雙連我都曾一度擋不住誘惑的嘴唇——一派頹廢，淫蕩撩人，讓人非常非常想要親下去。可惡，我差點在重播記憶中受到影響。女巫和惡作劇之神依然待在之前那座原野上，這倒讓我有點驚訝。我本來以為瑪李娜會換個地方繼續魅惑洛基的，但或許她認為移動位置會引發不必要的麻煩，而洋蔥田不是什麼常常會有人跑來查看的地方。畫面拉開，我看到赫爾的大獵狼犬加爾姆，也和洛基一樣被其他兩名女巫魅惑。我讚嘆地面露微笑。既然加爾姆受制，赫爾就不知道要派卓格去哪裡找洛基。瑪李娜做得很好。

加爾姆的目光集中在瑪李娜女巫團的一個年輕成員手裡的木棍上。顯然那根木棍上加持了她們在自己身體部位加持的那種魅惑男人法術。在洛基和加爾姆——加爾姆乃是赫爾在地球上的耳目，就像胡金和暮寧是奧丁的耳目一樣——都受制的情況下，瑪李娜可以無限期地拖延諸神黃昏，讓赫爾無法確保勝算。

當然，先決條件是沒人去打擾她。

打擾她的是屋克。他不知道怎麼樣發現洛基脫離了多年遭囚的處境，並且找出洛基的位置——我很想知道他是怎麼辦到的，因爲他是第一個找到洛基的神。爲什麼屋克能第一個找到他？他從天而降，落在一段距離外，一聲招呼也不打，直接對洛基發射閃電。

他的動機非常明顯。就和在羅斯部落【註】社會中具有與他相同地位的佩倫一樣，芬蘭神非常討厭北歐萬神殿，因爲他們是鄰近地區人類信仰的競爭對手。

洛基被雷劈得離地而起，身體彎起，修長的四肢讓我聯想到章魚。他在五十碼外落地，遠離克勞蒂雅的嘴唇或瑪李娜的秀髮，或其他能夠魅惑他的法術範圍以外。他身體綻放火光，狂態再度回歸。

「哈？誰？」他大叫，接著看見屋克逼近。「雷轟轟神！哈蒿蒿好！」

瑪李娜叫了句波蘭話，但是洛基和屋克都沒理她，全神貫注在彼此身上。洛基像是訓練有素的歌劇歌唱家般深吸口氣，胸口微微脹大，但肺部卻像風箱一樣鼓足了氣。他腦袋後仰，大叫一聲，雙手高舉，煉獄之火破體而出，一道烈燄之環噴得屋克飛身而起，同時點燃洋蔥田。這就是瑪李娜女巫

註：羅斯部落（Rús tribes）爲俄古代的民族，俄羅斯（Russia）、羅塞尼亞（Ruthenia）、白俄羅斯（Belarus）等國名被認爲是取自這個民族。不過起源眾說紛紜，也有學者認爲基輔是由羅斯人所建立的。

團所預見的大火。

「讓讓讓你的世界淪入活活火海！」洛基口沫橫飛地說，接著一飛沖天，朝北而去，目的地八成是芬蘭。被迫採取守勢的屋克連忙跟上，完全不知道——甚至沒有發現——他已經讓洛基從「中立」進入「毫無節制的反社會份子」模式。

奧丁的影像沒有追隨他們而去，而是拉回來照向女巫。她們啓動了紫色防護罩，擋下了火焰攻擊，不過顯然有受到高溫影響。然而加爾姆就沒有這種保護了。牠的毛皮起火，在吼叫聲中發足狂奔，衝向約莫兩百碼外的亞斯沃西方分界河。女巫追趕而上，滿嘴波蘭髒話，聽起來比較像在生氣，而不是恐懼。

暮寧中斷影像，對我啊啊叫。我和他解除羈絆，轉而透過胡金和奧丁對話。

「好了，屋克怎麼會跑去？」我問。

灰袍漫遊者的語調不像洛基遭受魅惑時那麼輕鬆，就連渡鴉看起來都心事重重。「我還期望你能告訴我呢。」

「你是懷疑事情和我有關？這麼做不但和我的利益衝突，而且我最近還有點忙。」

「一定有人慫恿他。屋克不是那種時刻警戒的傢伙。」

「好吧，會不會是赫爾？」

「她不知道他在哪裡。她的獵狼犬被那些女巫魅惑了。再說，如果要解救她父親，她根本不需要派任何人。她會帶**卓格**來親自動手，就像洛基入侵尼達維鐸伊爾那次一樣。」

「或許她只有告訴屋克說洛基獲釋了，然後屋克利用自己的手段找出他。」

「有可能，或許。」奧丁承認：「但那並不符合她的作風。如果你不介意我這麼說的話，這件事比較像是圖阿哈・戴・丹恩擅長的幕後操弄手段。」

「喔。對。梅爾。」我說。

「誰？」

我提出懷疑梅爾有動機，也有能力致我於死地的想法。

「有趣。英靈殿會針對此事重開一輪賭盤。」

這一次我沒忍下來。「英何嘉戰士可以去燒燒他們的包皮。」

奧丁大笑。「我一定會告訴他們的。」

「告訴他們。女巫和加爾姆後來怎麼了？」

「女巫安然趕到河裡。加爾姆還沒到河邊就已經轉回赫爾，我猜他正在復元。」

「太好了。又多了件需要擔心的事情。」

「暫時不用擔心加爾姆，赫爾也一樣。洛基才是重點。他在燒燬芬蘭，可能也可以騰出時間來找你。爲了幫芬利斯報仇，他就算把整塊大陸燒光也要把你找出來。」

「這倒提醒了我。弗蕾雅還好吧？」北歐的美貌與戰爭女神在我們入侵赫爾一役中受了重傷。

「復元中。富麗格在照顧她。」

「她知道我們成功了嗎？」

「我想她還沒有恢復意識。」

我皺眉。「她是陷入昏迷還是怎樣？」我知道我們撤退時她大量失血，還斷了幾根骨頭，但或許她頭部創傷比外表看起來嚴重。

奧丁不耐煩地哼了一聲。「我不知道。我今天還沒去看她。你要擔心的是洛基的下一個目標——就是你。他打算在諸神黃昏開始前殺了你。我認爲對他而言，此刻你是比我更嚴重的威脅。因此，你要拖延世界末日最好的做法，就是不要讓他找到。離開這個世界。」

「謝謝。」我冷冷說道：「我們一直在朝這個方向努力。得走了。」

「不，待著。」

「爲什麼？」

「有黑暗精靈正往你們那邊趕去。你們在同一個地點待太久，被他們查探出位置了。」

「我就說，得走了。」

「魯約沙爾夫也在路上。另外還有一個傢伙。」

「誰？」

「你們見過。」阿斯加德的彩虹橋突然出現在長木林旁的牧地上，我們看到天上有幾條形體逐漸變大。我切斷與胡金之間的連結，轉向關妮兒。

「提高警覺。黑暗精靈要來了。」我說：「顯然正常精靈和另一個傢伙正要趕來幫助我們。」

歐伯隆精神一振。「太棒了！我從來沒有見過精靈的原型！不過他們常會和別人聯手嗎？」

「這次他們有。」

關妮兒舉起史卡維德傑。「要隱形了。」她說，接著唸誦羈絆咒語，隨即消失不見。我對歐伯隆施展僞裝羈絆，自己則保持正常。

當魯約沙爾夫步出彩虹橋，踏上米德加德時，我同時有點失望又有點開心。他們沒有身穿葉型的綠金雕花盔甲，或有超大滾邊衣袖的長袍；沒有在背光下自體發光，也沒有搭配恩雅的背景音樂。他們頭髮不長，也不是絲綢般的直髮，眼睛也不像漫畫裡那樣如同止水般清澈透明。不過他們身材高瘦，護甲閃亮，移動時會發出類似風鈴的聲音。

那聲音乃是淡藍色的瓷甲——一種以金屬爲基底的玻璃材質所發。瓷甲如鱗片般層層包覆在他們身上，讓我聯想到穿山甲——如果穿山甲能像小卡車的擋泥板一樣閃閃發光的話。在每塊瓷甲鱗片中央都有用酸液刻蝕出的符文，而就我所看到的部分判斷，每個符文都一樣。以實用角度來看，我想像不到用瓷甲能有什麼好處；最基本的鈍器攻擊就能打碎它，而瓷甲下的金屬底架看起來像是鋁或一層薄鋼；但符文必定提供了一定程度的保護。他們的頭盔沒有金屬支架：每個頭盔都是淡藍色的玻璃，其上密密麻麻都是同一個符文，讓我覺得好像有人在某家賣場找到一批有缺陷的魚缸，然後全部送到阿爾福海姆。頭盔在鼻子、嘴巴、耳朵附近鑽了幾組小洞，稍微遮蔽了五官，不過我還是可以看出他們把頭髮剪得很短，而且耳朵上確實有舉世聞名的尖軟骨。他的左腰旁掛著長劍，不過看不出來是不是儀式用劍；他們主要的武器插在大腿上的槍套裡——是大型鋼矛手槍。

兩打這樣的精靈跟在一個身穿沉重盔甲、皮粗肉厚的矮子身後；他的盔甲上也有刻蝕符文，不過是各式各樣不同的符文，而且還會發光。他背上綁著四把小斧頭，斧柄自肩膀後方凸起。他的聲音因爲頭盔而微顯低沉，不過我還是認出他獨特的措詞。

「你好，德魯伊，屠狼者、弗雷爾剋星、洛基牧羊人。願你毫髮無傷走出戰場，於亡者的哀歌中歡欣鼓舞。」

我只認識一個人會把這種修辭組合在一起來形容我。「弗加拉？是你嗎？尼達維鐸伊爾的符文詩人？」

「做好菜給我們吃的矮人？」歐伯隆問。

「對。我和魯約沙爾夫的菁英，身受符文保護、戰技高超的玻璃騎士，一同前來對付追殺你們的斯瓦塔爾夫。我帶了全新鍛造的斧頭來斬殺煙霧中的黑影，自空氣中扯出血肉。」

「什麼？不好意思，我聽不太懂你的意思。」

弗加拉自背後拔出一把斧頭。斧柄上有倒鉤，拔斧的同時會鬆開斧套，以免斧刃卡住。很聰明的設計。他指著斧刃和斧柄上的符文說：「這些是工藝和戰爭的實驗，試圖砍穿魔霧、傷害血肉，在劃開煙霧的同時，斬斷骨頭和肌腱。」

「你是說用這把斧頭砍中化身煙霧的黑暗精靈，他恢復實體後身上還會有傷？」

「試過才知道，不過我預期會有這種效果。這些符文理應結束他們的氣體形態，然後斧刃就能砍傷他們，而傷口會把他們固定在實體形態。只要這些斧頭確實有效，我就會製作更多斧頭，並把這種技巧與歌謠教給其他符文詩人。」

「聽起來太棒了。」我說：「萬一這些斧頭都沒有達到預期效果呢？」

矮人的盔甲抖動，應該是他在那層層鋼鐵之中聳肩。「我就回熔爐去繼續實驗。」

「不，我是說，黑暗精靈不會讓你拿他們做實驗。」

「他們沒得選擇。」

「我是說他們會反擊。」

「羔羊在被屠宰前都會哭，但並不會造成任何差別。」弗加拉頭盔抽動，顯示他在看別的東西。「啊。他們來了。待在這裡，直到我命令你們趴下爲止，什麼都別做。」

「不好意思？」

「除了吸引他們外，你們不要採取任何行動。讓我們來處理此事。」

我看向分隔長木林和東邊小樹叢的那片牧地，發現了爲數不少——和我們這邊精靈數量相當的黑暗精靈接近而來。他們身穿類似棒球隊熱身時愛穿的那種閃亮白色球衣——只不過是束腰短衫，而不是運動衣——他們雜亂無章地奔跑，直到看見弗加拉揮舞斧頭迎上前去。接到某個我們看不見的指令後，他們轉換爲楔形隊形，加速衝刺，速度比之前快上一倍。

我身後的玻璃騎士分成六個四人小組，拔出鋼矛手槍，一手一把。弗加拉繼續上前幾步，來到我們前方約二十碼的位置。如果這些傢伙裡有任何人身穿現代戰鬥裝備，我就會覺得裸體站在這裡有點尷尬，不過除了那些鋼矛手槍，這裡都是傳統配備，所以我覺得自己像個普通凱爾特戰士。

「你們眞的不要我們出手？」我大聲問道。

「出手就會擾亂我們的計策。」符文詩人轉頭說道。我一方面對他們不要我幫忙而有點受傷，但另一方面又很高興他們願意承擔所有風險。而且我也很好奇這場戰鬥會如何收尾。眼前這些是我截至目前爲止見過最守紀律的一群黑暗精靈，如果我沒看錯，他們攜帶的是標準鋼鐵武器，因爲他們已經知道魔法匕首無法刺穿我的靈氣。

「歐伯隆，如果你們還沒這麼做的話，我要你和關妮兒待在精靈身後。」

「我們已經到他們後面了，不過我還是會和聰明女孩說。」

來到弗加拉前方三十碼外時，黑暗精靈不再奔跑，拔出鋼劍並高舉過頭。他們停頓片刻，然後在無聲的信號下展開衝鋒。弗加拉衝上去迎戰，一個矮人對抗二十五個黑暗精靈，而他毫不安靜。他吟唱慷慨激昂的歌曲，一道黃光籠罩在他的盔甲上。當他來到方陣最前端時，他的斧頭砍穿黑暗精靈前鋒的衣服和霧態形體，剩下的黑暗精靈則分從兩側展開夾擊，長劍對準他的護甲狠狠劈下。他們的劍刃自他的頭盔和護肩上彈開，發出咚咚聲響，而非金屬交擊的噹噹聲，彷彿它們都是橡膠做的一樣；每一劍砍下都會激起一道黃光。弗加拉再度揮動魔斧，毫無效果地砍過黑煙。我想他有讓其中幾個黑暗精靈放開標準武器，而他的護甲顯然有辦法承受對方攻擊，但是雙方人馬都沒有受到任何傷害。

弗加拉毫不氣餒，抛下第一把斧頭，拔出另一把。趁他伸手拔斧時，黑暗精靈前鋒恢復實體，赤身裸體，用所有斯瓦塔爾夫隨身攜帶的黑匕首攻擊他。當弗加拉用新斧頭砍對方時，壞蛋再度化身煙霧避開。

有些黑暗精靈越過弗加拉，重新集結成小型楔形方陣，朝我直衝而來，也就是他們眞正的目標。他們手上也全都還握著明亮的鋼劍。看到這種情形，一名魯約沙爾夫以古北歐語下令，所有精靈舉起武器，但是他沒有命令我趴下。我舉起富拉蓋拉，擔憂地又看了弗加拉一眼。他正在拔第三把斧頭，大聲吟唱，朝向一直和他一樣徒勞無功的對手怒吼——直到他揮出第三把斧頭。

就和之前一樣，黑暗精靈搶先化爲黑煙，但這次，當斧頭劃過時，彷彿在空中拉扯黑煙，將它們變回實體，就像拉鍊分開之後露出隱藏其下的東西一樣。被扯回實體的黑暗精靈當場被斧頭砍成兩半，漆黑的內臟離體而出，灑落滿地。

「勝利！」弗加拉叫道，然後我身後的魯約沙爾夫指揮官命令我趴下。我面前的黑暗精靈離我極近，不過我還是出於好奇趴到地上——弗加拉也是。

精靈開始以預先排練好的方式射擊黑暗精靈，間隔時間規律——半秒擊發一次，雖然我花了幾秒鐘才察覺到，並了解他們的策略。第一波射擊擊中幾個沒注意到的黑暗精靈，但他們大多察覺鋼矛來襲，化身煙霧，撒手脫劍。隨之而來的鋼矛飛過我頭頂，毫髮無傷地射中他們——但這種情況不會持續。黑暗精靈只能維持霧態五秒，所以魯約沙爾夫只要持續射擊六秒，他們遲早都會全部變回實體的。

四秒過後，一名斯瓦塔爾夫高舉黑匕首在我身邊現形，他還沒揮刀就被鋼矛射飛。其他黑暗精靈發現魯約沙爾夫會對他們構成威脅，於是繞到身後凝聚形體；但當黑暗精靈展開攻擊時，玻璃護甲上的符文啓動，一道黑色震波震得他們立足不穩。接著，第五秒時，場中的黑暗精靈全部無奈現形，遭到兩倍鋼矛火力攻擊：第一波射傷他們，將他們固定在實體形態，第二波了結他們的性命。還在玻璃騎士陣線後方垂死掙扎的黑暗精靈——只有三個——化身煙霧，拔腿就跑。

「我想看慢動作重播！」

弗加拉和我從地上爬起，在黑暗精靈的屍體失去穩定、變成油膩膩的黏液前遠離他們。

「你看到了嗎，德魯伊？」符文詩人歡呼：「符文的力量戰勝邪惡！」

「這個，是呀，我猜。到底是怎麼回事？」

「第三把斧頭發揮作用了！這下我知道該用哪些符文和詩歌，就可以製作更多這種武器，武裝玻璃騎士，讓他們完成任務、爭取榮耀與驕傲。」

「不好意思？什麼任務？」

「我們的國王，奧爾凡和傑德葛林，已經下令。玻璃騎士將會深入斯瓦塔爾夫海姆，攻城掠地，除掉會在諸神黃昏中對抗我們的敵人。」

事情不太對勁。「等等。你們怎麼知道誰會在諸神黃昏裡對抗你們？斯瓦塔爾夫有說他們要投身赫爾陣營嗎？」

「這樣還不足以證明嗎，德魯伊？」弗加拉說著指向化為焦油的黑暗精靈。

「不，還不夠。這些傢伙顯然是受人雇用的殺手或傭兵，他們不能代表斯瓦塔爾夫。可能會有黑暗精靈想要反抗赫爾，如果有的話，他們就是很有價值的盟友。」

弗加拉大吼一聲，左手扯下他的頭盔。他下巴依然光禿禿的，頭髮結成許多髮辮，這是他們文化中哀悼守喪的傳統。他來到我面前。「你現在變得這麼會看人了？你這個派洛基・火手去尼達維鐸伊爾殺害數千名護盾兄弟的傢伙？」

「我沒有派他去殺任何人。他是自己動手的，你很清楚這一點。奧丁怎麼看待這個入侵斯瓦塔爾夫海姆的計畫？」

「他難道沒叫你等我們來嗎？他沒有用彩虹橋送我們來嗎？難到現在等在那裡要送我們回去的不是彩虹橋嗎？」他說著指向我身後，彩虹橋在下午的陽光下閃閃發光。「我幹嘛要跟著裸體男人爭論？」他一邊嘟噥，一邊從我身邊走開，試圖大步踏上彩虹橋，不過彩虹橋不是能讓他大步行走的平面。玻璃騎士轉身跟上，不給我任何時間討論。我皺眉看著他們，因爲這種事態發展令我不安。我並不喜歡黑暗精靈，但那只是因爲我還沒遇上過友善的黑暗精靈。從馬拿朗・麥克・李爾告訴我的故事來看，有些斯瓦塔爾夫擁有高貴的天性。這種精靈應該不會簽署傭兵合約。

「奧丁，你有參與此事嗎？」我大叫。彩虹橋消失，沒有任何回應，雖然我也不期待能夠得到回應。

「阿提克斯，最後那三個黑暗精靈沒有眞的離開。」

「有趣。他們在哪裡？」

「你後面，正在地上撿鋼劍。」

「謝謝。告訴關妮兒說她可以隨意開火。」

我轉身舉起富拉蓋拉，剛好看到三個手握鋼劍的黑暗精靈朝我攻來，身上除了冷酷的神情外什麼都沒穿。看到關妮兒的飛刀插入領頭黑暗精靈胯下，令他緊握血肉模糊的老二慘叫倒地時，我不禁皺起臉。

「我會作惡夢。」

「說得對。」

剩下兩個斯瓦塔爾夫化爲煙霧，深怕隱形敵人繼續投擲飛刀，但是關妮兒沒有出手。鋼劍墜落地面，我奔向其中一團煙霧，揮出富拉蓋拉，打算在他恢復形體時砍中。我揮得太高了。對方猜出我的心意，煙霧向下一沉，在地面附近凝聚形體，隨即掃倒我的雙腳，上臂架上我的手腕，擋下富拉蓋拉。他右手連續點中我胸前的穴道，固定我的肌肉——他是從哪裡學會這種技巧的？但接著他就輕而易舉地壓制我持劍的手臂，另外一手緊扣我的咽喉。他的夥伴又撿了一把鋼劍回來，上前兩步，意圖取我性命，然後他胸口就多了一把飛刀。這一刀沒能要了他的命，不過卻讓他把心思轉移到延續自己性命，而非結束我的性命。歐伯隆跳到他身上，解決了他——至少從叫聲和撲勢來看應該是歐伯隆幹的。關妮兒不會吼叫；她會用魔杖攻擊他的腦袋，而她就是如此對付打算掐死我的黑暗精靈。她在那一杖中灌注著強大的力道，因爲他的頭像甜瓜一樣炸開，身軀癱倒在我身上，流出一大灘黑血。

「謝謝。」我喘息道：「我正要解決他，不過，對，妳知道。幹得漂亮。」

關妮兒取消隱形術，踢開我身上的黑暗精靈，然後在我身旁蹲下。「他讓你癱瘓了，還是怎麼樣？」

「有一點。我在處理。」剛剛那些肌肉都鎖死了，我必須費心一根一根解開它們。

「那是遠東超級神祕的功夫，是不是？黑暗精靈從哪裡學來的？」

「我想是從遠東，我也在那裡學過一些功夫。我們不知道這些傢伙活了多久、學過什麼功夫，不過我們可以肯定他們受過嚴格的訓練。我們讓他們吃驚過幾次，而我想他們應該也是首度和那些玻璃騎士交手，不過他們同樣有能力讓我們吃驚。」截至目前爲止，我看到很多黑暗精靈遭受伏擊而死，不過我也知道和他們正面交鋒時，我並沒有占到上風。他們速度飛快、力量強大，好幾次要不是有關妮兒幫忙，我早就已經死在他們手下。最好還是避免與他們衝突——甚至讓他們並肩作戰。「我寧願找出派他們追殺我們的傢伙，也不想繼續面對這些傢伙。」

「我了解。但是先讓我對你的耳朵說兩個字：衣服。」

「對。我們該弄點衣服。沒穿衣服就不會有人認眞看待你。」

「這話還眞有智慧。等等，我要去撿飛刀。」第一個中刀的斯瓦塔爾夫失血致死，他的手依然摀著下體。我轉過頭去，不去看她拔出那把飛刀的畫面，但是拔刀聲還是讓我夾緊雙腿。他的屍體在關妮兒走到旁邊用草擦拭刀刃時化爲一灘黏液。

幾分鐘後，我恢復正常行動能力，然後我們跑過長木林，迎向豪希丘路。我注意到樹林裡的鳥，於是停步觀察他們。

「怎麼了？」關妮兒發現我在看樹頂時問道。

「幸運的話，可以看出預兆。也該輪到我們運氣好轉了吧，是不是？基本上我不喜歡解讀預兆，但既然手邊沒有其他預知方式，那就有什麼先用什麼了。」

關妮兒目光上揚，看向在樹枝間輕快飛舞的麻雀。「你打算從那堆噪音中聽出什麼預兆？」

我坐在一層落葉上，目光盯在那些鳥身上。「和追殺者相關的預兆。看看狩獵女神還要多久才會追上來。」

她在我旁邊坐下，將魔杖橫擺在大腿上。「你沒教過我怎麼解讀預兆。」

「我很少解讀。我喜歡投擲魔杖，因爲那樣比較快，還可以多問幾個問題。解讀預兆的話，每個問題都得觀察十五分鐘，還要期望你沒有漏看什麼。」

「我可以趁你們在幹天知道你們要幹什麼的事時，去聞聞那些樹嗎？」歐伯隆問。

「當然，老兄，只要你不對任何東西叫就行了。」

歐伯隆跑步離開，我則把接下來十五分鐘花在根據頭上那十來隻鳥的行爲猜測未來上。解讀預兆的理論和混沌理論很像，就是說一個地方的行爲有可能會在其他地方造成極大的影響，而鳥類對於環境改變十分敏感——牠們能夠預知風暴和乾旱，決定遷徙的最佳時機。所以只要有人學過解讀牠們行爲的技巧，或許就能夠看見未來。這些鳥不但會看到我們路過下方，也能看見狩獵女神。問題在於，什麼時候？

我不確定我完全弄清楚牠們振翅和啄食行爲所透露出的預兆，不過根據我的推算，抵達溫莎森林後，我們還要打發幾個小時才會天亮，而狩獵女神會在天亮後不久抵達。

我們施展僞裝羈絆，再度開始趕路，順著豪希丘路北行，前往偉斯特漢。我在一個公共噴泉洗掉沾在身上的黑暗精靈血肉，然後在打烊前走進一家奧維斯商店——算是英國的戶外器材連鎖店。我拿了件黑色哈瓦那衫，還有一件牛仔褲，然後就滿足了；鞋子對我們沒有用處。除了偽裝羈絆，黑衣就是夜間趕路的最佳選擇。我們發誓一有機會就會回來付錢，然後離開商店，解除羈絆，讓其他人能夠看見我們。

關妮兒找了一套全黑的訓練裝，能讓她無拘無束、安靜行動的緊身衣，只要不穿那件超吵的防風外套就好了。她穿上跑步背心，驕傲地展示右手臂上的刺青。

關妮兒上下打量自己。「嗯。德魯伊就是新的黑色。」她說。

「妳剛剛發出好吃的聲音嗎？」

「對，我想特別指出她沒有在你裸體時發出那種聲音。」

第二十一章

我們如同影子般輕飄飄地進入溫莎公園，在夜色掩護下沒有吸引任何目光。我們在城堡南方兩英哩處的雪丘上停下腳步，欣賞喬治三世的雕像，同時讓我們看到通往城堡的長路和樹林線，並且依照皇室意願整理儀容。

「看到這傢伙沒？」我拍拍雕像底座。「他不光只是輸掉了美洲殖民地、帶領大英帝國走入衰亡，他還在十八世紀拔除了赫恩的橡樹。當時橡樹已經死了，所以我想那也算情有可原，不過我還是覺得那舉動很混蛋。但是今天那裡還有一些分別由不同的君主重新栽種的橡樹。我們應該可以去那裡召喚他。」

「阿提克斯，你說的那些橡樹，是不是……呃，你知道——不能碰？」

「這個嘛，不要拿它們來標記地盤或許比較聰明。赫恩手下有一整群獵狼犬。牠們或許不喜歡看到你和牠們搶地盤。」

「但是牠們死了，不是嗎？何必小題大做？」

「不確定，有禮貌點總是好。」

「我們要怎麼召喚赫恩？」關妮兒問。

「請阿爾比昂幫忙。」

我盡量裝出信心不過的語調。事實上，我不知道該怎麼召喚他，也不知道他怎麼可能幫助我們對抗兩個不朽之神。儘管莫利根保證赫恩能幫我們，但現在她死了，我們又只能對奧林帕斯神造成些許不便，她的承諾突然顯得有點空洞。但我知道赫恩的力量不容小覷。在安格斯・歐格的事情爆發之前，富麗迪許曾跑來警告我，當時她不經意地提起她有去赫恩的森林裡作客。如果赫恩的力量不值一顧，她就不會說是赫恩的森林了；她會說阿爾比昂的一座森林，或許直接說是溫莎森林。

就像世界上大多數公園一樣，溫莎大公園從前占地廣大，但是幾個世紀下來，公園的面積已經縮小爲四千八百英畝的保護區。浮若閣摩爾宮以北——該建築本身位於城堡南方——就是赫恩去世的歷史景點，喬治三世下令剷除的橡樹後來在愛德華七世的命令下重新栽種。我打算在那裡召喚他。

我和赫恩不熟，從來沒有見過他；但我就像大家一樣，聽說過他的傳說。關於他存在的說法族繁不及備載。在某些人眼中，他是角神塞努諾斯的腐敗形態，也可能是奧丁的某種扭曲版本，因爲他也曾率領過某種形式的狂野狩獵，和樹林混在一起。這些理論大多與赫恩偏好戴鹿角，以及赫恩（Herne）這個名字和鹿角（Horn）古字之間的關聯有關。對其他人而言，他是歷史人物，某個古代國王的守林人或獵場看守人，因爲某件不名譽的事情而被吊死，之後就一直在森林中作祟。莎士比亞在《溫莎的風流婦人》中有提到過赫恩，但沒有詳細描述他的背景故事，所以就沒有成就他另一種不朽神性。

我們從雪丘而下，順著草地進入長路東側的樹林中，一片片霧氣有如棉花球般飄浮在樹幹四周。我們聽到一些昆蟲和貓頭鷹的叫聲，除此之外就只有我們輕盈的腳步聲。

我們轉向東北，穿越修剪過的草地，來到浮若閣摩爾宮較爲翠綠的土地上，偶爾會有皇室成員在此住宿。浮若閣摩爾宮後有座池塘，池畔有許多柳樹在悲歎，還有爲了讓熱愛樹籬的園丁高興而種的樹籬。

我們八成觸發了一道被動式安全警報，因爲兩個拿著手電筒和手槍的警衛跑出來搜尋我們。手電筒告訴我們警衛身在何處，關妮兒和我決定要惡搞他們一番。我們在僞裝和隱形下偷偷接近他們，搶走手槍，丟到池塘裡。

「見鬼了！」一名警衛叫道。在結合了絆倒、箝制和德魯伊末日鎖喉法等一串攻擊後，他們兩人都一臉安詳地躺在美麗的後院裡沉睡。

「他們有配槍。」關妮兒指出，英國安全人員通常不配槍。「不過我猜他們不是軍情六處的人。」

「不，他們位階很低。這表示皇室成員不在這裡。這樣好。」

浮若閣摩爾宮北邊的那幾棵橡樹眞的壯麗非凡，雖然在家庭花園井然有序的景觀裡看起來有點孤獨。現在我們進入了管制範圍，不過已經解決了最近的安全警衛。橡樹樹幹又粗又寬，強壯的樹枝形成茂密的林頂，在霧中散發出一股威脅氣息。儘管如此，它們還是和世界上所有樹木一樣容易遭受大混亂的力量影響。我希望奧林帕斯的影響力不會阻止赫恩現身。他那棵樹——或是理論上種在原先那棵樹位置上的大樹——圍了一圈鐵欄杆，還掛了一塊講述超自然歷史的牌子。

／／德魯伊需要幫助／／我傳送訊息給阿爾比昂。／／要求：聯絡赫恩／此地從前的管理員／

傳達我們想要見他的意念//

//好了//阿爾比昂回應。//他很快就會過來//

「喔。」我大聲說道：「還眞快。」

「什麼？」關妮兒問。

「顯然阿爾比昂可以直接聯絡赫恩。」這倒有趣。我很好奇阿爾比昂會不會讓赫恩取用他的魔力，還是說赫恩和神一樣是吸收信徒的信仰爲魔力。如果是後者，那就是一種非常本土的民間信仰。

「他應該很快就會到了，但我不知道打哪來。」

我認爲他不會從北邊來，因爲那裡現在是高爾夫球場了。我們東張西望，最後關妮兒發現南邊有動靜，輕拍我的肩膀，指向我身後。「在那裡，我想。」即使有夜視加持，我還是看不清楚。她指著某個正在脫離一棵看起來比赫恩的橡樹年代更久遠橡樹樹蔭的身影；那東西後面還有幾個東西在動。隨著他們逐漸接近，黑影逐漸變亮——也就是說他們的反照率極小，反射著月光，仍只呈現出模糊的輪廓。一共有三個男人騎馬或獵狼犬並肩而行。中間那條人影頭上有著大鹿角，不過他的五官幾乎都讓有兜帽的斗篷所遮蔽。我一方面懷疑他怎麼有辦法在頂著鹿角的情況下戴上兜帽，加上鬼魂根本沒有理由穿斗篷或是任何衣物，不過另一方面我又向自己解釋，身爲無主孤魂的好處之一，肯定就是可以爲了戲劇效果去穿完全不實用的衣服。

騎士的相貌越來越清楚，不過不光只是因爲距離越來越近；他們隨著靈體逐漸凝聚而越來越亮。根據傳說，他們的馬和獵狼犬理應是黑色的，但是在月光和他們本身的靈光——或許加上一點透明的效果——牠們呈現出比較類似午夜藍的色彩。

赫恩身穿狩獵皮衣。我在近距離下透過他的兜帽看見他的雙眼中都沒有瞳孔；就是兩個深藍色的洞。

他的下半臉長滿漆黑的鬍鬚，可能要用園藝剪刀才有辦法修剪。鹿角近看十分壯觀，加上他的長相和恐怖雙眼，給人一種當斑比老爸打算教訓任何蠢到敢在他地盤上撒野的傢伙時，就是這個模樣的感覺。

他的同伴沒戴頭飾，不過眼睛和鬍鬚都與赫恩一樣。顯然男士保養產品還沒有染指幽靈市場。

赫恩先看看我，然後又看看關妮兒。「何人是德魯伊？」

我眨了眨眼，一時沒有回應。我本來以爲會從他的喉嚨裡聽見低沉沙啞，或是充滿黏痰的聲音，就像所有在大眾娛樂中開口說話的鬼魂一樣，但是赫恩的嗓音是清清楚楚的男中音——口操中古英文。如果只說簡短句子，說現代英文的人或許可以聽懂他的意思，但是說長句子的話，現代人大概就很難聽懂了，因爲有半數母音發音的方式都不一樣。在眾多可能是史實的傳說裡，這個線索顯示他比較可能是李察二世，而非亨利八世的子民。

「他問誰是德魯伊嗎？我們都是德魯伊。」關妮兒說。

赫恩先是皺起眉頭，或許在努力解讀關妮兒的現代發音，接著眉頭解開，揚起嘴角。

「兩者皆是？」

「他還好嗎？」關妮兒問。

「還好。他是在說中古英文。」我說。

「中古獵狼犬叫的時候會多一個音節嗎？像是『沃啡』？」

我忽略歐伯隆的問題，對赫恩說：「對，我們都是。」

「啊，兩者皆是，回答吾：愛爾蘭何人之愛最為狂野不羈？」

「他是故意押韻的嗎？」關妮兒輕聲問。

雖然赫恩肯定聽得見我們說話，但我也輕聲回答。「對。這是韻文謎語。如果我不能用同樣的方式回應，那我就不會是我所自稱的古老德魯伊，也就等於是在入侵他的地盤。儘管阿爾比昂已經明明白白告訴他說我是德魯伊，不過這是一項挑戰。」

「你知道答案嗎？」

「他當然知道。答案是培根。培根是一切的答案。」

歐伯隆說得有理（人生的目的為何，培根？），不過不是赫恩想要的答案。他要聽到某個性慾超強的狩獵夥伴的名字，於是我說：「無論兩位在床上或在原野相遇，富麗迪許都會迎接你的雙臂。」

聽到這個答案，眾鬼魂當場哈哈大笑，其中一個獵人還笑到劇烈咳嗽，由於他已經沒有呼吸系統了，我覺得這種反應非常奇怪。

「等等，」關妮兒說：「富麗迪許並不好笑。我沒聽出笑點在哪裡。這句話有什麼好笑的？」獵人臉上的笑容消失，由尷尬取而代之。

「如果我解釋給妳聽，那就一點也不好笑了。」

關妮兒注意到獵人看起來有點臉紅。「還是解釋看看。」

「在中古英文裡，說到男人時，手臂是陽具的婉轉說法，而『迎接』這個動詞不光只是『哈囉』的意思——還具有強烈的性暗示。所以非常不好意思，我講話有點粗。」

「喔喔喔。」

「或許有點太粗。」

關妮兒嘴唇緊閉，看來不太認同，瞇起雙眼看向獵人。其中之一開始低頭看自己的靴子，另一個則在天上找到好東西看；赫恩突然決定拍拍座騎的時候到了。他們或許口操中古英文，但顯然都聽得懂現代英文，而關妮兒的肢體語言不用翻譯。「我知道所有男生都很傳統。」她說著手指一揮，在眼看獵人的情況下把我也算了進去。「但是請大家記住現在是什麼年代，好嗎？你們能教訓的壞蛋，我都能教訓得比你們更好，富麗迪許也是。」

「是！」赫恩大聲說道，然後瞪向自己手下，好像剛剛只有他們兩個在笑一樣。接著他轉向我們，微笑說道：「高貴的德魯伊，歡迎你們來到我的森林。」他拋下了古老的用字遣詞。「這些年來我已經學會說現代英文了，所以放輕鬆。你們是我的客人。想要打獵或休息都請自便。」

他一說我們是他的客人，我立刻了解莫利根的意思了。我們只要稍加請求，甚至根本不必多說，赫恩就會與我們並肩作戰。他的榮譽——他存在的理由——要求他保護他的森林和賓客。

「我的獵狼犬也是你的客人嗎？他喜歡和我們一同狩獵。」

「對，他是。」

我謝過他，說道：「我們可能沒有時間打獵，因爲有人在獵殺我們。」

赫恩友善的笑容消失。「獵殺你們？誰？」

「奧林帕斯眾神。其中至少有一個現在正在荼毒阿爾比昂——不知道是潘恩還是法烏努斯。」

「那個羊腳神？他最近有路過。」

「正因爲如此，我們無法轉移前往提爾・納・諾格。他散播大混亂，干擾蓋亞的秩序，傷害森林。他把我們困在這裡，好讓阿緹蜜絲和黛安娜獵殺我們。」

赫恩臉色一沉，深藍色眼睛光芒大作。他跳下座騎，蹲下，伸出一手，指尖貼地。我注意到他所有動作都沒有發出任何聲音——沒有皮革擠壓聲、沒有腳踏地面的聲音。他和他的夥伴只有在想要發出聲音時，才會發出聲音。沉吟數秒後，赫恩說：「沒錯。我看不見他的影響，但是感應得到。那隻羊騷擾我的森林。」他抬頭看我。「而他們還要來獵殺我的客人？」

「對。而且他們不只騷擾你的森林，還包括阿爾比昂上的所有森林。」

「他們騷擾不久的，」赫恩信誓旦旦，站起身來。「我的客人不多，已經很久沒人膽敢入侵我的領土。現在根本沒人在我的森林裡打獵了。」

那比較可能是因爲皇家財產局設立保護區的關係，不過如果赫恩喜歡相信那是因爲他夠凶狠的話，我也不打算糾正他。

「如果有任何人敢在我的地盤獵殺我的客人，他們就會見識到我的憤怒。只要奧林帕斯眾神跑來掠奪我的森林，不分晝夜，我們都會動手。」

「非常感謝。呃……原諒我的無知，你有力量傷害物質界的生物嗎？」

赫恩一言不發地瞪了我一會兒，難以相信我竟然問他這種問題，接著從皮帶上拔出一把獵刀。我幾乎看不見它，除了些微反光外完全看不出它的輪廓。他緩緩上前，若無其事地舉起獵刀，以刀尖抵住我的胸口，刺出一點血。

「你有感覺到痛嗎？」他低吼道。

「有。很好。我得到答案了。」

他點頭——對頭上有角的人來說，這個動作很危險——將獵刀插回刀鞘。我啓動醫療符咒，封閉那道傷口。

赫恩一個手下突然開口，他的語調出奇地高，語氣愉快，帶有鼻音。「哈！汝之犬嗅此何爲？」他說。赫恩和我轉頭看去，只見歐伯隆正在聞一頭神色困惑的鬼魂獵狼犬的屁股。

我嘆氣。「歐伯隆，這樣讓我很沒面子。」

「呃，」歐伯隆嘟噥道。他揚起鼻子，轉過頭來。「你相信嗎，阿提克斯？沒味道的屁股。接下來他們還有什麼點子？」

第二十二章

我們一起離開家庭花園，朝西南方跑到現今只剩下一、兩英哩長的溫莎森林主體。森林東北方有座遊樂場，讓我覺得有點怪怪的。對德魯伊而言，整座森林都是遊樂場。

赫恩把我們丟在森林中央的一塊人跡罕至的空地旁，告訴我們他和他手下的獵人要暫時離開一下。

「再一次，歡迎你們。需要我的時候叫我一聲。」他說：「剩下的時間就用來休息或是備戰。」

我們謝過他，他像剛剛出現時一樣緩緩消失在我們的視線中。他們離開之後，歐伯隆立刻翻身躺下，說道：「皇家獵狼犬要人搔肚子了。快點過來，人類，別假裝沒聽到。」

關妮兒哈哈大笑，蹲到他身邊去幫他搔肚子。我微微一笑，環顧四周。這片樹林是個舒適寧靜的地方。沒有任何感官上的慰藉——就只是安靜的地點，讓我們可以修復保養在逃命途中受損的部位。我走向一棵爬滿藤蔓的山毛櫸樹，拔下幾條藤蔓，然後在關妮兒和歐伯隆身邊一屁股坐下。我的獵狼犬轉過頭來看我手裡拿了什麼。

「你拿那個做什麼？」

「做點手工藝。」我回答。

「所以你要搞一陣子？」

「很好。謝了，關妮兒，肚子滿意了。」他翻個身，沒起身就往我身邊挪了挪。他把我的大腿當作枕頭，側身躺下，滿足地輕嘆一聲。「啊，打盹時間。」

關妮兒搖頭。「你一整天都在睡。」

「沒有一整天。我們在太陽下山前就起床了。而現在已經，呃，太陽已經下山了。該睡了。」

她微笑，起身，然後對我說道：「我們現在要幹什麼？」

「趁有機會的時候盡量放鬆，還有幾個小時天才會亮。」

「我們不該準備應付兩個氣炸了的女神嗎？架設陷阱或是之類的？」

「或許。不過還有一點時間創作——或至少我可以忙裡偷閒——所以我要放鬆一下。有沒有注意到直到妳決定有時間了爲止，自己一直沒時間去做某些事情？」

關妮兒看著纏在我手中的藤蔓，似乎不相信它們除了肥料之外還能有其他用途。「來吧，坐一會兒。」我拍拍身旁，歐伯隆攤平的另一邊地面。她嘆了口氣，在我指的地方坐下，把她的魔杖擺在地上。我對她笑道：「好了。這樣不是很好嗎？」

她看著上方的林頂、樹葉間撒落的月光，聆聽附近的草地所發出的黑夜低語。「沒什麼好爭的。這裡很美。」

「無論身在何處，蓋亞都有安排美麗的景色供我們欣賞，只要我們願意睜開眼睛去看。」

「喔，我認同。」

「我想是。」

「好了，我知道我不是什麼技巧高超的工匠，」我邊說邊忙著把藤蔓綁成一圈。「但是偉大的事物源自創造的過程，而非完工的成品。創造是陰，消費是陽，它同時也是通往所有人追求美麗的門戶。創造就是我讓世界知道我愛它的方法。」我把編好的藤冠遞給關妮兒，她笑著接下。

「你很詐，你知道。」

「是喔？」

她將藤冠戴在頭上。「我還以為你要講什麼哲學道理，結果只是在多愁善感。」

「我有加二十點的語言機智屬性。」

關妮兒湊上來親我，但是歐伯隆突然插嘴。

「立刻停下來，不然我要在你腿上發牢騷了。」

幸好富麗迪許出現了，不然我們不知道要忍受多少牢騷和多愁善感。她在空地上呼喚我們，然後在我們順著聲音看去時現身。

「很高興見到兩位，德魯伊。」她語氣有點嘲弄的意味。「我可以過去嗎？」她站在她的雙輪戰車上，看起來和公鹿拉的那兩輛奧林帕斯戰車幾乎一模一樣。戰車的設計並不華麗，比較傾向實用。我不確定她怎麼遮掩戰車移動所發出的聲響；我們應該可以聽見她接近才對。或許我只是太專注在關妮兒身上了。

我示意她過來，然後我們全都站起來迎接，歐伯隆喃喃抱怨我們一直打擾他睡覺。我提醒他不要亂想，因為只要富麗迪許願意就能聽見他的想法。她穿著戰鬥服裝——就是標準的狩獵皮衣，以及弓和箭，不過還佩戴了兩把近戰用的獵刀。我曾見過其中一把，但卻一直以爲是純儀式用途，在出席妖精宮廷時戴的。刀柄是由孔雀石和珍珠母所製。她頭髮綁成許多小紅捲，整體看來心情不錯，這讓我提高警覺。儘管我目前是假設梅爾在幕後主使，之前富麗迪許卻已經證明過她會自願擔任布莉德的爪牙。我不認爲她眞的會與我們爲敵，但是我也不信任她。

「如果不介意我問的話，妳是怎麼來的？」我在她走過來時問道：「所有傳送樹都被大混亂關閉了。」

狩獵女神聳肩。「我走古老之道。」

我眨眼。「沒人看守？」

「沒。爲什麼會有？」

「因爲全歐洲的古老之道不是有人看守就是遭人摧毀。」

「我走的那條沒有。」

「在哪裡？」我問，因爲我不記得這附近有古老之道。

「溫莎城堡底下，征服者威廉【註】年代留下來的殘土。那條古老之道的出口在地牢或地下室，或天知道他們現在怎麼稱呼它。地下墓穴？」

「八成是酒窖。」我說：「妳是多久以前通過的？」

「幾分鐘前。因爲奧丁的使者告訴我說你迫切需要幫助，所以我直接趕來這裡。」

「我們迫切需要離開這個世界，得逃脫奧林帕斯的追殺。」

「啊，是了。我聽說你不知道怎麼激怒了他們，結果導致莫利根死亡。你做了什麼？」

「我把巴庫斯丟到一座時間島上。」

富麗迪許兩眼一翻。「那就夠了。就是這個害死了莫利根。」

她這話讓我心裡一痛，我知道這件事會待在我心底一個角落，三不五時跳出來刺我一下，但我假裝沒有任何感覺。「妳能帶我們前往那條古老之道嗎？」

富麗迪許臉上愉快的表情消失了。「喔。我想可以。」

「有什麼問題嗎？」

「收到奧丁的口信時，我還以爲你是要我來幫你對抗奧林帕斯神。」

「如果無法避免衝突，我確實是找妳來幫忙打架的，因爲妳比任何人都熟悉這一帶的地形——可能只有赫恩例外。但是我並不喜歡和眞正的不朽之神正面衝突。我寧願先行撤退，然後用外交手段解決。」

富麗迪許嗤之以鼻。「奧林帕斯眾神不喜歡外交——你還沒發現嗎？他們只有在殺戮不是最佳選項時才會訴諸談判；除非你能給他們一個饒過你的好理由，不然你就只能活到被他們追上，或是到我不再幫你爲止。」

註：征服者威廉（William the Conqueror），即英國第一位日耳曼統治者威廉一世，他的治世大約介於西元一〇三五至一〇八七年之間。

我忽略她最後那句話，說道：「只要能夠讓他們聽我說話，我或許能想出什麼好理由。逃離這個世界就會讓他們殺不了我們，到時候他們就得談判——當然是透過中間人。」

「你寧願逃命？」富麗迪許的語氣越來越輕蔑，就差沒有叫我懦夫。「他們在我們的地盤上——或是非常接近我們的地盤。我們來讓他們知道愛爾蘭人對他們的傲慢自大有什麼看法。我們還有時間準備。我的占卜顯示奧林帕斯神正在趕往此地，不過要等天亮才會抵達。我們可以戰勝她們。」

聽到她占卜的結果和我觀察預兆的結果吻合讓我覺得很開心，不過我還是說道：「我只有在束手無策或是勝算很高的情況下，才打算符合好戰的愛爾蘭人的刻板印象。和她們衝突沒好處，富麗迪許。她們動作和我們一樣快，搞不好還更快。而且，妳剛剛也說了，她們殺了莫利根。」

「但那是因爲她們兩個打一個，對吧？」

我點頭，雖然我懷疑這是事實。據我所知，莫利根一邊阻擋她們，一邊和我心靈交談到她把話通通講完爲止。她之所以會死，都是因爲她不想活了。

「我們也可以殺了她們。」富麗迪許向我保證。「一對一。採用他們的羅馬傀儡慣用的策略：各個擊破。」

或者，我心想，妳現在可能是在假裝要幫我們，等到阿緹蜜絲和黛安娜動手後才安安靜靜退下。我沒有證據證實幕後主使人不是富麗迪許，我只是隱約覺得她是習慣參與他人陰謀，而不是親自策劃陰謀的神。不過我嘴裡說的是另一個想法：「妳爲什麼這麼想要和她們衝突？有什麼私人恩怨嗎？」

富麗迪許語氣不屑。「我從未見過她們，所以不可能有私人恩怨。」

「妳們本質上根本是同一個女神，除了她們是處女，而妳不是。或許妳是想要證明貞潔乃是過譽的美德？」

「那根本不證自明，阿提克斯。」關妮兒指出這一點。「至少對所有享受過性愛歡愉的人而言。」

「她知道我的意思。」我說：「或許富麗迪許寧願證實自己比奧林帕斯的狩獵女神還強，也不願採取更加明智的策略。」將她渴望作戰說成是出於自我膨脹的心態，她就不能繼續拿我是懦夫來當藉口。

富麗迪許瞇起雙眼，緩緩吐了口氣，然後說道：「好吧，我們前往古老之道。」她比向她的雙輪戰車。「跟我來，我帶你們去。」

「等等。」我說：「妳怎麼把戰車和公鹿弄出溫莎城堡地窖的？」

「我沒有。」她朝戰車清彈手指。「我在英倫群島各地都有暗藏戰車。公鹿都住在附近，聽候我的召喚行事。」

這比奧林帕斯眾神的做法合理多了——不過話說回來，他們不能像富麗迪許那樣轉移世界，所以對他們而言還是不太合理。

我們趁著黎明前的黑暗跟隨富麗迪許穿越潮濕的濃霧，空氣就像濕布般蓋在我們臉上。我們以不算太快的步伐跑過公園，隨時留意奧林帕斯神的蹤跡——或是任何背叛的跡象。

我們在抵達城堡前察覺到不祥的徵兆。前方半哩外傳出一聲悶響，緊接著是一道輕微的衝擊波撲面而來。我們不再奔跑，看著一陣白霧飄向天空。猜測巨響的源頭並不困難。我希望沒人待在城堡裡面。

關妮兒說：「搞什麼……？」

「爆炸？對。」

「逼叭咘碰。」

我們轉向富麗迪許，她搖頭：「不是我幹的。」

「我又沒說——」

「不用說也知道。你認爲是我安排摧毀古老之道，把我們困在這裡。」

「不，我沒這麼想。但是有人這麼幹了。提爾・納・諾格的人。妳猜得到是誰會這麼做，或命令其他人這麼做嗎？」

富麗迪許突然轉身，一臉憤怒。「你到底懷疑我什麼？」

我懷疑她很多事情，不過說出疑慮不會有任何好處。我謹慎挑選用字遣詞，不給她任何受辱或是避重就輕的空間。

「我沒有懷疑妳，但是我有很多疑問。如果妳不知道誰有可能炸毀溫莎城堡、阻止我們利用古老之道回去，那麼我們的對手肯定極度聰明。圖阿哈・戴・丹恩裡誰有本事在妳使用過古老之道後一小時內就從這個世界炸毀它？更重要的是，誰在提爾・納・諾格上跟蹤妳，知道妳走這條古老之道離開？」

我最後一句話讓富麗迪許眉頭緊蹙。遭人跟蹤這種想法令她十分不安。挑釁的目光逐漸消失，她開始思考當前的問題。

「我想有可能是歐格瑪。已經很久沒人知道他在想什麼了。」

這個想法令我毛骨悚然，不過我之前就曾想到過。關妮兒倒抽一口涼氣，因爲她沒想到這一點。

富麗迪許繼續：「但是梅爾最近很少露面。他也有可能幹這種事。而且他和你在妖精宮廷裡羞辱的那個妖精領主很熟，負責守林人的那個，你是怎麼叫他的？」

「大肛毛領主。」

「就是他。」

「他本名叫什麼？」

「我不知道。諷刺的是，在你點他出來嘲笑之前，根本沒人注意過他。如今大家都叫他大肛毛領主了。」

「可惡。這下我們沒得選擇，只能留下來戰鬥了。」

「那才是最好的做法，德魯伊——不好意思。在宮廷裡，我們向來叫你敘亞漢，不過我知道你在其他地方都用別的名字。你現在還是阿提克斯嗎，還是又換新名字了？」

「叫我阿提克斯就好了。」

「或許你該改名為史溫尼・麥克木須潘特斯。」

關妮兒強忍笑意，假裝咳嗽，富麗迪許也噘起雙唇，以免笑出聲來。她也聽得到歐伯隆的話。

「好吧，妳建議我們在哪裡開打？」我問，假裝我的獵狼犬什麼也沒說。「希望不在城堡附近。那裡很快就會擁入大量英國安全局的人。事實上，我敢說我們現在都被衛星影像拍下來了，看到這段影片的人一定會懷疑我們的身分。我們應該要待在林頂下，或是隱形一段時間。」

富麗迪許皺眉看天。「我聽說過人造衛星，背信棄義的生物。」我沒有質疑她的用字，關妮兒和歐伯隆也沒有。現在不是和沒用過電腦或手機的神解釋人造衛星的時候。對她而言，人造衛星就像人類眼中的妖精一樣難以理解。「好。我們回到森林裡，找個適合防禦的地點。」

當我們轉身背對溫莎城堡，再度穿越家庭花園，跑向溫莎森林的同時，身後傳來直升機和警笛的聲音。抵達林頂下方之後，我們撤除偽裝羈絆，回到森林中央的小空地。三棵大麻樹緊張兮兮地長在森林西緣，彷彿自知它們不該出現在那裡，深怕哪天會有個大鬍子癮君子把它們拔回去抽掉。

「有什麼計畫，阿提克斯？」

「事實上，我還在想。」

富麗迪許把戰車和公鹿留在樹下顯眼處，表明她已經涉入此事，打算展開狩獵。我們從空地西北方一起進入森林，留下一道足跡，不過約莫一百碼過後，我們決定分頭埋伏。

「不過在我們分開之前，」富麗迪許說：「我們或許可以製造一些優勢。」她說這話的時候看向關妮兒，關妮兒立刻提高警覺。

「呃，妳有什麼想法？」

「你有教她如何修改僞裝羈絆嗎，阿提克斯？」狩獵女神問。如果我不想一副不知道她在講什麼的樣子，正確答案就該是「有」，但既然我眞的不知道她在講什麼，假裝就沒有意義了。

「我不知道可以修改僞裝羈絆。那是紋在我們皮膚上的基礎羈絆之一。」

「你不能修改基礎羈絆，當然，但你可以在基礎上增加其他配料。我很驚訝你竟然沒有嘗試過這種做法。」

「我這個人充滿驚喜。」我不知道她爲什麼要跟可以完全隱形的關妮兒提起僞裝羈絆。

「沒錯。」女神面露微笑，打量關妮兒的衣服。「好吧，我注意到只要用點心思，關妮兒和我可以被人誤認爲雙胞胎姊妹。這一點可以幫我們製造一些優勢，所以請容許我用點心思。」

我之前有注意到她們兩人有多神似，其他人也有。我們造訪提爾・納・諾格時，歐格瑪就曾把關妮兒誤認爲富麗迪許。

富麗迪許的目光停留在關妮兒身上，開始唸誦古愛爾蘭羈絆咒語。我聽出一開頭是僞裝羈絆的咒語，不過僞裝羈絆咒語唸完後她還繼續唸咒，瞄準關妮兒的黑色服裝，投射在她自己的衣服上，然後啓動羈絆；她的狩獵皮衣突然變成黑色。

「哇。」關妮兒和我異口同聲道。

歐伯隆抖了一下。「嚇掉狗毛呀！ＢＢＣ第一頻道即將推出，溫莎暗黑德魯伊！」

富麗迪許取下左手臂上釋放弓弦時保護手臂的護腕，如此她就和關妮兒一樣做無袖打扮。

「好了。接下來是頭髮。」狩獵女神說，她們的頭髮大不相同。髮色差不多一樣，但是富麗迪許比關妮兒要鬈多了，看起來有點像是八〇年代的搖滾樂手。

「或許我們該把頭髮綁起來？」關妮兒說。

「好，不過首先我得把頭髮弄直。」富麗迪許隨手施展了一個我從未想到過的羈絆法術——關妮兒也沒有——鬈髮逐漸變直，一直到變成和關妮兒一樣的大波浪爲止。

「偉大的大熊呀，阿提克斯，想想看她能在好萊塢賺多少錢！隨便唸點咒語就能在五分鐘內做好出席奧斯卡頒獎典禮的髮型！」

「太厲害了。」關妮兒微笑說道。

「看妳喜歡怎麼綁頭髮，我會照著綁。」富麗迪許說。

關妮兒以熟練的手法抓起頭髮綁在腦後。綁好之後，她的頭髮緊貼頭皮，沒有蓋到耳朵，頭上頂著一個簡單的圓髮髻。富麗迪許研究她一段時間，然後在頭上綁了個一模一樣的髮髻。

「一點也不差。」關妮兒說。

「來吧，我們面對他。」狩獵女神說。

她們轉向我，並肩而立，讓我比較。身高一樣，身材相仿，膚色相同，不過關妮兒的雀斑多了一些。頭髮看起來一模一樣。近看可以看出富麗迪許的衣服質料不同，不過只要距離稍微遠一點點，看起來就只剩下黑色的輪廓。同樣地，近看可以輕易看出兩人長相的些微差異，但是在激戰方酣的時候，任誰也難以分辨她們兩個。

「這樣可以。」我說：「我們要怎麼進行？」

「我們從側面現身，一次一個，拋擲飛刀，然後再度隱形。我們持續攻擊，直到飛刀用盡爲止——我們一共只有五把，對吧？」

關妮兒點頭。她有三把，富麗迪許有兩把。

「那妳先動手。」富麗迪許說。「在她們眼中，我們就是同一個人在來回傳送。這樣很能讓人分心。某人應該可以利用這個優勢。」她朝我揚起一邊眉毛，我點頭。

「如果可能的話，瞄準黛安娜。」我說：「她對此事的熱衷程度大概比阿緹蜜絲多一點，所有能夠拖慢她速度的手段都歡迎使用。」

一切講定之後，我們各自去找地方等。我繼續原先的方向深入森林，富麗迪許走左邊，關妮兒跟歐伯隆則消失在我右邊的森林裡。當我走出五十碼外，回頭面對來時的道路時，左右當即互調，變成關妮兒等在我左方的某處，富麗迪許在右邊。

我自劍鞘中拔出富拉蓋拉，站在原地，維持良好的視野。黎明第一道曙光撫上了林頂。

我在一架直升機飛過家庭花園上空時施展僞裝法術，對方大概離城堡爆炸當時我們的所在位置很近。現在這個年代裡，英國安全局會將任何攻擊溫莎城堡的行爲視爲恐怖攻擊，絕對不會有任何人懷疑是有人爲了把門甩在我臉上而炸掉溫莎城堡。在浮若閣摩爾宮旁讓我和關妮兒打昏的那兩個傢伙將會成爲調查對象，該地區的衛星畫面會被放大檢視。前一個影格裡我們還在，下一格就不見了。他們會開始擴大搜索範圍，遲早都會找到這裡——甚至可能會在阿緹蜜絲和黛安娜追來時發現她們。那會讓事情更加複雜。我們的決鬥要隱密。

光是想到「決鬥」就讓我打了個冷顫。這不是決鬥，這場打鬥沒有任何規則和通例。她們會直接展開攻擊，因爲我最多不過是對她們造成短暫的疼痛與困擾。

如何安撫怒氣沖沖的敵人？莫利根的建議回到我的腦海：蓋亞愛我們甚於奧林帕斯眾神。我很遺憾地發現解決之道就是抓人質——既是象徵性的人質，又是實質上的人質。我不喜歡抓人質，因爲那是狗急跳牆的手段，而且很少成功。我把巴庫斯踢入傳送門是爲了自保，而不是爲了其他目的。但如今我知道奧林帕斯爲什麼將此視爲人質狀況了。此刻我的優勢很脆弱：一方面他們說要找回巴庫斯，另一方面又有兩個女神在竭盡全力獵殺我。優勢可能會逆轉——他們知道只要抓走歐伯隆或關妮兒，我就會交出一切。然而我可能有辦法增加自己的優勢——或至少讓他們願意談判，在我看來，他們不肯談判就是最大的問題。這種手段有點骯髒，不過成功的機會比寄望奧林帕斯眾神突然願意談談要來得高。我不禁懷疑莫利根，或其他圖阿哈·戴·丹恩，或任何曾與奧林帕斯眾神起衝突的人，都不曾想過要強迫他們談判。或許在某些情況裡，談判並非可行的選項，不過更有可能是因爲，他們根本沒有想過要採用任何武力以外的解決方案。

我透過刺青與阿爾比昂溝通，和元素講解儲存單位的觀念，以備我的計畫成功。

第二十三章

我應該要對接下來的情勢有信心才對；但不知道爲什麼，我的信心蕩然無存。阿提克斯和富麗迪許都在這裡，理論上赫恩也會幫忙——我不確定他會回來——我們應該和對方實力相當。但是上次伏擊奧林帕斯神的時候，一切都沒有依照我的計畫進行；我能想到的計策都不足以對付她們。除非我拿史卡維德傑狠狠擊中她們的頭部，不然我幹不掉她們。我的飛刀只會惹火她們，而她們現在已經看我們非常不爽了。

阿提克斯說過我生氣時打架比較厲害，就算眞是這樣，我也很肯定他只說對了生氣導致的效果，而不是導致生氣的理由。和人動手時，我不單只會想著要打贏，還會考慮該怎麼贏——阿提克斯認爲這兩者之間沒有差別。在戰場上沒有道德上的對錯，他說，只有讓妳或妳的敵人占據優勢的制高點，端看於誰站在制高點上。私底下我不同意這個說法。人可以有尊嚴地戰敗——或死去。但我承認，如果我的尊嚴受辱，那我就不會在乎這種事情。憤怒會帶來清楚的使命感，幫助我看清眼前許多通往勝利的道路。某些道路比其他道路沒尊嚴多了，但是路程卻也短多了。我只要挑選一條，然後踏出第一步就好。但是我對奧林帕斯神還沒有產生那種清楚的使命感，因爲我認爲他們有理由生我們的氣。儘管綁架奧林帕斯木精靈達到了預期目標——讓我們有時間完成我和大地間的羈絆——但我一直知道我們會爲此付出代價。

或許我之所以如此不安，都是因爲心知這場旅程中大多數時間都有一群神靈待在遠方觀察我們，而依照我當前的運氣判斷，他們有朝一日都可能會成爲我的敵人。又或許是因爲上次伏擊她們時，歐伯隆和我都差點送命——而且一動手立刻處於劣勢。

截至目前，我的經驗顯示動作片裡的功夫對決比現實中打得久多了——特別是當現實中有神涉入時。當你在戲院裡拿著鹽味爆米花和高果糖漿看電影時，打鬥場景都會持續很久，施展致命絕招時還會用慢動作外加憤怒表情特寫；讓像我這種（直到最近爲止）有生以來最暴力的行爲就是在賣場裡買切好的肉的人享受暴力死亡的快感。當電影裡的英雄和壞蛋終於要一決勝負時，就會發現兩人旗鼓相當，還有時間在夕陽下照射出漂亮的輪廓，並且搭配風琴和男童會因而缺氧猝死的超長和聲背景音樂。而眞正讓這種橋段愚蠢無比的地方在於，演員們會花幾週甚至幾個月排練，確保他們不會打死對方。如果他們當眞要打，根本就不用排練。就像眞正一對一的決鬥，他們會採用很卑鄙、痛苦的手段，在攝影師對好焦前打完收工。我的經驗顯示，情緒和腎上腺素不會給我們其他選擇。

我先聽見狩獵女神接近的聲音，才看見她們，然後我就不再擔心了。我必須盡量澄淨思緒，準備作戰。吵雜的鹿蹄聲顯示她們抵達空地外圍，富麗迪許留下雙輪戰車的地方。

「她們來了。」歐伯隆說。我左手拿著史卡維德傑，右手握著一把飛刀，在身上施展隱形術，對歐伯隆加持僞裝羈絆。我還啓動了刻在魔杖上銀鐵繩紋中的力量和速度羈絆。

「躺下，歐伯隆，她們的箭會從高處掠過。等她們接近後再攻擊。」

「別擔心我。」他回應：「我認爲用叫的會比去咬她們的誘敵效果更好。」

「或許沒錯。」

我隱約看見一些動靜，聽見細微的交談聲，接著狩獵女神離開雙輪戰車，持弓步行進入森林。阿緹蜜絲走在前面，研究前方樹叢，沿著足跡搜尋陷阱，黛安娜跟在後面環顧四周，注意埋伏。

當阿緹蜜絲抵達我們分頭埋伏的地方時，她把這個發現告訴黛安娜。黛安娜叫她繼續前進，於是阿緹蜜絲照做。我任由她通過，等到黛安娜來到我附近時，我對準她的頭投擲飛刀，然後撤銷隱身術。飛刀越飛越低，插入她側身肋骨附近；因爲她一直高舉著右手準備射箭，把側身暴露了出來。

「哈！」我大叫，再度啓動隱形術，撲倒在地，閃過阿緹蜜絲射來的一箭。

富麗迪許突然現身，趁黛安娜轉身看我時，從另外一側投擲飛刀。她才剛抓住我的刀柄要拔出來，富麗迪許的飛刀已經閃過箭筒，插入她背上。樹林中迴盪著另外一聲「哈」，阿緹蜜絲在富麗迪許消失時射出第二支箭。

輪到我上場了。我站起身來，撤去隱身術，一刀射入黛安娜胸口。我再度消失，向前撲倒，但這次阿緹蜜絲沒有射箭。或許她忙著應付附近某樣東西——八成是阿提克斯從背後展開偷襲。

黛安娜跪倒在地，富麗迪許第二把飛刀從她頭上掠過。我起身，再度現身，把最後一把飛刀射入她的腹部。她看起來很痛苦，不過那些刀傷都不致命。只要拔出飛刀，她立刻就可以起身再戰。我們得在那之前解決她。我才剛跨出三步，突然被某樣東西擊中肋骨下方，當場向後跌倒。

跌倒的同時，我發現肚子上插著一支黑羽毛箭柄。由於急著解決黛安娜，我沒有隱形或撲倒。阿提克斯畢竟還是沒能纏住阿緹蜜絲；她射中了我。我在現實中作戰的時間，比想像中更短。

第二十四章

正當我偷偷接近、離阿緹蜜絲到還剩約十五碼時，歐伯隆在我心裡大叫：「她們射中聰明女孩了！」

我大叫：「不！」然後在阿緹蜜絲轉身射箭時撲倒閃避。發現我已經接近到不適合射箭的範圍內，她拔出一把獵刀，在我翻完筋斗時把弓朝我拋來。我被弓打中，沒有受傷，不過還是暴露了位置。阿緹蜜絲轉向，以右側面對我，獵刀在前，左手則伸向大腿拔出另一把獵刀。她以迅雷不及掩耳的速度疾撲而上，揮刀而出，在我鎖骨下方畫出一條口子。她八成是瞄準我的脖子，只是看不見人才誤判位置。我退開，站穩腳步。雖然一心只想去幫關妮兒，但在阿緹蜜絲面前絕對不能掉以輕心。

我告訴歐伯隆：「待在她身邊。我儘快趕來。」

「我會。」

發現自己一擊得手後，阿緹蜜絲出言挑釁：「你的格鬥技巧和莫利根差得遠了。」

「妳也一樣。」我還擊。「妳們能打倒她是因爲她讓妳們贏。」這話肯定說到她的痛處——她八成早就已經在懷疑那場決鬥的結果——因爲她大叫一聲，衝上前來。她舉起左手，刀尖朝後，刀刃平貼在手腕和前臂下，充當臨時護甲；右手後拉，蓄勢待發。爲了速戰速決，我決定鋌而走險——和她拖得越久就對我越不利——這麼做會被她砍傷，只希望傷勢不會讓我當場虛脫，甚至死亡。我朝她揚起的左手順時鐘砍出富拉蓋拉，身體緊跟而上，向右跨步，站穩右腳，方便我順時鐘轉身。我一劍砍斷她的手腕，富拉蓋拉繼續砍勢，打算趁著轉身的勢道在與她交會而過時劃過她的身體。這劍確實擊中她了，直接劃過她的小腿，但是沒有砍斷骨頭。我沒力氣了，被吸乾了，因爲她也打傷了我。她右手中的獵刀，儘管出手慢了點，還是趁我轉身時割下我一塊左背闊肌。我傷口噴血，她噴靈液，我們兩個同時放聲慘叫。不同處在於她因爲腳傷而摔倒，而我還站著。

我想到莫利根和她們交手時幾乎肯定沒有施展僞裝羈絆——不然狩獵女神怎麼可能如此精確地瞄準她的右側？阿緹蜜絲沒辦法清楚看穿我的僞裝，搞不好完全看不見，這表示密涅瓦或雅典娜都沒在幫助她們。這又進一步肯定了莫利根是自己要打輸的理論。我敢和英何嘉戰士打賭，莫利根說完要說的話後就直接不再作戰，任由狩獵女神殺死她。

阿緹蜜絲著地翻滾，在我們之間拉開距離。我沒阻止她，因爲我想弄清楚黛安娜在我身後大罵拉丁髒話是怎麼回事。她已經爬起來，拔下身上所有飛刀，結果又讓富麗迪許射了一箭。當她伸手拔箭時，又有一箭射得她向後倒下。空中一陣微光顯示赫恩和他的獵人正要現身幫忙，不過完全依照他們自己的步調。然而，大家都知道鬼魂要在白天出沒十分不易，光是他能現身就足以證明他力量強大。

我只有時間匆匆一瞥。回過頭來後，阿緹蜜絲已經站起身來，而根據奧林帕斯眾神的療傷速度判斷，再過六十秒她的腳就會痊癒。我的背絕不可能那麼快復元，但她也不能長出另一隻手掌。她的斷腕處已經不再流靈液；我的傷口卻還在流血，不過我在努力止血。我大步走向她，沒有費心壓低音量，她則蓄勢待發。她看起來像是把重心放在左腳，但是嘴角一絲不顯眼的笑意讓我知道她是裝的。她的腳已經沒事了，皮膚上的傷口只是在做戲。她倒轉右手的刀柄，刀尖朝下，揮拳時刀刃會隨之進攻，順勢劃開外側的物體。她以虛弱的左側面對我，願意用左半身承受更多傷勢，只要能以完好的右手反擊就行。好了，去她的，我才不會上當呢。

我直衝而上，在最後關頭矮身，避過她的攻擊，自下方掃倒她雙腳。這種滑踢就是會在足球賽裡被舉紅牌的那種下流招數。揮拳的力道導致她摔過我的腰際；她伸出右手撐地，我的右手則揮下富拉蓋拉，砍斷她手肘上方的部位。我以爲這樣就能結束這場打鬥了，因爲她還能怎樣？用雙手斷口戳死我？還沒完呢。她翻過身來，由下方纏住我的雙腳，然後右腳上踢，當場踢斷我的鼻子。我頭昏眼花，好像喝太多龍舌蘭了一樣，接著在腦袋著地時眼前爆出無數紅點。我想我可能昏迷了幾秒，因爲接下的印象就是聽見赫恩對我大吼大叫，不但已經完全現形，而且非常不爽。

「喂，昏倒的混蛋，天知道你在哪！你要我怎麼處置她？」

我頭昏腦脹，眼冒金星，抬頭看見赫恩和一個獵人奮力壓制阿緹蜜絲。他們兩個都在試圖固定她的腳，不過有點困難。我取消僞裝羈絆，開口說話。

「砍下來。」我指著她的腳說：「不過別砍頭。」

「我就希望你這麼說。」

我雙腳搖晃，站起身來，朝關妮兒倒地處蹣跚而去。我的治療能力已經讓傷口停止出血，但是背和頭都很痛，後來才想起我能抑制疼痛。我隔絕痛楚，聽見身後傳來希臘和拉丁語的咒罵聲，外加鬼魂砍斷阿緹蜜絲雙腳的濺血聲。黛安娜也一樣。赫恩的另一名獵人和一群獵狼犬制伏了黛安娜，富麗迪許則嘉許地看著他們。

「歐伯隆，她還活著嗎？你還好吧？」

「她還活著，但是說痛得要命。她們射中她身體中央，阿提克斯。我沒事。」

我鬆了一口氣，暫停片刻，恢復鎮定。我很擔心她和多年以前的塔希拉一樣，就這麼死了。「謝謝你待在她身旁。請她取消你的僞裝和她的隱身術，這樣我才幫得上忙。現在安全了。」我繼續前進，試圖甩開腦中的陰霾。

「好。嘿，看到你了！」他在我接近時說道。

「你在哪裡？請叫一聲。」

歐伯隆叫了一聲，同時自我左側現形。他站著看顧關妮兒，而關妮兒肋骨下方、中央偏左一點的位置上插著一支箭。我趕到時，她緊握箭柄，鮮血泉湧而出，眼淚不停滑落臉頰，呼吸十分沉重。

「我好痛，阿提克斯。」她喘息道，最後一個音節卡在喉嚨裡。「我不知道會痛成這個樣子。」

我跪倒在她身邊，將富拉蓋拉放在地上。歐伯隆讓出一點空間。「妳得找出妳的痛覺神經加以隔絕。」我說：「記得那道羈絆法術嗎？隔絕疼痛訊號。截斷那裡的電流，然後妳就可以開始修復傷口。」

她的臉皺成一團。「嘎，真不敢相信我竟然忘了這招！」

「震驚會讓妳忘記很多東西。我自己也是剛剛才想起來。」

「你受傷了?」

「我會好的。妳也會。」

「好吧。」她輕聲道:「好吧。我辦得到。」

「絕對沒問題。」

她又淺淺吸了幾口氣,閉上雙眼,然後唸誦我教她的羈絆咒語。法術生效後,她鬆了口氣,然後透過淚眼對我輕輕一笑。「喔。這樣好多了。謝謝。」

「沒問題。現在我們開始分解這支箭。」

「不。我已經檢查過了。箭頭和箭柄都是合成材質。沒辦法分解。」

「幹。」

「不,這樣好。這樣好,阿提克斯。」

「什麼?」

「我需要這種經驗。我要身受重傷,然後學習如何治療。」

「但是那玩意插在妳身體裡就沒辦法治療。」

「我們會把它拔出來的。先去處理奧林帕斯神。」

「她們已經倒下了。」

「很快就會有其他奧林帕斯神趕來,你很清楚。至少會有荷米斯和墨丘利。」

「但是——」

「阿提克斯。眞的。我可以。」她伸出右手，抓住我的上衣，輕輕把我拉到她的嘴邊。她親了我一下，在眼睛離我只有一吋外時說：「我情況穩定，也麻痺得很舒服。我沒有在滲胃酸或什麼的，內出血也已經止了。我只要你幫我離開這裡就好。你有離開的計畫，是吧？告訴我你計劃好了。」

「我計劃好了。」我說，接著想起來這是事實。

她微笑，眼淚自眼角流落到耳朵，看得我很不忍心。「我就知道你計劃好了。」她說：「我下次會改進的。去吧。」

我自她唇前退開，不過在起身前又僵住了，因爲我又看到了她身上那支箭，以及黑衣下那片染血的草地。我不能把她留在這裡。某個古老的本能告訴我不能這麼做。

「你一副好像喝到爛啤酒的樣子，阿提克斯。」

這話讓關妮兒大笑一聲，隨即發現橫膈膜上插著一支箭大笑不是什麼好主意。「阿提克斯，去吧。我會隱形，暫時不會有危險。別擔心我。」

我矮身下去又親了她一下。「好吧，我走。但完全是因爲如果我留下來會被妳踢屁股。」

「帶歐伯隆一起走。他不想留在這裡。」

「有這種事？」

「事實上，是她想要我走。她自己告訴我的。」

「她想要獨自處理箭傷。沒問題。」我直接用說的：「好吧，我們走。」歐伯隆跟在我身邊搖尾巴，我輕輕拍拍他。

感謝赫恩和他的手下，阿緹蜜絲和黛安娜現在變成黑騎士的分身，沒手沒腳地平躺在森林地面上。她們的手腳都在附近，不過沒有近到可以治療的程度，而我看出除了剛截肢時噴了點靈液外，奧林帕斯神強大的治療能力已經抑止出血，留下切口平整的軀體。莫利根預言赫恩有能力幫助我們眞的很有道理；我懷疑即使有富麗迪許在場，如果少了他，我也不可能有辦法處理得這麼好。阿緹蜜絲很有可能趁我昏迷時以雙腳鎖喉、扭斷我的脖子。我感謝赫恩的協助，他點了點頭，沒有說話。他和富麗迪許幫我把阿緹蜜絲的身體與斷肢搬到黛安娜身邊，相隔數呎之遙。

我站在兩具軀體身前，狩獵女神朝我怒目而視。我沒有嘲弄她們，或是擺出一副勝利者的姿態。我面無表情地開始執行我的計畫。//德魯伊準備要儲藏東西了//我對阿爾比昂傳訊：//十樣東西/我的位置/把最大件的留到最後//

大地的魔法不能用來傷害動物或是某些複雜的生化結構。我可以盡情利用大地魔法來增加戰鬥優勢——速度、力量、偽裝之類的——但我不能直接利用大地魔法去傷害敵人或是想要吃我的動物。這是絕對不可違背的法則，直接紋在我的皮膚上。但是我藉由稍早的經驗，了解到奧林帕斯眾神的不朽特質提供了一種有趣的漏洞。大地的魔法不可能對他們造成任何永久性傷害；就算把頭砍了，他們的頭也能在缺氧的情況下保持清醒，於是我——或說阿爾比昂——可以對他們做出一些我們不能對其他生物做的事。

狩獵女神斷肢下方的土地開始翻滾位移。地質學家稱爲倫敦黏土的黏稠物體浮出地面，把她們的斷肢完全包覆在深棕色的泥漿裡。泥漿外又覆蓋了一層白堊，再加上一層碎石，最後阿爾比昂把它們全部羈絆在一起，然後弄平表面，形成實心的岩石。

「你想怎樣？」黛安娜左顧右盼問道，眼睜睜地看著一切發生。

「妳們的命運。」我說：「直到同意不再獵殺我和我朋友爲止，妳們會被埋在地下。波塞頓和涅普頓的地震都沒辦法把妳們咳出地面。在我決定釋放妳們之前，妳們將會待在黑暗裡，沒人知道妳們在哪裡，也永遠不會死。妳們最好祈禱我不會在釋放妳們之前死掉。」

黏土開始覆蓋她們的身軀，一察覺到這一點，她們當場神情大變。

「我會停止獵殺你和你朋友。」阿緹蜜絲說。

這麼快有反應讓我揚起眉毛。「謝謝妳。黛安娜？」

她恢復抗拒的心態。她試圖吐我口水，但是沒吐中。「我永遠不會停止獵殺你的腦袋。」她吼道。

我透過牙齒吸了口氣。「哇，永遠可是一段很長的時間。阿緹蜜絲，謝謝妳願意答應條件，但我希望妳能原諒我還不能相信妳。或許過一陣子我會比較能夠相信妳。妳和我很快就會再度交談。」

現在黏土已經蓋過她們肩膀，逐漸爬上她們的頸部。黛安娜繼續瞪我，阿緹蜜絲則驚慌地轉動眼珠。「我是誠心的，德魯伊。我願意發誓。」

「再一次，我感謝妳，但是此刻的妳缺乏信用。」我絕不可能在她們射傷關妮兒，還試圖殺我之後立刻釋放她們。「我們已經擊敗妳們三次了。」我提醒她們。「一次在荷蘭、一次在英吉利海峽，然後還有這裡。本來事情可以不必走到這個地步的。妳們待在地下的時候或許該想想爲了一個醉醺醺的神，還有五個我上次看到時健康狀況良好的木精靈，而搞成這樣究竟值不值得。除了過去幾天的自衛行動外，我從來沒有直接攻擊妳們，也一直在想辦法彌補我的過錯。妳們也能這麼說嗎？」

／／收尾吧／／我對阿爾比昂說，黏土包覆兩個狩獵女神的腦袋，她們一路咒罵到嘴巴讓土塞住爲止。等她們沉到視線範圍外後——變成不會出聲的大石頭，絕不會有人找得到她們——上方傳來振翅聲，我抬頭望去。胡金和暮寧站在一根榆樹樹枝上低頭看我。

「是呀，我想你也該出現了。叫那些賭我們輸的英何嘉戰士賠錢吧，奧丁。我們活下來了。」渡鴉叫了一聲，不過沒說任何有意義的話。

富麗迪許發出一陣笑聲。「眞是過癮，阿提克斯。幹得好。關妮兒怎麼樣？」我在想她爲什麼現在才開始擔心？

「她受傷了，不過傷勢穩定。在等我們處理完這裡的情況。」

「我們處理完了嗎？」

「還沒有。妳可以跟我去空地外圍嗎？你也是，赫恩？」

「當然。」富麗迪許說，赫恩也答應。

「我們不喜歡白晝出沒，」他說：「但願意爲了我們的客人忍耐一下。」

天色已經越來越亮，來到牧地邊緣後，我們可以清楚看到溫莎城堡爆炸冒出的黑煙。直升機還在家庭花園上空盤旋，不過還沒有搜查到這麼遠。

「應該不會太久了。」我說：「既然奧丁一直在觀察我們，我敢說奧林帕斯也有眼線在監視。」

兩個腳踝上有翅膀的男孩沒讓我們久等。一分鐘不到，他們就從南方飛來，飄浮在十二呎外的半空中傳達他們的命令。

「我們爲朱比特和宙斯帶來緊急訊息。」墨丘利說。

我瞇起雙眼，伸手擋在眼睛上方遮陽。「有什麼話，先下來再說。一直這樣抬頭脖子會痛。」他們飄下來，不過還是離地一呎，讓他們能夠保持低頭看我的氣勢。

「宙斯和朱比特要你釋放狩獵女神。」

「不放。」我說：「我不要再和你們談了。我不要和天神遠距離談判。我要面對面談。」我故意轉頭忽視墨丘利，看向赫恩。「我要你們去請宙斯和朱比特過來，誠心誠意和我談判，保證雙方安全，不然，我們就讓大地去對付所有奧林帕斯神，到時候你們就別想再度踏足這個世界。聽懂了嗎，荷米斯？」

希臘神點頭，不過沒有說話。墨丘利無法忍受遭人冷落，說道：「幫朱比特傳達訊息的是我，不是荷米斯，德魯伊。」

「歐伯隆。幫我冒個險？朝羅馬神的腳噴尿，然後拔腿就跑。」

「爲什麼？」

「你也是這座森林的客人，懂嗎？」

「不懂，不過我希望晚點可以看到丁骨牛排。」

「我知道，墨丘利。」我回答：「但我尊重荷米斯。原因之一在於他不是特大號的辯論箱

【註】。」

墨丘利氣得臉色發白，接著轉為類似消化不良的黃褐色。「你說什麼？」他咬牙切齒地說。他不知道辯論箱是什麼玩意兒，但他顯然不喜歡有人這樣叫他。就在他即將爆發的時候，歐伯隆來到他身後，抬起一腳。一道黃橙橙的尿噴到墨丘利的右腿接近膝蓋後方的位置，順著小腿流下，弄濕了他一邊翅膀。「搞什麼？」他說著微微閃避，然後轉過身來看看怎麼回事。

「快跑！」

「汪！」歐伯隆邊叫邊跳開，躲過墨丘利的使節杖。使節杖掠過他的肋骨，不過沒有打傷他。

「臭狗！」墨丘利大叫，然後展開追逐，飛在歐伯隆身後。他再度揮杖，歐伯隆閃向右方。

「哎呀！他一副好像沒被狗尿過的樣子！」

「赫恩？」我說：「他在攻擊你的客人。」我揮手比向墨丘利，在神發現自己踩線之前，三條鬼魂已經撲到他身上，不讓他繼續飛行，而那只是開端而已。獵狼犬跳向他的腳踝，利齒扯下他的翅膀；牠們像獵鳥犬一樣搖掉羽毛，他則在驚叫聲中落地。荷米斯神色一凜，準備飛過去救墨丘利，但我建議他不要插手。「你還要送信，記得嗎？」

他思考片刻，向上飄升，離開我們的攻擊範圍。他大聲咆哮，看著赫恩和獵人把墨丘利大卸八

註：辯論箱（ox box），全名是Oxford debate box，是指在高中或大學等級政策性辯論時，放了證據論文等資料的資料夾或盒子等等。

塊。在我的指示下，阿爾比昂將他的屍塊包覆到地殼之中。

荷米斯的眼袋開始綻放紅光，他如同音樂般悅耳的聲音說道：「你會付出代價的，德魯伊。」

「你覺得這樣的代價如何，荷米斯？」我指著一邊大吼大叫一邊被黏土包起來的墨丘利說：「所有打算讓我認清自己身分的奧林帕斯神都會面對這種下場。我會把他們分屍，永遠埋在地底，無法療傷，無法死亡。然而，我並不想這麼做，我肯定奧林帕斯眾神也不想變成這個樣子。截至目前爲此，事情都還沒有走到無法挽回的地步。所以，麻煩去找宙斯和朱比特，請他們懷抱善意前來談判，讓我們再度和平共處——或至少，很不客氣地忽視彼此存在。」

荷米斯轉動紅眼看向富麗迪許。「圖阿哈・戴・丹恩容許這種行爲？」

富麗迪許清清喉嚨，然後以正式的外交語氣回應：「我們很遺憾看到雙方暴力衝突，而我們也不希望冒犯奧林帕斯，但是在我們看來，德魯伊所做的一切都只是在自衛，而他們有權保護自己。」

荷米斯難以置信地哼了一聲。「他們把五個木精靈和她們的橡木分開。妳認爲那也算自衛？」

「想要躲避巴庫斯的追殺，我們就得箝制法烏努斯。」我說，因爲我不確定富麗迪許清楚整件事情的經過。「所以，沒錯，就是自衛，而且木精靈都毫髮無傷地送回去了，完全依照奧林帕斯的要求。」

荷米斯無視我的回應，對富麗迪許說：「妳怎麼說？」

「我只有這句話：德魯伊在凡間執行世俗的工作，圖阿哈・戴・丹恩則受限於誓約，必須盡可能待在提爾・納・諾格。因此，我們希望他們能夠自由自在地活下去。我還能說得更清楚嗎？」

我差點脫口而出：「有這種事？」但是克制自己的反應，表現出一副我本來就認定她會無條件支持我的模樣。事實上，我以爲她會保持中立，即使她和馬拿朗——更別說還有莫利根——都已經直接出手干涉過。

希臘神滿臉惱怒，目光再度飄向墨丘利——或是墨丘利剛剛所在的位置。大地已經完全吞噬他，再也沒人聽得見他的叫聲。

「我只想要談談。」我提醒他。

「你或許不會喜歡談判的結果。」荷米斯說，接著遁入空中，向南飛向奧林帕斯。

第二十五章

趁荷米斯去找他爸告狀的時候，我望向富麗迪許說：「妳剛剛的說法讓我很感動。圖阿哈．戴．丹恩眞的是這麼看待德魯伊的——希望我們自由自在活下去？」

「或許不是所有圖阿哈．戴．丹恩。」富麗迪許承認：「不過那是當權者的立場，布莉德的立場。」

所以富麗迪許依然是布莉德的忠實夥伴。「很高興聽妳這麼說。請代我向她致意。」這種說法能在不欠她人情的情況下表達謝意。

「我會的。接下來該怎麼做？」

「這個，我很希望佩倫在這裡。」

「是嗎？爲什麼？」

我解釋原因後，她就說要去找他過來。自從洛基摧毀佩倫的神域後，布莉德就允許他待在提爾．納．諾格。

「妳要怎麼帶他來？」我問：「城堡底下的古老之道已經淪爲廢墟了。」

「這附近不只那一條古老之道。」

「不只？」

「赫恩的橡樹有兩種功能。它是通往提爾・納・諾格的傳送樹，同時也是古老之道的錨點。你以爲我們一直影響英國君王在同一個位置種植新橡木是爲了什麼？」

「什麼？有這種事？」我強烈懷疑她之前故意不提此事的動機。「我是說，妳剛剛爲什麼不告訴我？」

她微笑，絲毫不以爲過。「我想戰鬥。而且戰鬥才是正確做法。奧林帕斯要學點教訓。不過你願意的話，我們現在就能離開。」

稍早之前，我會立刻離開，但是現在有機會擺脫他們超過幾個小時或幾天。「不，我要堅持到底。但如果妳可以帶關妮兒和歐伯隆一起走就太好了——她需要有人幫忙治療箭傷。」

我們去找關妮兒，她接受這種做法，樂意又吃力地走上富麗迪許的雙輪戰車。她身形搖晃、形容憔悴，不過之前並不是在硬撐，她看起來確實已經控制住傷勢。我親了她一下，祝她早日康復。不過歐伯隆直接拒絕離開，而我不忍心和他爭論。

在把關妮兒交給會幫她鋸掉弓頭、移除弓柄的孤紐照顧後，富麗迪許在宙斯和朱比特抵達前回來。她和佩倫手牽手走下雙輪戰車。佩倫是斯拉夫雷神，也是她目前的性伴侶。

他看起來精力充沛，隨時可以上陣殺敵。他在穿著打扮方面做了些很大膽的嘗試。用腰帶繫起的緊身上衣的V字領開得很深，直接開到肚臍上，露出一大堆看起來像紅毛地毯的胸毛，褲管塞在長及小腿的藍喇叭靴裡，看起來就像七〇年代的超級英雄。他微微一笑，給我一個充滿男子氣概的擁抱，讓我覺得像被毯子裹起來，然後丟在地下踩一樣。我的脊椎啪啦作響，背傷強烈提出質疑，問我到底在想什麼，怎麼會讓自己承受這種折磨。「阿提克斯！很高興見到你。富麗迪許帶我來這裡做什麼？」

「我們要你站著唬人。」

「啊，你要我擺出凶神惡煞的樣子嚇人？」

「沒錯。」

他對我微笑。「我沒問題。一定很好玩。看著。」他雙臂交抱，身邊的空間當場變暗。他眉毛擠成一團，正常情況下是藍色的眼珠冒出藍白色閃電，惡狠狠地瞪著我們。他伸展四肢，全身肌肉紛紛脹大。

「嘎！不管你做了什麼，阿提克斯，趕快道歉！他看起來超猛的！」

「我什麼都沒做，歐伯隆。他純粹是在表演。」

「你確定嗎？」

佩倫放鬆末日般的氣勢，對我咧嘴而笑。天空立刻開始變亮。「很棒吧，是不是？」

我用力點頭。「很完美。」

佩倫跑去和赫恩打招呼，我再度想起他是我這輩子遇上過少數友善的神之一——至少在他沒被激怒的情況下算是。他會在接下來的心理戰中爲我提供一點優勢。等宙斯和朱比特抵達之後，他們就沒辦法用肌肉和閃電來威嚇我們，因爲我們也有。而我認爲讓希臘羅馬天神看到我們這邊也有個雷神很重要。他們會對佩倫懷抱一定程度的敬意，或許就能安靜夠久，好好聽我說話。如果沒有他在場，我認爲奧林帕斯天神一上來就會二話不說打到我們投降爲止。

我很難理解當代最受歡迎的宙斯形象爲什麼會是個和藹可親的老好人；我知道那個形象來自某部愚蠢的兒童電影，但我認爲那實在錯得離譜。宙斯從來不和藹可親；他殺死父親、強暴姊姊，然後娶她爲妻，因爲神聖化過的亂倫總比沒有神聖化過的亂倫要好。之後他又和許多凡間女子產生一系列所謂的「戀情」，儘管有些故事會承認是他「強占」她們，也就是說強姦她們。他曾爲了一個戀鳥成癖的女人化身爲天鵝，也曾變成一陣金雨灑在囚禁在地底洞穴裡的女人身上。他的行爲在在顯示他變態到了極點，根本是最佳反面教材，絕不是應該出現在兒童電影裡的神，而是會釋放大海怪的那種神。

翻騰不休的雷雲在我們頭上凝聚，顯示天神已經自荷米斯口中聽說我的信息。信差神自南方的天空疾衝而下，飄浮在我們頭上六呎的半空中，遠離我們的攻擊範圍。

「宙斯和朱比特來了。」他說，然後如同蜂鳥般閃向一旁。

奧林帕斯神十分講究排場。我們耳中傳來震耳欲聾的雷聲，嚇得歐伯隆出聲哀號，接著兩道閃電打在十碼外的土地上。宙斯和朱比特出現在閃電擊中的位置。閃電持續打落在我們四周，上空雷雲翻滾不休，這在不遠處就能看見藍天的情況下感覺十分奇特。

如今我對希臘羅馬諸神已經熟悉到可以一眼分辨出哪個是宙斯、哪個是朱比特的程度。宙斯，非官方的性變態神，在腰間纏了一條像毛巾一樣的聚酯纖維材質布料，除此之外一絲不掛——而且顯然因爲有機會直接挑戰我們而興奮勃起。他全白的油膩鬍鬚綁在下巴下，垂到胸口。他的頭髮還有一些地方沒有全白，呈大波浪狀披在背後。朱比特打扮（或是沒打扮）得差不多，不過白鬍子修得很短，而且不油。相形之下，他的頭髮黑得很不自然，只有腦側附近有點灰髮。或許他有用諸神專用洗髮乳。

他們目露凶光，兩雙眼睛都盯著我看。

「你搞夠了，德魯伊。」朱比特吼道：「立刻釋放巴庫斯和其他神。」

我已經注意到奧林帕斯眾神不喜歡噓寒問暖。他們喜歡突然現身，然後要求你按照他們的意思辦事。

「感謝兩位前來談判，宙斯和朱比特。聽著，我可不是這件事裡的壞蛋。」

「你囚禁了我們萬神殿裡的成員，有沒有？」

「有，不過都是因爲他們表現得像是大混蛋。你們要知道有件比我們之間的小口角更嚴重的大事。就是洛基、赫爾、還有我們認知中的世界末日——不管麥克・史戴普【註】是怎麼說的，世界末日來臨時，你們絕對不會好受。你們偶爾也該把頭探出奧林帕斯一下子。你看，如果洛基找到我，還成功殺了我，諸神黃昏就會展開。而原先要在諸神黃昏裡阻止反派的北歐諸神大多已經提前嗝屁了。洛基的威脅不容小覷。他已經單槍匹馬摧毀兩個雷神——俄羅斯佩倫和芬蘭屋克的神域。」

奧林帕斯神望向佩倫，他微微點頭，肯定我的話。我對此有點驚訝，因爲我以爲奧林帕斯神早

註：麥克・史戴普（Michael Stipe），R.E.M.樂團主唱，曾發行過一首《我們認知中的世界末日（我覺得還好）》。

該聽說佩倫的神諭毀滅之事，但顯然他們並不注意當前時事。

「如果洛基成功和赫爾與暮斯貝爾海姆聯手展開諸神黃昏，」我繼續說：「奧林帕斯就會和大地一起陷入火海。世界需要我的，還有你們的幫助。我說讓我們放下彼此間的成見，攜手對抗共同的敵人，你們怎麼說？奧丁已經決定和我們聯手了，這點我可以保證。」在這種情況下，抬出其他人的名頭不會有壞處的。

朱比特盛怒的神情轉為憂心忡忡。宙斯的凶狠目光也出現類似的變化。至少他們有聽進去了，我心想。但是朱比特回應時的語調沒有絲毫讓步。

「在我們的萬神殿成員通通回歸之前，我們不可能放下成見。」他說。

「好，我很肯定我們可以取得共識。我們好好談談，製造雙贏局面。但是，首先，可以請兩位撤去那些雷雲嗎？」我伸出一根大拇指比向天空。「那很奇怪，可能會吸引不必要的注意。」

「誰的注意？」宙斯嗤之以鼻，接著看向溫莎城堡和遠方如同腐肉旁的蒼蠅般的直升機。「我不在乎凡人的想法。」

歐伯隆說：「呃，太遲了，各位。火球來襲。」

我的獵狼犬凝望著北方的天際。我順著他的目光看到一顆中央綻放白光的熟悉的橘色隕石朝我們直逼而來。「噢，討厭！」

第二十六章

「躲到我後面，伏低！」我命令歐伯隆，然後大叫：「別殺他，不然諸神黃昏就會立刻展開！」

數秒過後，洛基落在我們中間，四周火舌四射，確保我們注意到他。我的寒鐵護身符保護了我，而我的身體擋住了歐伯隆。佩倫沒有立刻想到要去保護富麗迪許，而她沒料到會遭受這種攻擊，在全身被火焰吞噬時放聲慘叫。佩倫和奧林帕斯天神沒有被火燒傷，但是不喜歡對方的意圖；荷米斯直接飛出火焰範圍。宙斯和朱比特從他們的攜帶式雷雲中召喚閃電攻擊洛基，不過由於沒有和洛基交手的經驗，所以不知道他對閃電免疫，就像他的火焰也傷不了他們一樣。不過佩倫知道，而且他顯然想過再度遇上洛基・火髮時要怎麼對付對方。他召喚強風，彷彿吹熄蠟燭般吹熄洛基的火焰。

那個瘋狂的混蛋發出瘋狂的笑聲，從他的屁股裡拔出長劍。遭受持續性勃起症所苦的宙斯見狀倒抽一口涼氣，要求洛基再拔一次。朱比特一巴掌把他甩在地上，叫他弄清楚當務之急。顯然他們兩個之間關係也不簡單。

佩倫的做法沒錯。此刻化解攻勢遠比擊敗洛基來得重要。但是佩倫已經蹲下去幫助富麗迪許，沒有進一步利用優勢。在我有機會加入混戰前，赫恩召集他的手下；洛基一開頭的火焰引發空地大火，既然這片空地是溫莎公園的一部分，洛基立刻躍升赫恩殺戮清單第一名的位置。

「爲國王的森林而戰！」他大叫。他和手下的獵人自信滿滿地展開衝鋒，獵狼犬也跟著一起出擊。洛基微微一笑，揮手挑釁他們。

「呀！呀！呀！」他帶著惡毒的笑容說道。情況不大對勁；一群武裝鬼魂迎面而來理應嚇掉他臉上的疤痕才對。他身後突然出現了一頭肩膀六呎高的巨型獵狼犬，低吼一聲，然後轉眼消失。

「赫恩，等等！」我叫。但已經太遲了。最前面的獵人，迫切想爲英格蘭而戰，認定自己會和面對其他武器一樣穿劍而過，完全不去閃避洛基的劍。但是洛基——死亡女王赫爾之父——手裡的並非普通鋼劍。當劍砍中獵人的身軀，然後繼續前進時，一陣類似牛仔褲扯裂的聲響顯示不祥之兆。無名獵人和他的馬裂成兩半，炸成一團藍色靈體物質，然後徹底消失。洛基不光只是打傷鬼魂；他徹底剷除了對方。赫恩和另一個獵人因爲已經衝得太過頭，差點步他後塵，無法及時閃過洛基的攻擊，不過他們奮力擋下攻擊，只被打下馬。鬼魂獵狼犬沒有發現情況急轉直下，還在繼續衝鋒，從四面八方攻擊洛基，而他的劍一次只能解決一隻。「可可可可惡的狗！」他大聲咒罵，出腳狂踢。

「嘿！我聽見了！」歐伯隆說。

洛基又再胡亂揮了幾劍，殺光那些可憐的獵狼犬，但是牠們咬傷了他，導致他步伐不穩。這種情況大幅打擊了他的信心，而赫恩和剩下的獵人也已經站穩腳步，開始戰戰兢兢地朝他逼近。洛基看著他們，神色著惱。儘管目前爲止都還占盡上風，但他並不是來這裡和鬼魂打架的。赫爾必定有在那把劍上加持對付不死生物的法術；不知道那是不是把有名字的劍。

洛基後退，和赫恩保持距離，轉動不停抽動的眼睛看我。他伸出骨瘦如柴的手指，指責地朝我搖晃。

「你你你不、不是矮人傀、傀儡。」他重複在波蘭對我提出的指控。沒錯，幾個月前我為了引開他而撒的謊，效果遠比我預期中更好。他本來可以輕易得知眞相，只要肯花點時間聽矮人說話，或是問他那個一心只想取悅他的女兒，但顯然他打定主意要照自己的時程和做法辦事。搖晃的手指轉向我的右邊。「宙斯。朱比特。不是是矮人人的朋朋友。」我想他在試圖孤立我。「你是誰？」洛基問，我不知道這是問句還是陳述句。「查查出來。我呼呼會！」

「我認為惡作劇神已經發現你耍他了。」歐伯隆說。

赫恩和剩下的獵人動作十分謹愼。溫莎森林失火了，他們得討回公道。他們高舉武器進攻，洛基的巨劍砍中赫恩的武器，狠狠壓了下去。鹿角鬼魂被這一劍的力道打得跪下，但洛基沒有造成任何傷害。不過舉起劍來時，他擊中另一個獵人，鬼魂立時灰飛湮滅，在魔劍效果截斷幽靈形態的羈絆時徹底消失。

赫恩眼睜睜地看著手下消失，巨劍隨即高舉，準備再度對他砍下。由於奧林帕斯神顯然打算袖手旁觀，我急忙跑去救援。我還不想殺死洛基，但我不介意打傷他，而赫恩不該被一個瘋狂化身送入永恆的盡頭。巨劍砍落，赫恩跳向一旁，試圖在翻滾後起身砍向洛基的腳踝。這是很棒的策略，本來有可能成功，可惜巨人身邊冒出陣陣藍煙，凝聚成許多赫爾的不死手下卓格。接著死亡女王本人也隨之浮現，站在父親身後，和他一樣高，渾身散發出腐爛和疾病的氣味。她的右半部身體美艷無方，左半部則是腐爛的屍體。她看都不看我們一眼，右手搭上洛基肩膀，以古北歐語說：「來，父親，我們有很多事要談。」接著她和洛基融入地底，留下一打藍色卓格給我們處理。赫恩咒罵一聲，我和他一起罵。我不希望他們兩個聚在一起聊天，永遠都不希望，但這下看來他們是聊定了，而洛基會得知我的眞實身分。一切都是因爲有人慫恿屋克釋放洛基和加爾姆。加爾姆顯然傷勢已經痊癒，跟蹤洛基來到此地，然後告訴赫爾要上米德加德的哪裡去找他。

「鮮血、大便，還有五十七根斷掉的陽具！」赫恩吼道，揮劍砍斷身邊卓格的脖子。「如果有人殺死我的手下卻不付出代價，我會被蘇格蘭所有人打屁股！」他就一直這樣，一邊咒罵一邊砍頭，我怕他寡不敵眾，於是上前與他並肩作戰。那些卓格沒有武器，也無法抵擋我們的武器，但是任何人在人數相差如此懸殊的情況下都會需要幫助。歐伯隆撞翻了其中兩個卓格，爲我們爭取時間解決他們。

等到所有卓格都在我們腳邊化爲灰燼時，我難以置信地轉身去看完全沒有出手幫忙的奧林帕斯天神。宙斯神色歡愉地閉上雙眼，片刻過後笑嘻嘻地問我：「剛剛出現的那個高大女人是誰？她有半邊看起來還不賴。」

「天殺的蠢蛋。」赫恩喃喃說道。

第二十七章

「那是赫爾。」我解釋：「洛基的女兒。如今他們相遇了，諸神黃昏隨時都有可能展開。」

「那究竟會有什麼後果？」朱比特問，顯然是想要決定自己要不要擔心。「你提到赫爾和暮斯貝爾海姆，但我不太熟悉他們的傳說。遠古北歐人的夢魘爲什麼會影響現代世界？」

「好吧，問得好。我原原本本說給你聽。」

「我們應該換個地方再談。」佩倫在富麗迪許身邊插嘴道：「無辜的凡人要來了。」他指向東方；四架直升機在晨光的照耀下朝我們飛來。

「有道理。」我說。「我們先往森林裡移動。你們同意嗎？」我朝奧林帕斯天神揚眉詢問。

宙斯和朱比特交換眼色，然後向對方輕輕點頭。

「好吧，給我一點時間。」

如果森林外緣的火勢持續延燒，那麼來的就不會只有調查員，還有消防隊。當然，除了這個原因，我本來就不能任由火勢延燒；這些都是狂野狩獵的赫恩珍惜的樹木，而且我知道晚點等我有時間，我會爲這些逝去的樹木感到非常惋惜。在比我更擅長移動土地的阿爾比昂幫助下，我把森林的表土和燃燒的樹幹羈絆在一起，悶熄火焰後再恢復原狀。這麼做的同時，宙斯和朱比特終於願意降低身分出手幫忙，把他們的雷雲變成一道濃霧，掩飾我們的蹤跡。螺旋槳擾動上方的空氣，但是濃霧依然籠罩在我們四周。這下他們必須派人下來才有可能找到我們，而我認為如果他們真的會派人下來的話，至少還要一點時間。

我帶奧林帕斯天神前往埋葬狩獵女神的位置，暗地裡請求阿爾比昂把墨丘利也移動到附近。佩倫和富麗迪許跟在我們後面，不過富麗迪許動作很輕，還需要佩倫扶持才能移動。她身上的燒傷遲早都會痊癒，但是經驗告訴我她會有段時間過得很不舒服。

「好了。」我在直升機的噪音中叫道，希望他們很快就會轉移陣地。「你們想知道為什麼要在乎北歐神？我們先從宙斯為之傾倒的赫爾講起。赫爾手下有支剛剛那種半靈體殭屍的大軍，叫作卓格，除非被砍頭，否則不會輕易倒下，而根據我的線報，他們現在已經採用了現代自動武器。她同時還可以控制亡者，所以所有被她部隊殺死的敵人，都可能變成該部隊的一員。她的部隊很快就會成為勢不可擋的強大勢力，不過事情還沒完。暮斯貝爾海姆之子乃是火巨人——有點像沒有噴火開關的洛基。他們熱愛火焰和岩漿，想和所有人分享那些東西。霜巨人也會參戰，所以除了殭屍末日之外還有元素暴動。另外還有世界之蛇約夢剛德，據說他會突然出現在海裡興風作浪。我們還有可能要應付黑暗精靈。凡人在他們面前毫無勝算。好吧，或許查克．羅禮士有點勝算。但你們知道人類是什麼樣子。他們會驚慌失措，然後開始自相殘殺，因為他們會認為一切都是他們敵人所造成的。不然他們就會進入末日模式，假設唯一的規則就是無法無天，然後對其他人做出難以想像的惡行。某些喜歡按按鈕的白痴甚至會發射核子飛彈，然後一切就結束了。那會是一場大屠殺，各位。等到所有人類死光——或是死亡人數多到和死光沒有兩樣——你們和其他仰賴人類信仰生存的神會怎麼樣？」

「呸！」宙斯爆發。「我們現在就去殺了赫爾和洛基，這一切就不會發生了。」

「什麼『我們』，宙斯？你的力量在奧林帕斯和地球以外派得上用場嗎？我知道荷米斯和墨丘利可以來去其他神域，但是你敢肯定他們在離開這個世界和信仰力量泉源之後，還能保持不死之身嗎？」

宙斯看了荷米斯一眼，盜賊之神微微聳肩。我順著話頭說下去。「你曾在奧林帕斯和地球以外的地方召喚閃電嗎？就算辦得到，你難道沒有發現洛基覺得你們的閃電很可愛呢？」

宙斯一聲不吭地瞪著我看。朱比特插嘴：「好啦。你去殺了他們。」

「他沒有那麼好殺，你們剛剛也見識到了，赫爾也一樣。我當然不想在他們的地盤和他們衝突，因爲我在那裡力量會變弱，而他們會更強。來吧。你們都很聰明。我們要做的就是幫助奧丁和其他好人，在他們展開行動時確保他們獲勝。聽著，我已經除掉芬利斯了——預言中他會殺死奧丁，製造混亂。如果波塞頓和涅普頓找出約夢剛德，把他也幹掉如何？那就會讓洛基和赫爾心煩意亂了。他們會爬回漆黑的洞穴裡，搖拳說道：『詛咒你們，半路殺出來的高效率諸神聯盟！』然後我們就可以吃吃冰淇淋或什麼的。讓我們爲了未來攜手合作，兩位意下如何？」

「我想，你是指除了巴庫斯以外所有奧林帕斯神？」朱比特問。

「不，我很樂意生存在一個我和巴庫斯可以和平共處的世界裡。眞的。你知道，我們和平共處了超過兩千年。他直到最近才認爲我該死，而我不認同這個想法。」

「告訴我原因。」

「樂意之至。以下句句屬實，不然我是山羊之子：巴庫斯手下一群酒神女祭司打算在我保護的城市中興風作浪。因爲她們在屠殺無辜凡人，所以我殺了其中幾個。巴庫斯覺得我冒犯他了——可能是因爲我是德魯伊，而你們羅馬人向來討厭德魯伊——然後事情就一發不可收拾。如果他的酒神女祭司沒有入侵我在亞歷桑納的地盤，他根本不會得知我的存在。但在我罵了他幾句髒話之後，他以你之名起誓，說一定要殺了我，於是我們就陷入了現在這種局面。我唯一的要求就是獨善其身，我也不會去找你們麻煩。兩千年來我都沒有找過你們麻煩，我還可以再跟你們和平共處兩千年。這樣吧，爲了表達善意，我現在就把墨丘利還給你們。」

我請阿爾比昂釋放墨丘利，他照做。地下冒出五顆大石頭，石塊、白堊和黏土逐漸剝落，露出墨丘利的斷肢殘骸，然後融入土中，而這種個過程產生的效果讓我看起來像個大頭目。

朱比特嘟噥一聲，盯著滿地支離破碎的軀體，還有墨丘利那雙怨毒的眼睛。「善意？我們現在是在談判嗎？」

「對呀。來談談條件。如果你們喜歡的話，可以叫作溫莎條約。聽我說，拜託？」

「說吧。」朱比特說。一直飄在安全距離外的荷米斯落在墨丘利的斷肢殘骸旁，把四肢接到軀幹上，直到它們固定上去，開始癒合爲止。

「只要你們保證他們不會找我和我的同伴報仇，我就會立刻釋放狩獵女神和巴庫斯。我要所有奧林帕斯神通通承諾，我也會對各位做出同樣的承諾。我之前就示範過了我可以控制自己兩千年，不去找虧待我的人報仇，所以我也希望你們能夠辦到。」

「如果我們承諾永遠不找你報仇，你之後就可以為所欲為。」

「不。我只要求抹除之前的恩怨，不是為未來的行為要求政治豁免權。如果我違背誓言，和你們作對，那我就該受罰——不過我希望在事情再度走到這個地步前先坐下來談談。同樣地，如果任何奧林帕斯神違背此誓，他們就可能會消失。但是我們先別去管如果失控的話會怎麼樣。現在情況就已經夠失控了。我們先專注在情況好轉的話會怎麼樣。你們的萬神殿會恢復完整，並且在洛基的巡迴恐怖秀中獲得許多樂趣。幫助北歐諸神可以獲得許多福報。再說，如果我們打贏了世界這個部分的戰爭，你們在希臘和義大利的信徒就會獲救，你們也一樣。如果我們輸了，那我們都不會活下來面對失敗。」

我暫停片刻，等候他們回應。然而，朱比特沒有和我說話。他捻鬚沉吟，對墨丘利說：「你聽見他說的了。你知道我們面對什麼樣的危機。你願意為了重獲自由並且賦予德魯伊同等的自由，發誓不會責怪德魯伊及其夥伴的行為，之後也不找他們報仇嗎？」

由於現在他又恢復原狀——或許也因為他淺嚐過如果拒絕會面對什麼情況——墨丘利毫不遲疑地發下誓言。墨丘利發完誓後，宙斯看向荷米斯，揚起下巴詢問。油膩膩的鬍鬚生氣勃勃地上揚，接著啪地一聲甩回胸口。雖然有點勉強，但荷米斯點頭表示同意。以一個信差而言，他真的很沉默寡言。

「好吧，德魯伊，」朱比特說：「我們基本上都答應你了。我不能代表所有羅馬諸神發言，不過我想我可以說服他們。」

「希臘諸神也一樣。」宙斯說。

「太好了。不介意的話，我希望你們這就開始說服潘恩和法烏努斯。他們此刻正在阻止我轉移世界。」

「不，」朱比特說：「如果你可以轉移世界，你就可以丟下狩獵女神和巴庫斯不管。」

「我誠心誠意想要和你們和平共處。我不會放棄和你們的約定。但如果你們萬神殿的成員有誰打算在發誓前就動手殺我的話，我也得要有個脫身管道。把這當作你們在表達善意。解除大混亂，我立刻就交還狩獵女神。」

宙斯問荷米斯：「潘恩在哪裡？」

信差神的眼睛上翻片刻，然後像吃角子老虎一樣轉回原位。「就在這座島上。」有趣——也很合理。荷米斯顯然有能力隨時找出任何希臘諸神的位置，這樣才能好好送信。假設他這個能力可以延伸到任何人身上，應該也很合理。如果是這種情況，搞不好奧林帕斯眾神根本沒有和提爾・納・諾格的叛徒合謀。好了，除了羅馬尼亞的伏擊之外。他們可以輕易跟蹤關妮兒，進而找出我的下落。

「立刻把他帶來。」他看了墨丘利一眼，發現墨丘利雖然好轉許多，不過依然不適合飛行，於是補充道：「如果朱比特同意的話，順便把法烏努斯帶來，不管他在哪裡。越快越好。」

朱比特同意召喚法烏努斯，荷米斯隨即飛入霧中。接下來十秒左右，我們就這麼大眼瞪小眼，由於我覺得宙斯持續性勃起的陽具也在盯著所有人看的緣故，這種情況讓我很難忍受。

「如果持續超過四小時的話，你真的該找醫生看看。」我話一說出口立刻就後悔了。

兩個天神同聲問道：「什麼？」我搖頭表示不要管我。

「如果你在想找他們過來要多久的話，」朱比特說：「應該要不了幾分鐘。」

「那是眞的。」宙斯同意。「荷米斯處理這種事情動作很快。」

「很高興聽你們這麼說。或許他也可以把所有奧林帕斯神通通帶來，那我們今天就能簽訂條約。」

宙斯不置可否地聳了聳肩。「那要看我們是不是能全員到齊了。阿緹蜜絲回來之前，我絕不會召喚他們。」

「直到黛安娜和巴庫斯回來，我也不會。」

「很公平。你們願意繼續討論我們的承諾，進而取得全新共識嗎？」

宙斯說：「我願意。我想要參與這場對抗洛基和赫爾的戰鬥。」

朱比特沒有說話，不過點頭表示同意。

荷米斯先帶潘恩回來，他看起來一副覺得我們湊在一起很有趣的模樣。荷米斯再度遁入濃霧，去找法烏努斯。

我們輕易說服潘恩停止在英格蘭散布大混亂。這整件事對他而言不過就是場沒有惡意的惡作劇，而且他對綁架奧林帕斯山南部的木精靈之事並沒有多大感覺，因爲他喜歡在阿爾卡迪亞【註】嬉鬧

註：阿爾卡迪亞（Arcadia），希臘伯羅奔尼撒半島上的地名，自古便被當作世外桃源。現在的阿爾卡迪亞比古時範圍更廣。

玩耍。他只是喜歡惡搞凡人，而法烏努斯爲他帶來很棒的惡搞理由。

「辦好了。」他以希臘語說，臉上露出似笑非笑的表情。他頭上的角粗粗短短的，不是我見過一些畫家描繪的彎彎曲曲那種公羊角，至於他身上其他呈現山羊形態的部分構造都很精確。「我照你的話做了，只要你永遠不騷擾我，我就不會騷擾你。」

「樂意之至。」我說。

接著我們花了一番唇舌說服隨後而來的法烏努斯。我綁架的木精靈裡有幾個他特別寵幸。

「她們健康狀況良好。」我以拉丁語提醒他。「如果巴庫斯沒有叫你在歐洲散布大混亂，我根本就沒有必要綁架她們。他讓你陷入他的私人恩怨，儘管我質疑你在此事上所做的判斷，我卻不會對你或任何木精靈懷恨在心。我只是盡我所能在造成最低傷害的情況下逃離巴庫斯的追殺。」

「讓我擔心我的木精靈整整三個月就是很大的傷害。」他氣沖沖地說。

「我對此感到非常抱歉。但你最近也讓我的日子十分難過，可以當作你已經報仇過了。我們可以互相原諒，然後和平共處嗎？」

法烏努斯捏緊拳頭，沒有立刻回答。他看向朱比特，發現對方目光中沒有任何同情之意。他垂頭喪氣，說道：「好吧。」

我的肩膀隨之鬆懈下來；我都沒發現剛剛自己肩膀有多緊繃。「謝謝你。可以的話，請給我一點時間確認。」

溫莎森林是座古老的森林，許久以前就和提爾・納・諾格羈絆在一起，不過不是我羈絆的。我伸手放在一棵老赤楊樹上，然後聚精會神尋找容許我轉移離開的傳送通道。我感應到了，魔力強烈、生氣勃勃，等著帶我前往任何我想去的地方。我滿足地輕嘆一聲。

「太棒了。」我說：「我會帶回狩獵女神，請她們停止追殺我和我的夥伴。如果她們拒絕，希望你們了解我不能釋放她們。」

兩個天神都沒有意見，這點倒很出乎我意料之外。「她自己的頭，她自己決定。」朱比特說。

我請阿爾比昂先帶阿緹蜜絲上來。當岩石和黏土離開她臉上時，她比之前更迫不及待想要結束這一切。

「驕傲自大讓我越界了。」她主動對我說道：「我應該更加謙遜，專注在我自己的職責上，而不是去管別人的閒事。結果導致我失去了我的獵狼犬和尊嚴。」

「說得很好。」我說。我提出要求，請她在宙斯之前發誓，宙斯走到她面前，依然處於勃起狀態。看到宙斯的陽具撐起纏在腰上的布塊時，阿緹蜜絲面露噁心之色，不過還是開口發誓。我請阿爾比昂完全釋放她，她身上的黏土當即剝離。荷米斯落地，就和之前幫助墨丘利一樣，把她拼湊起來。現在羅馬信差神已經恢復到可以站立的程度，不過還不能飛。

黛安娜就沒有那麼合作了。事實上，她直接拒絕，發誓要殺掉我，把我拿去餵烏鴉，然後再用還沒有決定的方式鞭屍。阿緹蜜絲請她重新考慮，但黛安娜毫不讓步。朱比特甚至湊上前去，命令她為了奧林帕斯著想放棄狩獵。黛安娜建議他去和法烏努斯通姦。我或許不該在荷蘭挑釁她，還踢她頭的。而且天知道我昏倒的時候富麗迪許對她說過什麼。

朱比特臉色發紫，轉頭看我：「隨便你怎麼處置她，德魯伊。」他說：「我不會繼續維護她，不過我還是希望巴庫斯獲釋。」

我嚴肅點頭，心裡暗自感謝她如此表現讓我相形之下還算講理，然後說：「或許黛安娜多考慮一段時間會有不同的想法。我們要不要，我看看，每隔一個月回來問問看她有沒有改變主意？」

「很高貴的想法，不過我認為太大方了。」朱比特說：「十年來問一次就可以了。」

「在這種事情上，我寧願大方一點。」

「如你所願。」

「有一天，阿提克斯突然驚覺朱比特說『如你所願』，意思其實是『我愛你』。」

我差點笑出聲來。「天呀，現在不是說笑的時候，歐伯隆。」在破口大罵的黛安娜又被黏土和石塊包起來、回到地底下去享受沮喪時，露出開心的表情會很沒禮貌。我請阿爾比昂把她移向別處，遠離這個地點，不過要一直待在地下，不讓任何人有機會挖她出來。

「接下來輪到巴庫斯了。」我說：「現在恐怕很難跟他講理。他身陷自己的瘋狂之中，瘋狂到想殺人。」

朱比特皺眉。「你怎麼知道？他已經消失好幾週了。」

「我把他送去一個時間流逝緩慢的地方。對我們而言好幾週，對他而言還不到一秒。在他看來，我才剛踢他胸口一腳而已。所以等你把他拉回現實——動手的會是你，不是我——他一定會大發雷霆。你能控制住他嗎？」朱比特向我保證可以。「假設一切順利——我認為這是十分危險的假設——

你們兩位可願意請所有奧林帕斯神過來，敲定我們一起對抗洛基和赫爾的協議？」

宙斯立刻點頭，十分興奮，朱比特回應的語氣比較保守。

「爲防萬一——如果我被迫離開——要怎麼聯繫你們？」

聽到這個問題，荷米斯自迅速復元的阿緹蜜絲身邊抬起頭來。「德魯伊可以召喚風，是吧？」

我想著富拉蓋拉，說道：「有限制，不過可以。」

「那就召喚一陣西風。」荷米斯說。「唸誦艾莉絲和我的名字，在風吹過時對我們說話。澤費洛斯，西風之神兼艾莉絲的丈夫，會把你的信息帶給我們。」

「很好。」我轉頭看看富麗迪許和佩倫的狀況。「我動手前你們或許該先避開。如果你們懂我在說什麼的話，他少喝了十加崙酒。」

富麗迪許搖頭。「我想代表圖阿哈・戴・丹恩見證此事。」

「好吧。」我說：「朱比特，我要在這裡開啓一道傳送門。」我伸出手指在空中畫圓，好像馬戲團的動物會跳的那種圈圈。「你會在傳送門裡看到巴庫斯朝你伸手的模樣。」我伸手示範，雙臂向前，微微朝外。「因爲他的左手斷了，伸手進去抓他的右手，把他拉回來。腳或身體其他部位都不要進入傳送門，不然你也有可能陷入緩慢時間流裡。請你以最快的速度拉他出來，因爲傳送門會吸收附近土地的能量。好了嗎？」

「我會照你的指示去做。」

我確認所有人的位置，然後開始施法。我可不想被人推到傳送門裡面去。不過沒人打算偷偷溜到我身後。

「歐伯隆，請走到那邊那棵樹旁，爪子貼到樹上。如果情況不對，必須閃人，我要你做好準備。」

「我早就準備好了！我要去阿根廷的海灘。」

「我也是。」

「開始了。」我說，然後在這裡和巴庫斯被我踢進去的時間島間製造連結。我連忙退向一旁，走向那棵樹，準備在必要時轉移離開。朱比特伸手進去，拉出一個全身青筋暴露、不停大吼大叫的怒不可抑實體化身。

第二十八章

羅馬諸神沒想到瘋狂之神竟然蠻不講理。巴庫斯把朱比特拋向墨丘利——或至少有打算這麼做——因爲朱比特看起來步伐不穩，而且緊緊抓著他的手臂。不過朱比特沒有放手，於是就在墨丘利急忙避開時拉得巴庫斯一起倒下。我趁他們在霧中打滾時關閉傳送門，巴庫斯繼續在朱比特叫他冷靜下來的命令聲中發出原始吼叫，直到朱比特把他押在地上爲止。

但那還只是開始而已，因爲接著巴庫斯轉頭看見了我。他的臉瞬間轉換好幾種顏色——粉紅、綠、棕、紫——露出滿嘴利齒，發出的音量超過我認知中聲帶所能承受的極限。直升機已經掉頭離開，不過直到被巴庫斯的吼叫聲蓋過爲止，還是聽得到螺旋槳的聲音。

我的護身符撞上我的胸口，不知道他對我施了什麼法術。一個接著一個，阿緹蜜絲、墨丘利、荷米斯和宙斯的腦袋紛紛急甩，好像有東西打在他們臉上一樣，不過他們看起來並未受傷，或許只是有點不爽而已。朱比特一頭撞上巴庫斯後腦，把巴庫斯的下巴撞到地下，大聲叫他停止攻擊。不過他並沒有停下來。他轉頭面對另一側，看見除了閃電熔岩外，沒有其他防護加持的富麗迪許和佩倫，朝他們施展和剛剛對付我一樣的瘋狂法術。我是從接下來的情況看出這一點的：富麗迪許和佩倫突然發狂，試圖殺死所有人——包括對方在內。佩倫召喚閃電，擊倒荷米斯和法烏努斯，富麗迪許則拔出之前攻擊黛安娜的飛刀，從佩倫開始攻擊附近所有人。如果她狀況良好，很可能已經殺了他，結果，儘管身受重傷，她還是在佩倫撞開她前將飛刀插入他體內。她爬起，看見宙斯，以雷霆萬鈞之勢直撲而上，目光瘋癲、口水直流。她已經忘記剛剛還在打佩倫；她會攻擊任何先看到的東西。

「告訴過你巴庫斯是大混蛋了！」我叫道。朱比特似乎沒聽見我說話，因爲他還在奮力壓制巴庫斯。瘋狂的雙眼再度轉向我，接著看向我的右側。

我一時想不出他在看誰，隨即驚覺他想做什麼可怕的事情。我轉向右側，看見我的獵狼犬在三步外等著轉移到提爾・納・諾格，雙爪依照我的指示貼在樹幹上。

「喔，不。歐伯隆，看著我——」

我的獵狼犬神色畏縮，退開樹前，在沒有和樹幹接觸的情況下，我不能把他轉移離開。他目光轉變，張牙舞爪，耳朵攤平，開始對我吼叫。

「歐伯隆？歐伯隆，說句話。我是阿提克斯。」

他沒有回應，我完全感應不到他。他脖子上的鐵護身符威力不足以應付巴庫斯的瘋狂力量；要得到全面防護，我得讓他和我一樣把護身符羈絆在靈氣裡才行。他後腿肌肉緊繃，我的心隨之一沉。

「歐伯隆，不！」

他撲向我的喉嚨。我閃向一旁，與他側身相撞。我趁他落地轉身、再度攻擊的數秒空檔，衝向那棵樹。

「可惡，歐伯隆！」我開始在心裡大叫他最喜歡聽的一些字眼，希望能夠幫助他脫離巴庫斯的掌握。「香腸！貴賓犬！點心！美食！烤肉！」

一點用都沒有。他向我跳來，我閃向樹後，這樣可以拖延片刻，但是要不了多久他就會咬到我。宙斯八成是把富麗迪許朝我們這邊丟來，因爲她在尖叫聲和一堆落葉中摔到我身後。等她爬起來後，很可能會攻擊我，因爲我是最接近她的攻擊目標，不然就是肆無忌憚地攻擊歐伯隆。巴庫斯已經把情況搞得一發不可收拾，朱比特還是無法讓他閉嘴。

我承受自認可接受的風險，在樹旁矮身蹲下，利用樹幹保護右半身，然後左臂斜伸在下巴下。我沒等多久，歐伯隆已經急撲而上，在攻擊頸部的本能驅使下咬中我的手臂，把我撞倒在地。他的牙齒深陷在我手中，左右拉扯、猛力甩頭，試圖擺脫礙事的手臂。要不了多久，他就會鬆開嘴巴，展開致命一擊。我麻痺手上的疼痛，保持腦袋清醒。

我右手貼上樹幹，找出通往提爾・納・諾格的傳送通道。我奮力甩動左手，撕裂自己的血肉，讓歐伯隆的頭也和樹幹接觸——他肯定已經與我肢體接觸了。我聽見富麗迪許逼近。她已經失去理智到了不光只是發出戰呼，根本是在嚎叫的地步。

我一等歐伯隆鼻子接觸樹幹，立刻把我們轉移到提爾・納・諾格，將富麗迪許跟佩倫留給奧林帕斯眾神處理。我首先察覺到四周安靜無聲——妖精世界裡沒有神在尖叫。我假設轉移世界能夠擺脫巴庫斯的影響，再度和歐伯隆說話。把巴庫斯踢入傳送門、送往時間群島那次，在關閉傳送門後，所有酒神女祭司通通恢復正常。

「歐伯隆，住手！我是阿提克斯！歐伯隆，不要！」

他神色清醒，動作停了下來。「阿提克斯？」

我鬆了口氣，面露微笑。「對，是我。你可以鬆口了。」

「什麼？嘎！」他鬆開嘴巴，我垂下血淋淋的手臂。「怎麼回事？你在流血！偉大的大熊呀，是我幹的嗎？」

「對，不過沒關係，不是你的錯。巴庫斯把你逼瘋了。」

「但是我攻擊你？」

「別擔心，老兄，我不會有事的。我已經在復元了。」

歐伯隆開始奮力乾咳兼吐口水。「我得把嘴裡的東西吐出來。這附近有水嗎？」

「我們可以轉移到水源附近。」我先帶他去時間群島的河岸，讓他清理乾淨。他一直不停向我道歉，我則盡可能安撫他。我迅速癒合手臂上的傷口，讓他以爲傷口不礙事，雖然其下的肌肉要過一段時間才能重建完畢。

我希望富麗迪許和佩倫不會在抓狂的情況下被奧林帕斯眾神打死——也希望他們不會自相殘殺。然而只要他們能活下來，我認爲這次談判就算很順利了。宙斯和朱比特如今都有理由相信我；朱比特還欠我一次，因爲他保證能夠控制巴庫斯，結果卻辦不到，而現在我可以隨心所欲地轉移到任何地方。巴庫斯有沒有發誓永遠不來煩我並不是重點；少了其他奧林帕斯眾神的幫助，他永遠抓不到我。

當然，導致赫恩爲了此事付出如此慘痛的代價讓我很不好受。我在想不知道有沒有辦法彌補他的損失。或許馬拿朗・麥克・李爾可以幫他做點什麼。

我們轉移到提爾・納・諾格中央附近，在孤紐的店裡找到躺在小床上休息的關妮兒。箭已經拔出來了，傷口包紮好了，她凝視著天花板，專心療傷。

我沒說哈囉，刻意擺出漫不經心的模樣，彷彿我剛剛只是在銀行外面排隊一樣，說道：「好了，我成功回來了。」

她看到我時整張臉亮了起來，讓我想起自己有多幸運。

「阿提克斯！好了。這下我可以不用擔心了。」

「還不能。拜巴庫斯所賜，富麗迪許和佩倫都發瘋了，我們暫時最好保持低調。我們得要遠走高飛，讓妳可以好好養傷。最好是太平洋上的小島或在新世界找個地方。沒有古老之道的地方。有任何建議嗎？」

她眼珠轉回去看天花板，思考片刻後又轉回來看我。「日本怎麼樣？」她問：「我一直想去，但是從來沒去過。」

「沒問題。」

「我們可以去吃眞正的神户牛肉嗎？我聽說美國所有標示爲神户牛的牛肉都不是眞品。」

「或許。天知道。」

「孤紐在哪裡？」我環顧四周問道。

「他拔出箭後沒多久就出去了。他本來還沒聽說莫利根去世的消息，我告訴他後，他有點激動。」

「喔，可以理解。」

我的語氣讓關妮兒神色關懷地打量我。「你需要談談這件事，是不是？」

「是。」我嚴肅地說：「需要。等我們到日本安定下來後就談。」想到辦成此事有多少好處讓我突然笑出聲來。「霍爾接到我從東京打去的電話一定會拉出一隻鴕鳥來。但首先我要回小屋去拿點衣服和用品，好嗎？我會儘快趕回來的。」

我在她額頭上輕輕一吻，又親了一下歐伯隆，然後離開孤紐的酒吧，轉移到另一個地方。我確實打算去一趟小屋，不過得先去別的地方。

第二十九章

我老早就該去找大肛毛領主了。他是我查出是誰在幕後安排狩獵和暗殺行動的最佳線索。但我不知道他的本名，如果在提爾．納．諾格上問人的話，他或許會在我找上門前接到消息。我認爲更好的做法是去找梅爾。就算他不是幕後主使人，至少也可以告訴我要上哪兒去找大肛毛領主。

倘若梅爾當眞就是幕後主使人，那我可不想歐伯隆和關妮兒跟來；他們都沒有我那種防禦能力，而梅爾眞的是那種能把人變成蠑螈的魔法師。他們跟孤紐在一起比較安全。

我沒有轉移到科羅拉多的小屋去，而是前往愛爾蘭的布利雷，梅爾從前的「席德」。該地位於現代朗福德郡的阿爾達村。現在有人將這種山丘稱爲「妖精丘」，甚至有些人在這裡舉行迷信的崇拜儀式，但卻不了解它們眞正的功能：所有圖阿哈．戴．丹恩的席德都是通往提爾．納．諾格的古老之道。事實上，它們是最古老的古老之道。

米爾斯人用鐵器擊敗圖阿哈．戴．丹恩時，他們說——自認比對方聰明——「我們可以與你們平分土地。愛爾蘭地底通通歸你們所有。」圖阿哈．戴．丹恩說：「好，沒問題。」不過用字遣詞比較浮誇。當然他們沒有一直住在地洞裡；他們只是把它們當成第一批吸收大地魔力製造提爾．納．諾格的定點，然後加以羈絆。

現在幾乎所有席德都被塡平了，而圖阿哈．戴．丹恩沒有留下足夠的物品吸引考古學家跑來挖掘。但是愛爾蘭元素佛拉記得當年所有席德內部空間的模樣。她只要花點時間就能重建任何一個席德的內部構造。只要席德恢復原狀，德魯伊就能運用隱藏其中的古老之道。

我打算採用這種做法，而不是在提爾．納．諾格上直接傳送進梅爾的地盤。內部傳送通道會把我丟在他的城堡或堡壘，或天知道他怎麼稱呼自己家的外面，而那裡肯定會有守衛看守。然而，荒廢多年、遭人遺忘的遠古席德可以把我傳送到他家裡。那就是現如今大多數妖精丘都被填平的原因；圖阿哈．戴．丹恩不希望三不五時就有凡人出現在他們家客廳。我聽說前幾十年間安格斯．歐格家就發生過幾次這種事情，他位於紐格來奇的席德已經封閉了好幾個世紀，卻在一九六〇年代被考古學家挖了出來。五個小夥子在因緣際會下走上正確路徑，傳送到提爾．納．諾格，安格斯．歐格只好把那些可憐的傢伙丟去餵某個飢餓的生物。總不能放他們回去，告訴所有人要怎麼去找妖精。

我花了點時間欣賞風景，享受陽光和新鮮空氣。我已經好久沒返鄉了。佛拉——愛爾蘭另一個充滿詩意的稱呼，就像不列顛的阿爾比昂一樣，以這座島嶼的一名守護女神【註】為名——歡迎我回家，並且十分樂意將布利雷恢復原貌。地表只有稍微改變，但是底面下再度出現寬敞的空間，山丘南面浮現席德的入口。我請佛拉幫我在洞頂引進一些陽光，為室內提供照明，她只花了幾秒鐘就搞定了。我環顧四周，確定沒人在看，隨即對自己施展偽裝羈絆，然後進入席德。

找出正確路徑要時間。每一座席德都不一樣，傳送路徑也都布置成不太可能意外走對的配置——不過也不是不可能。我透過魔法光譜觀察地面，以正確順序踏上開頭兩步後，傳送路徑就開始以羈絆法術的形式顯現出來。我得耐心嘗試錯誤，因為元素無法幫我找出傳送路徑。我走走跳跳了三個小時，趁機治療背上和手臂上的傷勢，接著找到位於北方的第三步，接著是第四步，然後繼續下去。我停下腳步，拔出富拉蓋拉，強化我的速度和力量；我認定傳送過去後會遇上某種防禦機制。在我沿著傳送路徑走動時，洞頂日光逐漸黯淡，最終變成一片漆黑，氣溫也迅速下降。我穿越傳送路徑，來到提爾・納・諾格上某個潮濕、陰暗的房間，多半是梅爾家裡的一間地窖。我靜止不動，悶不吭聲地透過項鍊上的銀符咒施展夜視羈絆。完全沒有幫助。這裡沒有任何可供強化視覺的光線。

我聞到發霉的氣味——還有強烈的銅味——泥碳和某樣讓我聯想到苦杏仁的東西。地球上的工業噪音都消失了，再也聽不見遠處傳來的電子、馬達或之類的雜音。但是大自然也不見了：沒有風聲、水聲或小腳腳奔跑的聲音。我唯一聽見的就是有個東西在附近輕輕呼吸，或許不只一個。我無法確認它的位置；這裡的音場十分奇特，呼吸聲彷彿從四面八方反射而來。我身處的房間可能是間很大的石室。

我腳底下是光滑的石塊或磁磚，所以無法吸收大地魔力。我得依賴熊符咒，但由於我一直沒有撤銷僞裝羈絆的緣故，符咒裡的魔力所剩無幾。我撤銷僞裝羈絆和魔法視覺，因爲黑暗已經提供足夠的僞裝，而我可能要把魔力用在其他地方——再說，魔法視覺並沒有顯示出這裡的景象。我保留夜視能力，期望能找到些微光源，藉以觀察環境。這不是第一次我希望自己有能力召喚光源，甚至火焰，就像某些女巫和巫師那樣；那樣我就可以把上衣纏在富拉蓋拉上，然後當火把用。可惜此時此

註：佛拉（Fódhla）是凱爾特神話中戰爭與豐饒的女神，同時也是象徵愛爾蘭大地與王權的三女神之一。

刻，我唯一能做的就是伸手亂摸，希望不會不小心弄醒在黑暗中沉睡的東西。或是踏上陷阱。我感覺自己像是愛倫坡《陷阱與鐘擺》【註】中的宗教裁決受害者。

我伸出左腳，用腳趾確認腳下是實地。我慢慢向前踏出一步。沒事發生，總算有點進展。但是當我抬起右腳，跨出另一步時，我肯定觸發了魔法動作感應器，呼地一聲，聳立在房間四周的高櫃子上所有蠟燭通通點燃——等我恢復鎮定後，發現這個房間其實是圓形的。雖然一般而言燭光都很柔和，但在啓動夜視能力的黑暗中這麼多根蠟燭同時點燃，還是讓我一時難以視物。我撤銷夜視能力，隨即發現房間裡還有很多生物。燭光也驚醒了許多在蠟燭下方約莫到我腰間的架子上睡覺的小生物，令牠們一時難以視物。

牠們是長有淡綠色小翅膀的人形生物，黑色的眼睛和嘴巴與頭上其他部位不成比例。牠們身上無毛，表皮光滑，腿部矮胖，手臂又粗又長，手掌很大，有三根手指；掌心中央——雖然我此時還看不見——各有一張嘴。我認得這些傢伙。我不知道牠們的正式名稱爲何，但我稱之爲「派洞」，因爲牠們並不在乎把什麼東西塞到那三張嘴裡。孤紐宣稱這些就是牙仙的原型，但我不懂人類怎麼會把這種怪物變成在乎小朋友牙齒的那種親切小動物。絕對不會有人誤認這些傢伙的本質——他們是達格達某天上了某個傢伙後生下來的一大群愛吃鬼。

我想每個文化的萬神殿裡都有幾個無可救藥的大色狼，信徒會以從歡樂到恐懼等各種不同的目光看待他們。希臘神話裡的宙斯和潘恩；吠陀信仰中的因陀羅；而在愛爾蘭神話裡，這個傢伙就是達格達，他的名聲就和許多異教神祇一樣，慘遭基督教抄經員的毒手。他有時會被描寫成生殖器超大的笨蛋。這麼做其實並不是因爲他眞的在這方面天賦異秉，只是爲了嘲笑他的性慾而已。在愛爾蘭人眼中，他是個絕對善良的神祇，擁有許多能力，而其過人的性慾代表他創造生命的熱誠，絕非變態人格。有時候他創造出的生命具有強大的魔法天賦——比方說安格斯・歐格、梅爾，還有布莉德。但有時他會創造出超級危險的生命，而多年以來他已經累積出一大堆能夠自力更生的魔法怪物。派洞是其中最可怕的怪物之一，我以爲他們早在幾個世紀以前就以世界安全爲由把派洞消滅殆盡了。

不幸的是，這群派洞眨幾下眼後，立刻認出我來：我是食物，而牠們很餓。之前聞到的苦杏仁味源自牠們的糞便，如同尾礦般沿著牆壁地下堆成一團團褪色的糞堆。牠們豎起翅膀，血盆大口發出介於嗡嗡和嚎叫之間的叫聲。

「各位，等等。」我說，愚蠢地以爲牠們會聽我說話。警告性的嚎叫聲同時停止，約莫半秒後又開始齊聲尖叫，朝我撲來，數百隻派洞從四面八方來襲，攤開雙手，露出嘴裡尖銳的黃牙。

我向右側身撲倒，放開富拉蓋拉，縮成胎兒姿勢，左手擋在我的臉和耳朵前。牠們撲到我身上，手掌抓住所有可抓的部位，如同八目鰻般用掌心的嘴巴咬我，完全不在乎咬到的是衣服還是其下的肉。我的寒鐵靈氣在牠們有機會用眞正的大嘴咬我前，就讓牠們灰飛湮滅，但那並不能阻止牠

註：《陷阱與鐘擺》（*The Pit and the Pendulum, 1842*）是愛倫坡的短篇小說，描寫主角在西班牙被囚禁在宗教法庭黑暗的牢房裡，不僅掉入陷阱洞，還被捆綁在地、頭頂上是如鐘擺搖晃的鐮刀……遭遇許多恐怖場景。

們每隻都咬下我兩小塊肉，然後又在化成灰的同時把肉丟回我血肉模糊的皮膚上。派洞前仆後繼；牠們腦筋動得不快。對牠們而言，看到兄弟爆炸只代表晚餐的位置空出來而已。有些派洞吃到別的派洞掉回我身上的肉，不過大多數會咬下新的肉。我左半部身體血肉模糊，彷彿在煮鮮血、布料和帶有肌肉組織的骨灰的沸騰湯鍋。我啓動醫療符咒，任由它取用所有魔力；現在不是對話的時刻。就算我能在這次攻擊中倖存下來，如果不儘快控制傷勢的話，我還是會失血致死。我沒有壓抑痛覺，因爲我不想把有限的魔力浪費在止痛上。是死是活，答案很快就會揭曉。

要是有帶關妮兒和歐伯隆來，他們不到一分鐘就會被吃光。寒鐵爲我提供了一線生機。幾百個小傷口可以把幾秒鐘變成幾小時。牙齒咬開我左半身所有皮膚，接著每個妖精死亡時的爆炸力道衝擊傷口，然後又來一組新的牙齒再來咬一口。我咬緊牙關，一聲不吭，忍受著自己的肉體讓對方一點一點啃掉。在妖精的尖叫聲中，沒人會聽見我的叫聲，就算有人聽見，大概也不會是有意願幫我的人。除此之外，我還擔心如果張開嘴巴，會有派洞伸手過來咬掉我的舌頭。

在彷彿永無止盡的劇痛過後，噪音、咬噬、死亡終於結束，留下殘破不堪的我，身上覆蓋一層厚厚的灰燼血肉醬。肉醬慢慢從地板上那些我一直到此時才看見的排水柵排出——到處都是妖精。地板確實是光滑的石板地，微微傾斜，方便排血——血就是一開始聞到的銅味來源。我思緒遲鈍，一點也不想動，深怕會加重傷勢，但我總得做點什麼。熊符咒的魔力已經耗盡了，如果不儘快離開此地，那就永遠不用離開了。我眼簾低垂，只想睡覺，但是心知一旦睡著就永遠不會醒來。梅爾是怎麼餵食這些怪物的？他顯然有持續在餵食牠們，不然糞堆不會積那麼高，而他不是經由古老之道把受害者送進來的——在我穿越前，那條古老之道已經數百年沒人走過了。儘管如此，他還是養了一大堆派洞看守此地。那表示這裡是他防禦的弱點，而他花了很大心思保護這裡。

我半拉半甩地讓我的左手離開我的臉，在看見手上的慘狀時忍不住哽咽一聲。雖然沒有血流如注——我的治療符咒封閉了大多數傷口，而血液依賴附屬循環系統流動——不過我似乎在手腕和手掌交會處看見一塊白骨。我對「生肉」這個字產生了全新的看法。

我絕對無法走古老之道離開這裡。我左腳的情況不會比左手好，而且隨時都有可能暈倒。就算站得起來，我也無法施展魔法視覺看出正確的傳送路徑。這可能就是我致命的關鍵；只要我知道要上哪兒去找，出口八成在魔法光譜下一目了然——莫利根有在她的一處巢穴裡做過類似的布置——但我現在唯一的感覺就是我這次眞的死定了。

我轉頭看向天花板，感覺得出來頭被咬的很慘。歐伯隆建議過的髮型已經讓這群想要吃我頭皮的妖精給啃出來了。

天花板上看來沒有暗門或其他出口。沒有通往天花板的樓梯。但是除了古老之道外，一定還有其他離開的方法。

排水孔，或許?但對我來說太小了。每部電影裡都有的那種符合人類體型的通風管道在哪裡?據我推測，這個房間的通風是由蠟燭架下方麻雀大小的小洞負責；基本上都只是石塊之間的縫隙。夠大又夠多，足以讓空氣流通，但卻小到不讓牙仙——或我——通過。

我的注意力回到排水孔上。太小了，擠不進去，但或許底下會有我所熟悉的土地，讓我可以補充耗盡的魔力。

除了我的血外，還有其他東西排出排水柵。濃稠的血液在我腳邊變稀，流速加快。有水從我身後流過來，不過只有在我腳邊。

我試著單靠右手支撐起身，但是失敗了；我的腹肌，還有我背上多處都被派洞咬傷，正在罷工；我得單靠右半邊身體以非常難看的模樣奮力轉身。水是從一面岩牆上流下來的，出水口不比上方的通風孔大，所以不可能用來脫身。不過它還是讓我燃起希望。

那涓涓細流乃是派洞唯一的水源，所以牠們有謹慎確保沒在附近拉屎。水流兩旁數呎範圍內都很乾淨，而且是美妙非凡的土地。石塊地板沒有完全覆蓋到牆壁底下——看起來如此，因爲其他位置都被妖精糞堆蓋住了。

我早該知道這裡會有土地。沒有土地就不太可能形成古老之道——不然會沒有地方可以羈絆。現在我只要在死前爬到那裡就行了。大概十五呎左右。

儘管使盡吃奶的力氣，我還是花了三、四分鐘才爬過光滑的石塊，不過左半身的劇痛讓我覺得爬了很久。從我手臂和手掌的情況來看，我認爲我的左半身看起來會像碎牛肉，或是赫爾身上腐敗的那一半。大部分運動機能都無法運作，所以完全是靜止的重量。我以手指去抓石塊邊緣，奮力一扯，終於讓右手背接觸土地。魔力透過我的刺青竄入體內，我終於鬆了一大口氣。我大口喝水，補充水份，耐著性子封閉所有疼痛部位，然後陷入沉睡，讓身體自動療傷。

當我不知過了多久甦醒過來後，蠟燭已經不知道是燒完了，還是因爲長時間沒有動靜而自動熄滅。我抖了一下，一陣全新的痛楚襲體而來。我受了風寒、在發高燒，無疑有許多傷口遭受感染。我就著水流喝了口水，滋潤乾燥的喉嚨——我已經失去意識很長一段時間了——膀胱快要脹爆了。我得起來。

我實驗性地舉起左臂，看看會有什麼反應。結果我沒辦法伸長或舉起左手，讓它遠離身體。左手彎成一定的角度，因爲有一大塊三頭肌不見了。腳的狀況和手差不多；移動範圍十分受限，肯定無法撐起我的體重。只要吃一大堆蛋白質並且跟大地保持接觸，我可以在一週內重建那些肌肉，但是這座石室裡沒有食物。本來我是這裡的食物。我要離開這裡，情況才會好轉；繼續待在這裡，我會越來越虛弱。

我補充熊符咒裡的魔力，然後不情願地讓手背離開大地。我強忍左半身的劇痛，用右手撐起自己，直到我依靠自己的右脅腹難看地傾斜起身爲止，雖然通常我都不會想到自己有脅腹這個部位。四周還是漆黑得令人不安。

我吃力呻吟、汗流浹背，感受著肌肉拉扯，心知如果沒有封閉痛覺的話肯定會放聲慘叫，強迫自己搖搖晃晃地坐起身來——讓我可以不把重心放在右手上幾秒鐘。我右手離開地板，舉在頭上用力揮動，在蠟燭重新點燃時差點欣慰到叫了出來。眞是很了不起的羈絆法術，希望我有機會學會。

我再度以右手撐地——有點不穩又沒力——我低頭去看，隨即倒抽一口涼氣。大多數傷口上都是痂和膿汁，不過還有很多地方依然皮開肉綻。如果傷口小一點，我的治療法術可以從其他地方吸收組織來填補失去的組織，但這次被咬掉的部位實在太多了。

除非吃下一條或五條牛，不然我的情況不會好轉。我施展魔法視覺，在牆壁上搜尋線索。牆壁是由平坦的石塊堆砌而成，然後用石灰加以固定。我一直看到身後的水源上方，才發現魔法的跡象。其中一塊石塊外緣綻放魔法白光。我慢慢移動，氣喘吁吁地抵達該處，然後推動石塊。

在一陣嘎啦聲響中，二十塊石板脫離石灰，轉入圓形石室，在水源上方形成一道階梯，沒有碰到附近的妖精糞堆。這些石塊都很長，比蠟燭架與派洞棲息的架子還要突出。延伸到蠟燭上方之後，石塊就不再轉向石室，而是朝反方向凹陷，形成一道可以讓我離開的窄門，如果我有辦法走到那裡去的話。門外撒落自然光線，對提升士氣有很大幫助。

在只有半具身體可以移動的情況下，要爬上那些階梯難度很高，但我沒有其他選擇，就像我也不能選擇在上面等著我的東西一樣。

富拉蓋拉還躺在我丟下它的位置。劍鞘的繫繩都被咬穿了，不過劍鞘本身從我背上滑落，躺在石室中央。我撤銷魔法視覺，強化力量，希望這樣能加快移動速度。如此移動依然費力，不過確實有快一點。我撿起富拉蓋拉，插入劍鞘裡，花點時間捐出一大堆液體給排水孔，然後在熊符咒魔力耗盡前回到階梯底下。我休息片刻，重新填滿魔力。加持力量爬上階梯將會再度耗盡魔力；但是不這麼做的話我不可能爬得上去。

準備好後，我抓起富拉蓋拉的劍柄，把劍放到第二塊石階上。接著我掌心平貼石階表面，提高手肘，右腳縮在身體下，用力把自己往上撐成很不平衡的姿勢。這個動作以些微不同的角度拉扯重傷的左半身，不過隨之而來的刺痛卻不能用些微來形容。我暫停片刻，承受這陣折磨，然後以難看至極的兔子跳跳上石階。當我汗流浹背、氣喘吁吁地抵達階梯頂端時，我發現門後是條很短的通道，通道末端是另一扇敞開的門，門外可以看見陽光照射在石頭上，還有清脆悅耳的噴泉聲。進入走道後，我就可以依靠牆壁，一切就能輕鬆一點。我閉眼微笑，心情因為離開那座石室而輕鬆不少。不管接下來會遇到什麼情況，至少我不會死在貪婪的派洞手中。

外門和石室的內門一樣，由與轉移點種類相同的光滑石塊組成。我跳出門外，面對一條以畫像和雕像裝飾的走廊，每隔一段距離就有圓形天窗提供照明。我站在一道壁龕裡，一邊有座賽爾奇噴泉，另一邊則擺了張椅子，設計上大概是想利用上方的天窗把這個壁龕偽裝成閱讀空間，或是之類的用途。

地面是光禿禿的美妙土地，我可以感應到這裡的魔力——所有圖阿哈．戴．丹恩的住所都是這樣設計的。除了少數幾個房間之外，他們絕對不會為了裝潢而自願斷絕與大地的聯繫。當有辦法利用大地的幫助把所有東西固定起來時，誰會需要地基這種東西？他們的住所也很少會有二樓；如果有，通常都是保留給不會施法或不用依賴大地為法源的訪客；這表示我要找梅爾不用再爬樓梯。再度獲得穩定的魔力來源後，我施展了偽裝羈絆和魔法視覺。賽爾奇噴泉雕像的鼻子綻放白光，洩露了它的用途，於是我按下鼻子。我身後的石塊開始移動，關閉通往派洞石室的通道。不過梅爾不可能是從這裡餵食派洞的；因為牠們會飛出來。這表示他還有其他辦法可以進入石室，不過既然已經脫身，我就不急著找出答案。

我查看走廊，確定自己發出的聲音有沒有吸引注意。顯然沒有。兩個方向都沒有魔法陷阱的跡象，所以我小心翼翼地跳到毫無掩蔽的位置。由於我開始擔心被人發現的關係，這一跳聽來格外大聲。我想單腳跳是不管怎樣都不可能安靜的。既然左半身一點用處都沒有，我轉向右方，手持富拉蓋拉沿著牆壁前進，邊跳邊以拳頭抵牆。離開壁龕後，牆壁就變成光滑的泥灰牆，每隔一段就有一件藝術品。我遇上的第一扇門通往沒人使用的臥房。那扇門過去後的左手邊有扇拱門，門後可能是起居室、圖書館，或其他可以坐著看書的房間，再過去又是間更寬敞的起居空間，旁邊可能還有廚房。我希望可以跳到廚房找東西吃。但是我還得先檢查另一扇門，才好穿越走廊去吃東西。我不能沒弄清楚那扇門通往哪裡就丟著不管。

還是臥房——事實上，是主臥房。這間房品味絕佳，有經常澆水的草皮地板，陽光自超高天花板對面的長玻璃板外灑落。天花板靠我這側有盞熟鐵吊燈，吊燈上插滿那種設計精巧的動作感應蠟燭，在我開門同時大放光明。梅爾——肯定是他，因爲我認得他二頭肌上的德魯伊刺青——頭下腳上掛在吊燈上，渾身纏滿鐵鍊，藉以抑制他的魔法。他喉嚨遭人劃開，鮮血流過他的臉，將下方的草地染成一片暗紅。由於無法施展治療法術，又吊在半空中而得不到大地的幫助，他失血致死。

「地下諸神呀，」我輕聲道：「這下我麻煩大了。」

能夠如此對付梅爾的傢伙可以輕易用同樣的手法來對付我。我能透過寒鐵護身符和靈氣施法，當然，但是把我包在那麼多鐵下，又不讓我接觸地面，我保護自己的能力就會變得和蝌蚪沒什麼兩樣。

我連忙看向走廊另外一端，滿心以爲會觸發什麼陷阱。我立刻認定自己要嘛就是會面對與梅爾同樣的命運，不然就是被誣陷成殺人凶手。但是時間一秒一秒過去，我沒聽見任何叫聲。沒有人利用僞裝羈絆偷偷溜到我身後，然後踢我下體。我心裡浮現「一片死寂」這樣的形容。

幾分鐘過後，我逐漸冷靜下來，開始了解此刻還沒人知道我發現了一具遠古神靈的屍體。不過他們遲早都會知道的；就算沒出其他狀況，一旦梅爾的屍體被人發現，他們就會帶布莉德的獵狼犬過來，然後就會聞出我的氣味。

我短暫考慮變形爲獵狼犬去追蹤犯人的氣味，但是在此刻的身體狀況下這麼做肯定不是明智之舉。獵狼犬不太適合單腳跳。再說，事情曝光後，布莉德的獵狼犬會聞到眞凶的氣味。

儘管繼續深入臥室，讓我與凶手出現在同一個房間裡也很不智，但是我在羽毛床上看到了另一堆鎖鏈。我要過去看看，因爲鎖鏈底下有露出衣服——我認得的衣服。我跳出兩步，改變視角，發現那堆鎖鏈下沒有屍體——只有一團骨灰，以及只有大肛毛領主會穿的俗氣華服。

我沒辦法確認那些是否眞的就是大肛毛領主的骨灰，還是說他——或其他人——聰明到利用這種布置來製造他死亡的假象。但是梅爾之死肯定不是假象。而除了圖阿哈・戴・丹恩外，沒有人能把像他那般強大的魔法師搞成這副德性。

儘管知道一切只是推測，但是梅爾和大肛毛領主之死表示他們確實有參與追殺我們的陰謀。他們透過占卜得知關妮兒的下落，不然就是去問這麼做的人，然後利用古老之道將吸血鬼、黑暗精靈、妖精殺手送去最有可能埋伏我們的地方。他們甚至在羅馬尼亞對奧林帕斯透露我們的行蹤。爲了釋放洛基，加速末日到來，搞不好告訴屋克該上哪裡去找洛基的也是他們。用這種角度來看，他們落得這種下場似乎罪有應得。

但他們不是眞正的幕後主使人。他們比較像是執行助理，用來掩飾幕後主使人眞實身分的煙幕，一旦關妮兒和我逃離他們的追捕，這兩個可能把幕後主使人供出來的傢伙就必須剷除。我突然想到另一件事：我一直覺得法烏努斯在佩倫的神域被洛基摧毀的同時，開始散播大混亂並非巧合。但是大肛毛領主可以在我抵達妖精宮廷時，立刻送信要求法烏努斯展開行動，然後編個說詞矇騙過去。搞不好派遣那群紫杉人追殺我們的也是他——下達命令的另有其人，當然。如今有人喝了他的奶昔【註】，還有梅爾的。

想到奶昔就讓我想起廚房，以及我迫切需要蛋白質的問題。待在臥房對我沒有好處，不過找點東西來吃對我會有很大的好處。一想到這個，我的肚子立刻咕嚕作響——眞的餓到肚子痛了。如果餵飽肚子，或許可以讓我的腦子清醒一點。

結果再度路過時，我發現剛剛那間起居室兼圖書館是我見過最棒的房間之一。一棵樹長在我右邊對面的角落，樹幹從天花板上的大洞延伸出去，展開一大片林頂；地板是修剪整齊的草坪。樹的兩側牆邊都是胡桃木書櫃，有點奇怪又很美妙地裝滿圖像小說和漫畫。房間中間，一本艾倫・摩爾的《V怪客》放在一張日式低矮胡桃木咖啡桌的正中央。這房間彷彿在邀請你挑本圖像小說，坐在草地上，或靠在樹幹上閱讀。但是《V怪客》擺的樣子讓我覺得怪怪的。它不像是讓看書的讀者隨手放在桌上的；四個邊都對齊桌子邊緣，好像桌子是它的相框，讓人忍不住注意到封面。或許那是某人留下的訊息？如果是這樣，這條訊息是給誰看的？發現梅爾屍體的人？如果殺死梅爾是爲了隱藏追殺我的幕後主使人眞實身分，這條訊息會不會是給我看的？又或許梅爾之死和我一點關係也沒有？而是針對他的私人恩怨，只是碰巧發生在這種時候而已。無論如何，這種情況只有讓我更加深信此地尚有我還沒觸發的陷阱。

我跳過去看看隔壁房間。那間房肯定有特殊用途，因爲與其他房間的地板不同，這裡採用大理石地板。天花板很高，畫有許多裸體男女的壁畫，不過我的視線——很大一部分——都被沿著房間豎立的方形大理石柱擋住了。這表示這是某種娛樂室；房間中央是寬敞空間，僕人則在石柱後方遊走，需要上菜、倒酒和收拾餐盤時就閃身出來。這間房的長度比寬度要長多了。從我的位置直接看過去，我發現正對面有扇木門；對面偏左，我眼中的北牆上有道雙扇門，門上有窗孔，就是餐廳裡那種讓端著餐盤的服務生可以用手肘或肩膀推開的門。我就是要找那種門。門後會有裝滿蛋白質的冰箱，或是安然離開此地的途徑。目前爲止，我還沒看到任何友善的紅色「出口」標誌，但是看到廚房門就讓我口水直流。我補滿熊符咒裡的備用魔力，然後踏上死氣沉沉的大理石地板。

我看準目標，跳向第一根石柱，藉以保持平衡。我光腳的腳步聲聽起來像是悲哀的鱒魚在大理石地板上垂死掙扎。我在石柱後停步，透過兩根石柱間的縫隙看向房間中央。根據我的研判，這房間是用來舉辦大型性愛派對的——就是房仲業者會標示爲「歡愉花園」或「快樂沙龍」之類的地方。

房間外圍放滿沙發、長沙發、厚厚的枕頭，鼓勵賓客慵懶地躺著，大理石台階通往下方分成四

註：失去利用價値的意思。語出電影《黑金企業》（*There Will Be Blood*）。

個池子，中央有個圓舞台，舞台上有根脫衣舞孃專用鋼管。其中一塊空間是供人裸泳的小池子，一座是華麗非凡的水療池，另一個裝滿我猜是融化凝膠的紅色液體的淺池——本來可能是用來玩果凍摔角的，不過被搞成性交泥潭。最後一個位於我斜對面的池子，看起來和剛剛那個池子用途差不多——泥漿摔角池，而且有東西在裡面。不是人或妖精，而是我們之前在都布林傑沼澤遇到過的那個守護古老之道的人面獅身龍尾獸。他被人用很粗的鋼索鎖在房間對面的三根石柱上。我僵在原地，愣愣看著他；他雙眼緊閉，頭靠在前腳上。或許他在打盹？還是說已經死了？我可以透過紅色皮膚看見他肋骨的輪廓，儘管他不太可能在德國一別至今短短三天內就餓死，但也不是沒有可能。如果他一直都被鎖在這裡的話，渴死的可能性更大。他肯定有問題；如果狀況良好的話，我敢說他早就聽見我的聲音，或是聞到我的味道了。

我透過妖精眼鏡看他，發現他依然保有靈氣；如果死了，他不可能有靈氣。所以他在睡覺，或是在假睡——或是眞的失去知覺。

就算他的存在沒有其他功用，也證實了梅爾和大肛毛領主有參與獵殺我們的行動。

至於他具有危險性的證據也十分明確：房間裡到處都有一團團骨灰，無聲標示出許多妖精死亡的痕跡。

謹愼爲上的心態加上沒有迅速移動的能力，表示我應該另尋出路，而不管有沒有被鎖鏈鎖住，都不該從他面前跳過去，於是我掉頭就走，又花了十分鐘確認梅爾的性愛廳就是唯一實際的出口。賽爾奇壁龕另一邊只有兩間沒人使用的臥室。我考慮要不要花點力氣解除一面牆壁的羈絆，讓我從縫隙間擠出去，踏上著名的夕陽【註一】，但是魔法光譜中隱隱透露出不祥之兆——我不知道那是防護罩還是陷阱。那是圖阿哈・戴・丹恩才會施展的高階羈絆法術，但我不確定是梅爾施展的，還是凶手施展的。該羈絆手法細膩，類似安格斯・歐格施放在已故坦佩警探達倫・法荀斯心裡的那道羈絆；如果我嘗試解除羈絆，最起碼會觸發警報，不過要是出現更暴力的效果，我也不會覺得驚訝。儘管聽起來很瘋狂，我還是覺得應該要賭賭在睡覺的人面獅身龍尾獸這條路。我或許可以偷溜過去，但絕不可能擊退警報喚來的敵人。

我順著來時路回去，緊張兮兮地再度補滿熊符咒裡的魔力，然後踏上大理石，跳起側身波戈舞【註二】，抵達第一根石柱。人面獅身龍尾獸毫無動靜。他還是動也不動地躺在泥漿裡。

由於不能浪費時間——偽裝羈絆在持續消耗我的魔力——我三下跳到下一根石柱後，然後停步查看人面獅身龍尾獸。還是沒動。

接下來要走的路就遠了。儘管只是要橫越到房間對面，不是要到遙遠的底端，這房間還是有夠寬敞，而且石柱都集中在角落。我的對面大概三十呎外有兩根和我這邊對稱的石柱，廚房就在那兩根石柱後方——或該說是那兩根石柱左邊的北牆上；再過去，直走抵達東牆就是那扇通往神祕房間的

註一：西部片中，主角常踏上夕陽之路退場。

註二：波戈舞（Pogo）是種在原地（或一邊移動）跳上跳下去的舞步。最傳統的跳法式上身挺直、雙手打直、雙腳併攏。名稱來自舞步像是玩彈跳桿（Pogo Stick）。

門。對一個單手單腳、沒有地方支撐的傢伙而言，這是段很長的路，但我沒有多少選擇。我深吸口氣，向地下諸神祈禱，將自己推離石柱，跳向前方，希望我不會就此死去。

走到一半時，人面獅身龍尾獸醒了。兩隻眼睛突然睜開，警覺地搜尋我的蹤影。儘管施展了僞裝羈絆，我並沒有完美隱形，他雖然看不到我清晰的輪廓，但卻看得見我移動的殘影。他無疑也有聽見我移動。帶刺的黑尾巴突然像條邪惡的眼鏡蛇般自其身後揚起，朝我發射毒刺。有些毒刺插進面對泳池、剛好擋住我下半身的紅皮沙發裡，其他毒針則自我身體兩側落空。但是其中一根射中我的右臂，立即爆發一陣我從未感受過的劇痛。

比牙仙咬我左半身時還要痛，比上帝之鎚射中我的腎時還痛，比黑暗精靈在希臘放火燒我更痛。那是種神經焚燒般的腐蝕劇痛，當場封鎖了我的運動功能，整個人向前摔倒在堅硬的大理石地板上，放聲大叫。富拉蓋拉脫手而出，沿著地板遠遠滑開。

我啓動治療符咒，但是擔心一切已經太遲了。我開始無法克制地抽搐，無力阻止肌肉抽動，也沒辦法用任何一手拔出那根刺——我的左手動彈不得，右手則沒辦法搆到右肩。我轉頭看了那根刺一眼，隨即因爲抽搐的關係偏開頭去；毒刺四周的皮膚與肌肉已經腐蝕變黑——不像在強酸裡，反而像是在強鹼裡的反應，彷彿那種毒液和水管清潔劑一樣雙倍強效。它在侵蝕我最上層一圈變形刺青——讓我恢復成人形的刺青。這表示如果我能撐下來變形成其他動物——這不是個壞主意，因爲變成海獺或獵狼犬的話，我或許可以咬下那根刺——我也無法變回人形。到時候我就會受困在動物形態。

而且我也已經受困了。沒人知道我在哪裡；也沒人會剛好帶著人面獅身龍尾獸的解藥及時趕來解救我，因為世界上根本沒有這種解藥。我得儘快想出脫身之道，不能在無法接觸大地的情況下死於梅爾這間低級的性愛廳裡。這種毒是猛烈的生化混合劑——我的寒鐵靈氣沒辦法應付這種東西。其中有著灼燒熔化皮膚的強鹼；一種類似唐辛子的刺激性物質，持續刺激所有神經並導致軟體組織腫大；一種迅速導致破傷風效果的物質鎖住我的肌肉。並非真正的破傷風，不然我可以輕易解決；那是另一種棘手的東西。它以最痛苦的方式癱瘓人面獅身龍尾獸的獵物——想像你身上每條肌肉都在劇烈抽搐——然後他會在獵物的慘叫聲中把他們活生生地吞到肚子裡去。

皮沙發可以幫我擋下更多毒刺，但是人面獅身龍尾獸根本沒有費力發射更多毒刺，甚至沒有自泥漿中起身。他從我所發出的聲音聽出我中了一根毒刺，而一根就夠了。而且他要我要得很好，很有耐心；他根本沒有睡著。他只是在等我自己送上門來而已。

想要逃離生天，我就得進入其他思考模式，而我認為但丁的思考模式不錯。德魯伊除了要學不同語言，應付施法及與元素溝通外，還要背誦大量文學作品，作為分隔意識的手段；這種做法的用途之一，就是讓我們帶其他人一起轉移世界。文學作品的內容乃是思想和世界的模版，我們可以把本身或其他人帶入其中。關妮兒現在已經將惠特曼的作品收為己用，所以她可以帶一個人轉移世界。我可以使用原版希臘文的《奧德賽》、拉丁文的《伊利亞德》、莎士比亞所有作品、但丁的《神曲》、俄國作家杜斯妥也夫斯基的《卡拉馬助夫兄弟們》，還有一些愛爾蘭文的吟遊詩人故事，這是我年輕時代最早背誦的作品。我現在已經超出記憶容量了；一般活躍的人類記憶沒有辦法同時處理七件事而不忘掉任何事。但是思考模式還有其他用途——特別是在類似當前這種情況下。它們可以在你的身體或心理不開心時，充當開心的避風港。也就是說，我可以把人面獅身龍尾獸的毒性和痛楚交給主要思考模式去處理，用另一個冷靜的思考模式去想辦法拔出毒刺，緊接著就是在法力耗盡前弄到更多魔法來源。

毒刺不是集中毒液一次注入，而是將毒液分散在刺中許多小囊包中緩緩鼓動，把人面獅身龍尾獸的邪惡毒素輸入我體內。我得在毒素超越我的應付能力前移除它；此刻我只能勉強撐住，努力不讓右半身的肌肉僵硬，也不讓橫隔膜停止運作。我潛入《煉獄》第五章的世界裡，書中的句子超脫了痛楚、抽搐和我亂七八糟的整個系統：

　　Là 've 'l vocabol suo diventa vano,
arriva' io forato ne la gola,
fuggendo a piede e sanguinando il piano.

沒錯。在煉獄裡，靈魂會燒光所有折磨他們的東西，通過熔爐，然後恢復原狀。把毒刺羈絆在沙發背上，無視你無法眨眼、轉動眼睛、喉嚨緊縮、器官即將衰竭等事實。

　　Quivi perdei la vista e la parola;
nel nome di Maria fini', e quivi
caddi, e rimase la mia carne sola.

詩文進入我內心那個部分，如同止水出現在燃燒的痛楚海岸旁，我得以專注在目標上，施展適當的羈絆法術，透過腫大的喉嚨嘶啞唸誦；感覺毒刺離開我的手臂，飛出數碼插入沙發背裡。痛楚紓緩片刻，就像冰塊剛剛蓋上燙傷傷口時一樣，但是很快又再度來襲，因爲已經遭受影響的左半身肌肉繼續收縮、組織持續腫大。現在只要有足夠的魔力展開治療，我就可以拔除毒素，但我的魔力不足，必須想辦法接觸埋在大理石地板下方的大地能量。我繼續待在但丁的世界裡，不過直接跳到第九章，配合當前的處境，回想與大理石和分裂石塊有關的段落。

大理石地板沒有加持我在臥房牆壁上感應到的那種安全羈絆；這些都只是普通大理石，只要用足夠的力道就能打碎，這大概是因爲梅爾不認爲會有人想要逃離他的性愛廳。我攤開手掌，抗拒它想要縮成拳頭的渴望，全神貫注在大理石表面下的漩渦牛奶花紋上。大理石是矽土含量極少的石灰岩——我最主要是小範圍地解除鈣鎂碳酸鹽的羈絆，然後以巨集的方式將它們重整到我手掌大小的區域中。可惜我咒語唸到一半，聲音突然啞了，導致必須重新唸咒。我大口吸氣，痛楚差點入侵我的冷靜思考模式，不過詩文持續浮上心頭。

我顫抖皺眉，小心翼翼地再試一次，這一回羈絆巨集起作用了。我掌心下的大理石在瓦解爲礦物元素時越來越脆，變成一塊塊可以扯開的鈣、碳和鎂。我得再施展一次巨集羈絆，因爲第一道羈絆影響不夠深，而這次施法吸乾了熊符咒的法力。缺乏魔力對抗體內毒素，毒素迅速在我體內流竄，摧毀我、燒灼我、癱瘓我。我的肌肉不由自主地抽搐，內臟對我大聲哭喊；我想像自己聽見肝臟在和脾臟進行尖叫二重唱，因爲毒素效力已經強到完全超越它們的過濾能力。我又自淺洞中挖出另外一把大理石粉末，丟到一旁，然後再抓一把，接著手指就完全緊縮，不肯放開。同一時間，我的橫隔膜完全鎖死，這表示我已經吸入最後一口氣。

我已經看見光禿禿的大地，就在手下面；我只要能轉動前臂，翻轉手腕，讓手背接觸大地，透過刺青吸收能量就行了。但我的二頭肌想要收縮，抽走我的手掌。我試圖順時鐘方向轉動手腕，導致身體不停顫抖。二頭肌拉扯的力道讓我的手保持在洞裡，掌心的肉貼在洞緣。

我竭力掙扎，但說什麼就是辦不到——平常不假思索就能轉動手腕，現在變成使盡吃奶的力氣也辦不到。但是我背上沒受傷的部位有些肌肉還有反應。我使盡全力甩動左肩，翻過身來，顏面朝上；一開始我以爲翻不過去。我側身而臥，手掌受困在洞裡，我的視線開始變暗。但是無可抵抗的地心引力將我拉離了不歸路，物理定律在我的意志無法作用時幫我翻轉了洞裡的手腕。當我刺青邊緣細緻的繩結接觸到土地時，魔力襲體而來，超過我的需求，抑制疼痛、抵抗毒素、鬆弛肌肉。我先解開橫隔膜的束縛，吸了一大口美好的空氣。再吸兩口氣後，我躺在原地顫抖，慢慢放鬆身體，發出欣慰的笑聲。在完全中和毒素前，我什麼都不能做，但至少知道自己可以繼續呼吸下去，直到別的東西跑來殺我爲止。

一個聲音進入我的意識；它不光只是衝撞我的鼓膜，甚至還以不受歡迎的手指戳入我的腦中。

「呵。你爲什麼還沒死？」

我轉動脖子，但卻一個人都沒看到。我奮力出聲：「是誰？」

對方回應時，我發現我耳朵聽到的聲音和腦中解碼出來的語言並不相同。我耳朵聽到的是類似Youtube上那種貓咪模仿人聲影片中的聲音——而在眼前的案例裡，是隻非常大的貓。但是我腦中聽見的卻是英文，只不過帶有一種令人不安的抖動，低沉、嗚嗚作響、不懷好意的顫音。

「這裡除了我們，沒有別人，你這個笨蛋。你只要用刪去法就能得到答案了。」

「你是人面獅身龍尾獸？」

「我就知道你猜得出來。現在請解釋一下，你爲什麼還沒死？」

「你要不要先解釋一下你在這裡幹什麼？」

「你很喜歡問答案明顯的問題。我在這裡是爲了要殺掉所有進入這個房間裡的人。」

「自願的，是嗎？」

「呵。因爲我被鎖鏈鎖住的關係，我發現你語帶諷刺。這樣很惱人，也很沒意義。」

「好吧，身中毒刺也夠惱人了，所以你就認了吧，呃……人面獅身龍尾獸。」

「我叫阿利曼。你是誰？」

自從奧德修斯騙波利菲暮斯說他名叫「沒有人」後，不把本名告訴獵食者就變成世間定律。於是我回答：「我叫威納・卓斯切。」我們兩個都有可能永遠逃不出這裡，但如果我們都逃出去了，而他跑去追殺那個魔法生命吸食者，那不管最後死的是誰，對我而言都是很好的結局。我此刻的身體狀況肯定沒辦法自行解決人面獅身龍尾獸阿利曼。

「很少有人被我的毒刺刺中還能活下來。你是怎麼辦到的？」

「顯然是因爲我療傷很快。」沒有我期望中那麼快。而且危機尚未解除，我現在只是躲在沙發後面而已。據我估計，沙發邊緣和最近的石柱相隔至少十呎。我沒有辦法迅速跑過這十呎，而阿利曼隨便就能射中我——或許射中好幾根刺。富拉蓋拉就躺在這段路中間，所以我還得停下來撿劍。不然我就得全程爬過去。只要移動得夠慢，僞裝羈絆或許能讓我保持隱形。不過我懷疑。

而且我暫時還沒有力氣採取任何行動。如果我不乖乖躺在這裡分解血液中的毒素，我的肝就會領頭叛變。我依然飢腸轆轆，現在又加上口渴難耐，但是廚房就和在另一個世界裡沒多大差別。

「你爲何而來？」

「我們要交換問題和答案嗎？」

「呵。可以。但是一次一個問題，我先問——你爲何而來？」

「我是來找梅爾的，這裡的主人，結果卻發現他死了。誰把你關在這裡？」

他回答前先怒吼一聲。「某個愛爾蘭神，不過我不知道哪一個。他或她全身罩著布，講話的聲音很怪。」

這個特徵讓我驚訝到下巴都掉下來。身爲詩歌女神，布莉德可以同時發出三道聲音。在我繼續提問前，阿利曼提出下一個問題。

「我的任務是要殺掉所有來找梅爾的人。我可以合理推測這個愛爾蘭神要你的命。威納．卓斯切，你做了什麼，激怒了圖阿哈．戴．丹恩？」

「我眞希望我知道。我猜我一定是威脅到他們了，但我想不出原因。我跟他們沒什麼恩怨，只希望他們別來惹我。告訴我，既然關住你的人全身都用布罩住，講話的聲音又很奇怪，你怎麼知道是愛爾蘭神？」

「呃。是那個神告訴我的。『你現在要服侍我和圖阿哈．戴．丹恩。』那個神說。但是隻字片語並不足以令我信服。我認定對方的身分是因為他捕捉我的方式。他們利用大地魔法讓我無法動彈，然後拿一種不容易打碎的硬木箱包覆我的尾巴。接下來有一隊巨人——我聽到他叫他們菲爾伯格人——用鎖鏈和口套束縛我。儘管行動不便，我依然殺了兩個巨人，不過還是淪落到這裡來了。」

這倒有趣。關妮兒和我原先以為人面獅身龍尾獸是以傭兵的身分自願參與此事的，但顯然這個神祕的神決定違背他的本願。

「一開始，」阿利曼繼續說：「我被限制在這個神域裡，負責看守一棵樹；我的任務是要殺掉任何出現的人。有人出現了：一個男人、一個女人，還有一條狗幾乎穿越了傳送通道。那個男人有拿劍，還有劍鞘——那把劍鞘看起來和現在掉在你藏身沙發旁的劍鞘一模一樣。我在想——你就是那個男人嗎？」

告訴他實話對我沒有壞處；他依然認定我是威納・卓斯切。而且承認此事或許能贏得他些許信任，而我或許能夠利用他的信任來騙他。「對，就是我。所以你要滿足什麼條件才能獲釋？」

「殺了你就是我獲釋的條件。我真希望你可以離開那張沙發，好讓我們了結此事，但你大概打定主意要讓我等。你的夥伴呢？」

「他們不在這裡。聽著，阿利曼，這個神耗費很多心力在掩飾他或她的身分上。以你的聰明才智，肯定可以看出如此謹慎的人絕對不會讓你活下來宣揚此事。如果殺了我，你也活不久了——等你幫那個神辦完骯髒勾當後，你就會被宰了。所以我們為什麼不乾脆釋放彼此？」

人面獅身龍尾獸的喉嚨裡發出一陣介於笑聲和嗚鳴之間的聲音。「我就知道你會這麼說。你乾脆求我饒命算了。我答應饒你一命的機率就和與你合作差不多。不，威納・卓斯切。你是獵物，沒得商量。你絕對逃不出去的。繼續躲在沙發後面，像懦夫般死去，不然就嘗試逃跑，我就在你身上多射幾根毒刺。剛剛有幾根射中你？」

「只有一根。」

「我想也是。從我聽到的哭嚎聲來看，你也只是勉強活下來而已。只要兩根毒刺就夠了。」

這點我無法反駁。「你躺在這裡等候時，誰在餵你吃東西？」

「抓我的那個愛爾蘭神三不五時就會回來招呼我的需求。」

這表示有時間限制。如果殺害梅爾的傢伙看到我現在這副德性，我就死定了。目前來看，我死亡的機率很高。

阿利曼繼續說：「但我不用每天飲食，所以就算等上一、兩天，我也只會有點無聊而已。不過看到別人受苦，我就很開心了。這就是我的毒針會引發那些效果的原因。順便一提，你的痛楚十分美味，而且撐得比大多數人類都久。我很高興你活下來繼續品嚐痛楚。」

他以兩下濕答答的聲音作爲結尾。他在舔他的臉頰，聽起來一副得意洋洋的模樣。

「你有沒有聽過威頓定律，阿利曼？這個定律就是說：別當混蛋。我知道這個很難，我自己違反這個定律的次數也多到讓我不願意承認，但我認爲任何生命都應該努力奉行這個定律，不管宗教信仰或是在食物鏈裡的地位。」

阿利曼沒有發表評論，只是竊笑幾聲。「呵——呵——呵！」之後他就不再說話。顯然他已經沒有問題要問了，而他打算等我採取行動。

我的身體狀況很糟，不可能以行動逃出困境。我得用魔法解決。

我萬分感激那張紅沙發。我愛那張沙發，我在心情一陣激動下對它承諾，如果能夠逃出生天的話，我會買張一模一樣的沙發以資紀念。或許我能藉由一串羈絆法術帶著它一起移動，爲我的緩慢爬行提供掩護？

這樣做很冒險。世界上沒有馬馬虎虎的羈絆法術。你要嘛就是羈絆某樣東西，不然就是沒有羈絆。所以如果我把沙發一邊的皮革和對面牆壁羈絆在一起，讓它移動，我將無法掌握它移動的速度，也不知道等我解除羈絆後，它會持續移動多遠。如果我沒有抓準解除羈絆的時機，我就可能會暴露在外，淪爲人面獅身龍尾獸的標靶。

我低頭看我的右手，依然癱在洞裡，握著一把碎石子，我這才想到一面大理石牆能夠提供的保護遠比一片地板來得好。如果我們身處地球的土地上，我就能請元素幫我弄一面牆，但是元素總是待在地球上，雖然我們可以從這裡取用他們的魔力，再說他們也無法幫我移動開採出來的死石頭。儘管這樣要時間，石牆還是比沙發安全多了的選項；而且製作石牆也能讓我打發身體排除毒素的時間。我翻過身來，再度面對地面，恢復成剛剛摔倒時的姿勢。

我先從面前的地洞開始，調整解除羈絆法術，只會影響薄薄一層大理石，寬度只有手指甲那麼厚；長度約六吋，從我的地洞不規則的邊緣開始，朝石柱延伸。我重複施法兩次，每次都相差九十度，這樣當我施法完畢後，就等於在大理石上「裁切」出一塊正方形，有洞的那一側看起來像被咬過。我將裁切出來的材料用巨集方式凝聚在一起，然後繼續第二場手術。

看著現在變成大理石地磚的光滑表面，我在心中挑選了右側三分之一的部位，與被裁切過的大理石板面對人面獅身龍尾獸的內緣羈絆在一起。完成羈絆後的效果就是大理石地磚自地面彈起，翻轉過後面對房間中央立起，不過新的底部和地板羈絆在一起。地上多了個小坑，露出下方的土地——提爾・納・諾格上的建築不會打水泥地基，由於沒有地殼，這裡的地層十分穩定。隨著更多大理石離開地板成為盾牆，我就會有更大面積的土地吸收魔力。

我把地磚羈絆的程序加入切割施法巨集裡，然後施展新的法術巨集。執行速度比之前快多了；我微笑看著下一塊地磚自動切割成型，到達定位。我一再重複巨集羈絆，製造出一個小坑和超薄牆壁，只四吋高而已。

然而，當這面自行隆起的牆壁延伸到沙發以外的範圍時，立刻就有毒針擊中牆壁上緣——或許是阿利曼對動作產生的反射反應。我滿意地看著毒針自牆面上彈開。其中有幾根掠過矮牆上緣，大概是在防止我透過偽裝羈絆偷溜出去。人面獅身龍尾獸等著聽我慘叫，但是在發現我沒有叫，而大理石地磚持續出現、一路延伸到石柱附近時，他的聲音竄入我腦中，吼叫聲充斥整座性愛廳。

「吼。這是怎麼回事？」

「改編過的《一桶阿蒙蒂亞度酒》。對待敵人就要像愛倫坡一樣。」

「解釋，威納・卓斯切。」

「喜歡的話可以叫我蒙特里梭【註】。只要保持耐心，你就不用聽我解釋。」

阿利曼的回應就是朝天花板射出幾根毒刺。他想要利用反彈來射我，但是毒刺太尖了，直接插入性愛壁畫裡，將毒素灌入那些可憐的泥灰狂歡者體內。阿利曼發出沮喪的怒吼——宛如在性愛地獄中陽痿般憤怒。

我的矮牆底部抵達第一座石柱，接下來就是要在沒塗泥灰的情況下堆疊石磚了。首先我解除手掌附近一些大理石的羈絆，讓手邊出現正方形的方格，緊鄰剛剛被裁切掉的邊緣。我開始結合另外一套巨集羈絆，製作正常人會認爲太薄的磚塊，或是太厚的磁磚。既然現下已經完成兩個邊了，這一排方塊只要裁切另兩邊就可以了，然後我得把每個方塊的底部和牆壁底基的頂端羈絆在一起。執行這道羈絆時，磚塊就會飛離地面，落在牆壁上緣，讓牆壁增高六吋。當這一排牆壁離開沙發朝石柱延伸時，阿利曼猜出我的想法，並展開行動。鎖鏈緊繃，扯動毛皮、擠壓泥漿的聲音讓我聯想到腸胃不適。他沒有費心宣告意圖；他只是用最陡的角度從沙發上方射下毒刺。他站起身來，提升擊中我的機率——提升得還不錯。毒針落在我重傷的左半身旁數吋之外。我沒必要告訴他毒針射得有多近。我只要繼續建造護牆，不要出聲慘叫，就能讓他知道他失敗了。

片刻過後，他放棄發射毒刺，我可以聽見他來回踱步，濕答答的腳步聲與噹啷噹啷的鎖鏈聲參雜在一起。我繼續吞噬地板建造牆壁，做得比原先設想中可以抵擋人面獅身龍尾獸射界的高度更高

註：《一桶阿蒙蒂亞度酒》（*The Cask of Amontillado*, 1840），也譯作《一桶白葡萄酒》。描述蒙特里梭（Montresor）如何報復友人，並將對方砌入牆內的短篇。

一點。我可不想在我朝向廚房門移動時被他自遠方射殺。

地下諸神呀，我希望廚房裡有東西可吃。

我拔除體內最後一絲毒素，用一層薄薄的皮膚封閉肩膀的傷口，但我的刺青不會自行癒合，而我已經精疲力竭了。牆壁完工後，我開始依靠右手和右腳貼著地面爬行。阿利曼聽到我移動的聲音，整個抓狂了。他沒有說話；雖然肯定早就測試過鎖鏈的強度，知道自己無法掙脫，但他仍然大吼大叫，試圖掙脫束縛。他發出很大的噪音，不過並沒有阻止我緩慢爬向廚房。在我撿起富拉蓋拉，發現自己完全無法揮劍之後，我清楚感覺到爬離現場並非什麼英勇行爲。

當我推開廚房門，爬離性愛廳時，阿利曼說了最後一句話。那個非人聲音竄入我腦中，每個音節都無比怨毒。

「我可能會死在這裡，威納・卓斯切。但是如果能夠脫身，我一定會去找你的。」

「好啦！」我大聲回應，然後讓廚房門在腳後關閉。如果他當眞逃脫，又眞的找上了我，而不是那個魔法生命吸食者的話，我希望我的身體狀況已經恢復到能夠和他一戰。

想要改善我的身體狀況，很重要的步驟就是吃東西。魔法可以強化我的基本力量，但那只能讓我慢慢移動而已，它無法改善我的血糖濃度或是阻止肚子咕嚕咕嚕叫，而既然廚房裡有鋪磁磚，在我找到其他魔法源前都得仰賴熊符咒裡的魔力。

廚房看來有不少食物，如果眞是這樣，我暗自發誓要送布莉德一個水果籃，而且不解釋原因。

由於提爾・納・諾格上沒有電，食物都保存在冰盒——可以在哥布林市場裡找到的那種魔法冰盒裡。梅爾有三個大冰盒，還有完全木造的準備區；他的妖精僕役不會喜歡現代不鏽鋼廚具的。這裡的餐具和廚具都是青銅、黃銅與玻璃的。

我在第一個冰盒裡找到只少了一條腿的烤雞，所以我認為這是個大發現。我把烤雞從架子上拿下來，放在磁磚地板上，然後狼吞虎嚥。

嘴裡有東西咀嚼，終於可以開始思考未來後，我試圖從紊亂的思緒中理出一點有用的頭緒來。殺害梅爾的傢伙肯定是個大魔頭。從屍體和骨灰，以及我至今尚未聽到阿利曼和我以外生物發出的聲音這點來看，我們兩個很可能就是這裡唯一倖存的生物。如果是這樣，那我其實直接走正門進來就好了，不用淪為派洞的咀嚼玩具。不過無論如何，如果想知道梅爾出了什麼事的話，我都得面對阿利曼。

我知道圖阿哈．戴．丹恩的思考模式，而在我敵人的眼中，這個屠宰場可能根本算不上什麼大屠殺。不，這只是自我防禦，甚至算是策略性撤退。剷除德魯伊的計畫失敗了，所以應該要暫時撤退，把梅爾和大肛毛領主這類角色殺了滅口。現在獲得奧林帕斯眾神的幫助，關妮兒和我就不會被大混亂的力量限制在地球上。據我所知，其他萬神殿都不具有那種特殊能力。毫無疑問，此事的幕後主使人將會擬訂其他陰謀，我們得步步為營；但至少吸血鬼已經付出了一些代價，而黑暗精靈必須擔心魯約沙爾夫，我們也取回了行動自由——或是將會取回行動自由，等我傷好之後。

我塞滿雞肉的臉頰上緩緩露出一絲微笑。儘管傷勢嚴重，能活下來的感覺眞好。我短時間內還不打算停止生存。

我把整隻雞吃個精光，外加一大塊吃剩的火腿，然後我的肚子下達了停止進攻的命令。我覺得很撐，不過已經好過一點，於是認爲該是再度嘗試站立的時候了。我把富拉蓋拉卡到冰盒的握把上，奮力站起身來，希望在尋找出口時不要遇上更多致命驚喜。

梅爾的宮殿很大，但我沒有全部探完。我已經達成來此的目的，沒有力氣四下閒晃，所以該離開了。我一路上看到更多骨灰；對方確保沒有任何目睹梅爾之死的妖精證人存活下來。宮殿中央有座蒼翠的庭院，大部分都處於高大的梣樹樹蔭之下。這裡有和傳送網路連結在一起，不過只能傳送出去；沒人可以直接傳到梅爾家裡。我不想轉移到提爾・納・諾格上的任何地方，因爲我不想在肢體殘廢的情況下出現在妖精面前，鼓勵幕後主使人派人來殺我。我需要幾天的時間吃東西兼療傷——還要幾件新衣服——然後再出現在任何人面前。於是我轉移到位於科羅拉多烏雷的小屋去。那裡有儲存食物和換穿衣物，還有個非常強大的元素。關妮兒和歐伯隆會因爲我離開太久而擔心——特別是我承諾過會快去快回——但在狀況這麼差的時候，我並不急著想找他們。

不幸的是，這件事上我沒得選擇。他們沒有在孤紐家等我，反而步出小屋，朝我走來。

「天呀，阿提克斯，你跑到哪裡去了？」關妮兒叫道。

「她問得好！偉大的大熊呀，你怎麼了？那個髮型太難看了。」

「你們兩個怎麼會在這裡？」我問。

「你說你要回小屋一趟，然後立刻回來。你跑到哪裡去了？」她低頭鑽進我右臂底下，讓我把手搭上她的肩膀，讓她撐著走。她的頭髮聞起來像是蜂蜜和香草，唇上塗了草莓口味的唇蜜。我的身體八成臭氣熏天，所以覺得非常難爲情。她身穿淡藍色的上衣，還有看起來很新的牛仔褲——肯定和我上次看到她躺在床上治療箭傷時不同。

「等等。我去多久了？」

她神情驚訝，張口結舌，仔細打量我，確認我不是在開玩笑。我的問題比傷勢更令她擔心。

「阿提克斯，已經過去兩天了。我眞的擔心死了。」

「難怪我這麼餓。」也難怪他們離開了孤紐的酒館。他遲早都會承諾如果我出現的話會通知他們，然後趕他們離開的。

「如果你還餓的話，我可以幫你吃點東西。」

「我要知道你上哪裡去了。」關妮兒邊說邊扶我跳到小屋門口。「但是先告訴我你需要什麼。」眼眶微微濕潤，壓抑許久的悲傷湧上心頭。我盡我所能克制這股情緒，說道：「事實上，我想我沒事了。會沒事的。我很高興你們在這裡。我們安全了。」

「安全了？」

「這個，暫時而言，沒錯。還想去日本嗎？」

「你想嗎？」

「那是個療傷的好地方。」

第三十章

我們在日本待了五天，過了段完全沒人追殺的日子，輕鬆愉快的五天——至少對等待肌肉重建的人而言，還算愉快。沒有吸血鬼、黑暗精靈，或妖精來打擾我們，更進一步證實了提爾・納・諾格上的神祕敵人是利用古老之道來運送殺手的。一直到第三天，在有座噴泉不斷吟唱永恆元素詩歌的岩石公園裡，我才把莫利根的事情源源本本告訴關妮兒，包括她發現身而爲神的限制，決定放棄神格；還有她信守承諾，找出讓我們存活下來的方法，並對規定她只能依照設定好的行爲處事的傳統規則比中指；以及她並沒有眞的敗在狩獵女神手上。

第四天，當我外表看起來大致沒問題後，我利用富拉蓋拉召喚西風。沒過多久，荷米斯就來拜訪我們，告知巴庫斯已經受到控制，所有奧林帕斯眾神都願意發誓不來打擾我們，看我什麼時候有空去聽他們發誓。富麗迪許和佩倫都在瘋狂的影響力中存活下來，而富麗迪許承諾會想辦法救回赫恩的獵人，或是尋找替代品。來自海上的消息，波塞頓和涅普頓與馬拿朗・麥克・李爾達成全新的合作關係，聯手搜尋約夢剛德的下落，希望能在諸神黃昏開始前取得優勢。

一切看起來都很不錯，比原先可能發生的情況要好多了，我甚至容許自己燃起一絲希望。沒錯，洛基和赫爾此刻可能躲在奧丁之眼看不到的地方擬定邪惡計畫，不過如今不再只有我要想辦法承擔索爾的責任了，奧林帕斯眾神也很樂意出手相助。

除了荷米斯來訪，我們那五天裡都在自然的環境中體會禪宗般的寧靜，治療傷勢、放鬆心情，晚上則讓每個小時都有超越美國電視節目爆點的日本節目弄得目瞪口呆。

「我完全聽不懂他們在講什麼，但是我目光無法離開電視螢幕。」第五天，禮拜二早晨，關妮兒和我躺在超小的飯店房間裡說道。這個房間裡除了睡覺的地方外，就只剩一點點空間。「他們要拿那隻獾和刮鬍膏去幹什麼？」

「我不知道。」我搖頭答道。雖然我會日文，我還是不太了解那兩個穿貼身牛仔褲和大青蛙布偶秀T恤、說話超快的年輕人想幹什麼。「很瘋狂的事情。」

「別管法文了。我接下來非學日文不可。」

歐伯隆在床腳打個呵欠，說：「我對之後無法引述的電視節目沒興趣。阿提克斯，我們去森林走走。我們之前轉移過來時到的那座山看起來不錯。你可以變成獵狼犬，附近味道不重，關妮兒也能變成大貓。」

我連眨好幾眼，破除電視節目的魔力。「歐伯隆說得對。我們必須出門走走。」

「那裡有樹可以撒尿，還有小動物可以追！」

關妮兒還是目不轉睛。「等等，怎麼回事？那是小嬰兒嗎？是個小嬰兒！阿提克斯，媽的他們想對小嬰兒做什麼？」

「好了，我們走。」我按下電源開關，關妮兒在畫面消失時愣了一愣。

「不！他們弄了隻獾還有嬰兒！我一定要知道後來怎麼樣！」

「聽聽妳在說什麼。事情已經發生了，看不看都於事無補。我們有更重要的事要做。」

「之前提到的森林和小動物！」

「就是歐伯隆說的那些。」我同意：「妳已經痊癒了，我差不多好了八成。我們出門運動運動。」

我們離開小房間、退房，然後逃離東京，前往富士山，沿著一條很受歡迎的登山步道爬上主峰。有很多登山客和我們一起走，山底闊葉林區的楓樹和櫸樹樹葉之間傳來鳥兒的歌聲，我們發現自己臉上毫無由來地露出笑容。歐伯隆搖著尾巴、垂著舌頭，跟著我們緩步奔跑，偶爾停下來聞聞路邊的東西。

我們一路爬到山頂，想用絕色美景趕跑東京的都會氣息。樹木開始變得稀疏，接著通通沒了，剩下光禿禿的岩石通往山峰。抵達山峰時，一塊刻有漢字的石板告訴我們已經抵達富士山頂，好像我們沒辦法從已經無山可爬這個事實裡看出這一點。但那塊石板還是讓我目瞪口呆。

關妮兒注意到了。「阿提克斯，怎麼了？」

「莫利根的臨別贈禮。」我說。「我現在才想起來。」

「什麼？你之前都沒提過。」

「因為我忘記了。有東西——或有人——在提爾．納．諾格的時間群島等著我們。」

「這個，如果他們困在那裡了，應該不介意多等一會兒，是不是？」

「我敢說他們可以等，不過我就不知道等不等得下去了。妳都不會好奇嗎？莫利根會把什麼人困在那裡?」

關妮兒嘆氣。「我們現在就要跑下山去,轉移離開,是不是?」

「對呀。好吧,我會一拐一拐、跌跌撞撞,而不是用跑的。但是我們會儘快下山。」

既然我們爲了欣賞風景而爬了這麼久的山,關妮兒堅持我們多花一點時間欣賞風景。太平洋輕撫著蜿蜒的綠色本州海岸線,在陽光下閃閃發光。只要不去看城市,我就可以瞥見古代的日本,依然危險而又美麗,禪宗和神道教的寧靜往往沾染這份危險氣息——通常透過武士刀和脇差【註】展露而出。往往單憑一個男人的意志,決定該在鮮血還是寧靜的墨水中結束一天。

我們向元素傳送愛與和諧的訊息,然後盡量以穩健的步伐下山,前往能夠傳送到提爾·納·諾格的闊葉林區。等樹林再度圍繞我們後,我們立刻離開山道,走出人們的視線範圍,然後轉往提爾·納·諾格。

我們挑選了一個特定地點:馬拿朗·麥克·李爾家附近的樹林,對我們而言算是妖精國度裡最安全的地方。他和芳德歡迎我們,招待我們,在聽說我們要去時間群島後,又借給我們一艘不用下錨就能固定在河面上的獨木舟。

「那座島很有名。」馬拿朗說:「我沒想到莫利根有把人困在那裡。」

那是我們兩個第一次提起莫利根。馬拿朗刻意回避我的眼睛,我感覺得出來他不願意提起她去世的事。我尊重他的想法,沒有多提。

「眞的?」我問:「那座島有什麼特別的?我知道它位於上游,但是我不記得年輕時有在那裡見過任何東西。」

「你當然沒見過。我們本來沒有把人丟到那裡去，一直到——好吧，大概是從你在威爾斯幫歐格馬取得達格達的大鍋之後才開始的。你還記得那件事嗎？」

「記得。第六世紀的事情。」

「對。好了，除了最近，你向來很少會待在提爾・納・諾格上，所以你之前沒聽說過那座島也不是什麼怪事。有些圖阿哈・戴・丹恩——包括我在內——稱之爲狂熱份子島。從前我們眞他媽與世無爭，你知道。當我們開始和世界其他部分接觸後，我們都讓某些堅決否定其他神存在的人弄得目瞪口呆。那種人大多很危險，但是其中有些人糟到近乎荒謬。」馬拿朗露出緬懷過去的笑容。「我最喜歡的是個面紅耳赤到幾乎得動脈瘤的清教徒。當年抓他來的時候，他一直口沫橫飛地宣稱他的上帝之愛有多崇高，完全沒發現他的肢體語言和聲音都和他的布道內容背道而馳。我知道其他圖阿哈・戴・丹恩三不五時都會丟幾個人到那座島上去，不過我不知道莫利根也有這麼做。」

這麼說讓我更加好奇，不過我們大部分時間都在聊歐洲逃亡的細節。然而，我沒有提到跑去布利雷的事情；既然馬拿朗沒有提到梅爾慘死的消息，我並不打算主動提供線索。他當然知道梅爾死了——護送他的靈魂前往永眠之地的就是馬拿朗。但那並不表示馬拿朗知道他死亡和調查的細節，或是我已經得知梅爾的死訊。最好還是不要多說。

註：當作主要武器（本差）的武士刀受損而無法使用時的預備刀，長度多介於三十至六十公分之間。

第二天早上，我堅持下廚，準備我的招牌起司香蔥歐姆蛋，搭配香腸和荷蘭芹馬鈴薯。芳德喝的是她派妖精偷偷去採的牙買加藍山咖啡，所以這頓早餐算是那種很長一段時間無法忘懷的早餐。我們飽餐一頓，在熱愛生命的感覺中和主人道別，然後踏上河面上的獨木舟，結果歐伯隆發現那艘船不是針對獵狼犬設計的。「哇！只要改變重心，整艘船都會移動。」他在差點害我們翻船後抱怨道：「我不認為獵狼犬在船上能站得穩。或許我終究不是條鹹狗。」

「那你最好躺下來欣賞風景。」我說。這裡有不少值得欣賞的風景。狂熱份子島基本上算是位於這條河的最上游；那裡時間流逝得比任何地方都慢。島身狹長，向遠處延伸開來，所以海灘上就有類似警方檔案照片般一字排開的人物，只要有時間，他們八成會拚個你死我活。比方說，一個英國十字軍隔壁就站著一個回教哈里發戰士，而他們根本沒發現。要過一千年他們才會轉過頭去，發現身旁就有敵人。

整座島外緣聳立著許多金屬柱，支撐上方錯綜複雜的貓道系統和機械。我不知道那些機械有何用途，但我敢肯定是孤紐的傑作。我們待會兒再去找他。

島的北側，海灘邊緣，還沒進入島中央樹蔭下的地方，站著一個滿臉皺紋、彎腰駝背的人，譴責地伸長手指指著我們，嘴巴張開，神色憤怒。莫利根顯然是從很冷的地方抓他過來的，因為他穿著很厚的衣服，還戴著無指手套。他看起來和溫暖宜人的沙灘格格不入。

「地下諸神呀，」我輕聲道：「她究竟在想什麼？」

「那是誰？」

「我不……」我越說越小聲，像輛ＡＭＣ葛藍林一樣緊急煞車。關妮兒用馬拿朗教我們的羈絆法術讓船停在河面上。她讓我凝視對方一陣子、釐清一下思緒，然後又問一次。

「阿提克斯，那是誰？」

我搖頭。「不，我不知道接下來會如何發展。我是說，既然我看到他在這裡，我當然得救他出來，但是救他出來或許是件壞事；也可能是好事。端看他願不願意幫助我們。但如果情況惡化的話，我不希望你們牽涉進來。那樣比較安全。」

關妮兒雙手交抱胸前。「不。我才不要。你很清楚我有能力照顧自己。告訴我他是誰。」

「妳誤會了。我知道妳有能力照顧自己，我一點也不擔心那個。我比較擔心的是妳想殺他，而不是他要殺妳。他會說一些駭人聽聞的話，妳會迫於無奈動手殺他。不，很抱歉。這是私事，在我肯定他的心理狀態之前，我不要其他人干涉此事。」

關妮兒揚起一邊眉毛，朝他點了點頭。「你這樣還看不出他的心理狀態嗎？」

我又看了看他那副吼叫的表情。「沒妳想得那麼簡單。」我說：「他幾乎隨時都是那個表情。搞不好他很高興。我真的看不出來。」

我們回到河岸，在打鐵鋪找到孤紐。他在裡面製作他自己私人的作品。用彎曲的熟鐵組成一座黑髮飄逸、表情凶狠的人像。

「那是……？」

「莫利根。」孤紐說：「對。我媽不想我製作她的紀念像，但那是她的問題。靈感來了擋不住，你知道。莫利根讓我惡夢連連，但我已經開始懷念她了。我要在她眼眶裡鑲紅寶石，然後加持妖精魔光，讓她的眼睛發光。」

「很棒的想法。」

「很高興你這麼說。」他取下護目眼鏡，拿布擦手，然後笑著過來和我握手。「很高興看到你還活著，敘亞漢。你朋友告訴我一些你和奧林帕斯眾神的過節。」他朝關妮兒點頭，然後對她笑。「哈囉，妳。還有，歐伯隆，總是高興見到你。」

歐伯隆在孤紐摸他頭時邊叫邊搖尾巴。

「看來妳恢復得不錯。」他對關妮兒說，接下來又對我們兩個說：「你們要和我喝一杯嗎？關於你們之前的事情眾說紛紜，我想直接聽你們說，再說，我們有正事要談。」

他一定是指獵殺吸血鬼的賞金。「那太好了。」

「我很樂意。」關妮兒說。

「棒透了。別擔心，歐伯隆，」孤紐說：「我那邊也有好東西吃。」

「爲什麼不是孤紐在管事？他似乎把事情的優先順序看得非常清楚。」

我們跟著孤紐走出他的打鐵舖，來到隔壁的釀酒場和酒館，這裡是用深色木頭和黃銅裝潢的。有幾隻妖精在酒館裡混，不過一看到我就匆忙離開。我趁孤紐幫我們倒酒，並從廚房舀幾碗燉羊肉出來時，簡短說了一遍逃離奧林帕斯眾神追捕之事的修改版本。我們三個坐在雅座裡吃，歐伯隆則在吧台後吃。我一邊拿麵包沾著剩下的燉羊肉，一邊以與宙斯和朱比特好不容易達成協議作結尾。

孤紐嘖嘖稱奇，搖頭舉杯：「祝你健康，小夥子。我喜歡你讓大家隨你起舞的做法。」

我們碰杯，然後我說：「你對狂熱份子島有多了解？」

鐵匠眨眼。「我知道要把人弄出那裡很難。」

「爲什麼？」

「那裡時間過得太慢，要把人拉出來很可能會扯斷他們的骨頭。裡面有些人過了幾百年都還沒眨眼。」

「那爲什麼要把人丟進那裡？」

「我們只會丟混蛋進去，直到我想出辦法把他們安然弄出來爲止。」

「喔，所以你可以把他們弄出來？」

「等等。你是說你在實驗的過程中害死了一堆人？」關妮兒和我同時開口提問，語氣中透露出一絲怒意。孤紐忽略我，回答她的問題。

「這個，沒錯，不過，就像我說的，他們都是混蛋。大多是維京人，當年老是在愛爾蘭沿岸姦淫擄掠。不過，現在想一想，我們如今還在往裡面丟混蛋。只不過現在可以把他們活著帶出來。大多數。」

「你說大多數是什麼意思？」我問。

孤紐聳肩。「那個很不好搞。你有看到我在那裡架設的機關嗎？」

我想著島上那堆奇怪的機器，點了點頭。

「好了，我可以用那玩意兒把他們弄出來。時間泡泡的高度不高。我們可以從上面放下超軟床墊，把他們舀上來。問題在於，這樣做幾乎肯定會弄斷他們的腳，因爲我們會先撞一下，讓他們往後倒，而通常他們的腳都會絆倒。有時候會有額外損傷，不過現在幾乎都不會弄出人命了。」

「你可以幫我弄個人出來嗎？」

「誰？」

我看了關妮兒一眼，她很專心地在聽。「我不想說。」我回答：「不過他是莫利根留在那裡的。」

孤紐瞪大雙眼。「她說過有朝一日會有人來找我這麼做，但我眞沒想到會是現在。也沒想到會是你。」

「你知道我說的是誰嗎？」

「不，我不知道。她只告訴我說她留了個人在裡面，未來某天會有人——不是她——要我把他弄出來。她付給我多到誇張的黃金，要我把這傢伙弄出去，並且確保他恢復健康。」

「但你不知道他是誰？」

「不。她說來帶他走的人會知道他的身分。」

我停頓片刻。從她多久之前就把那個人丟到島上這一點來看，她已經考慮自殺很久了；又或許她在很久很久以前就預測到這個年代會有用得到他的地方。

「好吧，我要你繞到北岸去，找個伸手指著海岸，看起來像在怒吼，身穿冬季服裝的老人。不可能弄錯。眉毛粗到史詩等級。就是那傢伙。」

「沒問題。」孤紐說：「要兩個禮拜。就是這麼久。」

「很好。」我說：「紫杉人有什麼消息？」

「啊！說起這個就再來一輪啤酒吧。這是好話題。」他拿起我們的酒杯，走去裝酒，順便看看歐伯隆，只見他吃完燉羊肉後，已經在吧台後面睡著了。

「你聽說過他們第一天晚上幹的好事，是吧？」釀酒神邊說邊把酒杯丟到洗滌槽裡，又拿了幾個乾淨的杯子。「除掉羅馬所有吸血鬼。那是好幾個不同隊伍攜手合作的成果。之後他們就分頭行事，花了一天找尋新目標。當天晚上，世界上其他吸血鬼醒來，發現他們的領導人通通消失了。其中幾個跑去調查發生什麼事，然後一切就陷入混亂。很多不同的反應。有些吸血鬼關起門來，加強防禦，直到弄清楚狀況爲止。有些則派遣手下前往羅馬，想要趁機掌權。其他吸血鬼宣稱爭奪羅馬毫無意義，因爲它已經不再是吸血鬼的權力中心——接著他們宣稱他們的城市才該成爲新首都，或是隨你怎麼稱呼它。」

「呃。哪些城市？」

「據我所知有伊斯坦堡、拉斯維加斯，以及巴黎。」我有點期待聽到薩洛尼基，因爲那就表示希歐菲勒斯也展開行動了，不過再想想，他讓其他人出面掌權也是合理的做法。他是喜歡躲在幕後操控大局的那種領袖，這樣才不會成爲目標。就這點來看，他和圖阿哈・戴・丹恩的神祕壞蛋有異曲同工之妙。

孤紐端來我們的酒，我注意到跟之前的啤酒不太一樣。「這是我的巴利香儂金麥酒。」他說。我們碰杯，品嘗一口。「羅馬之後，紫杉人還有幹掉其他吸血鬼嗎？」我問。

「喔，有。」孤紐點頭說：「他們每隔一天就會出手一次，行動範圍散布義大利全境。吸血鬼都快被逼瘋了。他們加強白天的維安，彼此猜忌，我就坐在這裡笑掉大牙。」

「殺了多少？」

「他們每天晚上可以除掉二十到三十個吸血鬼，不過每隔一天才會動手一次。所以現在我們一共送了一百六十二個吸血鬼去面對真正的死亡。」

這個數字對全世界的吸血鬼而言只是九牛一毛，但是，據我所知，在我一生中他們都還沒有承受過這種損失。而且還是發生在他們長久以來認定安全的地盤，死的都是大權在握的吸血鬼。

「這筆賞金數目不小。我可以等來接狂熱分子島的人時順便拿錢給你，外加一筆預付金嗎？」

「當然，那樣很好。要看看吸血鬼的頭嗎？還是要我摧毀它們？」

「摧毀他們。其實我真的想要的只有一個吸血鬼，但他應該不在義大利。他是會派遣手下奪權的傢伙之一。」

孤紐皺眉。「是誰？」

「他名叫希歐菲勒斯。當年就是他領頭剷除世上所有德魯伊的。利用羅馬軍團就是他的主意。他的組織。」

脾氣超好的神眼中綻放真正的怒火。「我不知道有這種事。你什麼時候發現的？」

「不久前。我在羈絆她的時候。」我說著朝關妮兒點頭。「他又開始追殺我們了。這就是我想要對付吸血鬼的原因。纏住他。如果可以除掉他的話就更好了。我認爲他的權勢比表面上更強大。」

「嗯。」孤紐輕敲酒杯，沉思片刻，然後瞇眼瞧我。「你知道，莫利根的沼澤裡還有一百個紫杉人閒著沒事。」

關妮兒立刻聽懂他的意思。「你認爲我們可以召他們入夥？」

「可能性很高。假設我可以。要我派他們去哪裡？」

「分成四組。」我說：「你剛剛提到的那三個城市各派一組，另外一組派去薩洛尼基。不要和他們客氣。」

「說得太對了！」關妮兒說。

她的態度讓我有點驚訝。「你不是應該擔心對他們的奴僕造成間接傷害嗎？我以爲妳討厭這種事情。不道德。」

「通常是這樣。但是我利用了點時間思考。或者該說，我遭人追殺的時間。我想我的觀念在你死後就變黑暗了，阿提克斯——」

「等等，」孤紐插嘴。「你死了？」

「說來話長。」我揮手不談那個話題，要關妮兒繼續說下去。

「遇上不是你死就是我亡的情況，事情就不再那麼複雜。我通常會想顧全尊嚴和公義，但是當事情與吸血鬼和他們的奴僕有關時，我想我可以把那些放一邊去。他們一看到我就會格殺勿論，如果以為只要我不去招惹他們，他們就會改變心意、祝我健康，那就太天眞了。那些奴僕不但在保護怪物，還期望有朝一日能夠成為怪物。我想要守護生命，他們想要吞噬生命。那可不是說我們的政治或宗教觀念不同，不該以暴力來解決問題的情況。吸血鬼想要殺我。既然放棄這顆星球並非可以接受的選項，那我唯一的選擇就是殺了他們。」

我點頭，臉上盡量不動聲色，雖然心裡有點難受。之前關妮兒對一切無條件抱持寬容的態度；現在她開始受到暴力嗜血的影響。但是戰鬥會讓人變得無情，也不會留下多少道德空間，而自從正式成為德魯伊後，她在一個月內見過的暴力衝突遠比我一開頭幾年還多。我一直知道她遲早都會面對這種心理創傷，但我希望她可以在不受暴力污染的情況下，多體驗一會兒德魯伊力量美好的一面，與蓋亞產生良好的互動，或許沖淡一點她對繼父的怒氣。

我認為她繼父的自私自利把她塑造成既美麗又危險的個性。他傷害地球的犯罪行為直接導致她堅決捍衛地球的決心——而她一定要懲罰他的罪行。我年輕時也曾感受過那股怒氣，很多德魯伊都有過，而且我也不否認蓋亞需要這些夥伴。但在工業革命期間，我發現那股怒氣在毒害我的靈魂；不管我怎麼做都無法阻止世界改變，所以我必須隨之改變，從中找尋平衡之道。我認為關妮兒還沒有完全失衡，但我看得出來翹翹板傾向何方，而我希望它傾向另一邊。

我對她的話不置可否，說道：「莫利根的沼澤接下來會怎麼樣？」

「不確定。」孤紐說：「那算不上是搶手的居住環境。陰暗潮濕的沼澤，所以沒人想搶。你還記得思嘉莎琪那個老巫婆？訓練庫乎林的那個？」

「當然。」

「我猜她會跑去住。」

「嗯？我不知道她還在。莫利根的工作呢？」

孤紐深吸一口氣，臉頰脹得鼓鼓的，然後說道：「馬拿朗會負責引渡亡者——反正本來就有半數是他在引渡的。但是我不認為有人會想接手挑選亡者，或是把人幹到流血之類的事。人類還是會向她禱告，當然，她很可能三不五時會從亡者國度影響世事，就像盧・勞瓦度那樣，但是我們永遠不會再見到她。」

或許是受到孤紐啤酒裡的酒精影響，他的話勾起了我的情緒，讓我突然想念起她。她讓愛爾蘭人的生活體驗更加深刻。她所激發的恐懼帶來寧靜的和平；她所造成的痛苦讓健康發光發亮；她在愛情上的失敗讓我更加珍惜我愛人的能力，而我發現，雖然已經太遲，儘管我從來不曾或可能用她期待的方式愛她，我還是應該更愛她一點的。

「敬莫利根。」我說，舉杯時情緒激動到喉嚨緊縮。

「是呀，敬莫利根。」孤紐說著舉起酒杯，顯然跟我一樣心情起伏。關妮兒有點疑惑地跟著我們舉杯，不過很有禮貌地裝作沒注意到孤紐和我熱淚盈眶。我們知道一個時代結束了；缺少黑暗的襯托，太陽就不會如此明亮。世界變得比以往更加灰暗了。

尾聲

孤紐在狂熱分子島上的裝置要兩個禮拜後才能救出那個人，所以我們趁這個機會去履行一個早該履行的承諾。沒告訴我的獵狼犬要去幹嘛，我們三個轉移到麻薩諸塞州的一間獵狼犬收容所。這就是我當年找到歐伯隆的那家收容所，而我們希望他們還有一條合適的獵狼犬可以收養。歐伯隆已經孤獨太久了，而我們說過的話就要做到。

主要建築兩側都用高高的鎖鏈柵欄圍住，柵欄範圍內有大片青草地——專讓一群獵狼犬肆意奔跑的空間。我們走進時，七條獵狼犬朝我們叫，還跳來跳去。歐伯隆一邊搖著尾巴，一邊跟他們打招呼。

「嘿，我記得這裡！哇！看看這些獵狼犬，阿提克斯！我可以和牠們玩嗎？」

「希望可以。我們得先讓關妮兒進去，看看有沒有和你們兩個都合得來的獵狼犬。」我們在外面停步，關妮兒親了我一下。

「祝我好運。」她說，然後丟下我們，走了進去。

「合得來？」

「我們要找條能和你，還有關妮兒好好相處的母獵狼犬，這裡有可能找不到。」

歐伯隆興奮到跳起身來，憑空翻身。他不停轉圈，說道：*「偉大的大熊呀，阿提克斯！你不是在*

開玩笑？你終於要收養母狗了？」

「或許，歐伯隆，或許。另外不是我要收養。如果關妮兒能找到一條既聰明、又討你們兩個喜歡的狗，是她要養。另外，順便提一下，還要那條母狗喜歡你們才行。你得當條溫柔的獵狼犬，自己想辦法贏得她的芳心。除非她眞心喜歡你們兩個，不然我們不會領養她。」

我這些謹愼的言語和不做承諾的態度完全沒有影響歐伯隆的心情。他轉圈的速度快到我頭都昏了，而他的尾巴激動搖擺到終於導致他失去平衡、摔倒在地。他毫不在意，跳起身來，想要做點體操動作，不過獵狼犬完全不擅長那種動作。他又摔了一跤。在發現自己興奮到站立不穩之後，他在前庭的草地上扭來扭去，身上所有肌肉都在動。

「我這輩子從來沒有這麼開心過！這是你所想到最棒的點子了！搞不好比香腸更棒！等等。有嗎？有！我認爲有！」

「這個，說實在話，歐伯隆，香腸並不是我的點子。餵你吃香腸才是我的點子。」

「喔，那更好，阿提克斯，眞的更好！」

「你的意思是說你願意爲了母狗放棄香腸？」

「這個，對呀，誰不願意？」

這話讓我感到一陣羞愧。「很抱歉我們等了這麼久，老兄。還有，請記住，我們可能今天不能在這裡找到完美的母狗，如果沒有，我們會繼續找。這是我們現在的使命。」

「過來，你！」歐伯隆翻過身來，一撲而上，把我整個壓倒在地。

「啊！」我大叫，有點緊張又有點好笑。「狗屎！歐伯隆，走開啦！」

「實在太興奮了，太開心了，我一定要好好謝你！不要動！」我試圖掙脫，但是他渾身的重量都壓在我胸口上，我完全沒有施力點。儘管如此，我還是在歐伯隆開始上我的腳時及時扭腰。

「嘎！哈！歐伯隆，住手！」我感到又害怕又爆笑，實在忍不住不笑。「會被人看到的啦！」

「讓他們嫉妒！你是史上最好的朋友，我不怕讓人知道！」柵欄後的獵狼犬現在彷彿在用叫聲鼓勵他，加上歐伯隆歡愉的叫聲、還有在旁觀者眼中的畫面，終於讓我忍耐不住。我難以克制地哈哈大笑，任由他上我的腳，完全無法抵抗他的興奮之情。歐伯隆就這麼在獵狼犬的叫聲和我的笑聲中上我上到關妮兒和個年長女子一起走出柵欄來救我爲止。

「搞什麼？歐伯隆！夠了！」她聽起來很窘迫。這可不是她想在收容所主人面前留下的第一印象。我敢說她有用心靈溝通強化口頭命令，因爲歐伯隆終於住手並道歉，向她道歉，不是向我。

「抱歉，聰明女孩。我只是太高興了！」他退向一旁，約莫花了兩秒懺悔，然後就又開始繞圈。我翻身而起，努力壓抑笑容，但是辦不到，因爲我現在覺得很窘；關妮兒也是，這種情況本身就很好笑。幸運的是，收容所主人既不生氣也不驚訝。當關妮兒解釋歐伯隆興奮過度，通常不會這樣時，那個女人理解地點了點頭。她很清楚獵狼犬是什麼樣子。

表演結束後，柵欄裡面的獵狼犬全部將注意力集中在關妮兒和收容所主人身上。他們圍在關妮兒身旁，努力擠到她手掌下方的位置，因爲她在想辦法用兩隻手拍七隻狗。最後她挑出一條有著乳白色毛皮和棕色眼睛的獵狼犬。

「我可以和這條狗獨處一會兒嗎?」關妮兒問,主人點頭。當關妮兒跟主人走向房子時,不光只是關妮兒挑出來的那隻,所有獵狼犬都跟了上去。

歐伯隆停止轉圈,在他們離開視線範圍時豎起耳朵。「嘿!他們要去哪?」

「他們要去聊一會兒。她很快就會做決定。躺下來,我幫你搔搔肚子。」

「好!」歐伯隆跳過來,滑過草地,然後轉身露出肚子。我開始搔他肚子,努力避開他不斷甩動的尾巴。

「現在,記住了,老兄,不管我們收養哪條狗,她一開始都不會說話。我們必須教她。」

「喔,對!」歐伯隆說,然後我就不用多說什麼了,因爲他開始幫他所有最愛的電影分類,然後根據對學英文有幫助的程度加以分級。他本來想從《黑色追緝令》開始的,不過因爲擔心她會問他「馬沙勒斯‧華里士長得像什麼?【註】」而作罷。接著基於某種原因,他決定要從綺拉‧奈特利的《傲慢與偏見》入手,因爲那部片子裡有條愛爾蘭獵狼犬跑來跑去。最後關妮兒和收容所主人終於用繩子牽著那條乳白獵狼犬出來。

「好了,老兄,該是表現出最好的一面的時候了。坐直,不要動。聽關妮兒的指示。」

「我會是禮儀範本。」他像展示狗般擺個姿勢,除了尾巴以外一動也不動。他的尾巴瘋狂掃過草地。

「哈囉,歐伯隆。」關妮兒大聲道,顯然是說給狗主人聽的。狗主人都很習慣人跟狗說話,所以不會覺得奇怪。「這位可愛的女士是歐拉。你想和她打招呼嗎?」

歐伯隆叫了一聲，表示肯定，不過私底下說道：「當然想！她好漂亮！我可以聞她屁股了嗎？」關妮兒一定有回答他，因爲他安靜片刻，然後說道：「好吧。」

歐拉迎上前去，抖動鼻子、搖擺尾巴，歐伯隆站起身來，展露出同等熱情。他表現得很有耐心，任由她在他臉上聞來聞去，然後又聞了聞他的身體，最後繞到他身後。

「好……鎖定目標啦！」歐伯隆說。現在歐拉的屁股當然位於他的鼻子旁，於是他轉頭過去想要好好聞一聞。轉頭的動作導致他的肩膀也一併轉動，然後是他的後腿，而這樣就讓他的屁股遠離歐拉的鼻子。她試著湊近一點，不過這麼做造成同樣效果，讓她的屁股遠離歐伯隆。片刻過後，他們開始跟著彼此繞圈，追逐著令他們陶醉其中的香味，關妮兒放開狗繩。他們開始加速，我在想他們要繞多久才會撞成一團。沒過多久，他們就忘記聞味道的事情，只是單純地追逐彼此，張開大嘴露出狗的笑容。「她緊追不放！我甩不開她！」

關妮兒邊笑邊看著我說：「她喜歡他。」

我微笑點頭。雖然從獵狼犬的行爲就能明顯看出這一點，不過我還是喜歡從關妮兒口中確認歐拉的感覺。接下來幾週裡，我會盡量不讓自己進入歐拉腦海，確保她能與關妮兒產生良好的羈絆。

歐伯隆當然也聽到關妮兒的話，說道：「眞的嗎？我也喜歡她！」

註：電影《黑色追緝令》中，Jules不停逼問Brett：「馬沙勒斯・華里士（Marsellus Wallace）是不是長得像個婊子（Bitch）？」Bitch也有母狗的意思。

我問關妮兒：「妳認爲妳能和她好好相處嗎？」

「喔，可以，沒問題。」她回答：「歐拉反應很快，而且很貼心。」

歐伯隆停止繞圈，衝過草坪，歐拉緊追在後。

「她太快了！我擋不住她！哇！」歐伯隆絆了一跤，在草地上翻滾，歐拉隨即趕上，兩條狗撞在一起，變成一團翻滾的毛皮和狗腿；不再轉動之後，又換歐伯隆開始追逐歐拉。

收容所主人輕笑說道：「好了，他們看起來很合得來。」

關妮兒愉快地拍手，還發出一聲尖叫。「對，沒錯。如果可以的話，我們想收養她。」她幫我們兩個介紹，那個女人叫金比莉。我收養歐伯隆時，這座收容所是她母親在經營，現在交接給她了。我們不能告訴她說歐伯隆有待過這裡，當然，因爲他比任何正常獵狼犬都老得多了。但是我們可以讓金比莉知道我們很習慣與獵狼犬相處。

「歐伯隆，過來這裡，好好表現一下，讓這位女士樂意將歐拉託付給我們。」我嘴裡大聲道：「歐伯隆！過來，好孩子！」

「好，來了。」他雀躍而來，停在我面前，歐拉緊跟在後。

「坐下。」我說。他坐下。「躺下。」他照做。「搔肚肚。」他翻過身來。

「你不會叫我去幫你拿啤酒，是吧？」

「別擔心。」「到我腳邊。」他起身，走到我右側，與我面對同一個方向，然後搖尾巴。歐拉也在關妮兒身旁做出同樣的動作，站在她左邊，不過關妮兒沒有開口下令。

金比莉讚嘆地吹了聲口哨。「好了，我想你很熟悉你的獵狼犬。」她說。

「她眞好搞定。」

我們和金比莉去塡寫資料，然後支付給收容所一大筆捐款，接著帶歐拉離開，經提爾．納．諾格轉移回科羅拉多的小屋，讓歐拉有時間與關妮兒產生羈絆，並且開始學些單字。

「你必須耐心看待歐拉學說話的事情，」我對歐伯隆解釋：「你和我在一起很多年了，大概已經忘記一開始有多困難。」

「喔，我記得，阿提克斯！別擔心，我會好好對她的。我們什麼時候可以開始交談？」

「等關妮兒覺得準備好了。那可能要花點時間，老兄。」太早羈絆她們可能會讓歐拉難以承受，我必須記得要提醒關妮兒這一點。「這段期間裡，你可以先欣賞她現在的模樣，是吧？」

「一點也沒錯！她超棒的！」

訓練和玩耍的日子過得很快，沒多久又到了回歸提爾．納．諾格的日子。我請霍爾．浩克開始幫我處理一些資產，變賣成黃金，然後他就派一名部族成員——葛雷塔，負責把黃金帶來小屋。這是她第二次來這裡——從坦佩市來有點遠——而她很明白表示她不喜歡開這麼遠的車。她在馬路上迴轉，然後按喇叭，完全不下車。當我走到駕駛座旁時，她搖下車窗，在我面前丟下一個沉重的袋子。

「我可以了解一大袋黃金，但是叫我大老遠開車來這裡運送女童軍餅乾和威士忌？那讓你成爲全新品種的混蛋。」她說，然後踏下油門，衝下山丘，把我留在一堆塵土中。我咳嗽幾聲，不過忍不住微笑。我知道假日要送她什麼禮物。我扛起袋子，向關妮兒和獵狼犬道別，然後帶著黃金去找孤紐，資助檯面下的吸血鬼戰爭。

當我抵達那裡，划獨木舟前往狂熱分子島時，孤紐已經自緩慢時間裡救出那個人，把他放在平底船上的臨時床鋪上。爲了遵守對莫利根許下的承諾，他找來了芳德，在對方身旁利用醫療能力和馬拿朗・麥克・李爾的神奇培根幫助對方復元——因爲，正如預期，那個人在離開狂熱分子島時弄斷了幾根骨頭。她在我走近時微笑說道：「啊，他來了！你的救命恩人。我讓你們兩個聊。」她對我眨眼，然後輕聲說道：「以這個年紀來說，即使有我們幫忙，他的復元狀況還是非常好。」她沒有露出驚訝之情，或是問我他究竟是什麼身分，不過她顯然很好奇。

我很清楚他的治療速度爲什麼會這麼快，不過我覺得最好暫時不要公開他的身分。我沒有回答她沒問出口的問題，只是說道：「謝謝妳。」她語帶諷刺地稱讚我的新髮型，然後接受暗示，留我們兩個獨處。

濃密白眉毛下的蒼老容顏擺出一副不爽又困惑的模樣瞪我，一隻戴手套的手舉在嘴邊，手裡抓著一條培根，津津有味地啃著。他有點認不出我——我的髮型很樸素。因爲左半邊的頭髮都被牙仙給啃光了，我必須剃光頭，現在只長出兩個禮拜份量的髮碴。他有點不耐煩地以古愛爾蘭語說道：「說話呀，你這堆一文不值的大便。」一塊培根彷彿加強語氣般從他齒縫間噴了出來。

正常情況下，我對這種招呼的反應就是宣稱我昨晚和他媽玩得很開心，不過基於對方的身分，我決定含蓄一點。「好消息是這麼多年過後，你還好端端地活著。壞消息是這麼多年過後，你還好端端地活著。」

他的眉毛在額頭上扭來扭去，好像在自相殘殺一樣，直到他臉上終於露出認出我的表情，眉毛才恢復到正常位置，成爲滿臉怒容上方沉重的屋頂。「你？天殺的敘亞漢！」他嘴裡噴出培根口味的小口沫。在認定這樣還不夠後，他清嗓清出了一大口痰，吐在船板上，然後繼續說：「可惡，我在那座三倍詛咒的島上待了多久？沒人肯告訴我。你又把一切都搞砸了，是不是？」我的大德魯伊打從被莫利根丟到那座島上至今眞的一天都沒有變老，而且脾氣還是和從前一樣討人喜歡。

《鋼鐵德魯伊6：獵殺》完

致謝

如果您感興趣的話，我在我的網頁（www.kevinhearne.com）上放了一些不能收錄在書裡的彩蛋。首先是歐洲大逃亡的Google地圖路線圖。其次是阿提克斯講述完整版《追求艾汀》的故事。這兩個彩蛋放在明白標示爲「彩蛋」（Goodies）的頁面裡。

特別感謝德國的柯林·瓦金曼提供和德國地理及貨幣相關的資訊。同時也感謝蜜雪兒·朱爾和威廉·凱斯卡特提供關於溫莎公園和浮若閣摩爾宮的資料，還有佛羅里達國際大學的海瑟·布拉特在中古英文方面提供大量幫助。D·佛里斯·泰勒博士指導我關於毒素及效果的知識。若有描述錯誤，當然都是我的錯，不是他們的問題。

爲了釐清讀者的揣測，我的姓與獵人赫恩發音相似純屬巧合——除非不是巧合。我知道我家祖先是在十六世紀從倫敦搬到「殖民地」來的，要和歷史上的赫恩（如果他眞的存在）扯上關係也算不上太牽強，但我不會這麼說，而且老實說可能性不大。我只是覺得赫恩是個令人著迷、難以抗拒的人物，因爲他是故事（甚或是神）可以進入眞實歷史的代表。

對於我的阿爾法讀者——亞倫·歐布萊恩、我的經紀人——伊凡·高富列德、及我在Del Rey的編輯——崔西雅·納瓦尼及麥克·布拉夫，我沒辦法說更多好話。言語難以表達我對他們的感激之情，所以我們通常會喝一大堆酒，然後高歌稱頌世間讀者。老實說。我們唱歌還不錯聽。而且我們會唱關於你的歌。有時候我們會組成自己的重金屬樂團「無償母音變化」，歌頌死亡和語音學。我們的第一首單曲叫作《（死吧）附加符號》。

非常感謝您閱讀並向朋友推薦這個系列。這是我唯一可以繼續寫下去的理由。

最後還有很重要的一點，就是我很感激我家人的愛和支持。

Two Ravens and One Crow

An Iron Druid Chronicles Novella

兩隻渡鴉和一隻烏鴉

作者筆記

系列小說衍伸出來的短篇故事通常都是獨立的冒險，或與整體劇情毫無關聯的事件，但這個故事卻是《鋼鐵德魯伊編年史》中不可或缺的一部分。這其實是本系列的第4.5集，設定在《圈套》之後六年和《陷阱》之前六年，《陷阱》和《獵殺》兩集裡都有提到這個短篇故事裡的事件。我們把它收錄在第六集後面，是因爲短篇故事很少會獨立印出來賣；另一個比較實際的理由，就是這個短篇故事是在《陷阱》已經寫完，進入製作流程後寫好的緣故。第六集最後就是我們能找到最快的出版時機，又不用讓讀者花更多錢。謝謝體諒，希望您讀得開心！

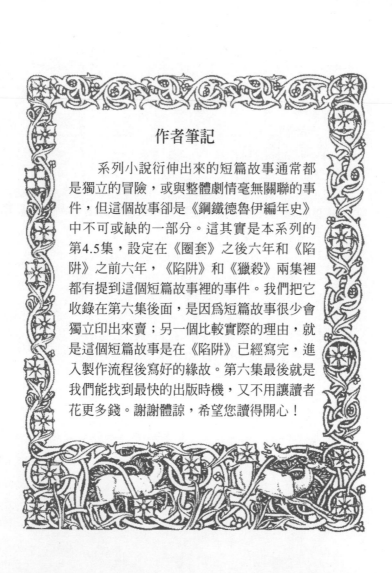

我很好奇，如果人類會和狗一樣自由自在流口水的話會怎麼樣？狗狗流口水時不會有社交禮儀的問題，而且看起來很好玩，所以我很嫉妒他們擁有那種自由。我曾多次想要像狗一樣流口水——有些狀況除了流口水外沒有任何適當反應——但儘管我在世界上許多不同的國家裡活了兩千一百年，還沒遇上任何一個文化願意接受當眾流口水的行爲，更別說要認同它。

我猜有些事情永遠不會改變。

雖然宇宙拒絕依照我的意願改變長久以來的事實，最近我還是好希望能夠像電影裡面用五分鐘的片段訓練德魯伊，而不是現實中的十二年。只要經歷十秒鐘徒勞無功的畫面後，學徒就能突然之間變得更強或是學到教訓，臉上充滿驚喜，然後我就可以拿塊餅乾或是認同地點頭去獎勵該名學徒。學徒將會沐浴在一項成就的喜悅裡，然後開始下一個十秒鐘的挑戰，接著再下一個，最後出現勝利的音樂和慢動作擊掌畫面，代表學習結束、訓練完成。我們會露出速食店廣告演員的那種燦爛笑容，開心地吃一大堆油膩膩食物，直到我們的心臟像人肉手榴彈般爆炸爲止。

但是訓練我的學徒關妮兒，和電影一點都不像。幫她建立德魯伊的觀念對我們兩個而言都很枯燥乏味，然而訓練她的身體則是危機四伏。這裡的危機比較像是加拉哈德爵士在安斯拉克斯城堡面對的那種危機【註】：難以抗拒的性愛張力。

註：加拉哈德（Sir Galahad）是圓桌武士的成員之一，也是找到聖杯的三人之一。但這裡阿提克斯引用的不是傳說，而是Monty Python喜劇《聖杯傳奇》的場景，加拉哈德在安斯拉克斯城堡遇上女色誘惑。

每年冬至，我都會幫我的學徒買一整櫃的寬鬆毛衣，但她夏天卻一直買突顯身材的緊身衣穿。我訓練我的獵狼犬歐伯隆幫我渡過難關，在關妮兒讓我目瞪口呆時充當我的蘭斯洛特，而這種時刻比我想像中更常出現。她會在練習拳打腳踢等武術動作之後弄得渾身大汗，然後我就會開始想像其他會讓人流汗的運動，接著我就需要解救了。

「我可不可以淺嚐一點甜頭就好？」我會透過心靈連結問歐伯隆。

「不，那樣太危險了。」他說，然後我就要給他一塊點心，這樣會強迫我將目光自關妮兒身上移開，把思緒轉移到比較不淫蕩的頻道。這樣或許聽起來很愚蠢，但卻是自保之道。

不幸的是，關妮兒沒過多久就察覺此事。

「老師？」她問。

「什麼事？」

「你為什麼每次練習到一半就跑去餵歐伯隆吃點心？」

「為了掩飾他**性慾高漲**的證據——」

「什麼？這個，他表現得很好。」

「為了壓抑他**失控**的**色心**——」

「他確實表現得很好。但他隨時都表現得很好，而且你只有在練習時會打斷你正在做的事去餵他點心。」

「為了拆除**世俗慾望**的高塔——」

「我有時會獎勵他用很難用的字。有時候會獎勵他適時閉嘴。」

「爲了拖延他一發**不可收拾的**——」

「現在就是閉嘴的好時機。」

「我最好能得到獎勵。」

「沒問題。」

「那他現在在說什麼？」關妮兒問。

「很抱歉，那是機密。」

歐伯隆嚓嚓竊笑，關妮兒瞇起雙眼。她知道狗在笑，可惡的傢伙，這下她打定主意要弄清楚他在笑什麼了。

這時一隻超大的烏鴉飛下來救我，如同汽車喇叭般地「呱」了一聲，落在我們的拖車車頂。我們全都嚇了一跳，包括歐伯隆，他對烏鴉叫了兩聲。烏鴉兩眼綻放紅光，他立刻閉嘴，夾起尾巴低下頭。

「莫利根？」我問。

烏鴉眼中的紅光消逝，她側頭以沙啞的喉音說道：「嚇到了吧，敘亞漢。」凱爾特死亡挑選者絕對不會叫我阿提克斯。她朝我的學徒點一點頭。「關妮兒。」

「怎麼了？」我問，因爲莫利根不會做社交拜訪。我想起來應該請她喝點飲料或是遵循待客之道招呼她，不過幸好她太專注在此行的目的上，沒注意到我禮貌不周。

烏鴉抖抖翅膀，宣布道：「我們有正事要辦。你會離開至少一週，有可能兩週。你什麼都不用帶，連武器都不用。化身鳥形，這就跟我走。」

「等等、等等。麻煩妳稍微解釋一下。我學徒可以去嗎？我的獵狼犬？」

「不行。絕對不行。我們的事情和他們無關。」

「我無所謂。我很高興能夠留下來。」歐伯隆說。

我不確定地看了關妮兒一眼，她聳肩。

「妳說我們要去兩週？」

「最多。但我們必須立刻動身。快點。」

和莫利根爭辯絕非明智之舉。和她待在一起一週——甚至兩週——也沒有聰明到哪裡去。

「我完蛋了，是吧？」

「沒錯。很高興能當你的狗。」

「你沒有完蛋。」莫利根說，我這才想起如今她可以聽見我的心聲——或至少能聽見我傳達出去的想法。「但是如果不快點，你就完蛋了。」

我轉向關妮兒。「喜歡的話，放幾天假。妳應得的。但是每天都要練習語言和健身。」

「好的，老師。或許歐伯隆和我會去杜蘭戈晃晃。」我們在梅尼方姆斯的住所位於杜蘭戈西南方一百哩。她撩動染成近乎全黑的深棕色的頭髮。「我可以去重染頭髮。也該是時候了。」

她的髮根又開始冒出天然髮色了，這表示我也一樣。我們兩個荒謬的假身分在這種偏僻的地方沒有遇到任何問題；我們離群索居，附近的居民也不在乎我們。除了兩個超難聽的化名之外——由於惡作劇神凱歐帝的關係，我們在公開場合必須自稱史特林．席爾和貝蒂．貝克——我們還滿喜歡在梅尼方姆斯生活和訓練的。整體而言，凱歐帝算是幫了我們一個大忙，不過他也非常滿意我幫他搞的回收利用能源計畫。六年下來，他和他的部落人民都受益不少；由於凱歐帝的事業提供很多工作機會，終於導致煤礦場永久關閉。

「好吧。你們都知道規矩，是吧？如果我沒回來——」

「我知道，打電話給霍爾．浩克。」關妮兒說：「你的遺囑在他那裡。但是你不會讓我走到那個地步的。」

「我當然希望不要。改天見。」我閃到拖車裡脫衣服，然後變形。莫利根不耐煩地呱呱叫了幾聲。

「嘿，阿提克斯，帶點牛羚肉回來，好嗎？」

「你以為我要去哪裡？」我邊把上衣丟到洗衣籃裡邊說。

「我不知道。我只是一直很想說這句話。讓我聽起來像是個可以隨便點隻牛羚來的大老闆。或是蘇斯博士會說的話：『我們要大吃一頓。』大吃一頓！甜美多汁的牛羚。」

「如果你想去獵牛羚，你大可以直說。聽著，幫我照顧關妮兒，好嗎？」

「我一直都在照顧她。」

脫光衣服後，我啓動項鍊上將我的形體羈絆成大鵰鴞的符咒，然後蹦到門口。

「謝了，老兄。剛剛的點心先欠著。雖然我敢說我不在的時候，關妮兒一定會寵壞你的。」

「她向來如此。」

我跳下拖車，朝關妮兒呼呼叫了一聲。莫利根大聲振翅，向東南方飛去。

「來，敍亞漢。」她的聲音在我腦中響起。我打了個冷顫，然後追上去。我不喜歡她入侵我的腦子，不過我得承認在這種情況下非常方便。我和莫利根不同，沒辦法在化身為鳥時口吐人言。

「究竟什麼事情這麼急？」我問她。我們正飛往謝伊峽谷，那裡有樹與提爾．納．諾格羈絆在一起，讓我們可以轉移離開美國。

「你要修補刺青。」莫利根回應道。

「妳是說我手背上的刺青？那已經破損六年了。」自從我被超大蝗蟲咬過之後——凱歐帝試圖拯救世界的成果——我就失去了自我醫療的能力。後來幾次受傷都是科羅拉多（元素，不是州）幫忙治療，因為我一直都知道莫利根遲早都會來幫我修復刺青。問題在於，莫利根不像一般醫生，不認同「第一，不要傷害傷患」這個信條。其他圖阿哈．戴．丹恩都以為我死了——至少我希望他們這麼認為——所以要修復刺青只能找莫利根幫忙。

「你已經耽擱得夠久了。」

我驚訝到忘了拍擊翅膀，像顆石頭般迅速墜落片刻，然後才恢復正常。莫利根不是會擔心耽擱這種小事的A型個性——不管是她自己還是別人耽擱。

「到底出了什麼事？妳預見了什麼凶兆嗎？我會要治療的理由？」

「一次一個問題，敘亞漢。」

「好。到底出了什麼事？妳不是在擔心耽擱的問題。」

她沒有回答，持續飛行，就當我什麼都沒說，給我時間了解她不打算回答其他問題，不管我是不是一次只問一個問題。莫利根很少會有如此不尋常的反應。通常她都迫不及待地告知即將降臨在我身上的那些鳥事。宣告我即將死去能給她帶來一定程度的樂趣。我不瞭解她現在爲什麼諱莫如深，這種情況激起了我強烈的好奇。

我們從謝伊峽谷轉移到提爾．納．諾格上一片不會讓任何妖精發現所在的荒地，然後再轉移到愛爾蘭上一座潮濕灰暗的沼澤，四周都是紫杉樹，莫利根宣稱此地歸她所有。她帶我前往一座山洞，我想我該稱之爲她家、或她的財產，或許該直接說是她的窩，不過那些名詞都不比「巢穴」更加符合這裡給人的感覺。莫利根有點野蠻到不適合住在家裡；不過她有辦法弄出無人能及的巢穴。我注意到此處裝潢的一大主題就是骨頭，還有頭骨。或許這些東西導致我潛意識下傾向於聯想到「巢穴」而不是「家」；很少有人會用這麼多骨頭來裝飾家裡的——特別是看起來像被主人啃過的骨頭。

我們直接飛過一個敞開的洞口，進入以火把照明的通道，來到擺有一桌一椅的大房間。桌上放著酒壺和一支光滑的木杯。顯然莫利根很少招待客人。

莫利根在半空中變形，雙腳輕盈優雅地落在桌旁。我也想如法泡製，結果發現優雅這種事情是需要練習的。我的衝勢比想像中要大多了，於是我跌跌撞撞地衝向桌子。我驚慌失措，心知某個非常寶貴的器官就要撞上桌子了，於是竭盡所能地轉身，變成用屁股去撞桌子。我有提到那張是石桌嗎？我整條腿都麻了，當場在痛苦的哀鳴聲中摔到莫利根腳邊。

莫利根哈哈大笑。我聽過她笑，不過向來都是邪惡天才的那種笑聲，不是真心的歡笑。我們腳下真的是地面，不是磁磚或大理石或任何其他的地板。這裡沒有東西阻止我們接觸大地。也沒有東西阻止我臉紅，因爲莫利根已經笑到喘不過氣來了。她眼角泛著淚光，聽起來幾乎像個少女，不過我很小心不讓自己說出這個想法，同時盡量把它甩到腦後。

她看起來還要再笑一段時間，於是我趁機打量周遭環境；這樣可以讓我不要去想屁股很痛的事情。（如果我吸收魔力去壓抑痛楚，莫利根就會感應到，然後笑更大聲。）

這個房間還有兩個出入口，和我們剛剛進來的入口距離相等。其後的通道也有類似的照明，牆壁上以骨頭裝飾。我們頭上有盞點著蠟燭的熟鐵吊燈。

我這才發現這間石室是圓形的，擁有三條出入通道的地洞中心。她似乎花了很大心力建造出如此樸素的房間；這裡連個用來煮大鍋裡天知道是什麼肉的爐灶都沒有。

「這是什麼地方？」

莫利根過了好一會兒才回答。等她笑聲漸歇後，她說：「這裡是舉行儀式的地方。對凡人而言，這裡是神祕又恐怖的地方。如今，拜你所賜，這裡變成了充滿歡笑的場所。」

我刻意忽略最後那句話。「我沒看到荊棘叢。」把我們和大地羈絆在一起的刺青，得使用活生生的植物來刺；蓋亞會出現在我們心中，引導刺青的過程。

「儀式用的部分都隱藏起來了。來。」她站起身來，拍開身上的塵土。我也起身，走路有點拐，跟著她走入左邊通道。約莫走出十碼後，她停下腳步，面對右邊骨牆。「門在魔法視覺下無所遁形。凡人就找不到了。」

在我切換到魔法光譜前，她碰了一塊不顯眼的骨頭，骨頭如同按鈕般微微下沉，接著一塊牆退向後方，在風聲中滑向左側。氣壓式設計。莫利根肯定在我臉上看見驚訝的表情。

「我知道你認為我很傳統，抗拒改變。」她說：「這種看法或許其來有自。我還是喜歡用劍，不喜歡槍。但我想我或許從你身上學到了一點東西。學到很多。來。」

她踏進暗門，來到一座潮濕的室內花園，充滿清新的氧氣和刺鼻的花香。玻璃天花板讓這間石室變成一座溫室；牆壁頂端，接近天花板的部位，刻著代表豐饒、生育與和諧的羈絆繩紋。而那些繩紋之下還有表示上面繩紋都會作用在所有身處這個房間裡的生命繩紋。那是我的寒鐵護身符難以抵擋的那種沒有特定目標的一般性羈絆法術；如果不想受其影響，我就得特別針對這種法術來進行防禦，但是老實說，有什麼理由要這麼做？

等等。哈姆雷特說過：「這點必須謹慎考慮。」和莫利根一起和諧？

更多警示：豐饒和生育……和莫利根？

我必須盡快轉移話題，儘管這個話題只有出現在我腦海裡。搞不好莫利根會在我腦海裡聽到。

「妳知道，莫利根，我一直想和妳談談我這個傷是怎麼來的。」我說著比向右手上的傷痕。「當時妳就在附近。妳本來可以出面阻止它，但是妳沒有。我搞不好會死的，而妳就會違背承諾。」

莫利根鼻孔出氣，彷彿不是很用心地哼了一聲，一邊嘴角微微上揚。「你為什麼要說本來可能發生的事情？告訴我確實發生過的事。」

「我根本沒有必要承受這些痛苦。」聽到痛苦兩個字就讓莫利根神色歡愉地閉上雙眼，發出享受美食的聲音。「有沒有必要有待討論。但是你活下來了。我並沒有違背承諾。」

「但是我眞的差點死掉了，莫利根。一個皮囊行者扯掉了我的喉嚨——」

「而你痊癒了。」她接下去說：「我有信守我的承諾。我沒有承諾過不會讓你受傷或受苦。首先，那樣會影響我的性生活。」

我皺起眉頭，後退一步。莫利根注意到我的反應，笑道：「講到這個，敘亞漢，你最近性生活如何？你有性生活嗎？」

「有呀，我有。」我回答。我盡量讓自己的語氣像在陳述事實，不帶任何情緒。這樣做比我想像中更加困難。

她顯然不信。「你在那座小鎭上有情人？」

「不。我們週末的時候會去方明頓或杜蘭戈，偶爾也會去蓋洛普或旗杆市。我們兩個在那些鎭上都有很多人願意，呃，和我們一起打發時間。」

「你講話越來越含蓄了。但我想我聽說過這種新潮的性關係。有個通俗用語在形容這種關係，是不是？叫作包友來電。」

「包友？喔！不錯唷。十分接近了。那個叫作炮友來電。」

「我就是這麼說的。炮友來電。」

「妳說包友——」莫利根雙眼突然閃過紅光，我當場清清喉嚨。「原諒我。我一定是聽錯了。絕對是這樣。」

「所以你的學徒也有炮友來電？」

我聳肩。「據我所知是這樣。她的性生活與我無關。這些年來她交了一個還是五個穩定的男友。其中有一個還向她求婚，不過她拒絕了。」

「你一點也不吃醋？」

「我沒有資格吃醋，因為我把話講得非常明白，我們除了師生關係，不能發展其他關係。」

「我不是在問你有沒有資格或恰不恰當的問題。我要知道你對她的感情生活有什麼感覺。你嫉妒嗎？」

我考慮片刻。要說我完全沒有感覺就太虛偽了。而且有幾次關妮兒也一副太想要跟我分享她的戰績的感覺。在杜蘭戈與她男朋友第一次見面時，她回報說：「他性感到我的卵巢都要爆炸了。」但這本來就是正常情況，因為關妮兒沒有理由和不夠性感的男人在一起；她也沒理由與不能讓她開心的人在一起。我希望她能找到個讓她開心的人，因為我不能。至於我，最近我沒有太用心泡妞，儘管我和莫利根說的不算謊話，但我已經好一陣子沒打過炮友電話了。我們家附近，特別是那些大學城，有很多美麗、可愛、聰明的女人，但是她們在我眼中通通不如關妮兒，而我抱持著寧缺勿濫的心態。這並不算清心寡慾，我對自己說。我只是標準訂得高一點而已。

「不嫉妒。」我終於說道：「她是我的學徒，但就其他方面而言，她並不歸我所有。我有點羨慕她的性伴侶，或許，不過沒有別的。我很高興她能過得開心。」

莫利根絲毫不留情面地嘲笑我。「開心？你們兩個過得都不開心。你們的靈氣充滿壓抑。」

「又沒關係。」我說。

「當然有關係。性壓抑會讓你們變成很糟糕的凱爾特人。」

我聳肩。「那總好過去應付罪惡雪貂吧。」

「什麼罪惡雪貂？」

「一群混蛋。牠們會纏在你的脖子上，搔你癢、咬你肉、讓你日子很難過，用來作爲隱喻象徵最恰當了。」牠們也不會受到邏輯影響——這或許是牠們最可怕的力量。我和其他女人廝混不會造成任何罪惡感，因爲我和關妮兒沒有在談戀愛，所以不用遵守一夫一妻制度的規範，但是罪惡雪貂還是每次都會跑來煩我。

「我不喜歡罪惡感。」莫利根說：「那只是針對無法改變的事實產生後悔、自責和沮喪等感覺。就像是拿灰來當早餐吃。那是祭司毆打凡人的鞭子，讓遭受奴役的綿羊遵守牧羊人信奉的道德規範。那是自殺及其他自私又愚蠢行爲的催化劑。我認爲這是最惡毒的一種情緒。」

「我也不喜歡。」我承認道。

「那你爲什麼要有這種感覺？」莫利根問。

「因爲缺乏罪惡感是反社會人格傾向的特徵。」

莫利根喉嚨深處發出慵懶的嬌喘聲，同時揚起雙手捏她自己的乳頭。「喔，敘亞漢。你的意思是說我是反社會份子囉？你好會講甜言蜜語。」

我後退一步，防禦性地揚起雙手。「不。不，我說這話不是甜言蜜語，也不是要和妳調情，不是那個意思。」

「怎麼了，敘亞漢？」

「沒事。我只是沒在講甜言蜜語。」

莫利根目光下移。「好吧。在我看來，你已經嚇到硬了。」

我低頭去看，發現那些見鬼的豐饒和生育羈絆不是擺著好看的。

「別管那傢伙，」我指著下面說：「他老是喜歡打斷我和人說話，還把頭伸到不該伸的地方。」

「但如果我喜歡他伸呢？」莫利根臉上流露似笑非笑的表情；她覺得這樣很有趣，一時之間，我忘記她是凶殘嗜血的死亡使者，只看見美艷動人的女人。她讓我聯想到派屈克・奈吉爾【註】的作品，不過十分立體，而且性感多了。我發現自己很難想出什麼聰明的回應，或許是因為大部分供我腦袋運作的血液都跑到別的地方去了。

「這個，嗯。呃。假裝我現在在說一些風趣幽默的話，另外：哺——」我沒有能力說不要。我很

註：派屈克・奈吉爾（Patrick Nagel, 1945-1984），美國藝術家。他的作品特色是聚焦在單一美麗而優雅的女性上，大多為裝飾風藝術。

想說，但是我沒有能力這麼說。我不斷努力。「哺……」

莫利根笑著走近，牽起我的手。我渾身緊繃，等著受苦。她又輕笑幾聲，然後湊上前來在我耳邊低語。

「放心，敘亞漢。你沒什麼好怕的。你看見這個房間裡的和諧羈絆。它們對我也有效果。如果你害怕，心靈就無法和諧，是不是？所以我們就照你的方式進行。這一次。」

我發現和諧也可以是很恐怖的東西。我就是因為和諧才會說不出「不要」的。在這些羈絆前，沒有人可以公然反對其他人。加上生育和豐饒，此刻莫利根想要的就是這些羈絆想要達成的效果。心靈不和諧的人是我，所以我才會感應到羈絆法術的力量。我考慮直接離開這個房間，不過只走出一步，我的雙腳就拒絕往那個方向繼續前進。「我們非做不可嗎？」我絕望地問。

「你需要。我也需要。我願意的話也可以很溫柔。」她的聲音化作溫暖柔和的清風，吹過我的耳朵，她還輕輕拍我，證明她所言不虛。我閉上雙眼，接著在察覺現在是什麼情況後突然睜開。

「但是……」

「噓……」

「我們不是在趕時間嗎？」

「我保留了一點彈性空間。」

她親我，防止我進一步抗拒，而且真的很溫柔。但是生理上的歡愉並沒有帶來情感上的滿足。整個過程中我彷彿被一整座動物園的罪惡雪貂咬得體無完膚。

德魯伊的刺青不是在刺青店給身上扎滿洞的刺青師傅刺的那種刺青。我們用的針必須是活的——換句話說，就是活生生植物上的刺——而且蓋亞必須在場。她會引導下針位置，製作出讓我們取用她魔力的羈絆繩紋。我獨自和蓋亞取得聯繫要整整一週，不過與莫利根聯手只花了五天就進入神遊天外、心靈交融的境界。修補我手背上的刺青又花了兩天，我們趁這個機會討論莫利根製作寒鐵護身符的進度，還有其他瑣事。當一個人被人拿刺一扎再扎時，就會要做點事情分心。蓋亞不允許你封閉痛覺；人們往往不會珍惜在毫無痛苦的情況下取得的天賦和才能。

「已經六年了，」我說：「妳準備好將護身符羈絆到靈氣裡了嗎？」

她一開始沒有回答，而且眼中還閃過一道紅光，所以我本來想要假裝沒問，直接跳過這個問題。想不到幾分鐘後，就在我打算提出針織超級英雄絨毛玩具有多可愛的話題時，她竟然回答了。

「我不知道我有沒有可能準備好，敘亞漢。」她說：「關鍵在於贏得鐵元素的好感。我之前就告訴過你，我很不擅長贏得他人好感。要說我最擅長什麼，那就是散播恐懼。但是我不能用恐懼去強迫元素把寒鐵羈絆到我的靈氣裡；我只會把它們嚇跑。」

「但是我以為妳和一個鐵元素關係進展的不錯？上次討論這個時，妳餵它吃了很多妖精，而它也對妳很有好感？」

「是呀。好吧，沒過多久我就失去耐心，它就逃跑了。之後兩個也是一樣的情況。你超愛的那個美國遊戲叫作什麼？就是玩家有三次機會的那個？」

「喔——我想妳大概是指棒球。」

「對。棒球。我被三振了，敘亞漢——是不是這麼說的？」

「是。」

「因爲你覺得很好看的關係，我曾經化身烏鴉看了幾場棒球比賽。」

「眞的嗎？妳看的是哪個球隊？」

「我不記得。我神遊天外了，不過我相信其中一隊對他們襪子的顏色十分自豪。」

「喔，是了！波士頓還是芝加哥【註】？」

「波士頓。就是這個。那裡有很多不錯的愛爾蘭人。我棲身在一面大綠牆上，而我了解你爲什麼會喜歡這種比賽。球員都很痛苦，但是他們強自忍耐。」

「你喜歡看他們受苦？好吧，就我而言，我喜歡看不是那個原因。」

「你怎麼能不欣賞他們的內心掙扎？不管是被三振、讓對手得分，或是犯下任何一點小失誤，他們心裡都會充滿疑惑和自責、並深怕他們的生涯就此畫下句點，怕他們失去了能夠待在職棒的天賦或技巧，還怕他們會在大庭廣眾下令自己蒙羞。實在太有戲了。難怪人們願意花錢去看球賽、暢飲廉價啤酒、狼吞虎嚥塗了番茄醬和芥末醬廉價肉條。那玩意兒叫什麼？」

「熱狗。」

「爲什麼？裡面有狗肉嗎？」

「希望沒有。只是習慣用語。」

「美國人眞奇怪。」

「同意。」

「但是那種沮喪感，敘亞漢！實在太鮮美了。當他們被三振後回到碉堡區，你知道我在說什麼——」

「球員休息區。」

「他們的球員休息區。他們坐在板凳上，詛咒運氣不佳，還大聲指控對手有戀母情結。」

「什麼？喔，我過一秒才想通。幸運的是，莫利根，幹老媽（Motherfucking）這種現象在美國並沒有棒球選手講得那麼普遍。」

「聽你這麼說眞讓我鬆了口氣。但接下來他們就會嚼點口香糖、葵花子，或會致癌的菸草卷，試圖忘記他們所犯的錯誤，儘管錯誤在啃蝕他們內心。他們會說黃色笑話，然後猜測裁判的性向。這一切都是爲了提升士氣，好讓自己下次上場時能夠表現得更好一點。這種球賽眞正美妙之處是發生在球員休息區裡，敘亞漢。」她暫停片刻，嚥口口水，然後以壓抑的語氣說：「我在羈絆護身符方面就是陷入這種情況。我失敗了，而我得說服自己下次可以成功。」

「我不認爲會有任何問題，莫利根。妳可以的。」

「我認爲你沒有認清我的問題。對男人而言，我若不是代表性愛，就是代表暴力死亡，有時候

註：波士頓是紅襪隊，芝加哥則是白襪隊。

兩者皆是；偶爾我是戰場上的治療者，但我不是任何人的朋友。」

「但是，莫利根——」

「夠了，敘亞漢。不管你說什麼都無法改變事實。在我漫長的生命中，你已經是對我最好的人了，但就連你也會怕我。你是絕佳的情人，但我就像占有其他男人一樣占有你。我知道我沒有付出友誼，因爲我從不付出那種東西。這就是事實，而我得在我的球員休息區面對這個事實。」

我沒有設想過這個問題的回應。或許我是讓她臉上那一行清淚震驚到說不出話來。或許當有人以恰當的形式陳述事實時，旁觀者就無法補充任何東西。

莫利根哽咽一聲，擦掉臉上的淚水。「要不是和蓋亞一起羈絆在心靈和諧的房間裡，我絕不會分享我的情緒。你了解嗎？我沒辦法在缺乏魔法協助的情況下付出我的信任或是任何東西。我唯一能做的就是奪取。」

「好吧，我認爲這件事情結束後，妳該帶我去看一場或是五場球賽。我會在壓力下欣賞棒球之美，而妳就可以從球員休息區中獲得絕望的滿足。我們兩個都會玩得很開心。我會跑去買傑克花生，或許幫妳買件運動衫。妳覺得如何？」

「你想要光是……和我一起打發時間？」

「對呀。朋友都這樣。聽起來如何？」

莫利根微微一笑，雙眼閃閃發光。「聽起來像是禮物。我很感謝。」

「我們現在要去挪威。」我們一離開和諧、豐饒與生育房，踏上骨頭走廊後，莫利根馬上說道。她瞬間恢復成我所熟悉的那個冰冷、嚴肅的嘶啞語調，而我也立刻提高警覺。

「爲什麼？」

「去吃一頓豐盛的晚餐。還要去見一群很禮貌地要求和你談談的神。」

「哪些神？」

「他們希望能夠親自介紹自己。」

「不會是北歐諸神，是吧？」

「正是。」

「我不能去見他們！」

「你非見不可。我承諾過了。」

「又不是我的問題。」

她直視我的雙眼，眼中綻放紅光。「喔，我認爲是你的問題，敘亞漢。」

在羈絆室那段眞心對談之後，她就這麼突然變回原先那種冷酷無情的形象感覺有點怪。「我們可不可以回到心靈和諧室裡討論這件事情？」

「不行。」

「莫利根，我應該已經死了，記得嗎？如果北歐諸神發現我還活著，他們會再度開始追殺我的。」

「有些北歐神已經得知眞相了。」

「那就等於是他們通通知道了。」

「不，並非如此。來。你會很安全的。」

這句本意是用來安撫我的話完全沒有安撫到我。我還記得莫利根對安全的定義與我大不相同。她所謂的安全是只要沒死，即使再劇烈的痛楚和嚴重的傷勢都算安全。而我所謂的安全則牽扯到啤酒和懶人椅。她認爲有必要在去之前修復我的治療能力，明白表示她知道此行會有危險。

我們手牽著手，透過她沼澤中一棵紫杉樹從愛爾蘭轉移到提爾．納．諾格，然後再轉移到奧斯陸以北的長青林。我們化爲鳥形飛進城裡，轉入一條小巷道，在最後一絲陽光沉入西方，四周轉爲一片漆黑後，莫利根變回人形；我也跟著變形，在敵人的勢力範圍內沒有帶劍讓我覺得加倍赤裸。沒人目睹我們變形，也沒有人看見我們當眾裸露。莫利根解除一道門鎖上的羈絆，我們步入一間看來像是裁縫店的後門。

「帕德拉格，」她喊：「我們到了。」

我向她露出詢問的目光。那並不是挪威人的名字。

「愛爾蘭以外的地方還是有很多人尊敬我，敘亞漢。」她說：「不要那麼驚訝。」

「當然。」我說。

一名臉色紅潤的矮男人穿越應該是通往店面的黑門簾進來。他瞪大雙眼看著我們，隨即朝莫利根鞠躬行禮，但是莫利根阻止他。

「別客套了。」她說：「我們沒時間。去拿我們的衣服。」

「馬上去！」他口沫橫飛、喜不自勝，再度衝出門帘外。

「眞可愛。」我說：「妳有粉絲。」

「是手下。」

「差不多。爲什麼不像之前那樣直接隱身在黑暗裡？」

「我們要在沒有施展任何羈絆或防禦法術的情況下抵達目的地；那裡不允許任何魔法。」

「什麼？太瘋狂了！先說不能帶劍，現在又不能用魔法了？」

「他們也要遵守同樣的規定。確保你有遵守。」

「原諒我，莫利根，但是不管來得是哪幾個北歐神，他們或許都不像妳那麼樂於遵守規定。」

「這是一場諸神間的正式高峰會。他們不敢亂來。我們也不要亂來。」

帕德拉格在我繼續爭辯前回來。他左手拿著一件黑色絲質蕾絲花邊晚禮服，右手拿著一套燕尾服。他隨手把燕尾服丟給我，然後鄭重地將晚禮服獻給莫利根。他凝望著她赤裸的嬌軀，已經開始有點喘不過氣。莫利根當然有注意到，不過沒說什麼。

既然肯定她沒帶現金，我並不特別想知道帕德拉格期待能用這些昂貴的服飾換取什麼報酬。我開始以最快的速度著裝，希望自己可以在看到什麼悲慘景象前出去外面等。

不幸的是，晚禮服比燕尾服好穿多了。她一頭套上禮服，稍微調整一下，拉上拉鍊，然後就穿好了。那件禮服美不勝收；黑絲布料某些部位平坦、某些部位又刻意隆起，襯托出曼妙的身材。蜿蜒的蕾絲花邊宛如藤蔓般攀附在晚禮服上，突顯出她的曲線，令白皙的皮膚若隱若現。蕾絲自其左乳上方沿著雙乳的弧線和下方延伸，圍著身軀環繞，然後從右腰後再度出現，接著像蛇一樣蜿蜒到大腿，禮服長到膝蓋上方。

「你沒忘記我的鞋，是吧，帕德拉格？」莫利根問。

發現自己可能犯下難以彌補的錯誤時，帕德拉格臉上浮現一陣驚慌的神情。「不，不！」他說著舉起雙手做安撫貌。「我只是沒有和晚禮服與燕尾服一起拿出來而已。我這就去拿，很快回來。」

他再度衝出門帘。

我朝莫利根揚起一邊眉毛。「我也有鞋子穿嗎？」

「他可能會忘記。」她回答。「我們該怎麼懲罰他？」

「不要懲罰他，假裝懲罰過了。」我說：「我們別搞這個可憐的傢伙了。」

「那樣太不厚道了，敘亞漢。」她說：「他爲了得到我的寵幸而費心禱告。他非常清楚他會爲此付出代價。」

「萬一他付不出來呢？」

「喔，他們一定付得出來。渴望割下一磅肉的是不是莎士比亞筆下的夏洛克？我喜歡他。我會很樂意從他身上割一磅肉下來，或兩磅。每到收帳的時候，我手邊都剛好沒秤可量。」

帕德拉格幫我拿了一雙黑皮鞋，獻給莫利根一雙涼鞋——就是有很多皮繩纏在小腿上的那種。我從一張堆滿收據和發票的桌旁拉了張椅子。我坐在椅子上，把腳塞進鞋裡。我比較想打赤腳，因爲穿上鞋子就不能接觸大地，但是莫利根似乎刻意安排我在和對方見面時處於最不利的狀態。熊符咒裡的魔力幾乎是滿的，因爲我們在樹林裡化身鳥形前才充飽它，而我只有在進城後利用一點魔力變回人形。儘管莫利根一直堅稱我不用施法，但是有點魔力可用感覺還是很好。她很少這麼相信他人——這又是一個不尋常的狀況。

我不知道她究竟怎麼了。一方面，她爲了能和我一起去看棒球差點落淚。現在她又說要從向她禱告的人身上割一磅肉下來。那感覺就像她之前一度傾向仁慈和理性，現在爲了彌補錯誤而表現得特別殘暴。我擔心她會對帕德拉格做出什麼事來，想叫他快點逃命，因爲眼前這位是讓愛爾蘭人惡夢連連的莫利根。她在小腿上繫好涼鞋的皮繩，然後以如同絲綢般的溫柔語調對帕德拉格說話，不過絲綢底下暗藏匕首。

「一切看起來都很不錯，帕德拉格。你做得很好。你準備好領取報酬了嗎？」

「喔，是的，我準備好了，完全準備好了。」他說。

莫利根嘴角微微上揚，一副饒富興味的模樣。「脫下上衣，帕德拉格。」她的嗓音嘶啞低沉，我立刻在她對這個可憐的傢伙施展色誘魔力時感到渾身發熱。我一直認爲莫利根的色誘魔力比淫慾惡魔更強，不過她在骨頭巢穴裡沒有必要對我施展，因爲生育羈絆也有同樣的效果。我的寒鐵護身符幫我擋下一部分色誘魔力的影響力，而此刻那股魔力還不是指定我爲目標，但是帕德拉格完全無力抵抗。他一邊喘氣，一邊猴急地扯下上衣。

「是，莫利根！」他叫道。「喔，女神呀！」他的胸口扭動緊繃，好像雷利．史考特的異形寶寶即將破體而出。莫利根掌心平貼他胸口，右邊瑣骨下方，他歡愉顫抖。接著她的指甲變長變黑，宛如禽爪，陷入他的胸口，慢慢劃向左下方。帕德拉格大叫，雙手緊握莫利根的手腕——不是要扯開她的手，而是要她插深一點。鮮血從她指甲下湧出，流過他的肋骨和肚子；帕德拉格呻吟慟哭，腰部在她蹂躪他胸口時難以克制地扭動。

我很好奇店裡有沒有顧客。裁縫店通常不會傳出這種既淒慘又歡愉的叫聲。

當莫利根的指甲劃開他左邊的奶頭時，帕德拉格放聲慘叫。接著她鬆手；帕德拉格放開她的手腕，摔倒在地，不停抽動。

「我們可以走了。」她說著跨越帕德拉格顫抖的身軀，穿越黑門帘，把我和一個剛剛經歷血淋淋史詩級高潮的男人留在後面。

我很想蹲下去治療他的胸口，但又怕莫利根會以暴力手段阻止我。我不知道該怎麼辦。「這個，謝啦！呃。祝你有個美好的一天！」我終於說道，然後跟莫利根出去。穿越門帘後，我發現裁縫店裡沒人，莫利根向前門走去。「妳不打算幫幫他嗎？」我問。我必須提高音量才能蓋過帕德拉格的叫聲。

她停步轉身，不明白我怎麼這麼問。「我已經幫過了，敘亞漢。」

「他在大量失血，而且聽起來很痛。」

「沒錯，不過他也很爽。他不會死的。再說，這是他自己要求的。」

「他自己說要讓妳蹂躪，還有——其他那些？」

「他會持續射精五分鐘，然後昏倒。」

我臉色發白。「有這種可能嗎？」

「有啊。等他醒來，他將會經歷一段這輩子最強烈的創作靈感期。他的設計會讓他成爲全歐洲最炙手可熱的裁縫匠。」

「喔。所以那才是他的要求？」

「對。我不是布莉德那種工藝之神，不過我也有我的方法。」

「他沒有說過要失去一顆奶頭，也沒說要在身上留下永遠不會消失的疤痕，是吧？」

「向我禱告的人都知道我是怎麼樣的女神。」她回答：「不過還是有很多人願意做浮士德式的交易。他們比較專注在成果上，不太留心代價。」

她轉過身去，表示這段談話已經結束，我嘆了口氣，承認失敗。我希望帕德拉格最後會認爲這場交易很值得。

我們離開裁縫店，關上店門，遠離裁縫的歡愉與痛苦，然後攔輛計程車。莫利根叫司機在科克加塔和拉胡斯加塔轉角放我們下來。

該地點有座十七世紀的建築，現在是全世界最頂尖的美食餐廳之一。就是那種就連路過都得盛裝打扮，連牙籤都很精美奢華的地方。顧客會吃四到六道餐點，桌旁除了有專業服務生外還有專業酒侍。

這棟建築不知道在哪個年代被漆成具有爭議性的紫紅色——紫紅色的餐廳，可惡，還一副很驕傲的樣子。餐廳有兩層樓高，大紫紅牆上每隔一段距離就有白框窗戶。一塊灰色簷口上方聳立著一座黑色的木板屋頂，擁有自己的建築架構，足以容納一間或三間閣樓及其個別的窗戶。屋頂上的動靜吸引了我的目光，我看見兩隻大渡鴉棲身在屋簷上，彷彿陰沉又嚴肅地直視著我。他們兩個各有一隻眼睛綻放白光。

「愛倫坡的風格也太重了點，是不是？」我說。

莫利根看著渡鴉，笑了一聲。「和愛倫坡一點關係都沒有。用用你的腦子，敘亞漢。」

我想起我們是來跟北歐諸神會面，於是問道：「妳的意思是他在這裡——」

莫利根甩我一巴掌。「我說用你的腦子，不是嘴巴。」

「但他怎麼能——」

我又被甩了一巴掌。

「是。抱歉。」

莫利根深吸口氣，閉上雙眼，雙拳緊握在身側。這是我首度在她身上看見對於這次會面有點緊張的跡象。

「我看起來如何？」她問，我再次懷疑她怎麼會又殘暴又這麼缺乏安全感。

「很恐怖。很危險。有點美味可口。」

她微笑。「你總是這麼會說話。走吧。記住，不要施法。」

我們一進門，餐廳領班立刻笑容滿面地迎上，一個整整齊齊、乾乾淨淨、身穿黑領帶制服的男人。他領著我們來到埃及艷后廳裡靠窗的座位，坐在那裡等待我們的是世人以其名命名「星期五」的女神。她起身迎接我們。

富麗格宛如彩繪玻璃般閃閃發光；她的美是屬於那種多采多姿、明艷動人，平淡膚淺偏偏又讓你覺得自己錯過了一些深度的美。問題在於她的深度究竟是刻意隱藏起來，還是眞的根本沒有。

她看起來很熱忱，但又有點緊張，像是被迫要和艾瑟兒嬸嬸好好相處，不然就有他好看的小男孩，偏偏艾瑟兒嬸嬸又滿嘴長毛，一看到他就想親他，而他只能想辦法克制自己不要尖叫。富麗格臉上愉快的神情與空虛的笑容並沒有延伸到她的雙眼；她的目光冰冷，毫不友善。她身穿深藍色的緊身長禮服，肋骨下方繫著一條寬寬的黑腰帶。她脖子上掛著一條超閃亮的東西，上面鑲的鑽石足夠養活好幾個家庭外加一座養滿小馬的馬廄一整年。正當我打算透過魔法光譜打量她時，莫利根一把抓住我的下巴，轉過我的臉面對她。她口操古愛爾蘭語，不讓富麗格知道她在說什麼。

「記得我說魔法怎麼樣？」

「不要施展任何魔法。」我努力在被她掐緊下巴的情況下說道。

「沒錯，不要施法。但是你想施展魔法視覺，對不對？看到我的眼睛了嗎？棕色的，不是紅色的，因爲我現在不能施法。假裝我的眼睛是紅色的，敘亞漢。我在監視你。」

「收到。」

她放開我，我覺得自己像是剛剛那個小男孩，只不過我沒有好好招待艾瑟兒嬸嬸，結果被教訓了一頓。我臉色一紅，爲我的行爲以古北歐語向富麗格致歉。「請叫我阿提克斯。」

「感謝你前來。」她說，然後向她對面的椅子揮手。「請坐。」

我幫莫利根拉開椅子，等她就座後，我才在接近窗口的座位上坐下。酒侍冒出來歡迎我們來到史塔索德加登，在我們開口前搶先問我們要開什麼紅酒。富麗格點了一瓶澳洲希拉葡萄酒讓我有點吃驚。我一定是露出了驚訝的表情，因爲她點完之後解釋爲什麼要點這瓶酒。

「每天都喝從魔法羊的奶頭裡擠出來的蜜酒會很膩。倒不是說我在抱怨品質——我敢說沒人能在其他母羊的乳房裡擠出更美味的蜜酒——但是我們總會想要換換口味。這裡的食物和美酒算是很不錯的變化。」

我完全沒想到該怎麼回應她這些話。不光只是因爲我沒有連續好幾個世紀都每天晚上都在喝同樣的酒，還因爲我根本沒有和任何人聊過羊乳頭這種話題。一直到莫利根伸手過來闔上我的下巴後，我才發現自己下巴都掉下來了。我的牙齒喀地一聲撞在一起，接著富麗格臉色漲紅，發現自己開了一個尷尬的話題。莫利根今晚似乎打定主要讓所有人出糗。

我不確定該說什麼，於是保持沉默，靜靜等待。我想不出任何安全的話題——就連天氣也不安全，因爲那會讓人聯想到索爾。我不想讓自己或其他人出糗，我也不希望因爲說錯話而又讓莫利根訓一頓——比方說，問問富麗格隔壁怎麼沒人。那裡有擺餐具，富麗格也請酒侍拿四支杯子，但是完全沒有第四個人的蹤影。除非要把屋頂那兩隻渡鴉算進去。

我想此事是巧合的機率肯定不會是零——兩隻正常渡鴉就這麼剛好棲身在奧斯陸一家我和身分不明的北歐諸神會面的餐廳屋頂——但我總覺得不太可能。我將要與兩個有很多理由要殺我的神共進一頓超尷尬的正式晚餐的機率高太多了。

關妮兒曾問過我怎麼可能沒人發現世界上有那麼多神在凡間走來走去?答案很簡單（現在依然簡單）：角色扮演。神大多會在下凡的時候角色扮演成人類，然後努力扮演好這個角色。如果他們三不五時要行點神蹟，往往都是不會流傳太遠的小事情。不過最關鍵的一點在於，他們之所以不會洩露身分是因爲人類不相信他們會下凡。我們想像他們會待在他們的天堂或極樂世界或懲罰罪人的世界裡遊盪，一般而言都不會離開。如果他們要在地球上施展神力或扭轉乾坤，他們會透過代理人或是遠端遙控的方式進行。就某方面而言，諸神無法洩露身分是因爲大多數人都不相信自己會在死前遇上自己的神。我顯然是這個規則的例外。不過古希臘人和羅馬人相信他們有可能會遇上奧林帕斯眾神，所以宙斯和他的夥伴當年才能在地球上胡搞瞎搞。

沉默越拖越長。我不敢相信富麗格預想的話題就只有羊奶頭和蜜酒，但至少此時此刻，她完全無話可說。我深吸口氣，提出建築物歷史的老話題。「這裡爲什麼要叫埃及艷后廳?」

莫利根往上一指。「看天花板。」她說。我抬起頭來，看見天花板上精心製作的淺浮雕畫像。在亞歷桑納，人們只會在房子外面擺點雕像，然後說那叫室外裝潢。但是很久以前，這棟建築剛剛建成的年代，藝術家會把天花板當成創造淺浮雕作品的媒介。這座天花板——無疑是我見過最美麗的天花板之一——描述埃及艷后自殺的景象，而舉世皆知她選擇讓蛇咬來離開這個世界。看見這座浮雕畫立刻讓我想到歐伯隆，因爲我知道他絕對無法抗拒嘲弄這幅畫的機會，我還知道要是讓他看見這幅畫的話會說什麼，他會用山謬・L・傑克森的口氣說：「眞是夠了！我受夠在這些天殺的天花板上看到這些天殺的蛇浮雕啦！」

「好美。」我說，希望他們以為我臉上的笑容是出於欣賞藝術的心態，而不是因為我的獵狼犬喜歡看電影。

「是呀。」莫利根認同道。

幸好餐廳酒侍帶著希拉葡萄酒回來打斷我們這段熱烈的談話。他幫我們那個不知道為什麼不在現場的朋友倒了一些酒，然後再度留下我們去填滿尷尬的沉默。我們無話可說，於是喝了點酒，然後猜測我們能從這些發酵的葡萄裡嚐出些什麼味道。莫利根認為這種酒有層次，冷酷中帶有豐富的甘草味；富麗格嚐出香料的味道，天知道那是什麼意思；我想應該不會和阿拉基斯星【註一】有關。我不太熟悉品酒的語言，正當我想說這種酒帶有淡淡的甜酸醬【註二】味時，富麗格的目光轉移到我肩膀後方，表情頓時鬆懈下來。她站起身來，莫利根和我跟著起身。順著富麗格的目光轉身，我看見一名身穿燕尾服的高大男子朝我們走來。飄逸的灰髮垂在肩上，不過一點也不稀疏；那頭灰髮充滿活力，給人一種狠角色的感覺。左眼上的眼罩並沒有讓他看起來像是海盜，反而散發出一股智慧的氣息——而那就是他用眼睛交換來的代價。那表著他的苦難，以及他願意為了成為智者中的智者而做的犧牲——沒有東西可以阻止他。史詩級的大鬍鬚倒是讓我有點驚訝，而且頗具威脅意味：我以為他會留一嘴長及胸口的雜亂鬍鬚，但是他的鬍鬚濃密，而且修剪整齊，有點像是修剪過的造型樹，讓他的五官像精心建造的高樓大廈，感覺十分少見。大多數人留鬍鬚只會讓人覺得「不刮鬍子就會變成這樣」。奧丁的鬍鬚卻明白表示他不是嬉皮、不是莽夫，也不是奇幻小說作者，而是個能為混亂帶來秩序的天神。

他牽起妻子的手掌，輕輕吻了一吻。接著他轉向莫利根，對她點一點頭。「莫利根。」她點頭回應。然後他雙眼轉而直視我，我立刻感應到隨著恨意而來的寒霜；我得想辦法壓抑顫抖的衝動。「就是你。」他說：「殺了諾恩三女神、弗雷爾，還有其他神的傢伙。」他的聲音讓我聯想到威士忌——而我這麼說不光只因爲我是愛爾蘭人。他的聲音渾厚、嗆辣，很可能有先在橡木桶裡泡個幾年，然後才說出口。「自從傷好之後，我就一直在何里德斯克亞爾夫觀察你，但卻難以相信我所看到的景象。儘管有大量證據顯示不是這麼回事，我還是看不出來你有能力擊敗我們。但是現在，和你面對面，我可以感應到你的本質。你是個騙子。」

「我常騙人。」我承認道：「哈囉，順便一提，很榮幸認識你。」

奧丁雙手在身側緊握成拳。「榮幸！」他低吼。「你這個不知榮譽爲何物的傢伙不要和我談榮幸！」

富麗德伸出嬌貴的手掌放上他的手臂。「我們坐下，好嗎？」奧丁的肩膀鬆懈下來，拳頭也慢慢攤開。我們全部坐下，而在坐下的同時，我發現奧丁和我有個共通點：我們都完全受控於我們身

註一：阿拉基斯星（Arrakis），《沙丘魔堡》（*Dune*, 1966）裡的星球，盛產香料。

註二：甜酸醬（Chutney）是用蔬菜或水果，加上香料、醋、糖等製成的醬料，是西亞、南亞的家庭料理，有濕（炖煮）有乾（研磨），後來傳至歐洲。各地做法視食譜而有些許差異。

旁的女人。我很欽佩富麗格的智慧。坐下會讓奧丁很難跳過桌子來扭斷我的脖子。而坐在莫利根對面等於是在提醒他，萬一說僵了要動手，會由她來決定誰生誰死。

服務生走了過來，一個充滿熱誠的男人，試圖用他費心背誦下來的特餐和選項來讓我們獲得尊榮的服務，但是奧丁阻止他，以現代挪威語說道：「我們全都要六道菜全餐。」他說：「如果要挑選的話，就選主廚推薦。請告訴酒侍我們把今晚的酒交給他去決定。我們有很多事要討論，不要讓這些瑣事打擾。」他手中多了一張信用卡。「這張卡可以保證我們會支付所有你們提供的餐點。」

服務生鞠躬，收下信用卡，說道：「非常好。我很快就會來上第一道菜，來自海灣的淡水龍蝦及——」

奧丁揮手叫他閉嘴。「我們吃的時候就知道了，先生，請原諒我禮貌不周。我保證會付很多小費。」

「非常好。」服務生又說一次，然後去設計一份肯定會變成超昂貴帳單的餐點。奧丁目光轉回我身上，語言也轉回古北歐語。在他有機會列舉我該死的理由前，我搶先開口。我得要為很多事情負責，但我絕不會被動地接受他所說的一切——特別是關於我缺乏榮譽感的問題；我認為我至少有一點點榮譽感。

「奧丁，儘管你很睿智，我敢說你早已注意到我曾兩度手持永恆之矛，也兩度在可以直接瞄準你的情況下拒絕這麼做。那兩次我都選擇能夠保護我自身安全的做法，沒有別的。你今天能坐在我面前完全是因為我沒殺你。兩次。」

「而你以為就因為你饒了我兩次，就算有榮譽了？」

「我之所以跑去阿斯加德就是為了實踐我的承諾。我只能殺害那些打算殺我的神。諾恩三女神搶先出手，結果殺了拉塔托斯克。我別無選擇，只能殺了她們，然後前往伊度恩和布拉吉的宮殿。我本來也可以殺死他們的，但是我沒動他們。」

「但是你偷了伊度恩的一顆蘋果！你的榮譽不過就是小偷的榮譽。」

「信守承諾的小偷。你沒過多久就想要為此取我性命。我本來可以殺你的，結果——我要補充，是在萬般不願的情況下——我殺了史拉普尼爾。」

「這個決定毫無榮譽可言。那是策略上而言最好的選項，因為那樣也可以讓女武神分心。要是你直接殺了我，她們就會追殺你來為我報仇。」

「即便如此，我的重點還是一樣：我只有在對方搶先出手時才會以暴力回應。」

「哈！索爾又做了什麼事情要你帶領一隊人馬和巨人跑去阿斯加德殺他？」

「那是另一件事。不過，再一次，我是在信守承諾。」

「你承諾要殺死索爾？」

「不，我承諾要帶領他們前往阿斯加德。」

「所以就你看來，你完全沒有對不起我們？」

「我沒這麼說，奧丁。」

我們在服務生端上第一道菜時暫停片刻。有淡水龍蝦，還有小鱒魚卷。我嚐了一口，發現廚師眞的不是蓋的。如果這是我的最後一餐，那我也找不到更好的了。三個神都沒動他們的食物。他們看著我吃，等我繼續說下去。

「相反地，」我繼續說：「我以第二趟阿斯加德之旅為恥，對於發生的一切深感遺憾。我向兩位道歉，雖然道歉並不足以彌補什麼。」

奧丁嗤之以鼻。「根本一文不值。你意圖用毫無意義的言語為所作所為付出代價，簡直是在侮辱我。」

「你希望我付出什麼樣的代價？要我償命可不行。」

我以為奧丁會爭這個，沒想到他竟然同意。「不，不用償命。」他說：「血債血償可還不夠還。」

「血債？」

「這是種很普遍的觀念。」

服務生走過來清空第一道餐盤，然後在我們面前放下第二道菜，以鱷梨和其他好東西裝飾的海鮮湯。他離開後，奧丁轉移話題。

「我們晚點再來談血。我想知道的是你為什麼還活著？」

「你是說我為什麼沒在公元前死去？我怎麼能活到現在來激怒你？」

「一點也沒錯。」

「我偶爾會喝一種能夠更新我的細胞、逆轉老化程序的藥茶。」

「有趣。」奧丁低頭看他的湯，認定看起來可以入口，於是拿起一支湯匙。富麗格、莫利根和我跟著做，我們喝了一、兩口湯，然後奧丁問了另一個問題。「你喝的這種茶──現代超級市場就能買到嗎？還是你發明的東西？」

「都不是。我是向艾兒蜜特學到的配方，她是圖阿哈．戴．丹恩之一。然而她已經去世很久了。那是場悲劇。」

「悲劇！原諒我注意到這點，但是悲劇似乎如影隨形地跟隨著你。」

「我原諒你了。我可以問你個問題嗎？」

「當然。」他湯匙保持在湯碗上，等著我提問。

「你是怎麼找到我的？」我的寒鐵護身符通常能夠防止別人以占卜方式探測我的位置；就連諾恩三女神也沒能預測我的到來。

「胡金和暮寧兩個月前找到了你，在沙漠裡和你的學徒一起練武。」

他是刻意提到關妮兒的。這是很微妙的威脅，不過我假裝沒注意道。「喔，說起那些渡鴉。是哪一隻……？」

「被你殺了？胡金。我陷入過去的回憶多年，一直由富麗格照顧，無法在現實中行動。但最後暮寧想起胡金，於是下了顆蛋。新的渡鴉長大之後再度變成胡金。我醒來，派出渡鴉去搜查你的下落，找到你之後，我就從何里德斯克亞爾夫觀察你。」

「我懂了。那有多少北歐諸神知道我還活著？」

「只有富麗格和我。」

「你爲什麼不告訴他們？」

「那就和我們之後會談到的血債有關了。如果你不介意，我想知道你究竟是如何取得永恆青春配方的。」

我聳肩。「我已經說過了。艾兒蜜特教我的。」

「是呀，但是爲什麼？爲什麼教你，不教別人？」

我放下湯匙，和莫利根互看一眼。她知道答案，但是沒有其他人知道。「喔。那是個好故事。」

奧丁指向餐桌。「我們還有四道菜。」

「也沒有那麼長，不過我從未與人分享過這個故事，而我也不太情願分享。這個故事有它的價值。」

奧丁直視我的雙眼。「懂了。當作是你欠我們的部分債務。」

「好吧。」我看見服務生和酒侍過來。「等第三道菜上來我就開始說。」

第三道是炸梭子魚佐白蘆筍和各式擺放美觀的青菜佐奶油白醬。酒侍年紀較大，頭髮稀疏，但是動作輕快，雙手穩健，幫我們每人斟了一杯夏敦埃酒。然後我就開始講述一個我以爲永遠不會說出去的故事。

圖阿哈．戴．丹恩在愛爾蘭的勢力如日中天的年代裡，最知名的醫生——請容許我用現代名稱——就是迪安・凱。在第一次馬圖里德【註】戰爭期間，國王努阿達在戰場上失去右手，於是去找迪安・凱治療。儘管戰勝了菲爾博格人，殘廢如他已經無法繼續統治。

迪安・凱和工匠葛雷恩亞攜手合作，幫努阿達製作了一條魔法銀手臂；手臂接上斷手後，完全與正常手臂沒什麼兩樣，而迪安・凱的聲望也更上一層樓。因爲那條手臂實在太驚人了，所有見過的人都讚嘆不已，人們開始以「銀手」稱呼前國王努阿達。在公開場合，努阿達十分滿意，也認同他的銀手爲他帶來的聲望。但是私底下——好吧，還是有些麻煩的問題。他的妻子厭惡這條手臂，不願意讓它碰。而且不管有沒有戴銀手，努阿達都會覺得殘缺、平衡失調。雖然有著銀手光環加持，他還是感到大不如前。

但是迪安・凱之子米亞，感受到努阿達的痛苦，決定要幫助他。他是個天賦異秉、很爲病患著想的醫生，也會盡量避免與父親衝突。但是在努阿達的問題上，他沒有辦法在能力所及範圍內——僅限他本身的能力——不出手相助。

經過九天九夜的唸咒與儀式，他終於幫努阿達重新長出了一條貨眞價實的手臂。國王終於復元，可以回歸王座。然而，米亞超越了父親，而迪安・凱並不是願意默默承受這種羞辱的人。是的，他沒有爲兒子的成就感到驕傲、大肆宣揚，反而遭受嫉妒的怒火吞噬，帶著劍去找他兒子。

註：馬圖里德（Magh Tuireadh）是愛爾蘭神話中的「高塔平原」，圖阿哈・戴・丹恩在這裡打了兩次史詩大戰，第一次是對菲爾博格人（Fir Bolg），第二次則是對佛摩人（Fomorians）。

米亞宣稱不想和父親衝突，對父親只有滿滿的愛和善意，但是迪安・凱已經不可理喻。他第一劍劃破米亞的皮膚，但他兒子立刻就治好了傷。這種能力令迪安・凱更加火大。儘管米亞努力閃避，他父親的第二劍還是直接插中肚子——但是米亞連這種傷都能瞬間治癒。看到這種情況，迪安・凱獸性大發。他的第三劍狠狠砍入米亞的腦袋裡，而這樣的傷終於超越了他兒子的能力範圍。他死了，接著迪安・凱讓自己的所作所爲嚇得拋下長劍。

然而，他的恐懼與艾兒蜜特相比根本爲不足道。艾兒蜜特是米亞的妹妹，本身也是厲害的醫者兼高強的德魯伊。她氣到沒有參加哥哥的葬禮，深怕自己會動手殺了父親。結果她等到葬禮結束，在所有人回家之後，才去她哥哥的墳前致敬。她在他墳前哭了三天三夜，語音哽咽地唱歌給他聽。她爲了愛和失去，以及再也無法彼此分享、爲記在心裡兩人的回憶而哭泣，也爲因他已死而永遠不會發生的事情哭泣。她筋疲力竭，癱倒在他墳墓旁沉沉睡去。

當她醒來時，眼前出現奇蹟。在她的淚水和米亞屍體的血液灌溉下，米亞墳上長出三百六十五種具有療效的藥草。艾兒蜜特看著上天賜下的美禮，懷著滿心使命感，攤開她的斗篷，開始品嚐藥草，加以分類，辨識它們的藥性，牢牢記在心理。但是在艾兒蜜特完成之前，迪安・凱帶著哀傷與罪惡來到自己兒子墳前。

他看見艾兒蜜特的斗篷鋪在地上，全世界的藥草分門別類擺於其上。他看見那些藥草以米亞屍體的形狀長在他的墳上，嫉妒的怒火再度延燒。

「即使在死後，他還是要嘲弄我，貶低我一生的功績！」迪安・凱吼道。他拔出長在墳地上的藥草，然後扯起艾兒蜜特的斗篷，在風中撕裂，讓藥草灑入天際。據說他這個行爲導致世界上再也沒有人能夠學盡天下的醫藥知識。

這時艾兒蜜特終於忍不住了。她拿一根木棍當武器攻擊迪安・凱，以德魯伊的力量爲後盾，毆打他的臉和身體，直到他癱倒在地爲止。她丟下木棍，舉起一顆大石頭，打算砸碎她父親的腦袋。但是一個圖阿哈・戴・丹恩的聲音阻止了她。

「艾兒蜜特，不！」那個聲音叫道，她僵住了。那是米亞的聲音，自死後世界呼喚她。「看在妳愛我的份上，不要殺害我們的父親！」

她放下了石塊，留迪安・凱在地上流血，治療傷勢。她撿起斗篷，一言不發地離開墳墓。她整整九天沒和任何人說話，事實上，她後來第一個開口說話的對象就是我。

我當時正値正常人生的遲暮之年，即將面對死亡。因爲蓋亞持續照顧我們，我並不衰老，也沒有病痛，但我的全盛時期至少已經過去四十年了，而遲遲不肯接受死亡擁抱已經開始影響我的心理狀態。艾兒蜜特出現時，我正獨自坐在酒館裡喝酒。她環顧四周，挑選出我。她顯然是在我的靈氣裡看見病態的徵兆；但她也看見我手臂上的刺青，知道我是德魯伊。

她拿著一個小背包在我對面坐下，說道：「老頭，哄哄年輕人開心。你會願意爲了重返青春做到什麼地步？雙腳再度充滿活力、下體再度一柱擎天，除非你自願，否則永遠不會在衰老的過程中再度失去那一切？」

我不知道她是誰。她全身包覆在長袍和手套裡，所以我甚至不知道她是德魯伊，更別說是圖阿哈．戴．丹恩了。「妳是在開玩笑，還是認眞的？」我問。

「我是誠心發問。」她回答：「我眞的很想知道你願意爲了那樣的禮物做到什麼地步。」

「叫我殺人都行。」我說。那個年代，人會爲了更微不足道的理由殺人。

「那我有個提議。」她說著自小背包裡拿出一捆獸皮，其中記載著她所有被迪安．凱打斷之前所努力研究出來的藥草知識。「我是德魯伊，我發現了一種藥草配方，只要利用簡單的羈絆法術稍加變化，煮成藥茶，就能讓飲用者重返青春。這個祕密還有許多其他祕密通通寫在這些獸皮裡。只要你幫我殺一個人，那一切都是你的了。」

我細讀幾頁獸皮，發現裡面記載的藥草知識遠遠超越我的知識範圍。我觀察她的靈氣和肢體語言，完全看不出欺騙的跡象。這並不能保證她沒有騙我，因爲我們都比自己想像中更會騙人；但是在我看來，她確實是眞心想要交易，而我也絕望到願意接受這種交易。但我非問不可：「爲什麼妳不親自動手？我看得出來妳是個力量強大的德魯伊。」

「我不能殺他，因爲他是我父親。」

「我想要這些藥草知識就得殺死妳父親？」

「對。你怎麼說？」

「妳父親是誰？」

「圖阿哈．戴．丹恩的迪安．凱。」

她告訴我她哥哥死亡的故事，以及她如何在父親摧毀她的研究之前，將三百六十五種藥草中的三百二十七種進行分類。「德魯伊過目不忘。」她說：「我過去九天裡都在撰寫這些知識，進行進一步實驗。這種新的青春藥茶是我最重大的發現，不過不只如此。」

「我很動心。」我說：「告訴我要上哪兒去找他？」

根據傳說，迪安・凱死於可怕的瘟疫。站在傳頌這個故事的吟遊詩人的立場，這對惡毒的醫生而言算是諷刺又公正的結局。但是他眞正的結尾卻和隻受驚的雞有關。

艾兒蜜特指引我前往迪安・凱的住所。我抵達的時候，他不在家。我施展僞裝羈絆接近，解除他少數幾道簡單的防禦羈絆，進入屋內，然後再度啓動那些羈絆。由於當時已經六十好幾了，我不認爲自己有辦法光明正大地擊敗他，而且我也不喜歡光明正大地決鬥。我需要一點優勢，所以在門口的地板上灑油。他一關上門，我就會從藏身處展開突襲，而他腳下的地板將會抵消他在速度上的優勢。

他家一進屋就是廚房兼餐廳。接下來是一條通往其他房間的走廊，布置妥當後，我就躲在轉角後，坐在走廊上。

幾個小時過去了，我有足夠的時間重新考慮此事，不過我以很實際的觀點說服自己，此乃不是他死就是我亡的情況。如果我不殺他，我就會死——遲早會死；如果我殺了他，我就不會死，句點。我曾在戰場上殺敵，但從未策劃過謀殺。我良心不安，但也不想嚥下最後一口氣。

當迪安・凱終於回家時，他帶了一隻雞回來當晚餐。他一手將雞拿在胸口——用劍的手。我拔出長劍，跳出藏身處大叫：「哈！」然後就殺了他。或者可以說是那隻雞殺了他。

他放開雞，伸手拔劍，結果那隻雞當場暴走，揮動翅膀甩了他好幾巴掌，同時還出喙啄他。當他試圖閃躲雞的攻擊、伸手拔劍的同時，他在油膩膩的地板上失足，頭撞到工作桌的桌腳，腦袋就此開花。他還沒落地就已經死了。而那就是我和莫利根第一次見面的時刻。儘管我根本沒與迪安・凱交手，但我確實有打算這麼做，所以我們的衝突就落入她的管轄範圍。她挑選了迪安・凱，而不是我，成爲亡者，而她讓我得知此事。

因爲米亞完全沒有還手，她無法在他和米亞的衝突中挑選他。而米亞又在強迫艾兒蜜特承諾不殺父親時再度阻擾她。然而，我是可接受的權宜之計，她當時就說我們之後還會再度相見。我以爲她的意思是很快就會在戰場上選我去死；當時我完全沒想到我們兩個的交情可以維持這麼久。

我帶著那隻雞回到和艾兒蜜特見面的酒館，叫廚房幫我宰了吃。她在我吃完時進來，我告訴她事情已經辦好了。

「你砍在他哪裡？」她問。

「我沒有出劍。」我說，然後指著我盤中的雞骨頭。「我是用這隻雞殺他的。」

我把事情的經過告訴她，她似乎很滿意。她信守承諾，把筆記通通交給我，教我製作不朽茶的羈絆法術，還有好幾種其他藥茶的羈絆術。我就是這樣得到永恆青春的祕密，還有史上最偉大的藥草師的知識。外加一頓美味的全雞晚餐。

奧丁放下叉子，拿餐巾擦嘴。他看向富麗格，說：「我希望第四道菜不是雞。」

「我想應該不是。」

「很好。」他轉向我說：「我了解你爲什麼想要保密。被雞咬【註】眞的很慘。」

第四道菜是小牛腰肉裹羊肚菌搭配好看的蔬菜。我大快朵頤，因爲第三道菜我一口都沒吃，從頭到尾都在說故事。諸神享受他們的美酒，但是沒碰這道菜。顯然他們不吃小牛。或許他們比較愛吃雞。

「我花了很多時間思考你在阿斯加德的所作所爲。」奧丁趁我吃東西時說道：「也花了很多時間思考我的回應。如果是從前，根本想都不用想——我們會殺了你，還有所有同黨。但是時代不同了，而且單純的報復就長遠來看並不符合我們的利益。我們寧願要你幫我們做事。」

我停止咀嚼。「不好意思？你是要和我進行交易嗎？」

「不。血債血償。諸神黃昏很快就會展開了，既然你殺了，或幫忙殺了許多會在諸神黃昏中與我們並肩作戰的神，我們希望你代替他們出戰。」

我差點噎到，得先喝口酒潤潤喉嚨才能再度開口。「你要我代替諸神出戰？」

「不是要你孤軍奮戰。如果你能找到幫手的話當然更好。你顯然擁有典型英雄的力量，可以提供很有價值的協助。現在最重要的就是擊敗赫爾和暮斯貝爾海姆的部隊：相形之下，我們的私怨無關緊要。與我們並肩作戰，透過殺敵來償還你的血債。除此之外，還有個條件。」

註：被雞咬（henpecked），也有怕老婆的意思。

「什麼？」

「我希望你能歸還永恆之矛。」

「保證不會再拿來射我？」

奧丁臉上閃過一絲怒容。「我保證。」

「好啊，當然，我會歸還。我用不到它。三天後派胡金和暮寧去亞歷桑納找我。我會告訴他們去哪裡收矛。」

「謝謝你。那諸神黃昏呢？」

我想到赫爾在凱楊塔試圖殺我的情況。我想像世界被卓格占領的景象。就連有針對殭屍末日做好準備的人也沒辦法應付那些傢伙。「只要事情爆發，奧丁，我就會與你們並肩作戰。」

「太好了。妳會和他一起參戰嗎，莫利根？」

莫利根和富麗格一樣，在整個談判過程中鮮少發言。這時她微微一笑。「恐怕我沒有辦法參加這場戰役。交給女武神就可以了。」

奧丁臉色一沉。我們進攻阿斯加德時殺了十二名女武神。如果她們還沒死光的話，我不知道還有多少女武神活著。我轉移話題：「我可以請問索爾的神鎚怎麼樣了嗎？」

「幹嘛？」富麗格問：「你又承諾過誰要偷走神鎚嗎？」

這個充滿敵意的問題讓我吃了一驚。我們剛剛相處得似乎還滿融洽的。不過我習慣在被人挑釁時反唇相譏。「沒。」我說：「如果有的話，神鎚此刻已經在我這裡了。」富麗格大怒，奧丁則輕聲竊笑。

「你應該要盡量不激怒我才對。」

第四道菜收走了——因爲諸神都沒碰他們的小牛肉，服務生確認了我們吃得滿意——第五道菜放在我們面前。白色的矩形餐盤上放有五種香醇誘人的起司，搭配小餅乾和水果盤。有些起司切成三角形，有些是近乎透明的薄片。這是融合幾何學與乳製品的最高成就。酒侍幫我們斟了某種來自義大利的酒；我沒聽清楚是什麼酒。

「米歐尼爾放在葛拉茲海姆。」奧丁等服務生離開後說。

「現在沒人使用？」

兩個北歐神皺起眉頭，好像我問了什麼很蠢的問題。「誰用？」奧丁問。

「我是在想或許哪個其他版本的索爾。現在最紅的就是漫畫裡的那個索爾。」

奧丁語氣不屑。「或許他很紅，但是沒人崇拜他，而你也知道那是什麼意思：他無法取得足夠的魔法來凝聚實體！他需要人類演員扮演才能出現在他自己的電影裡。他只是個廉價的大眾娛樂。這個你當然知道。」

我確實知道，但是讓可能會成爲敵人的人以爲他們比你聰明向來無傷大雅。

「好吧，就算他辦不到，其他版本的索爾總可以吧？」

「他們全都安於現狀，而且沒有一個和原版索爾一樣強。我不要與他們並肩作戰。不，索爾的責任如今落在你的肩膀上。」

「我？你要我去對付世界之蛇？」

「或是找別人去對付他，沒錯。」

話題突然出現這種變化讓我不安地想起天花板上的埃及艷后。我抬起頭來，透過吊燈的光芒打量那幅浮雕畫，而當我這麼做時，三個神都開始吃起司。

作者發揮了不少想像力；埃及艷后依靠右手斜躺著，左手則抓起一條蛇放在胸口，故意讓蛇去咬她。我以爲當她伸手去抓蛇的時候就會被蛇咬了，不過和作者其他奇怪的想法比起來，這點根本不算什麼。基於某種理由，他決定讓埃及艷后擁有歐洲人的長相和魯本斯風格的身材；我的大德魯伊會用「慶典肥」來形容她。而且她穿的都是希臘服飾，一點埃及風格都沒有。儘管以藝術觀點來看還是十分美麗，這些不精確之處卻透過奇特的方式呈現出在我心目中埃及艷后眞正悲劇的地方：沒人眞的了解她和她的決定。不過或許有人可以體會那種受困於現實狀況的感覺。我肯定可以。

「我不能答應直接與約夢剛德決一死戰。」我說：「但是我會和你們一起對抗赫爾、看看我能不能找來其他幫手，並且歸還永恆之矛，藉以彌補我虧欠你的地方。」

奧丁張口欲言，不過在酒侍帶來搭配最後一道菜的甜點紅酒時暫時閉嘴。甜點是巴伐利亞香草和草莓口味的馬卡龍，搭配香檳果凍，他保證很快就會上來。但我並沒有嚐到馬卡龍。也沒有聽到奧丁欲言又止的回應。

在酒侍走到我身後、從我右肩後方倒酒時的短短一瞬間內發生了好幾件事情。莫利根左手竄起，以強大的力道把我推倒，導致我腦袋撞到地板，而屁股還在椅子上。玻璃叮噹作響。酒侍驚叫後退，丟下紅酒不管。槍聲在餐廳中迴盪。奧丁和富麗格連忙起身。

一秒過後，我在一邊壓低身形、一邊採取防禦姿勢時聽見莫利根的聲音從上面飄了下來。「好了，敘亞漢。」她饒富興味地說：「我救了你一命。這下你可以停止抱怨我們的協議了。」

有人試圖從窗外射穿我的腦袋，結果卻射中了餐廳酒侍。既然他是站在我的右後方時被射中屁股，表示槍手位於對街屋頂，而且是瞄準我臉部的左上方。

酒侍壓著屁股，大聲告訴所有人他中槍了，以免有人沒發現。餐廳裡充滿了上層社會的尖叫聲和報警聲，不過我隔離那些雜音，專心觀察奧丁和富麗格。我認爲他們和我談這麼久，不太可能只是要殺我——特別在他們還沒取回永恆之矛，也不知道它的下落——但是我不得不懷疑是他們幹的，因爲他們有理由殺我，而且也是除了莫利根以外，唯一知道我在這裡的人。我排除莫利根，因爲過去兩千年裡，她隨時都可以在沒有證人目睹的情況下殺我。她唯一可能如此安排的原因，就是要嫁禍給北歐諸神——但是她有什麼理由這麼做？

儘管如此，她顯然知道有人會開槍，不然她不會知道什麼時候要推開我。她一定有預知此事，而這表示她也可能有預見其他事。

「是誰開的槍，莫利根？」我問，一邊背靠牆壁，一邊盯著北歐神看。

她聳肩。「我不知道。我只預見有人要殺你，但是看不見殺手是誰。去追蹤他或她，可以提供我們餐後餘興節目，並且幫助消化。」她冷靜地站起身來，丟下她的餐巾。「要開始追了嗎？」

「不，等等。」我說：「我們怎麼肯定不是他們幹的？」我比向奧丁和富麗格。奧丁看著天花板，沒有在看我或是其他東西。選在這種時候欣賞藝術品也太奇怪了。結果是富麗格開口。

「當然不是我們幹的。奧丁正在讓渡鴉去追蹤槍手。」

「好了，那就表示奧丁在施展魔法，對不對？如果妳不介意的話，我也想用點魔力治療這個可憐的傢伙。」我們的服務生和餐廳領班伏在酒侍身旁，酒侍則向同事交代如果他死了，他要把所有財產留給他的倉鼠。我覺得他撐不了多久；他的身體狀況不佳，看來神智也開始不清了。

「不，讓我來。」富麗格說著走過去幫助酒侍。她的項鍊在吊燈的照射下閃閃發光。「他是我們的子民。你們三個去追刺客。」

「和個想殺我的神一起去追想殺我的傢伙？」我問。

奧丁目光離開天花板，說道：「我不想殺你；我要你慘死在諸神黃昏裡。但是在那之前你要先扭轉戰局才行。」

「他會的。」莫利跟說，不過聽不出來她是指會扭轉戰局，還是會慘死。還是兩者皆是。

富麗格在酒侍身旁蹲下，一手放上他的額頭。他雙眼上翻，盯著她的臉，然後安靜下來。餐廳領班起身去處理其他問題；他要安撫顧客，還要招呼緊急事故應變人員。我們的服務生待在酒侍身邊。

就算槍手不是富麗格和奧丁指使的，肯定也和他們認識的人脫不了關係。我十分懷疑奧丁會一不小心讓別人偷聽到這次會面的計畫，但如果不是不小心說溜嘴，那就是其他人走漏了風聲。我在莫利根出手阻止我前啓動了項鍊上的魔法視覺符咒。透過那層濾鏡，我看見奧丁的灰頭外有一圈白光。兩條堅固的光索向上延伸，穿越天花板，我猜那就是他跟胡金和暮寧之間的連結。他身體其他部位看起來就是普通人類；此刻唯一在做的是就和他的渡鴉溝通。

富麗格又不同了。她全身都籠罩在一層柔和的白光中，不過此刻有兩個部位特別強烈：她放在酒侍額頭上的右手，還有她脖子上的項鍊。她的手顯然是在充當槍擊受害者的鎮定劑，但是那串項鍊是怎麼回事？

我離開牆壁旁邊，心想現在應該安全了，而且就算還有人開槍，莫利根也會把我推開。當我在富麗格和酒侍身旁蹲下時，她語氣中透露出一絲不耐。

「我說過會照顧他的。」她說。

「妳照顧得很好。」我同意。「我作夢也不可能做得更好。我只是對妳的項鍊感到好奇。」

她伸出左手觸摸項鍊。「我的項鍊？」

「對。它有什麼功用？」

她語氣轉為惱怒，咬牙切齒地說：「個人飾品。你在耍什麼把戲，還是想要讓我覺得自己很蠢？」

「原諒我，我是想問項鍊有什麼魔法效果。」

「沒有。我的魔法來自體內。」

「那項鍊上怎麼會充滿魔力？」

「什麼？」

「妳可以自行確認。莫利根、奧丁，請看看富麗格的項鍊。這不光只是首飾，對吧？」

莫利根腦袋微側，奧丁凝視項鍊。莫利根先開口。

「上面有魔法加持，不過不是圖阿哈・戴・丹恩或妖精的羈絆。」

「不，不是。」奧丁說。「那是北歐魔法。」這話嚇得富麗格突然縮手，酒侍當即想起他還沒有停止恐慌。

「哇！」他大叫，富麗格手掌再度抵著他的額頭，讓他閉嘴。

「奧丁，把它拿下來。」她說著以左手撩開後頸上的頭髮，露出項鍊的釦環。「我要仔細看看。」

遠方開始傳來警笛聲；警車和救護車都快到了。

奧丁繞過桌子，解開項鍊。項鍊一解開，魔光就熄滅了。

「有趣。魔法消失了。」我說：「奧丁，你介意再扣起項鍊一會兒嗎？」

他照做，魔光回歸。莫利根說：「確實很有趣。」

奧丁解開項鍊，魔光消逝，接著奧丁把它放到桌上。

「只要扣起來魔法就會回復嗎？」我大聲思考。奧丁再度連接兩端，但是沒有作用。

「不。只有戴起來才會。」他說。「很聰明的設計。」

「你知道那道法術有什麼作用嗎？」我問。

「追蹤法術。定位器。」

「誰會爲了得知富麗格的行蹤而加持她的項鍊？」

「我不知道。」他回道：「但我會想辦法查出來的。」

由於那個服務生一直悶不吭聲地注意朋友傷勢，所以我們都沒去理他。這時他做出了很不明智的決定，開口問道：「你們幾個一直在談論魔法，還用神的名字稱呼對方。你們有病嗎？」

「富麗格，可以麻煩妳嗎？」奧丁說。他妻子輕嘆一聲，左手輕觸服務生額頭，他癱倒在朋友身旁。富麗格抬頭看我。

「別擔心。」她說：「他只是失去意識而已。這招用在治療上效果顯著，但在這種情況也很有用。」

外面警笛聲大作，還有許多關車門的聲音。很多人開始大聲喧譁。

「我們該走了。」我說。

「容許我幫大家僞裝。」莫利根說。

「我不用。」奧丁說：「我自己來就可以了。」

我還是對那個過度關心他的倉鼠的年長酒侍感到抱歉。富麗格爲什麼不讓他也昏過去？她彷彿猜出我的心思，說道：「走吧。他不會有事的。」

「外面見。」莫利根說。

皮膚上湧現僞裝羈絆的輕微刺痛感，我開始慢慢繞過顧客和員工，然後是警方和醫療人員，最後來到科克加塔街道上沒人的地方。莫利根砂紙般的聲音進入我的腦海。

「過馬路，敘亞漢。」她說。

我轉頭，看見莫利根和奧丁都已經撤銷偽裝，從馬路對面看著我。偽裝的感覺離體而去，我也開始現形。等兩輛車開過去後，我穿越馬路，來到他們面前。

「刺客身手矯健。」奧丁告訴我們：「他跳過一間又一間的屋頂逃跑，這並不容易，因爲這裡的屋頂高矮不同。我的渡鴉剛剛目睹他跳過整條馬路。」

「就是說他不是人。」

奧丁聳肩。「他不是黑暗精靈。不過我知道狂戰士辦得到這種事，像有些英何嘉戰士就行。這傢伙或許有獲得力量加持——但是，是誰加持他的？我們得儘快趕上，以免他跑到我的渡鴉不能跟蹤的地方。」

「我們要怎麼趕上他？」

「我們上去這棟房子的屋頂。」奧丁說，彷彿這就足以說明一切。莫利根和我跟著他進入一座四層樓高的磚造建築，我們一路上樓，抵達幸好是平頂的屋頂。「他往那個方向走。」奧丁指著科克加塔街說。前方沒有多少平頂屋頂，就算我有辦法沿著利用屋頂跳過馬路，其中某些建築的陡峭屋頂看起來也不像可以安然著陸的樣子。

「幫我拉拉鍊，敘亞漢。」莫利根說：「我變成烏鴉去找奧丁的渡鴉。」「我要親自確認情況。」她在我走過去解開禮服後方的拉鍊時，以心靈溝通補充道：「我不喜歡依賴別人提供的情報。」

她變爲烏鴉，遁入夜色之後，屋頂上就只剩我和奧丁，而奧丁也趁富麗格與莫利根都不在的機會對我說出他眞實的想法。

「我想看到你的程度就和我想看到巨人的肛門差不多。」他開口道。

「是喔。」我說。

「我寧願把你當豬一樣剖開，配百里香火烤，然後丟給我的狼吃掉，也不想去追那個刺客。但是我不能讓莫利根認爲我不講信用。我承諾過要和平會談，不過這下全搞砸了。」

「我完全了解。」

「我也不喜歡有人利用富麗格來追蹤我們。我一定要查明此事。所以我們要採用強尼・凱許的手段。你聽說過他嗎？美國歌手？」

「有，我知道他。黑衣人【註】。」

「很好。」他面對北方，伸出兩根手指放到牙齒中間，然後吹奏一段聽起來很詭異的口哨。夜空裡傳來一陣馬嘶聲。

「喔，不。」我說。

「怎麼了，德魯伊，怕騎馬嗎？」

註：強尼・凱許（Johnny Cash, 1932-2003），因爲常做一身黑衣打扮，「黑衣人」（The Man in Black）不只是他的著名單曲，更是他的暱稱與包裝形象。

「這個，那些都是很特殊的馬，是不是？特殊到根本沒有肉身？」

「那樣有好處。騎起來很平順。」奧丁的燕尾服在我眼前變形。外套拉長成風衣，並且轉爲骨灰色。他的襯衫變成束腰外衣，褲子變成馬褲，皮鞋伸至小腿，轉爲皮靴——全都是灰色的。他臉上多了些皺紋、略顯瘦削，變得有些憔悴又帶點強硬的感覺。整齊的鬍鬚四散，變得雜亂無章。他的牙齒在黑暗中閃閃發光。「已經很久沒幹這種事了。應該會很好玩，即使是和你這個大混蛋一起。」

「說得眞好聽。」

藍綠色的光芒自北方天際接近而來；數秒後就變成了幽靈馬和幽靈獵狼犬的輪廓，停在屋頂上。

「上馬吧。」奧丁說著跳上一匹馬背。儘管那馬只有輪廓，身體近乎透明——我看得見奧丁的腳在另一側搖晃——但北歐天神似乎眞的坐在具有實體的東西上。

我走到一匹馬前，在違背所有視覺證據的情況下騎上馬背。當這個非常像馬的東西撐起我的體重時，我心中同時既害怕又鬆了口氣。

「狂野狩獵【註一】！」奧丁說，享受原始的樂趣。他踢了幽靈馬一腳，整群牲畜向前狂奔，飄浮在屋頂上空。他在我們掠過奧斯陸天際時張嘴高歌，唱著強尼・凱許那首《幽靈騎士》【註二】的副歌。有幾匹馬跟著出聲應和，幾隻獵狼犬則朝向星空嚎叫。

騎幽靈馬感覺很像是站在機場那種會動的走道上；和奧丁承諾的一樣平順。不過我得承認自己有點怕。我很習慣化身貓頭鷹飛翔，但和人形時飄在空中感覺完全不同。身旁還有其他馬匹與一群藍綠色的幽靈獵狼犬一同奔跑，更突顯出我們應該要在地上，而不是在空中奔跑的事實。

我們很快就追上在追蹤槍手的兩隻渡鴉和一隻烏鴉。莫利根的聲音竄入腦海。「我看到他了。他穿著現代傭兵服裝。黑色防彈背心和靴子。他把步槍留在餐廳對面的屋頂上。」

我沒有回應。我看著奧丁的表情，想知道他在從渡鴉那裡得到同樣的情報時有什麼反應。他原本表情興奮，如今皺起眉頭。

「怎麼了，奧丁？」

他瞪我一眼。「我想念我的矛，你這個該下地獄的傢伙。」他說。

「這倒勾起了一個很棒的問題。」我說：「我們都沒帶武器，追到這傢伙後要怎麼處置？」

「獵狼犬會撂倒他。」奧丁向我保證。

「小心點，」莫利根說：「槍手還沒發現我或渡鴉，但聽見馬和狗的聲音，知道你們在追他。」

我不確定她這麼說是想要我怎麼做。我的幽靈馬又沒有韁繩。我沒辦法轉彎，減速或加速。基於所有實際的理由，我等於是在搭乘遊樂園裡名叫狂野狩獵的設施，還被鎖在座位上。差不多就是

註一：狂野狩獵（Wild Hunt）源自歐洲古老傳說，雖然種類繁多，但大多是一群超自然獵人橫越天空與大地狩獵的景象。成員可能是妖精、幽靈或神明。有名的領頭者包括了亞瑟王、獵人赫恩或奧丁等等。在北歐，狂野狩獵也被稱作「奧丁的狩獵」。

註二：強尼・凱許曾在專輯翻唱史丹・瓊斯（Stan Jones）的歌曲《*Ghost Riders In The Sky*》（也作《*A Cowboy Legend*》）。是首西部風格濃厚的歌曲。

這樣。

刺客進入視線範圍，月光照亮他的頭和肩膀，不過從狂野狩獵的角度看不清楚其他部位。他落在前方平坦屋頂上，然後轉過身，以左手支住握在右手上的手槍。他朝我們連開幾槍，其中第三槍將奧丁擊落馬背。他呼地一聲仰天墜落，我順著他墜落的方向看去，發現他姿勢難看地掉在下方一座天台上。狂野狩獵持續前進，我轉身看到他在伸手亂抓，所以肯定沒死。接著我也向後飛出，一直到發現自己朝著馬路而不是舒服的天台直墜而下時，我才知道自己也中槍了。

就是這種情況讓我眞正感受到符咒的好處，因爲我能用心靈下達指令啓動符咒，不用大聲唸誦羈絆咒語。我啓動讓我自己成海獺的符咒，然後讓自己雙腳朝下，包在突然間變得過大的燕尾服中墜落。燕尾服發揮降落傘的功用，導致落地時我只覺得很痛，還不致於摔死。但是發出刺耳煞車聲的車輪就有可能害死我了——如果車輛當眞撞上我的話，不過幸好，現代挪威人不喜歡撞上從天而降的正式服裝。我輕聲發出水獺的呻吟聲，試圖檢視傷勢，隨即聽見車門開啓關閉，有人匆忙趕來，想知道燕尾服裡有沒有人。我奮力朝向領口移動，把頭探出領子外，不過感覺好像自己完全沒動一樣。我被打中左側第九和第十根肋骨之間，那表示我的脾臟毀了。我啓動治療符咒，透過心靈和莫利根溝通，希望她能聽見我。「那個混蛋射中我了。還有奧丁。」

「早告訴你要小心了。」她回應道：「現在你知道我們爲什麼非得修復你的刺青不可。我來了。」我聽見上方傳來一連串槍響。那個女人——剛剛差點撞到我的是女人——嚇了一跳，發出一陣尖叫聲，然後抬頭去看。接著她在後面的車按喇叭時回頭去看。她還沒看見我。

「刺客怎麼了？」我問莫利根。

「狂野狩獵的獵狼犬正在啃他。他剛剛透過親身經驗得知子彈對幽靈無效。」

「但這下我們就不知道是誰在幕後主使了。」我說。

「我認爲答案就要來了。」

沒壓過我的好心女士終於低頭看到了我。她的毛衣上貼了張大大的黃名牌，應該是公司名牌，上面寫著「琳達」。她瞇起眼睛，彎下腰來，透過一副大眼鏡仔細看我，確定這不是幻覺。

「喔！是隻海獺！可愛的小海獺！你在這裡做什麼？等等。我在這裡做什麼？啊！別按喇叭了啦！來吧，小海獺。走開。離開馬路。」她做出趕我走的動作，好像所有動物都看得懂人類的手勢一樣。我翻過身來，正面朝上，裝出可憐兮兮的模樣，這完全不用發揮戲劇天賦。琳達終於發現我看起來不太舒服。「嘿。你還好嗎？你看起來不太好。可憐的小東西。」

我發出海獺式的淒涼叫聲，引發她的同情心。不管會不會魔法，中槍都讓人很不舒服；我想要搭順風車離開，而我的計謀得逞了。

「喔！你一定是生病了。只要你保證不咬我，我就帶你去看獸醫。」

我不知道她認爲海獺要怎麼向她保證。我已經開始懷疑琳達有點怪怪的了。儘管如此，她是個很善良的人，多半比正常人更願意幫我。我反覆發出可憐的呻吟聲，然後閉上雙眼。搞定了。她抱起我，把我包在上衣裡，然後帶我上車；那是輛看起來像是有輪胎的門擋的那種歐洲小車。她把我的外套和褲子留在馬路上。發現我在流血時，她嚇得差點把我摔到地上。

「喔！喔，我的天呀！拜託別死！」

這下她完全不管身後的喇叭聲了；她把它們拋到腦後。她必須完成她的使命。她打開乘客座門，輕輕把我放到椅子上，然後繞到駕駛座。由於我的視線都被儀表板擋住，我沒有發現刺客來襲。琳達也沒發現，因為她遇襲的時候正在看我。

一條黑色身影從天而降，在琳達踏下油門的同時一拳擊中引擎蓋。車子前半部待在原地，後半部卻整個彈起，導致我從椅子上摔到乘客座放腳的空間裡。這樣對我的脾臟一點幫助都沒有。

琳達在身體撞向前方，安全氣囊開啓的同時放聲尖叫。後方的喇叭聲停了，那些司機開始發現前面事情大條了，堵車並不是因為有個傢伙沒事停車的關係。

「給我下車！」一個憤怒的聲音吼道。有可能是女人的聲音；對方口操現代挪威語。琳達沒有出聲回應，可能是因為神智不清，也可能是因為她夠聰明。

「遇襲。」我向莫利根傳訊。

「我看見了。以防晚點我忘記告訴你，現在先謝謝你為我提供如此美妙的夜晚。」

「呃。不必客氣？」

我吃力皺眉，想辦法鑽出燕尾服上衣，爬回乘客座。這時駕駛座的門被拉開，一雙我沒看到的手把琳達扯出車外。她應該要繫安全帶的。

我變回人形，然後在內臟重整時倒抽一口涼氣。變形對我的處境沒有幫助，只能讓我看清楚當下的情況。引擎蓋下冒出白煙；車全毀了，短期內不可能再開。我發現那條黑色身影並不打算把我也扯出車外；他或她想要把我連人帶車整個舉起，然後丟到別的地方去——一場神力版的汽車凶殺案。我看不太出來對方的長相，因爲他或她不但身穿黑色傭兵服裝，臉上還戴著黑色滑雪面罩。這些衣服完全沒有任何天然材質，所以我不能進行羈絆。我伸手去拉門把，對方一手抓著車子前方邊角，另外一手大概是抓著前保險桿，將車整個舉起。待在一輛離開地面的車內眞的很可怕。身處不是在耍電影特技卻偏偏騰空而起的車內，會讓人產生一種非常不對勁的感覺。

莫利根俯衝而下，凌空變形，一腳踢中對方下巴。車子落回地面，我撞到了頭，然後就開始欣賞莫利根和怪刺客在大馬路上大打出手。她赤身裸體，沒拿武器。而且圍觀人潮越來越多。

他們兩個都開始以肉眼難察的速度移動，在拳打腳踢的同時化爲殘影。這表示刺客是個神；凡人絕不可能和莫利根對打這麼久。我也想到吸血鬼；夠老的吸血鬼或許能撐上一陣子。莫利根察覺這個事實，於是跳出戰團，擦拭嘴角的鮮血。她微微一笑，牙齒和眼睛同時變紅，說道：「喔，不管你是誰，總之我喜歡。」

我希望有人能用高速錄影拍下這段打鬥，好讓我晚點慢慢欣賞他們的武術招式；那些想用手機在晚上拍下這場架的人肯定會失望的。莫利根和無名刺客再度大打出手，拳拳到肉，但卻沒有對彼此造成嚴重傷勢。

我打開車門，在沒有僞裝羈絆的情況下溜上馬路，希望保留僅存的魔力。我摀住傷口，因爲子彈還在體內所以沒有封閉傷口。我的情況引發圍觀群眾一陣討論。人群裡傳來類似「那個男的沒穿衣服，而且在流血！」的叫聲，不過這個景象根本不能和在裸體打架的女人相提並論。

然而，運氣好只有點受驚但沒有受傷的琳達，卻覺得我從車裡爬出來這件事既有趣又恐怖。

「那是誰？他怎麼會跑到我車裡？我不知道他是誰！我發誓他不是跟我一起的！我車上沒有裸男！不過再想想，這說起來還眞有點可惜。看看那傢伙，呃？帥呀！」

這場架我幫不上什麼忙。我的身體狀況不適合提升到他們那種速度或力量，而且我有些器官此刻非常脆弱。儘管我截至目前為止已經打贏不少異教神和吸血鬼，我還是不打算去面對有能力和莫利根單打獨鬥的神。況且我應該要隱藏行蹤才對，這麼多照相手機讓我覺得緊張。我努力降低走路引發的震動，以奇怪的姿勢離開現場，朝向建築物之間的陰暗小巷子前進。直到我走進巷子，沒人過來阻止我。

一條灰色身影步出黑暗，月光灑落在他眉毛和鼻梁上。他右半身上衣染滿鮮血，有些還滲到外套上。「你要去哪裡？」奧丁問。

「喔！離開現場，我猜？我還沒想太多。不管外面那個是誰，如果他有辦法追蹤我，就不用加持富麗格的項鍊，再說，我的身體狀況不適合打架。」

奧丁嘟囔一聲。「我也一樣。我想我們的事情已經談完，你可以走了。但是難道你不想知道是誰要殺你嗎？我想。」

「我想會有人通知我的。狂野狩獵跑到哪裡去了？」

「我叫它們回去了。它們在屋頂很好用，但是在這麼多人的街道上就不行了。」

「有道理。說起這個，如果你想要他們轉移陣地到巷子裡來打，我倒是可以安排。除非外面的人跟進來，不然這裡沒有觀眾。」

「動手。」奧丁的外表開始從灰袍漫遊者變回身穿燕尾服的權威人士形象。

我透過心靈聯絡莫利根。「移動到妳後面的巷子裡。我和奧丁在這裡。」我沒有收到回應，不過戰況出現變化。莫利根改變策略，一把抓起對手，把他或她甩過馬路，丟到我們身處的巷子裡來。圍觀群眾齊聲驚呼。對方咻地落在我們腳邊。奧丁彎下腰，伸左手揭開滑雪面罩，刺客果然是個女人。

我一開始沒認出她，因爲她的頭髮凌亂、鼻子和嘴巴都被莫利根打得流血，而且我是上下顚倒在看她的臉。然而她認出了我，隨即在地上又推又扭，試圖掃倒我的腳。我像跳跳繩一樣跳過她的腳，但是我沒有強化速度，所以她比我快多了。我身在空中，才剛察覺她要怎麼對付我時，她已經一拳擊中我的心窩，讓我整個人撞到牆上。她還想要持續追擊，不過奧丁迎上前去，左掌扣住她的喉嚨。她大吼大叫，拳打腳踢，但是他不放手，她也無法逼他放手。對一個身體狀況不適合打架的人來說，他似乎表現得還不錯。

「服從我的命令！弗蕾雅！立刻住手！」

弗蕾雅，北歐的戰爭與美貌女神，仇視我的理由比一般人要多一點。我們不必審問她就知道她做了什麼，還有這麼做的原因。我殺了她哥哥，而且做過非常可怕的決定，爲了取得霜巨人的協助而把她交給他們。她會恨我一輩子，不殺掉我誓不罷休，諸神黃昏無關緊要。奧丁把她壓在牆上，令她雙腳離地，直到她不再掙扎、放鬆四肢爲止。接著他放她落地，鬆開手掌，不過沒有放手。

「我們回阿斯加德再來討論妳背叛之事。」他怒道。

「誰背叛誰了，奧丁？」她啐道，口中噴出血沫。「和謀殺你子嗣的凶手結盟——」

「回阿斯加德再說！」奧丁大吼。她住口，咬緊牙關，閉上雙眼，既然不能殺我就不想看到我。

我站起身來，不過沒有說話。我不管如何道歉都無法彌補我對她所做的事情。

鼻青臉腫的莫利根從後面走來。

「很榮幸見到妳，弗蕾雅。這種會面眞是適合我們。」她露出血淋淋的笑容。「希望我們有緣再度相逢。」弗蕾雅沒有回話。

奧丁轉頭面對我。「我不知道該從何說起……」

「什麼都不用說。」我說：「我們的協議不變。多給我幾天療傷，然後我再安排交還永恆之矛。我會告訴你的渡鴉永恆之矛在哪裡。如果我到時候還沒死的話，也會在世界末日時協助你們。」

他輕輕點頭。「可以的話，請你們離開。」

我非常樂意離開。「莫利根，我們必須拿走目擊者的手機。我們不能讓妳打架或我還沒死的畫面流傳到網路上。」

「沒問題。去療傷吧，敘亞漢。」她迎上前來，在我嘴上印個血唇印。「有空找我。我想跟你去看棒球。」她對自己施展僞裝羈絆，消失在我們面前。沒過多久，街上傳來驚叫聲，因爲人們發現自己的手機突然離開他們掌心、口袋和皮包，然後在人行道上摔個粉碎。沒人能夠證明有神在奧斯陸街頭打架；一切都是道聽塗說。

我把奧丁和弗蕾雅留在黑暗的小巷子裡，回到馬路上去拿回我的褲子和外套，毫不理會圍觀群眾好奇的目光。穿上衣服後，我就到兩條街口外去攔一輛計程車，帶我離城前往樹林，安全傳送離開。

我花了點時間療傷，然後去科羅拉多西南探路，在一片樹林中找到一間可以充當避難所的屋子。那間屋子殘破不堪，位於小鎮烏雷附近高山裡的一座老礦工木屋，但是我就需要這種僻靜的地方。唯一會沿著道路來到附近的都是開吉普車的觀光客，而他們從來不在木屋停留。他們有時候會在一段距離外的烏礦營地休息，不過通常他們都是在前往洋基男孩盆地欣賞野花的途中路過而已。此外，只有夏天才會有觀光客；下雪之後，道路就無法通行，而積雪要到晚春才會開始消融。然而，我可以直接傳送到那裡，因爲那附近有很多松樹和雲杉，等我把這裡與提爾．納．諾格羈絆在一起後，我就可以一出大門立刻傳送過去。

我透過我的律師霍爾．浩克買下這間小屋，決定把這裡當作永恆之矛的收貨點。處理文件耗費的時間比我預期要久，但是當我終於拿到小屋的鑰匙，確定只有我能進出這裡後，我就轉移回謝伊峽谷，然後走回梅尼方姆斯的拖車。我的學徒和獵狼犬十分高興見到我，他們有很多關於這趟旅程的問題想問。

我揚起右手手背。「莫利根補好了我的刺青，還有一些別的事。」我說：「這裡一切都還好嗎？」

「一直到幾天前都還不錯。」關妮兒說：「我想附近一定有東西死了，因爲有渡鴉在上空盤旋，但是我找不到屍體，所以那些可惡的渡鴉不肯離開。」她指向天空，兩條有翅膀的黑影在天上盤旋。我一看到牠們，牠們立刻轉向，朝我們俯衝而來。牠們降落在我的拖車頂，就和之前莫利根一樣，然後就在車頂看著我。

「好吧，那可眞夠詭異了。可惜你沒有帕拉絲神像【註】。」關妮兒說道。

「或小餅乾。我聽說鳥都很愛小餅乾。」

「我知道這些鳥是誰。」我說。

「是誰？你是說牠們是變形者？」關妮兒問。

「不，牠們是胡金和暮寧。奧丁的渡鴉。」我拿出一張標示好位置的地圖，把我剛剛添購的房地產位置指給渡鴉看。「奧丁，」我透過渡鴉對他說道：「我會把永恆之矛放在這張米德加德地圖上標示的小屋裡。」我指著圈起來的位置。「今天晚上就會放過去。小屋沒人住，我也不會鎖門。我會把永恆之矛放在主臥室的衣櫃裡。一路平安。」我摺起地圖，丟到拖車頂。渡鴉叫了兩聲，其中一隻跳過去叼起地圖。牠們又叫了兩聲，然後飛走，我終於幾乎可以回到安安穩穩的生活和看似永無止盡的訓練裡。

「嗯。看來牠們不想吃小餅乾。又戳破了一則迷思。」

「牠們是胡金和暮寧？」

「一點也沒錯。關妮兒，如果我在妳剩下的修業年限裡感到百般無聊、想要找點事做的話，妳就拿這件事情來提醒我。」

「我還不知道你所謂的這件事情究竟是怎麼回事，不過我會提醒你的，老師。」

「嘿，阿提克斯，這倒提醒了我！你有叫我提醒你說我們要去弄點亞特蘭大的烤肉。」

「有這種事？」

「是呀，在南方某個地方的時候。你說我可以吃到手撕豬肉和牛胸肉。」

「我一點也不記得。」

「這就是我要提醒你的原因，沒錯。」

我微笑。「你是條非常聰明的獵狼犬。」

「而你是絕佳的食物供應商。」

「好了，少和我來這套。」

「你什麼時候才要告訴我這趟旅程的細節？」關妮兒問：「聽起來像是奧丁回來了。」

「沒錯。我今晚再告訴妳。事情其實還沒結束；我還要處理一件小事。繼續妳的訓練，假裝我不在這裡。」

「是，老師。」

永恆之矛埋在我的拖車附近的地面下，用鐵包起來，以免有人占卜它的位置。在科羅拉多元素

註：愛倫坡的詩作《渡鴉》中提到一隻渡鴉停在他的帕拉絲神像（即希臘女神雅典娜神像）上。

還有鐵元素費力斯的幫助下，我輕鬆把它挖了出來。我詳加檢視，確定它狀況良好，並且小心不碰到刻有符文的矛頭，以免我的靈氣抵消了它的魔力。這把矛殺過很多人，而我把它歸還給奧丁後，它還會再殺更多人；但眞正想殺人的人總是會找到方法的，就像想做好事的人也會想辦法讓鄰居受惠。

建造和種植遠比砍斷東西要難多了。我曾耗費十二年訓練一名學徒接受大地魔法，結果卻眼睜睜看他在加利西亞被艾爾曼蘇爾的部隊砍掉腦袋。失去塞布蘭後，很長一段時間我都認爲訓練學徒肯定是徒勞無功，所以收關妮兒爲徒時我考慮了很久，而且一路走來也曾好幾度想要放棄。但是和奧丁會面堅定了我的信念，也讓我燃起新希望。如今我們算是站在同一陣線，而他會繼續幫我保守假死的祕密，我就可以在比較肯定我們不會被人發現然後殺掉的情況下，面對關妮兒剩下的學程。

然而，我對於自己能否不受關妮兒的魅力影響就不是那麼有信心了。經過幾個禮拜在莫利根身邊戰戰兢兢、如履薄冰的日子後，我一心只想和關妮兒聊天，享受她的心思、幽默感，及恰到好處的個性。這並不是說關妮兒已經達到心靈平靜、了解自我的境界，但她在朝這個方向前進，我很高興能夠感受到她的進展、欣賞她的成就，而莫利根則完全迷失在狂怒的荒野裡。此時此刻，我能夠輕易忘卻我的煩惱，以一種充分表達我有多在乎她的笑容看著她。

不過現實中就連天氣也不肯讓我好過一點。外面還是很熱，關妮兒還是穿著非常緊身的運動服飾。我去取回永恆之矛時，她已經開始打起太極拳。

「阿提克斯，我必須警告你麻煩大了。」

「拜託，還沒啦。她才剛開始練拳。」

「不，說眞的。我們點心吃完了。我現在沒有任何要在你獸慾大發時解救你的動機。」

「什麼？點心怎麼會吃完的？」

「這是一個好問題！關妮兒幾天前就發現點心不夠了。『我們點心不夠了。』她說。我聽得非常清楚。但後來她完全沒做任何處理。我唯一能夠想到的理由就是她希望點心被吃光。而我們可以從中推測出她不想要我繼續解救你。神聖的啓示呀，德魯伊男人！她發現我們的詭計了！」

我不想相信他，但我天性也很疑神疑鬼。我轉過頭去，看到關妮兒的招式非常完美。她打得渾然忘我，不過她一下子就發現我在看她。

「地下諸神呀，我認爲你說得沒錯！快點！上宅男車！」

我們最近賣了關妮兒的油電休旅車，買了一輛廠商稱之爲「擠檸檬色」的亮綠色新車。它看起來很像各地宅男、怪胎、書呆子最愛的飲料山露汽水，所以我們叫它作「宅男車」。

我把永恆之矛丟到後座，然後幫歐伯隆打開後門，讓他跳上車。

「嘿，你們要去哪裡？」關妮兒問。

「我們要補貨。」我說：「要去欽利一趟。」還要去謝伊峽谷，讓我迅速轉移到烏雷的小屋，放置奧丁的神矛。歐伯隆和我可能會趁機打個獵。

「我也要去！」

「不，妳繼續訓練。練習射飛刀，別忘了還要練棍法。我們明天開始新的武術課程，我保證。我還要看看妳的古愛爾蘭語進展如何。」我關上車門，在她找理由上車前發動引擎。我們在急忙逃離現場時激起了一堆塵土。

「你還要訓練她多久？五百年嗎？」

「六年而已。」

「無所謂。你得要想想別的計畫。倒不是說我不喜歡吃點心。」

「我知道。不過我一時想不出什麼好點子。」

「你可以趁她睡覺時用麥克筆在她臉上畫鬍子。」

「她會照鏡子，歐伯隆。」

「好吧，帶她去剪頭髮，然後偷偷賄賂造型師給她剪個木雷頭【註一】。」

「那可能有用，不過她會殺了造型師。」其實不會有用，因爲關妮兒吸引我的地方不光只有頭髮。

「喔，對。好吧，我只能想到這些了。反正你們兩個遲早都要搞發現頻道那一套，然後你就會罪惡感重到去穿苦行僧的衣服，睡在鐵處女裡面。你完蛋了。」

這些話讓我想到如果諸神黃昏當眞降臨的話，我承諾要在諸神黃昏裡與北歐諸神並肩作戰。

「我們全都完蛋了。」我說：「但是現在我要先想想生活中美好的事物。」

「喔，讓我幫你。美好的事物一號：我！」

他把頭伸到前座兩張椅子中間，熟練地舔我的耳朵，施展一招經典的「潮濕威利【註二】」。我連忙閃開，然後哈哈大笑。「就是你，老兄。」我說。

《兩隻渡鴉和一隻烏鴉》完

註一：木雷頭（Mullet），七〇年代搖滾歌星愛留的髮型，前面是規矩的短髮，後面則是隨性長髮。

註二：潮濕威利（Wet Welly），舔濕手指，然後插到別人的耳朵裡轉一圈。

發音指南

一如往常，請記住儘管我提供這些參考資料，你還是可以依照自己的意思唸這些名詞，因爲閱讀的樂趣在於享受美好時光，而不是強迫自己搞懂神話故事裡的罕見名詞。然而，如果你想知道這些名詞如何發音，請看：

愛爾蘭

Aillil——ALL-yill／歐伊爾（《追求艾汀》裡，伊坦的父親和歐黑爾倫的兄弟都叫這個名字。這裡是指歐黑爾倫的兄弟。）

Amergin——AV er ghin／艾弗琴（傳說中的愛爾蘭吟遊詩人。他的名字有很多不同的拼法和唸法。現代愛爾蘭拼法是Amhairghin，唸起來類似「奧爾因」，但是莫利根會用古愛爾蘭的拼法和唸法。）

Brí Léith——Bree LAY／布利雷（梅爾的家園或「席德」。）

Eochaid Airem——OH het EH rem／歐黑爾倫（很久以前一個愛爾蘭高王。）

Étaín——eh TEEN／艾汀（火辣到有人爲她撰寫史詩故事。）

Fódhla——FOH-la／佛拉（充滿詩意的愛爾蘭名，同時也是愛爾蘭元素的名字。）

Fúamnach——FOO am nah／弗安娜（梅爾之妻）

Midhir——ME er／梅爾（圖阿哈・戴・丹恩的一員；安格斯・歐格和布莉德的同父異母兄弟。）

Orlaith——OR la／歐拉（對，最後的-ith只是裝飾作用。）

波蘭文

Dukla——DOOK la／杜克拉

Gościniec pod Furą——gohsht NEE etz pohd FOO roh／高許尼茲波德弗羅（基本上看到oh就發長O。）

Jasło——YAHS woh／亞斯沃

Katowice——Kat oh VEET suh／卡托維治（波蘭南部的城市）

Pustków Wilczkowski——POOST kov wiltch KOV ski／普斯特可夫・威爾奇可夫斯基

Sokołowska——SO ko WOV ska／索可沃夫斯卡

Wojownika——Vai yov NEE ka／懷優夫尼卡

Wrocław——Vroht SWOF／弗羅特史沃夫

Żubrówka——Zhu BRUF ka／祖布魯夫卡（野牛草伏特加，在波蘭很熱門，在這裡也買得到，和蘋果汁或蘋果酒調在一起味道很讚）

鋼鐵德魯伊

中英文名詞對照表

A

Aenghus Óg　安格斯・歐格（凱爾特愛神）
Ægir　埃吉爾（北歐海神）
Æsir　阿薩神族（北歐神族之一）
Ahriman　阿利曼（人面獅身龍尾獸）
Aillil　歐伊爾（愛爾蘭神話人物）
Airmid　艾兒蜜特（凱爾特神祇）
Albion　阿爾比昂（英格蘭元素、英格蘭古稱）
Álfar　艾爾夫（古北歐語：精靈）
Álfheim　阿爾福海姆（北歐精靈國度）
Amergin　艾弗琴（愛爾蘭吟遊詩人）
Answerer　解惑者（魔法劍富拉蓋拉）
Apollo　阿波羅（希臘羅馬太陽神）
Archdruid　大德魯伊
Ares　阿瑞斯（希臘戰神）
Artemis　阿緹蜜絲（希臘狩獵女神與月神）
Asgard　阿斯加德（北歐神話的神域）
Athena　雅典娜（希臘智慧女神）
Aurvang　奧爾凡（北歐神話矮人王）

B

Bacchant　酒神女祭司（希臘羅馬神話中的女祭司）
Bacchus　巴庫斯（羅馬酒神）
Berta　波塔（女巫）
bifrost bridge　彩虹橋（北歐神話）
Brighid　布莉德（凱爾特鍛造女神）
Brí Léith　布利雷（梅爾的家園或「席德」）

C

Cibrán　塞布蘭（德魯伊學徒）
cold iron　寒鐵
Coyote　土狼神凱歐帝（美國原住民神祇）
Creidhne　葛雷恩亞（凱爾特金匠之神）

D

Dark Elf（北歐神話黑暗精靈）
Diana　戴安娜（羅馬狩獵女神與月神）
Dian Cecht　迪安・凱（凱爾特醫神）
Dionysus　戴奧尼索斯（希臘酒神）
draugr　卓格（北歐怪物；複數：draugar）
Druid　德魯伊
Drache, Werner　威納・卓斯切（魔法生命吸食者）
dryads　樹精靈

E

Eddas　《埃達》（北歐文學）
Einherjar　英何嘉戰士（北歐神話的英靈殿戰士）
Eochaid Airem　歐黑爾倫（愛爾蘭高王）
Étaín　艾汀（愛爾蘭神話美女）

F

Fae　精靈
Faerie Specs　妖精眼鏡（法術）
Faery　妖精
Fand　芳德（凱爾特女神）
Faunus　法烏努斯（羅馬神祇）
Fenris　芬利斯（北歐神話的巨狼＝芬里爾狼）
Fjalar　弗加拉（北歐矮人）
Flidais　富麗迪許（凱爾特狩獵女神）
Fódhla　佛拉（愛爾蘭女神、愛爾蘭元素）
Fragarach　富拉蓋拉（解惑者）
Freyja　弗蕾雅（北歐女神）
Freyr　弗雷爾（北歐豐饒之神）
Frigg　富麗格（北歐女神，奧丁之妻）
Fúamnach　弗安娜（梅爾之妻）

G

Gaia　蓋亞（大地）
Ganesha　迦尼薩（印度象頭神）
Garm　加爾姆（北歐神話地獄犬）
Gedelglinn　傑德葛林（精靈王）
Gjor at Reykr　約爾艾雷克（煙霧之禮）
Gladsheim　葛拉茲海姆（北歐諸神殿）
Goibhniu　孤紐（凱爾特鐵匠神）
Gungnir　永恆之矛剛格尼爾（北歐神話武器）

H

Hauk, Hallbjorn “Hal”　霍伯瓊·「霍爾」· 浩克（狼人，阿提克斯的律師）
Hel　赫爾（北歐神話的死亡女神，也代表她統治的死亡國度）
Helgarson, Leif　李夫·海加森（吸血鬼）
Hephaestus　赫菲斯托斯（希臘火神與工匠神）
Hermes　荷米斯（希臘神祇）
Herne　赫恩（獵人赫恩）
Hlidskjálf　何里德斯克亞爾夫（奧丁的銀王座）
Hugin　胡金（奧丁的渡鴉；思緒）

I

Idunn　伊度恩（北歐青春女神）
Immortali-Tea　不朽茶（德魯伊特調茶）
Iris　艾莉絲（希臘彩虹女神）
Irish wolfhound　愛爾蘭獵狼犬

J

Jörmungandr　約夢剛德（北歐神話的巨蛇）
Jupiter　朱比特（羅馬主神）

K

Kazimiera　卡西米拉（女巫）
Klaudia　克勞蒂雅（女巫）
Kraken　大海怪
Kulasekaran, Laksha　拉克莎·庫拉斯卡倫（印度女巫）

L

Lugh Lhámhfhada　盧·勞瓦度（凱爾特光之神盧的別名之一）

Ljósálfar　魯約沙爾夫（艾爾夫、精靈）
Loki　洛基（北歐魔頭、惡作劇之神）
Lord Grundlebeard　大肛毛領主（阿提克斯幫某可憐妖精領主取的綽號）

M

MacTiernan, Granuaile　關妮兒·麥特南（德魯伊學徒）
Mag Mell　馬・梅爾（凱爾特神話妖精國度）
Manannan Mac Lir　馬拿朗・麥克・李爾（凱爾特死神暨海神）
manticore　人面獅身龍尾獸
Mars　馬爾斯（羅馬戰神）
McMushy-pants, Swoony　史溫尼・麥克木須潘特斯（歐伯隆建議的假名）
Mercury　墨丘利（羅馬神祇）
Miach　米亞（凱爾特醫神）
Midgard　米德加德（北歐神話的地球）
Midhir　梅爾（凱爾特神祇）
Minerva　密涅瓦（羅馬智慧女神）
Mjöllnir　米歐尼爾（索爾的神鎚）
The Morrigan　莫利根（凱爾特戰爭與死亡女神）
Munin　暮寧（奧丁的渡鴉；記憶）
Muspellheim　穆斯貝爾海姆（北歐神話的火之國度）

N

Neptune　涅普頓（羅馬海神）
Nidavellir　尼達維鐸伊爾（北歐神話矮人國）
Niflheim　尼弗爾海姆（北歐神話的霧與冰之國）
Norns　諾恩三女神（北歐命運三女神）
Nuada　努阿達（凱爾特神祇）

O

Oberon　歐伯隆（德魯伊的獵狼犬）
Odysseus　奧德修斯（希臘史詩《奧德塞》主角）
Odin　奧丁（北歐主神）
Ogma　歐格瑪（凱爾特神祇）
Olympian　奧林帕斯眾神（希臘羅馬神話）
Olympus　奧林帕斯（希臘神域）
Orlaith　歐拉（獵狼犬）
O' Sullivan, Atticus　阿提克斯・歐蘇利文
Ó Suileabháin, Siodhachan　敘亞漢・歐蘇魯文

P

Padraig　帕德拉格（莫利根信徒）
Pan　潘恩（希臘牧神）
pantheon　萬神殿
Perun　佩倫（斯拉夫神話的雷神）
Piehole　派洞（達格達創造的怪物）
plane shift or shift planes　空間轉移
Poseidon　波塞頓（希臘神話海神）

R

Ragnarök　諸神黃昏（北歐神話的世界末日）
Roksana　羅克莎娜（女巫）

S

Scáthmhaide　史卡維德傑（影之杖）
Sigr af Reykr　西格艾雷克（煙霧之勝利）
Siren　女海妖（希臘神話女妖）
the Sisters of the Three Auroras　曙光三女神女巫團
Sleipnir　天馬史拉普尼爾（北歐神話）
Surtr　史爾特爾（北歐神話的巨人）

Svartálfar　斯瓦塔爾夫（黑暗精靈）
Sokolowski, Malina　瑪李娜・索可瓦斯基（女巫）

T

Tahirah　塔希拉（阿提克斯亡妻）
Theophilus　希歐菲勒斯（吸血鬼）
Thor　索爾（北歐雷神）
Thyrsus　酒神杖
timestream　時間流
Tír na nÓg　提爾・納・諾格（凱爾特神話妖精國度）
Tuatha Dé Danann　圖阿哈・戴・丹恩（凱爾特神話神族）

U

Ukko　屋克（芬蘭雷神）

V

vampire　吸血鬼
Väinämöinen　瓦納摩伊南（芬蘭傳說英雄）
Vulcan　瓦肯（羅馬火神與工匠神）

Y

yewman　紫杉人（愛爾蘭妖精界傭兵）

Z

Zealot Island　狂熱份子島
Zephyrus　澤費洛斯（希臘西風之神）
Zeus　宙斯（希臘神話主神）

Fever

伊洛娜 · 安德魯斯（Ilona Andrews）

魔法咬人
魔法烈焰
魔法衝擊
魔法傳承
魔法獵殺
魔法狂潮（陸續出版）

彼得 · 布雷特（Peter V. Brett）

魔印人
魔印人2　沙漠之矛（上+下）
魔印人3　白晝戰爭（上+下）（陸續出版）

克莉絲汀 · 卡修（Kristin Cashore）

殺人恩典
火兒
碧塔藍

大衛 · 蓋梅爾（David Gemmell）

大衛 · 蓋梅爾之傳奇

賽門 · 葛林（Simon R. Green）

影子瀑布
藍月東升
夜城系列（全12冊）
秘史系列
守護者之心（秘史1）
惡魔恆長久（秘史2）
作祟情報員（秘史3）
錯亂永生者（秘史4）
天堂眼（秘史5）
卓德不死（秘史6）（陸續出版）

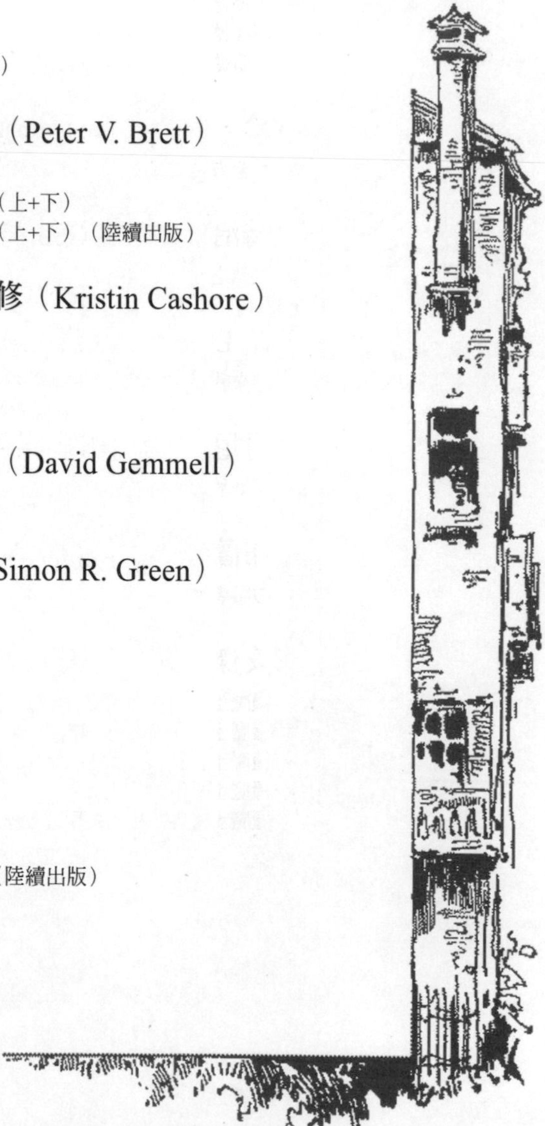

Fever

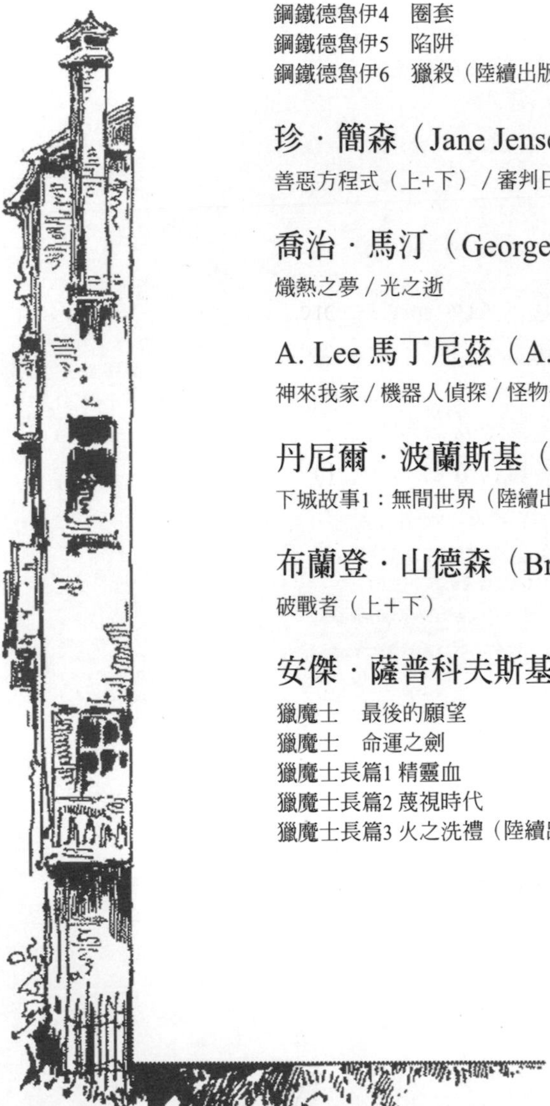

凱文·赫恩（Kevin Hearne）

鋼鐵德魯伊1　追獵
鋼鐵德魯伊2　魔咒
鋼鐵德魯伊3　神鎚
鋼鐵德魯伊4　圈套
鋼鐵德魯伊5　陷阱
鋼鐵德魯伊6　獵殺（陸續出版）

珍·簡森（Jane Jensen）

善惡方程式（上+下）/ 審判日

喬治·馬汀（George R. R. Martin）

熾熱之夢 / 光之逝

A. Lee 馬丁尼茲（A. Lee Martinez）

神來我家 / 機器人偵探 / 怪物先生 / 城堡夜驚魂

丹尼爾·波蘭斯基（Daniel Polansky）

下城故事1：無間世界（陸續出版）

布蘭登·山德森（Brandon Sanderson)

破戰者（上＋下）

安傑·薩普科夫斯基(Andrzej Sapkowski)

獵魔士　最後的願望
獵魔士　命運之劍
獵魔士長篇1 精靈血
獵魔士長篇2 蔑視時代
獵魔士長篇3 火之洗禮（陸續出版）

國家圖書館出版品預行編目資料

鋼鐵德魯伊6：獵殺／凱文．赫恩（Kevin Hearne）；
戚建邦譯——初版．——台北市：蓋亞文化，2015.11
冊；公分.——（Fever；FR046）
譯自：Hunted (The Iron Druid Chronicles Book6)
ISBN 978-986-319-180-3（平裝）

874.57　　104003634

Fever 046

鋼鐵德魯伊 VOL.6〔獵殺〕 HUNTED

作者／凱文．赫恩（Kevin Hearne）
譯者／戚建邦
封面插畫／Gene Mollica
封面設計／克里斯
出版／蓋亞文化有限公司
地址◎台北市103承德路二段75巷35號1樓
電話◎（02）25585438　傳眞◎（02）25585439
網址◎http://gaeabooks.pixnet.net/blog
電子信箱◎gaea@gaeabooks.com.tw
投稿信箱◎editor@gaeabooks.com.tw
郵撥帳號◎19769541　戶名：蓋亞文化有限公司
法律顧問／宇達經貿法律事務所
總經銷／聯合發行股份有限公司
地址◎新北市新店區寶橋路二三五巷六弄六號二樓
電話◎（02）29178022　傳眞◎（02）29156275
港澳地區／一代匯集
電話◎（852）27838102　傳眞◎（852）23960050
地址◎九龍旺角塘尾道64號龍駒企業大廈10樓B&D室
初版二刷／2020年4月
定價／新台幣 350 元
Printed in Taiwan

GAEA ISBN／ 978-986-319-180-3